D1878171

उससे पूछो

वाणी प्रकाशन
21-ए, दरियागंज, नयी दिल्ली-110002
फोन : 011-23273167, 23275710
फैक्स : 011-23275710
e-mail : vaniprakashan@gmail.com
website : www.vaniprakashan.com

उससे पूछो

जया जादवानी

वाणी प्रकाशन का 'लोगो'
विख्यात चित्रकार मक़बूल फ़िदा हुसेन की
कूची से

सर्वाधिकार सुरक्षित

प्रकाशक की लिखित अनुमति के बिना इस पुस्तक को पूरी तरह अथवा आंशिक तौर पर या पुस्तक के किसी भी अंश को फ़ोटोकॉपी, रिकॉर्डिंग अथवा इलेक्ट्रॉनिक अथवा ज्ञान के किसी भी माध्यम से संग्रह व पुनर्प्रयोग की किसी भी प्रणाली द्वारा इस पुस्तक का कोई भी अंश प्रेषित, प्रस्तुत अथवा पुनरुत्पादित ना किया जाये।

ISBN : 978-81-8143-675-7

वाणी प्रकाशन
21-ए, दरियागंज, नयी दिल्ली-110002
द्वारा प्रकाशित
संस्करण : 2008
© लेखिकाधीन
मूल्य : 250.00
आवरण : वाणी प्रकाशन
शुभम ऑफसेट दिल्ली-110032
द्वारा मुद्रित

USASE POOCHO
by : Jaya Zadwani

अनुक्रम

उससे पूछो

''सुप्रसिद्ध कवि-साहित्यकार, आलोचक श्री संजय मूर्ति को इस वर्ष का साहित्य अकादमी पुरस्कार उनके नए कविता-संग्रह 'उससे पूछो' पर दिया जा रहा है...भास्कर समूह की ओर से उनको अनेक बधाइयाँ... ।''

इस छोटी-सी ख़बर पर न्यूज़ पेपर पलटते हुए मेरी दृष्टि अनायास पड़ती है...मेरे भीतर कुछ ठहर-सा जाता है–

'उससे पूछो–
उसकी आवाज़ मेरी आवाज़ में मर्ज क्यूँ है
मुझसे नहीं–
उससे पूछो–
मेरे मौन में क्यूँ गूँजती है वह एक धुन की तरह।'

पंखे की हवा में फड़फड़ाते न्यूज पेपर को मैं अपनी हथेली से दबाये बैठी हूँ... । मैंने अपनी हथेली हटा ली, वे फड़फड़ाते हुए इधर-उधर बिखर गए हैं...उनके शब्दों की तरह...जिन्हें किसी वक़्त तो मैं सहेजकर रखती थी और किसी वक़्त उड़ जाने देती...यूँ ही हवा में...बेमतलब... ।

''शब्दों का नसीब सिर्फ़ उनकी पहचान से बदल सकता है, आपको कभी इनकी व्यर्थता का अहसास होता है।''

''अक्सर...जब ये सही कानों तक नहीं पहुँचते।''

''तब आप क्या करते हैं?''

''कुछ नहीं...उम्मीद के साथ धैर्य से प्रतीक्षा करता हूँ...औरों की तरह एक कवि भी यही चाहता है...शब्द किसी मंत्र की तरह उसके अंतःस्थल से उठे और दूसरे की आत्मा का स्पर्श करता हुआ उसके मर्मस्थल तक पहुँचे, पर ऐसा हमेशा तो नहीं हो सकता।''

कहते-कहते उनके चेहरे पर किसी सोच की परछाईं उतर आई थी।

जब वे पहली बार आए थे हमारे शहर में...तब हमारा किसी ने बस परिचय करवाया था समूह के साथ... । मैंने तुरंत अपने बैग से उनका कविता-संग्रह निकाला और उनके आगे कर दिया—आटोग्राफ़ के लिए—किंचित् हैरानी से उन्होंने मुझे देखा...आटोग्राफ़ देने से पहले सिर से पैर तक—

"आपका नाम पूछ सकता हूँ?"

मेरे लंबे क़द की वजह से उन्हें अपना चेहरा ज़रा-सा उठाना पड़ा था।

मैंने ज़रा-सा झुकते हुए उन्हें अपना नाम बताया, तो उन्होंने बड़े-बड़े शब्दों में पहले मेरा नाम...उन्हीं की कविता की दो लाइनें...फिर अंत में अपने हस्ताक्षर कर दिए... । कुछ ही शब्द थे, पर पूरा ख़ाली पेज भर गया था, मैंने जब यही बात उनसे कही, तो वे मुस्करा दिए।

"आपको क्यूँ पसंद हैं मेरी कविताएँ?" किताब लौटाते हुए उन्होंने पूछ लिया था।

मैं अचानक गड़बड़ा गई, अटकते हुए कहा, "आपकी कविताओं में राग होता है—आलाप या धुन कुछ भी कहें...मैं इन्हें पढ़ती हूँ तो मुझे ऐसा लगता है मैं गा रही हूँ... । ये हमें उन जगहों पर ले जाती हैं—जहाँ से हमें अपनी हक़ीक़त दिखाई नहीं देती या दिखाई भी देती है तो उसे अनदेखा किया जा सकता है।"

"तो यह तो हक़ीक़त से पलायन हुआ।"

"कोई ज़रूरी नहीं इसे इसी तरह से कहें। फिर भी यह मेरा सच तो है ही... । मैं इनकी शरण में इसलिए जाती हूँ, क्योंकि मुझे अपनी हक़ीक़तों से डर लगता है।"

"आपके जैसी ख़ूबसूरत लड़की की हक़ीक़त ख़ूबसूरत होनी चाहिए, ऐसा मैं सोचता हूँ।"

"मैं भी यही सोचती थी।" मैंने तुरंत कहा और हम हँस पड़े थे।

"कविता एक नई दुनिया रचती है हमारे लिए—हमारी जानी-पहचानी दुनिया से अलग—अनोखी नई लगभग एतबार न करने लायक़—फिर भी हमें सबसे ज़्यादा यक़ीन उसी पर आता है—वही सबसे ज़्यादा अपनी लगती है।

वहीं तक पहुँचने की जद्दोजहद हम हर वक़्त करते हैं—वह हमारे भीतर कुछ बदल देती है—चीज़ें वही होती हैं...पर किसी दूसरे रंग में दिखने लगती हैं—अब आप इसे वास्तविकता का रंग कहें या... ।" मैं ख़ुद को आहिस्ता-आहिस्ता कहने की कोशिश करती हूँ। अपने आसपास की निरर्थक सच्चाइयों से ऊबे हुए हम कितनी गहरी ललक से उस दूसरी दुनिया की ओर ताकते हैं...जो एक कविता या प्रेम हमारे लिए रचते हैं।

"वास्तविकता का कोई रंग नहीं होता...वास्तविकता सूरज की रोशनी की तरह साफ़ और नंगी होती है...हम ही उसे तरह-तरह से ढँकने की कोशिश करते

हैं...।'' उन्होंने मुस्कराते हुए कहा।

''यू आर राइट...पर उतनी साफ़ और नंगी सही भी तो नहीं जाती...। सहने के लिए उस पर कोई रंग चढ़ाना ज़रूरी लगने लगता है...। हो सकता है कविता उस पर रंग चढ़ाने का काम करती हो...।'' और मैं धीमे से हँस पड़ी, उनकी आँखों में देखा...

इस नन्ही-सी कविता पर मैं इतना बोझ भी क्यों डालूँ? यह बस है...अपने होने में सहज-सुंदर...रोशनी के एक टुकड़े की तरह...आप चाहें तो इसके नीचे आकर खुद को देख सकते हैं...वह एतराज़ नहीं करती...न चाहें तो भी कोई बात नहीं...। इससे उसका होना कम नहीं होता।''

''यू आर जीनियस।''

''आय एम नॉट ए जीनियस। मोस्ट आर्डिनरी गर्ल आय एम। अभी तो मैं बस अपने पैरों के नीचे बिछे रास्ते को पहचानने की कोशिश कर रही हूँ।''

''देख लीजिए, कोई खड़ा तो नहीं किनारे पर?'' उन्होंने शरारत से कहा था...।

''खड़ा तो है पर वह रास्ते पहचानने में मेरी मदद नहीं करता। वह कहता है जिसे चलना है, ढूँढ़ना भी उसे ही होगा।''

''यह तो उसकी ज़िद है।''

''पता नहीं। और मैं ज़िद से टक्करें नहीं मारती।'' मैं फिर मज़ाक़ के मूड में आ गयी। वे भी हँस रहे थे।

तब तक उन्हें मंच पर ले जाने को कुछ लोग निकट आ गए थे, और मैं वहाँ से हट गई थी।

प्रोग्राम शुरू हुआ। अध्यक्ष बने वे मंच पर ही बैठे थे। पूरे तीन घंटे मैं दूसरों को सिर्फ़ इसलिए सुनती रही कि अंत में वे बोलेंगे। इस वक़्त याद नहीं क्या कहा था उन्होंने...पर अपने चुटीले अंदाज़ में सबकी खिंचाई करते हुए बहुत बार हँसाया श्रोताओं को। पीछे वालों ने जो एक क़िस्म की बोरियत भर दी थी माहौल में...उसे वे काफ़ी हद तक दूर करने में सफल रहे थे।

प्रोग्राम ख़त्म होते ही वे एक बार फिर अपने प्रशंसकों के झुंड से घिर गए। क्या सोच सकता है एक आदमी अपने मनचाहे मक़ाम तक पहुँचने के बाद...क्या महसूसता होगा...एक गहरी आत्मसंतुष्टि का भाव या कुछ छूट गए की कसक...। क्या 'यह' ठीक वही है जो उन्होंने चाहा होगा...क्या ठीक 'वही' कुछ होता है या हम मान लेते हैं क्योंकि अब जो इतनी दूर आ गए हैं तो क्या किया जाए? वक़्त मिला तो पूछूँगी उनसे...। पर उस दिन तो नहीं मिल पाया था मनचाहा वक़्त...। उन्हें व्यस्त देख मैंने चुपचाप खिसक जाना ही मुनासिब समझा...और मैं लौट गई...अपनी चार क़दम इधर...चार क़दम उधर वाली दुनिया में...।

इसके बाद हुआ बस इतना था कि मैंने एक ख़त लिखा था उन्हें

साधारण-सा...उनका जवाब भी आया...। जिसमें मुझ जैसे फूल को हमेशा मुस्कराने की सलाह थी। मैंने वह ख़त सँभालकर रख लिया था अपनी स्मृति की फ़ाइल में–अपनी-अपनी दुनियाओं में लौटते समय हममें से किसी को यह अंदाज़ा नहीं था कि आने वाले दिनों में क्या होने वाला है?

फिर वे दूसरी बार आए थे। अपनी बेकारी के दिनों को खुशग़वार बनाने और व्यर्थता बोध को कस-कस कर पोंछने की कोशिश में मैंने रेडियो एनाउंसर की नौकरी कर ली थी। वे आए थे पाँच साल बाद...। नहीं लग रहा, बीता हुआ कुछ भी, लग रहा है जैसे मैं अपने आज को जी रही हूँ–

उनके आने की ख़बर समूचे शहर से होती हुई रेडियो स्टेशन पर भी पहुँच गई थी और हमने उन्हें इंटरव्यू के लिए राजी कर लिया था।

"आख़िर पात्रता भी तो आवश्यक चीज़ है।" मैंने उन्हें किसी दुविधा से निकाला था।

"एग्जेक्टली! और उसके अभाव में वे कूड़ा है।"

"आपको कभी लगता है, एक दिन ये नहीं रहेंगे या रहेंगे तो इस रूप में नहीं...। क्या आपको किताबों का भविष्य अंधकारमय दिखता है?"

"जब तक मनुष्य है, ये जीवित रहेंगे। दरअसल ये किसी दूसरे को नहीं, हमें खोलते हैं...हमारा दर्द, हमारा रहस्य, हमारे अँधेरे, हमारी यातना...। दूसरा इनकी रोशनी में अगर अपने दर्द, रहस्य, अँधेरों और यातना की झलकियाँ देख पाता है तो वह उसका सुख है...। शायद तभी बार-बार मनुष्य शब्दों के आलोक में आता है...अपने अँधेरों से घबराकर...। लिखे गए शब्द भविष्य की निधि हो जाते हैं–जब भी आगे कभी हम उन्हें पढ़ेंगे...सूत्र-वाक्यों की तरह...तो उनका वह अर्थ समय के साथ इस कदर बदल जाएगा कि आप उसके नये आलोक में फिर कोई अलग-अनूठा सत्य पा लेंगे।"

"तभी मनुष्य ख़त्म हो जाता है, शब्द जीवित रहते हैं।"

"हाँ! पर ज़िंदा उन्हें मनुष्य ही रखता है। ये मनुष्य की चेतना में उतने ही सजीव रहते हैं–जितने उसके अनकांशस या सबकांशस में–दिखें-न-दिखें–इनकी यात्रा मनुष्य की यात्रा से लंबी है।"

"अगर मैं कहूँ, कहीं कोई मृत्यु नहीं है, पड़ाव है हर जन्म अगली यात्रा के लिए...तो?"

"वो भी एक यात्रा ही तो है...और अगर यात्रा है तो उसके अपने दुख भी हैं...यातनाएँ भी...समझौते भी...।"

"तो ये मनुष्य के मृत्यु भय का निवारण है, अगर एक अर्थ में मैं कहूँ।"

"इसे किसी और तरह से भी तो कहा जा सकता है।"

"कैसे?"

“ये मनुष्य के मृत्यु भय पर विजय है।”

“क्या इससे कोई फ़र्क़ पड़ता है?”

“पड़ता है।”

“कैसे?”

“मृत्यु भय मनुष्य का क्षणिक सच हो सकता है, पर उसका चिरंतन सत्य तो मृत्यु पर विजय ही है।”

“पर प्रश्न फिर भी है कि मनुष्य की यातना के रास्ते में ये किस तरह उसका मार्ग प्रशस्त करते हैं?”

“जब सारे रास्ते बंद हो चुकते हैं, तब अंततः शब्द ही मदद करते हैं हमारी...वहाँ अनंत रास्ते हैं, अनंत मंज़िलें...चुनाव आपका है। कोई भी क्रांति हो, अस्तित्व में आने से पहले मनुष्य की चेतना में शब्द ही तो होते हैं। ज़मीन पर आने के बाद यही देह धारण करते हैं।”

“कहते हैं, कवि समाज को क्या देता है तो यहाँ सिर्फ़ कविता पर ही नहीं कवि पर भी प्रश्नचिह्न है? आप इसके बारे में क्या कहना चाहते हैं?”

“कवि समाज को अपनी सोच देता है, अपने मूल्य देता है, एक नया संसार देता है। ऑय थिंक, तीन व्यक्ति एक धरातल पर साथ मिलते हैं...कवि, दार्शनिक और वैज्ञानिक। ये तीनों एक नए संसार का निर्माण करते हैं। संसार सिर्फ़ स्थूल ही तो नहीं है...जितना और जो दिखाई देता है, सिर्फ़ वही तो नहीं है। स्थूलता के परे क्या है? व्हाट इज लव? इट'स ए जस्ट अनडिफ़ाइंड एब्स्ट्रेक्ट...जिसे एक कवि भरता है, दार्शनिक भरता है...यही सृजन है वास्तव में।” यह वाक्य ही नहीं बहुत कुछ उन्होंने मेरी आँखों में देखते हुए कहा था। किसी-किसी वक़्त मैं भूल जाती कि मैं उनसे इंटरव्यू ले रही हूँ, न कि हमारी पर्सनल बात है। फिर सामने रखा माइक मुझे अपनी ड्यूटी की याद दिला देता...।

“सृजन आपकी नज़र में?”

“सृजन मुझे मानवीय और दिव्य एक साथ लगता है। वह काल, नश्वरता और द्वंद्व से मुक्ति है। आई राइट टू सेलीब्रेट...एक्सप्लोर...लव...लैंग्वेज एंड वर्ड...। मैं उनके लिए लिखता हूँ जिन्हें मैं प्रेम करता हूँ।”

“सबके लिए ऐसा हो, लगता नहीं।”

“पर मैं तो अपनी लगी की ही बात कर सकता हूँ।”

मुझे अचानक हँसी आ गई। वे भी मुस्करा रहे थे।

पर इतना ही नहीं था एक घंटे के उस इंटरव्यू में—जो अभी भी मेरे पास सुरक्षित है...और भी कई बातें थीं—आलोचना की स्थिति...उपस्थिति को लेकर फैलती निराशा, पुरस्कारों का छीजता सम्मान, संपादकों का घटता आदर...एक ही किस्म की रचनाओं की बाढ़...मूल प्रश्नों से भटकते विमर्श...।

और अंत में मैं उनसे आग्रह करती हूँ वे अपनी कोई नयी और पसंदीदा कविता पढ़ें—

‘उससे पूछो—
वह अब तक कहाँ थी
अब जबकि सबके घर जाने का वक़्त आ चुका
बचा है तेल ज़रा-सा इस दीये में
और अंत के बाद की उम्मीद
बचाया नहीं जा सका कुछ भी
बहुत कुछ की चाह में...
उससे पूछो
क्या बचा सकती है वह...
....
..........’

उन्हें याद थी अपनी कविता और वे मेरी तरफ़ देखकर पढ़ रहे थे...। रिकार्डिंग रूम में हम दोनों अकेले थे...। उनकी वह आवाज़ मैंने बहुत ध्यान से सुनी थी...। क्या था उस आवाज़ में? एक खालिस दर्द...अपनी अपूर्णता पर गर्व...हार जाने का अभिमान...मैंने ख़ुद को उन्हें देखने दिया।

कविता समाप्त होने के बाद की ख़ामोशी...। मैं ज़रा-सा हड़बड़ायी। शब्द अपना काम ख़त्म कर जा चुके थे और अब वहाँ मौन पसरा पड़ा था। बिना कुछ कहे मैंने रिसीवर ऑफ़ कर दिया। जो जिसकी आवाज़ से उदित होता है, अच्छा है, वह उसी की आवाज़ से ख़त्म हो।

हम दोनों उठते हैं। मैं उनके लिए रिकार्डिंग रूम का भारी दरवाज़ा खोलती हूँ...वे मानो अपने चेहरे पर कितना कुछ लिखा मिटाने की कोशिश में मेरी बगल से गुज़र जाते हैं—बग़ैर मुझे देखे...। उस लंबे गलियारे में हम ख़ामोश चल रहे थे।

आधे घंटे डायरेक्टर के ऑफ़िस में बैठने और काफ़ी पीने के बाद वे बाहर निकले...। मैं इधर-उधर चहलक़दमी करती हुई उनके बाहर आने की प्रतीक्षा कर रही थी...। डेढ़ बज गया था...दो बजे लंच ब्रेक होता है एक घंटे का। यह एक घंटा उनके साथ बात करके कुछ ख़ुशी कमाई जा सकती है। उन्हें छोड़ने कुछ लोग बाहर आने लगे तो उन्होंने माफ़ी माँग ली, कहा—वे चले जाएँगे, उनके लिए वे परेशान न हों।

‘‘मैं बाहर तक छोड़ देती हूँ’’—मैंने नज़दीक आकर कहा तो मेरी बॉस संतुष्टि से सिर हिलाती हुई भीतर चली गईं।

"तो आप मुझे बाहर तक छोड़ेंगी।" उनके जाने के बाद उन्होंने शरारत से मुझे देखा।

"अगर आप इजाज़त दें तो।"

"सब कुछ माँगा नहीं जाता, बस मौक़ा मिले ले लो। सामने वाले को पता नहीं चलना चाहिए आपने क्या ले लिया?"

मैंने मुस्कराते हुए सिर हिलाया और हम साथ चलने लगे—

" 'बाहर छोड़ना'। इसके साथ 'छोड़ना' शब्द कितना ख़तरनाक है। आप इसे मेरे साथ बाहर आना भी कह सकती हैं—कम अज कम छोड़े जाने का अफ़सोस तो न होगा।"

"शब्द बदल देने के बाद आप नहीं जाएँगे?"

"जाऊँगा...पर इस तरह नहीं—वैसे मैं कहीं जाना नहीं चाहता। मैं अपने देवताओं के पड़ोस में रहना चाहता हूँ।" उन्होंने मेरी आँखों में देखते हुए कहा।

"देवताओं से पूछ लिया है।"

"आपको लगता है उन्हें एतराज होगा।"

"एतराज़? वे अपना राज्य ख़ाली कर ज़मीन पर चले आएँगे।"

"फिर तो मैं ज़मीन की देवियों को वहाँ ले जाऊँगा—उनसे बचाते हुए... ।"

उनसे बात करना ऐसा ही था, वाक्य पर वाक्य बनते जाते...ख़ुद-ब-ख़ुद, अप्रयास...न चाहते हुए भी, इस पर हैरत होती।

"वैसे मैं आपसे कुछ पर्सनल पूछना चाहती थी, पर यह सोचकर रुक गई कि शायद आप पसंद न करें।"

"बचता नहीं है एक कवि या कलाकार के जीवन में कुछ अनछुआ...सारा कुछ तो दे देता है वह अपनी कला को... । जिसे दूसरे लोग बचाने की कोशिश भी करते होंगे, कवि वह भी नहीं बचा पाता... । यक़ीन मानिए, ऐसा कुछ अगर है भी तो निरर्थक है इस वक़्त... । हर समय का सच अलग-अलग होता है..."

"ट्रूथ इज द ऑलवेज इन दफार्म ऑफ मेकिंग... ।" मैंने बीच में ही कहा तो वे हँस दिए...

"सच का अपना एक सौंदर्य शास्त्र होता है...उसी के भीतर से प्रेम उदित होता है।" मुझे गहरी नज़रों में देखते हुए उन्होंने कहा... ।

मैंने उनकी आँखों में देखा और देखती रही...कुछ लम्हे गुजर गए, मैंने अपनी आँखें परे कर लीं।

"आपके पास एक अच्छी भाषा है और दिलकश आवाज़... । आप अपनी साँसों का इस्तेमाल बख़ूबी करती हैं।" उन्होंने ही जैसे बात बदलने के लिए कहा।

"इस्तेमाल करना हम सभी सीख जाते हैं, एक न एक दिन अपने हुनर का... पर भाषा मेरी नहीं...भाषा मैं ख़ुद हूँ...और मैं इसे प्रेम करती हूँ।"

"ऐसी बातें सिर्फ़ एक कवि ही कह सकता है और मैं जानता हूँ, आप कविताएँ लिखती हैं।"

"मैं उन बेवकूफ़ों में से हूँ जो हर वक़्त अपने आप से अपने होने की वजह पूछते रहते हैं...हमारे भीतर से जो फूटता है, वे भी प्रश्न ही होते हैं, उत्तर नहीं...शक्ल उनकी कोई भी हो।" मैं हँस पड़ी।

"आप स्वयं एक प्रश्चचिह्न भी हैं मैं आपको देखता हूँ तो एक अजीब-सी हैरत में डूब जाता हूँ...जैसे...हम मकानों के बीच से गुज़रते-गुज़रते एकाएक इतने खुले में आ जाते हैं कि यक़ीन करना मुश्किल होता है कि यह इसी के आस-पास था।"

"आप मेरी हौसला अफजाई कर रहे हैं।" मैं मुस्करा दी।

"उसकी ज़रूरत आपको कहाँ है? आप तो अच्छे-अच्छों के हौसले तोड़ देती होंगी... ।" उन्होंने फिर शरारतन कहा, तो हम हँस पड़े। फिर मैंने ही कहा...

"मेरे लिखने का कोई उद्देश्य नहीं, मैं सिर्फ़ अपने लिए लिखती हूँ, मेरे होने की वजहें मेरी ही हैं—मेरी हँसी, मेरा दुख, मेरी कविता, मेरा प्रेम। मुझे लगता है...हम सब अगर सिर्फ़ अपनी-अपनी दुनिया ही उजरा सकें... ।"

"आप खुद से बहुत प्रेम करती हैं।" वे मुझे इस तरह देख रहे हैं कि मेरे चेहरे का रेशा-रेशा उनकी पकड़ में आ जाए।

"नहीं करना चाहिए?" खुद से तो पता नहीं पर जिससे करती हूँ उससे प्रेम करना खुद को ही प्रेम करने जैसा है...मैंने सोचा।

"मैंने ये नहीं कहा, सिर्फ़ पूछा।"

"हाँ, मैं खुद से प्रेम करती हूँ—और मेरे इस घेरे में जो भी आता है, उससे। खुद से प्रेम किए बिना आप दूसरे से नहीं कर सकते।"

"खुद से ज़्यादा भी तो नहीं कर सकते।"

"ऐसी माँग कम भरोसे वाले करते हैं।"

"अधिक भरोसे वाले क्या करते हैं?"

"वे कोई माँग नहीं करते।"

"उनका काम कैसे चलता है?"

"ये तो उन्हीं से पूछना पड़ेगा।" मैं टाल गई।

"एड्रेस...फ़ोन नं... ।" उनके चेहरे पर शरारत है, हम दोनों हँसने लगते हैं।

'आपको कहा नहीं कभी किसी ने?" हँसी के बीच ही उनकी आवाज़ आई।

'क्या?"

"आपको देखते ही युद्धभूमि में खड़े सैनिक के शस्त्र छूट जाते हैं उसके हाथ से—। आपके क़दमों में तो न जाने कितने दिलों के साम्राज्य पड़े होंगे, नहीं?"

"क़दर नहीं होती उसकी, जो चीज़ इतनी आसानी से मिल जाए। क्या करूँगी वे साम्राज्य...जिन्हें छूने की चाह मेरे भीतर से न उठे।"

"आपको क्या चाहिए?" वे बहुत धीरे-धीरे चल रहे हैं, मैं भी।

"क्या ये बताना इतना आसान है?"

"कोशिश करके देखिए। कभी हम कह नहीं पाते पर कम्यूनिकेट हो जाते हैं।"

"मुझे नहीं पता।"

"ओ कम ऑन–। बताने से आपका कुछ कम नहीं होगा, दूसरे को रास्ता मिल जाएगा।"

"आप ऑलरेडी एक रास्ते पर चल रहे हैं।" मैंने उनकी तरफ़ देखते हुए कहा।

"तो? रास्ता कोई मेरी देह थोड़े ही है कि मैं बदल न सकूँ। वैसे तो मैं इसे भी बदलने को तैयार हूँ।" मैं हँस पड़ी, कहा कुछ नहीं।

"वैसे आप नहीं होंगी इस बात के लिए तैयार।"

"नहीं।" मैंने शोख़ आवाज़ में कहा।

"वजह?"

"मैंने इस पर बहुत मेहनत की है। अब दुबारा नहीं कर सकती।"

हम दोनों हँस दिए। चलते हुए उनकी कार तक आ ही गए आख़िर...। दूर खड़ा ड्राइवर हमें देखते ही लपकता हुआ चला आया।

"आप चलेंगी तो मैं आपको घर तक छोड़ दूँगा। इस बहाने आपका घर देख लूँगा।"

"मेरी ड्यूटी शाम छह बजे तक है। डिनर पर हम ग्रीन हाउस में मिल रहे हैं। कार्ड मेरे पास है ही। वैसे भी जब तक मीडिया वाले न आ जाएँ, कुछ शुरू नहीं होता।" मैंने मुस्कराते हुए कहा।

"आप जब तक नहीं आएँगी, कुछ शुरू नहीं होगा।"

वे झुके और कार में बैठ गए, कार सरकती हुई आगे चली गई।

शहर से पचास किलोमीटर दूर 'सिंघानिया ग्रीन हाउस' में डिनर का आयोजन किया गया था। समस्त साहित्यकारों और कुछ गणमान्य नागरिकों के लिए। यह आयोजन बाहर से आए साहित्यकारों के स्वागत में है। समूचा माहौल सुंदर और रोमांटिक है...पैरों के नीचे गुदगुदी कटी सजी-हरी-गीली घास...आसपास ठंडी हवा में झूमते क़िस्म-क़िस्म के पेड़...पेड़ों पर लगी रंगीन बल्बों की झालरें...अलग-अलग रंगों के छोटे-छोटे बल्ब अलग-अलग वक़्त पर जलते-बुझते जैसे कोई मायाजाल रच रहे हैं...चौंक कर देखा होगा पेड़ों ने भी—क्या हो गया? कौन चला आया हमारे बियाबान में बिना बताए? मनुष्य सबको हैरान करता है, खुद को भी। कुछ दूरी

पर सुंदर-सी कॉटेज। दूर-दूर तक फैली हरियाली अँधेरे में घुल-मिल गई है। बहुत दूर से देखो, तो पता ही नहीं चलता, हक़ीक़त क्या है, फ़साना क्या? मुझे अपने इस ख़याल पर हँसी आती है, जैसे पास से देखने पर मैं जान ही जाती।

खाने के दस-बारह स्टाल सजे हैं, ज़रा-ज़रा सी दूरी पर...। कुछ वेटर कोल्ड-ड्रिंक्स सर्व कर रहे हैं। वे मुझसे दूर अन्य साहित्यकारों से बातचीत में मशगूल दिख रहे हैं या शायद मशगूल दिखने का अभिनय कर रहे हैं। ज़रा-ज़रा-सी देर में वे मेरी तरफ़ देख लेते हैं, या किसी वक़्त चलते हुए दूर निकल जाते हैं तो फिर आस-पास आ जाते हैं। मैं भी अपने ग्रुप के साथ कोल्ड-ड्रिंक्स पीते हुए बतिया रही हूँ। डिनर के बाद कविताओं का प्रोग्राम होगा, हमने रिकार्डिंग की पूरी तैयारी कर ली है।

'चिराग दिल का जलाओ बहुत अँधेरा है,
उन्हीं को ढूँढ़ के लाओ बहुत अँधेरा है।'

मोहम्मद रफी का रिकार्ड बज रहा है...उन्हें सुनती हुई मैं अपने कलीग्स के मध्य बैठी हूँ...उनकी रोज़मर्रा की बातों से ऊबी हुई...अनायास देखा...धीरे-धीरे लगभग सारे साहित्यकार उस कॉटेज की तरफ़ जा रहे हैं...। मैंने मुड़कर अपनी कलीग को देखा तो उसने हाथ से गिलास का शेप बनाया और होंठों तक ले गई फिर अभिनय करती हुई मेरे कंधे तक ढलक आई। मैं समझ गई। वैसे तो आज मुझे भी नशे की ज़रूरत है...मैं समझ नहीं पा रही अपनी हालत...कितने चैन से मैं जी रही थी...तो क्या वह चैन था? पता नहीं, पर दिखता तो था।

घंटे-भर बाद जब सारे बाहर निकले, तब तक स्टॉल पर सजी डिशेस के नीचे लगे छोटे-छोटे स्टोव जलने लगे थे। यह मध्य अक्टूबर की एक सिहरती रात है, जब जी करता है, कुछ न कहा जाए, बस चुप रहा जाए। हवा के झोंकों के साथ अजीब-सी महक आ रही है...घास की या मिले-जुले पत्तों की...पता नहीं? इस सारी चहल-पहल से दूर सीमेंट की एक बेंच पर बैठी थी कि पीछे से किसी ने कंधे को छुआ भर...

"यहाँ क्या कर रही हैं?" मेरी उम्मीद ठीक थी वे ही थे।

"प्रतीक्षा।" मैंने उठते हुए उन्हें देखा। शायद ज़्यादा पीने की वजह से उनके गाल लाल से दिख रहे हैं...कान की लवें भी...आँखें जैसे किसी अदृश्य आग में सुलग रही हों...

हम सब के भीतर कुछ-न-कुछ सदैव जलता रहता है...और अगर हम चाहते हैं कि ये यूँ ही जलता रहे, बुझे न क्योंकि इसका बुझना अपना भी तो बुझना है...तो इसकी आग में हर दिन कुछ-न-कुछ डालना होगा ही, कुछ भी...कामनाएँ, प्रेम, यातना, उदासी...कुछ भी।

"मेरी तो नहीं।" उन्होंने अपनी सुलगती आँखें मेरे चेहरे पर गड़ा दीं...

जल सकता था मेरा चेहरा, ख़ुद मैं, पर हुआ मात्र इतना कि भीतर रखी बर्फ़ की सिल अब उतनी कठोर नहीं रही...उँगली से छू दो तो उँगली गीली हो जाए...इसके पहले तो...।

"मुझे लगता है, हम हर वक़्त कुछ न कुछ होने की, कुछ न कुछ घटने की प्रतीक्षा करते रहते हैं। हमें लगता है, कुछ होगा और यकबयक समूचा जीवन बदल जाएगा, हम कुछ और हो जाएँगे।"

"और वह कभी नहीं होता।" उन्होंने बेंच पर बैठते हुए मेरी बाँह पकड़ ली, कहा..."बैठो।"

"चलिए, वॉक करते हैं। ये लंबा रास्ता गोल है, वापस यहीं ले आएगा।" मैंने इशारे से बताया...

"वैसे तो सारे रास्ते वहीं ले आते हैं...जैसे पाँच बरस लंबा रास्ता...नहीं?"

वे खड़े हो गए...हम उस आधे अँधेरे, आधे उजाले में बिछे...पेड़ों से ढँके रास्ते पर चलने लगे...

"आपने मेरी बात का जवाब नहीं दिया।" उनकी छूटी हुई उँगलियाँ फिर मेरे हाथ पर कस गईं।

"होता है कभी-कभी...पर प्रतीक्षित की तरह नहीं, किसी और तरीक़े से...।" उन्हें देखते हुए मैं हल्के से मुस्करा दी।

'एक दिन मैं तुम्हें बताऊँगी...
तुम्हारी स्वप्नीली उत्पत्ति के बारे में
एक दिन मैं तुम्हें बताऊँगी...
तुम कैसे जन्मते हो हर रोज़ मेरे भीतर...
किसी और तरीक़े से...।'

उन्होंने मेरी ही कविता की लाइनें मुझे हतप्रभ करते हुए पढ़ीं...। अपनी भारी बोझिल सुरूर में डूबी आवाज़ में...। समूची गहमागहमी से दूर उस ठंडी रात में उनकी आवाज़ गर्म रुई के फाहों-सी मेरे ऊपर झरती रही...। कैसे एक वक़्त का सच दूसरे वक़्त के झूठ में बदल जाता है? जिसके लिए यह लिखी थी, उसने हर रोज़ मेरे भीतर जन्म लेना छोड़ दिया था या हर रोज़ मैंने गर्भधारण करना। इसे मैं इस वक़्त ख़ुद भी नहीं समझना चाहती...। मेरा हाथ अभी भी उनके हाथ में है और हम ख़ामोश चल रहे हैं। मैंने अपना हाथ खींचने की कोशिश की तो उन्होंने अपने हाथ उस पर कस लिए—

"इसका कुछ और अर्थ न लीजिएगा प्लीज़—ये मात्र शब्द हैं।"

मैंने स्थिर आवाज़ में कहना चाहा पर मेरी आवाज़ भी काँप गई मेरी देह

की तरह।

उस क्षण पहली बार जाना—आवाज़ की भी एक देह होती है—हमारी देह से स्वतंत्र...। हमारी देह से जन्म लेते ही वह अपना वजूद खुद रच लेती है...। मिलते हैं इसके नाक-नक़्श हमारी देह से...पर यह कोई बहुत ज़रूरी भी नहीं...। कभी-कभी उसकी देह हमारी देह के बिल्कुल विपरीत दिखाई देती है, हैरत होती है उसका रूप देखकर—

''स्वतंत्र हूँ मैं किसी भी शब्द का कोई भी अर्थ लेने में...स्वतंत्र हूँ मैं तुम्हारा अस्तित्व अपने अस्तित्व में महसूसने में...तुम इसे मेरा दुस्साहस समझना चाहो तो समझो, मैं इसे अपनी ज़िद मानता हूँ।''

उनका आवेश देख मेरी तीनों देहें काँप गईं।

''प्लीज़ बचपना नहीं, मेरा हाथ छोड़िए, मैं चली जाऊँगी।''

''अच्छा हाथ छोड़ता हूँ ज़िद नहीं।'' उन्होंने एक झटके से मेरा हाथ हवा में उठाया और फिर छोड़ दिया।

मुझे उनके इस पागलपन पर गुस्सा भी आया, हँसी भी—

''आपके लिए यह फन होगा, मेरे लिए नहीं...। इसका मतलब?''

''अगर प्रेम फन है तो मैं यह फन जीना चाहता हूँ।'' उन्होंने मेरे सामने आकर मेरे दोनों कंधे पकड़ लिए—सख़्ती से—। बर्फ़ की सिल पर हथौड़े की मार—

''अगर यह साँस है तो मैं यह साँस लेना चाहता हूँ। अगर यह हवा है, अगर यह अहसास है, अगर यह जोखिम है, साहस है, क्षणभंगुर है—जो भी यह है, जो भी यह हो सकता है—मैं इसे एक बार जीना चाहता हूँ।''

वे अपने भीतरी आवेश और नशे में समूचे काँप रहे थे—हवा की मार से घायल उस दरख़्त की तरह—जो अपने वजूद में स्थिर रहने की बेहिस चाह के बावजूद पूरा-का-पूरा लड़खड़ाता चला जाता है—

''एक बार और...।'' मैंने उन्हें मुस्कराते हुए ठीक किया...अपने कंधों पर रखे उनके हाथ नीचे किए, छोड़ दिए।

''हाँ, एक बार और...। वे लोग महान होंगे जो जीवन में सिर्फ़ एक बार प्रेम करते हैं, जिनका काम सिर्फ़ अपनी पत्नी से चल जाता है, जिनको दूसरों का संसार अपनी तरफ़ खींचता नहीं...जिन्हें दुनिया की असहनीय ख़ूबसूरती बार-बार पागल नहीं बनाती...। जो...मैं उनमें से नहीं हूँ।''

''इसका मतलब—।'' मैंने कहना शुरू किया ही था कि किन्हीं क़दमों की आहट सुनाई दी और आपस में बात करने की...। दो लोग इधर ही आ रहे हैं, शायद हमें बुलाने...। अपनी लंबाई के चलते मैंने दो क़दम आगे बढ़कर उन्हें आड़ दे दी, ताकि वे खुद को सँभाल सकें—। मेरा चेहरा आगंतुकों की तरफ़ है और वे हमें इशारे से बुला रहे हैं। मैंने भी उन्हें अपने आने का इशारा दिया...वे लौटने

लगे। मुझे पता है हम दोनों का यूँ तन्हाँ घूमना ना जाने कितने क़िस्से बनाएगा, जो उनके जाने के बाद भी इस शहर की हवा में चक्कर काटते रहेंगे—सूखे पत्तों की तरह बेमतलब...कभी छतों, कभी टूटी दीवारों...कभी आँगनों में गिरे हुए...जिन्हें कोई भी रौंद सकता है...। तो? पत्तों का संसार यह नहीं वह है जब वह शाख़ लगा होता है, अपनी पूरी जिजीविषा और वैभव के साथ...। एक दिन मर जाएगा सोचकर वह जीना नहीं छोड़ देता। मैंने अपने सिर से सारे विचार झटक दिए।

हम दोनों वापस आ रहे हैं...। अपने-अपने अँधेरों से रोशनी की ओर...। मैंने उनका चेहरा देखने की कोशिश नहीं की, न कुछ कहने की...। यह वे लम्हे हो सकते थे, जब वे अकेला छोड़ दिया जाना चाहें।

इस तरफ़ शोर है, आवाज़ें हैं, प्लेयर पर लता मंगेशकर के पुराने गानों की धुन है—

'कुछ दिल ने कहा—कुछ भी नहीं
कुछ दिल ने सुना—कुछ भी नहीं
ऐसे भी बातें होती हैं,
ऐसे ही बातें होती हैं।'

मैं अपने भीतर उठती राग की आदिम धुन पर पैर रख इधर-उधर देख रही हूँ कि मेरे कलीग ने एक ख़ाली प्लेट मेरे हाथ में थमा दी और मुझे खींचकर लाइन में लगा दिया। सबके साथ मैं भी आगे सरकने लगी और इस वक़्त से उस वक़्त तक पहुँच गई, जब वे अपनी प्लेट अपने हाथों में लिए मुझे खोजते मेरे पास चले आए हैं—

पिछले कुछ लम्हों की बनिस्बत अब वे काफ़ी सहज दिख रहे हैं—

फिर भी—क्षणों के तूफ़ान के गुज़रने के चिह्न तो अभी भी हैं ही...। चाहे अशांति को ढँकती शांति की शक्ल में हों—

"कुछ लोग अपने बारे में कितनी तन्मयता से बातें करते हैं...।" उन्होंने किसी की तरफ़ देखते हुए कहना शुरू किया—

"मानो उनके जीवन में कितना कुछ है, जिसमें किसी दूसरे को दिलचस्पी हो सकती है।"

और अगले ही क्षण उनके चेहरे और आँखों पर दूसरा ही रंग आ गया—

"सच तो यह है जब तक आदमी के भीतर प्रेम का उदय नहीं होता, तब तक सब कुछ निरर्थक है और वह यह बात जानता है।" अब उन्होंने सीधे मेरी आँखों में देखा—

"प्रेम दरअसल रोशनी का एक सैलाब है—इसके सामने बहुत देर खड़ा नहीं रहा जा सकता। क्यों?"

मैं हँसती हूँ पीछे हटती हुई...मैं नहीं चाहती हमारी बातें किन्हीं और कानों तक पहुँचें। पता नहीं अभी वे यह सब समझने की हालत में हैं या नहीं...। शायद हैं, तभी मेरे साथ चलते हुए सुरक्षित कोने में आ जाते हैं।

"फिर तो प्रेम स्मृतियों में ही जिया जाएगा...क्योंकि जब-जब यह सैलाब हम तक आएगा, हमारे पैर उखड़ जाएँगे।"

मैंने माहौल को हल्का बनाए रखने के लिए कहा।

"और क्या? इतनी ताब इंसान में कहाँ कि वह सारी उम्र इस हरहराते समंदर के मध्य खड़ा रह सके। उसे तो किनारे पर पैर डुबोकर...बैठकर या बीतती उम्र की यादों की मूँगफलियाँ छीलकर खाते हुए ही संतोष करना पड़ता है।"

"जिनमें साहस नहीं होता, वही ऐसी बातें कहते हैं।" मैंने तंज में कहा।

"तो आपका क्या खयाल है?"

"यह समंदर में डुबकी नहीं, समंदर में खो जाना है, समंदर ही हो जाना है। बाक़ी जो बचता है, वह बकौल आपके मूँगफली के छिलके ही हैं।"

"ऑय लव टू टॉक टू यू।" उनकी साँसें और आवाज़ें दोनों भारी हो गईं।

मैंने कुछ नहीं कहा, उन्हें देखती रही।

"तुम्हें देखते ही भीतर कुछ उगता है, तुम नसों में जुनून भर देती हो, पैशन...। तुम प्रेम की एक ऐसी लहर हो, जिसकी चाह ख़ुद समंदर को है, इसके बिना अधूरा है वह...।"

मैंने अभी भी उन्हें कुछ नहीं कहा, बस उन्हें देखती रही।

"पाँच साल के बाद आया हूँ मैं यहाँ...लांग-लांग फ़ाइव ईयर्स। तुम बिलकुल वैसी हो, समय ने तुम्हें छुआ तक नहीं है।"

"मेरा समय के साथ एक करार है।" मैंने हँसी में कहा।

"कैसा करार?"

"जिस दिन वह मुझे छू लेगा, मैं स्वयं को उसमें मर्ज कर लूँगी।"

"क्या मैं समय नहीं हो सकता?"

"होना चाहेंगे?" मेरी आवाज़ में अभी भी हँसी है

"जिस-जिस भेस में तुम मुझे पुकारोगी, उस-उस भेस में मैं दौड़ा चला आऊँगा...नियति के आँगन से उठकर तुम्हारी ओर आता हुआ...भोर के तारे-सा टूटकर तुम्हारी झोली में गिरता हुआ या दरख़्त के पत्तों-सा तुम पर झरता हुआ...देवताओं के पड़ोस को छोड़कर मैं तुममें रहना चाहूँगा...। शर्त यही है तुम मुझे पुकार लो।"

"तौबा...!" उस आग से खेलते-खेलते मैं स्वयं काँप गई।

"शब्दों के जादूगर हैं आप...!" मैंने मुस्कराकर माहौल को हल्का बनाने की कोशिश की, व्यर्थ कोशिश...।

"जी करता है, तुम्हारी दिगंबर देह को मैं शब्दों से ढाँप लूँ...तुम साड़ी पहन लो शब्दों की... ।" मेरा चेहरा लाल हो गया...

"शब्दों में इतने साहस कहाँ कि दिगंबर देह का सच झेल सकें...वे तो उसे छूते ही भक से जल उठेंगे सूखे पत्तों की तरह।" मैंने तीखी आवाज़ में कहा और प्लेट रखने के बहाने मुड़कर दूर चली गई।

एक पेड़ के समीप पहुँची...झुककर अपनी प्लेट रखी और कुछ पल वैसे ही खड़ी रही...मेरी ज़बान पर कुछ तिक्त-सा स्वाद था। मुझे पानी की तलब महसूस होने लगी...

मुड़ी तो महज एक मीटर के फासले पर वे मुझे अपनी ओर आते दिखे... मैंने इधर-उधर देखा... ।

काफ़ी लोग खाने में मशगूल थे तो कुछ हम दोनों की लुकाछिपी भी देख रहे थे छिपी-छिपी नज़रों से...अब? वे मेरे सामने आकर खड़े हो गए...

"आप अपने दोस्तों के साथ रहिए...वरना... ।" मेरी आवाज़ में मुस्कान भर आई।

"वरना...तुम मुझे ले जाओगी।" उन्होंने भी सहज ढंग से मज़ाक़ करते हुए कहा।

"मैं तो ले गई समझो।" मैंने मज़ाक़ में कहना चाहा, पर कहा... ।

"वरना...वे कहेंगे मैं आपको ले गई। उधर देखिए, आधे लोग हमें ही देख रहे हैं।"

"देना चाहिए लोगों को बातें करने का अवसर... । बेचारों की ज़िंदगी में और होता क्या है? तुम मानो या न मानो वे तो आते ही ऐसी तलाश में हैं कि कुछ मिल जाए...अगले कुछ दिनों के लिए... ।"

वे भी अब हल्के-फुल्के मूड की ओर लौट रहे हैं...उनके हाथों में अभी भी उनकी प्लेट है...वे मुझे खाते हुए नहीं चुगते हुए दिख रहे हैं। हो सकता है मुझे रोके रहने का ये महज़ एक बहाना हो... ।

"तो दो क़िस्म के लोग होते हैं। वे जो जीते हैं, दूसरे वे जो दूसरे को जीते हुए देखते हैं और उनकी बाबत अच्छी या बुरी बातें करके खुद को संतुष्ट करते हैं।"

बातें दूसरों की ओर मुड़ गई हैं और अब मैं आराम से बातें कर सकती हूँ... ।

"दैट्स राइट। महत्त्वपूर्ण यह है मेरे लिए कि तुम खुद किनमें से हो?"

"ये तो मुझसे बेहतर आप बताएँगे।"

"मैं क्यूँ?"

"कोई लड़की अगर सुंदर भी हो तो लोग उसकी बाबत नतीजे खुद ही निकाल

लेते हैं, उससे पूछने की ज़रूरत नहीं समझते।"

"मैं तुमसे पूछता हूँ...।" उन्होंने चम्मच प्लेट में छोड़ते हुए अचानक अपना चेहरा आगे किया...अपने एक हाथ से मेरी बाँह पर दस्तक देते हुए नीची मगर दृढ़ आवाज़ से कहा...

"हलो...लिसिन...हू इज देयर? नो बडी? मे ऑय कम इन...इन साइड...हलो...?"

ये सब इतना अचानक और इस तरह हुआ कि मैं सकपकाकर पीछे हट गई...। मेरी कनपटियों पर कुछ...ज़ोर-ज़ोर से बजने लगा...चेहरा पसीने से नहा गया...अनियंत्रित साँसों को सँभालते हुए मैंने अपना चेहरा मोड़ा और दूर चली गई...। चलते हुए मेरे क़दम लड़खड़ा रहे थे...। चलते हुए मैं वहाँ पहुँची जहाँ ठंडे पानी की व्यवस्था...क्या मज़ाक़ है? किसी ने देखा होगा तो? देखा ही होगा...मैं ठंडे पानी से अपना चेहरा धोती रही...। पर सिर्फ़ इतना ही नहीं था ठंडे पानी से अपना चेहरा धोते समय, मैंने जाना...इस सबको परे ठेलती एक और भी आवाज़ थी, जिसे सुनने को मैं क़तई तैयार नहीं थी।

तभी, देखा, दूर से मेरी कलीग आ रही है...वह आकर मेरे सामने खड़ी हो गई, सख़्त निगाहों से मुझे देखती...। मैं चुपचाप पर्स से रूमाल निकाल अपना चेहरा पोंछती रही...

"और भी ग़म हैं जमाने में मोहब्बत के सिवा। चलें?" उसने व्यंग्य से कहा, मैं सिर हिलाते हुए उसके साथ चल पड़ी।

सिर्फ़ एक लम्हा फूँकना
तुम मेरी साँस में साँस
मुझे जीवित कर देना
सिर्फ़ एक लम्हा
निहारना मेरी तरफ़
मुझमें पंख उगा देना
सिर्फ़ एक लम्हा
तुम मुझे देना शब्द एक
मुझे कालजयी बना देना।'

वे कविता पढ़ रहे हैं...नहीं, वे कविता नहीं पढ़ रहे, वे कुछ कह रहे हैं—नहीं, वे कुछ कह नहीं रहे, वे मुझसे कुछ पूछ रहे हैं—वे कुछ देख रहे हैं मुझमें—वे कुछ खोज रहे हैं। नहीं, हमें क्या पता, कौन-सी चीज़ कहाँ पड़ी है—कोई आता है, खोजता है, पता नहीं क्या-क्या मिल जाता है उसे? अब कोई इनसे पूछे ज़रा—तुम तो चले जाओगे कल—ये जो ज़रा-सा ले जा रहे हो, ज़रा-सा दे जा रहे हो, कौन रखेगा उसका हिसाब?

स्टेज की तरफ़ जाते मेरे पैर लड़खड़ा गए...और मैं वहीं ठिठकी खड़ी वह पूरी कविता सुनती रही–। आवाज़ का रेशमी रेशा-रेशा मेरे सामने इसलिए भी साफ था कि मैं उस भारी भरकम काले स्पीकर की बग़ल में खड़ी–निस्पंद-सी मंच की ओर ताके जा रही हूँ–शायद दसेंक कवि हैं–सफ़ेद चादरों पर बैठे–उनके पीछे लोकल संस्था का बैनर...। माइक उनके सामने है और मेरे सामने वे–न सिर्फ़ वे...उनके शब्दों में आकार लेती धरती की हरियाली, घास पर टिकीं ओस की बूँद, कुपित देवताओं का षड्यंत्र...चट्टान की दरार से झाँकता किसलय...उम्मीद के पार उठा एक झिझकता क़दम–हज़ारों रंग बदलता आसमान...। मनुष्य करोड़ों कथाएँ रोज़ रचता है जिस प्रकृति की स्तुति में...वह हर क्षण अपना रूप बदलती है...जो तुमने अभी कहा, वह नहीं है...वह भी नहीं, जो तुम कहने वाले हो...न वह जो आने वाले दिनों में कहोगे...प्रेम, प्रकृति और सत्य...क्या इनकी बाबत कुछ भी कहा जा सकता है?

मेरी आँखें समूचे स्टेज पर से गुज़रती हुईं उन्हीं पर आकर रुक गई हैं–उनकी आँखें अपनी डायरी या पेपर जो भी उनके हाथ में है–पर टिकी हुई हैं–बीच-बीच में वे रुकते हैं, जब उनकी किसी लाइन या शब्द पर कोई 'वाह'. कहता है या श्रोताओं में से एक हल्का-सा शोर उठता है...कभी तालियों की गड़गड़ाहट–कभी दाद...। मैं अपने होने की आहट को कम करती हुई स्पीकर की बग़ल में रखी कुर्सी पर बैठ जाती हूँ...

पन्नों की सरसराहट...वे अपनी अगली कविता पढ़ रहे हैं–

'वह आती है सुबह के साथ
पंछी उसके साथ चले आते हैं
सूर्य अपनी बाँह रात से छुड़ा
छा जाता है आसमान पर
पृथ्वी हसरत से उसे देखती है...।'

शब्द मेरे भीतर के अँधेरों में फुलझड़ियों की तरह फूटते हैं...या दीपावली में जलते किसी अनार की तरह...इतनी रोशनी...इतनी कि तुम कुछ नहीं कर सकते...घुटने टेक देते हो...।

स्टेज की बाईं तरफ़ रिकार्डिंग चल रही है–मेरे पैरों में इतनी ताक़त नहीं है कि वहाँ तक पहुँचूँ...।

'हम बिलकुल उसी तरह
रहेंगे तुम्हारी स्मृति में
जैसे देह-गंध

रति के बाद
रहती है अपने साथ...।'

जिस वक़्त तुम्हें किसी की बहुत-बहुत ज़रूरत होती है, हर लम्हा तुम्हारी देह, तुम्हारे मन को छीलता...उन्हें टुकड़े-टुकड़े करता गुज़रता है...वह तुम्हें नहीं मिलता। समंदर की उत्ताल लहरें तुम्हारी दीवारों से टकरा-टकरा कर तोड़ देती हैं तुम्हें...और तुम तक़रीबन सारी उम्र उन टूटी दीवारों के सामने खड़े एक साबित घर की टूटी कल्पना को देखते रह जाते हो...।

उन्होंने लगभग ग्यारह कविताएँ पढ़ीं छोटी-छोटी...आस-पास के हल्के शोर से ऊपर उनकी आवाज़ किसी नदी में छोटी नाव की तरह तैर रही है...। कविता की पतवार से उसे खेते हुए आहिस्ता-आहिस्ता वे मेरे निकट आ रहे हैं। मैं अपने आँखों के पानियों में गले-गले तक डूबी किसी अनहोनी की प्रतीक्षा कर रही हूँ...पर नहीं होतीं अनहोनियाँ इस तरह...होनियाँ ही नहीं होतीं जहाँ....जहाँ कभी कुछ नहीं होता...जी करता है किसी के कंधे से लग ज़ोर-ज़ोर से रोऊँ...कहाँ है वह सख़्त बर्फ़ की सिल्ली—जिसे इतनी मुश्किलों से जमाया था मैंने...अपने आप को पूरा ठंडा करके...। कमाल है, कुछ शब्दों की गर्मी क्या उसे इस क़दर पिघला सकती है?

वे जाकर अपनी जगह पर बैठ गए हैं। मैं ऐसे कोण पर खड़ी हूँ, जहाँ से वे मुझे आसानी से नहीं देख सकते...। उनकी आँखें एक बार भटककर वापस लौट गईं। उनके बाद लगभग सभी ने कविताएँ पढ़ीं...पर वे जो जादू रच चुके थे...उसका असर कोई कम नहीं कर पाया। दो घंटे का वह कार्यक्रम काफ़ी अच्छा रहा...। प्रेस वालों के कैमरों के फ्लश लगातार चमकते रहे...। कल के न्यूज पेपर्स में इन सारों के इंटरव्यू छपेंगे...वही-वहीं बातें...घटित के पन्ने सभी बाँच लेंगे...अघटित घटित के कौन बाँचेगा?

और...फिर जैसे कि हर चीज़ अंत की ओर जाती है, वह भी अपने अंत पर पहुँचकर ख़त्म हो गया।

हम सबने सामान समेटा...जाने की हड़बड़ी करने लगे...वे कहीं दिखायी नहीं दे रहे थे और मुझे लग रहा था बिना मिले जाना पड़ेगा। आज उनके सारे कार्यक्रम ख़त्म हो गए। कल वे जाएँगे—शायद दुपहर की किसी ट्रेन से...वापस दिल्ली...।

बिना उनसे मिले आख़िर हम सब अपनी-अपनी गाड़ियों में घर की ओर रवाना हो गए। रास्ते में ही सेल पर उनका मैसेज आया—'टुमारो, 12'O क्लॉक, इन शताब्दी प्लीज़ कम।'

मुझे जाना था, मैं गई—

नहीं वे अकेले नहीं थे, दस-बारह लोगों से घिरे थे। स्टेशन की भीड़ को

चीरती जब मैं उन तक पहुँची तो उन्होंने हैरान होने का अभिनय किया—

"आइए-आइए, मुझे लगा, आप नहीं आएँगी।"

"काश, हम जो करना चाहते हैं, वो कर पाते।" मैंने मज़ाक़ करना चाहा पर सबकी उपस्थिति की वजह से ख़ामोश रही। पर आज मैं करूँगी..। मेरे भीतर यह किसकी आवाज़ है। कौन है वो, जो रात-भर जगती रही थी किसी नई सुबह की प्रतीक्षा में...

उन्होंने दूसरों से हो रही अपनी अधूरी बातों का सूत्र पकड़ा...मानो मेरा बस वहाँ खड़े रहना ही उनकी तसल्ली हो। कुछ लोगों के हाथों में उस दिन के न्यूज पेपर्स थे, लगभग सभी में उनकी उपस्थिति दर्ज थी...कभी पूछूँगी उनसे—कितना बचाते हैं वे खुद को कितना बताते हैं? जब तक वह वक़्त आएगा, सारे प्रश्न ही झर जाएँगे...। अच्छा है, यह वक़्त भी ख़ामोशी से गुज़र जाए और मैं कुछ कहने-सुनने से बची रहूँ।

तभी धड़धड़ाती हुई ट्रेन आकर प्लेटफ़ार्म पर रुकी और यात्रियों में भागा-दौड़ी शुरू हो गई...दिल्ली जाने वालों में वे अकेले थे, कुछ को भोपाल जाना था, कुछ को कहीं और...। उनकी सीट पर उनका सामान और न्यूज पेपर्स के पुलिंदे रख दिए गए...। उन्होंने काफ़ी तत्परता से सबको विदा किया—वे सब मुझे बड़ी अर्थपूर्ण दृष्टि से देखते हुए उतर गए...। उनके चेहरों पर क्रूर मुस्कान है...दूसरों की हँसी उड़ाती हुई, दूसरों को अपमानित और शर्मिन्दा करती हुई...। मुझे पता था, यही होगा। मैं नहीं आती...एक एसएमएस कर देती पर नहीं, दूसरों के डर से मैं अपनी निगाहों में अकृतज्ञ नहीं हो सकती।

मैं उनके सामने वाली बर्थ पर बैठी हूँ...। ए. सी. टू टायर की वजह से भी भीड़ काफ़ी कम है...आख़िरी कुछ मिनट्स और हैं...पता नहीं कितने...? उन्होंने बैठते-बैठते पर्दे की आड़ बना ली और अब मैंने बग़ैर हड़बड़ाहट के उनकी तरफ़ देखा—

"थैंक्स—।" उन्होंने मेरा हाथ पकड़कर अपने होठों से छुआ और चूम लिया। उनकी आँखें बेतरह उदास हो आईं थीं।

"फ़ॉर व्हाट?"

आँसुओं की अचानक आई बाढ़ से ख़ुद को बचाया मैंने, फिर भी गला रुँध ही गया—। कभी-कभी बाहर बहता पानी भीतर भी बहने के रास्ते खोज लेता है...।

"उस सबके लिए जो तुमने मुझे दिया और उस सबके लिए भी जो तुम मुझे नहीं दे सकीं...पर मैंने कुछ न कुछ ले ही लिया...और देखो, मैंने अपनी ज़िद अभी छोड़ी नहीं है।"

भावावेश में उनकी आवाज़ काँप रही है। मेरा हाथ अभी भी उनके गर्म और गीले हाथों में है।

"थैंक्स टू यू।" आँसुओं को पीछे धकेलती हुई मैं मुस्कराई।

उन्होंने कहा कुछ नहीं, मेरी आँखों में देखते रहे।

"आपने सख़्ती से बंद मेरे दरवाज़े खोल दिए—अब मैं ख़ुद बाहर निकल सकती हूँ—अपने इगो से।"

"मैं समझा नहीं।" उनके चेहरे पर हैरानी उतर आई।

"ज़रूरी नहीं है समझें। आपने अपना काम कर दिया।"

आपने कहा था न, जहाँ से मिले, ले लो। मैंने ले ली यह समझ—कि प्रेम जो हम पर किसी ब्लिस की तरह बरसता है...इसे किसी भी क़ीमत पर मत खोओ...अपने इगो की क़ीमत पर तो हरगिज़ नहीं। ब्लिस इज द एक्सपीरियंस...ब्लिस इज नॉट ए वर्ड ओन्ली...फ़ॉर मी...।

"मुझे इसका मतलब समझाओगी।"

"फिर कभी।" मैं उठी...आज मैं जल्दी में हूँ। मैंने उनके हाथों से अपना हाथ अलग किया...एक आख़िरी थपकी दी उनके हाथों पर...

'रियली थैंक्स– ।"

इससे पहले वे कुछ कहें, परदा हटा के बाहर आ गई। फिर नीचे...फिर रास्ते पर...किस रास्ते पर? जिस पर जाना तो बहुत पहले था...पर जा नहीं सकी थी...और कितनी देर करूँगी मैं?

एक बार फिर मेरी गाड़ी जानी-पहचानी सड़कों पर दौड़ रही है...कितना वक़्त हो गया हमें एक-दूसरे से रूठे हुए...एक-दूसरे को मनाए हुए...पुकारे हुए...एक-दूसरे को जिए हुए...क्या हो जाता है कभी-कभी कि हम अपने भीतर के सच से आँखें चुराने लगते हैं...और फिर कैसे किसी और के बहाने मेरा-अपना सत्य अनावृत हो गया।

हो सकता है, घर पर न हों, फिर भी जाऊँगी एक बार...यह पल लौटाया नहीं जा सकता–।

मेरी गाड़ी सीधे उनके घर के सामने रुकी—दरवाज़ा सदैव की तरह उढ़का हुआ...वे बंद नहीं करते...फिर भी मैं बिना खटखटाए कभी भीतर नहीं गई...मैंने खटखटाया...बहुत-बहुत वक़्त बाद...

"हू'ज दैट?" भीतर से वही आवाज़ आई, जिसे सुनने को मैं हमेशा आते-जाते लम्हे के बीच पाँव फँसाकर खड़ी हो जाती हूँ–

"मे ऑय कम इन?"

मैसेन्जर

ख़ाली वक़्त जब प्रेत की तरह उनके कंधों पर आ बैठता, वे वहीं चले जाते, इंटरटेनमेंट की ख़ास जगह 'साइबर कैफ़े'। उनकी उँगलियाँ तेज़ी से बटन दबाने लगतीं, स्क्रीन पर हर रोज़ एक नई कहानी उभरती....चेहरा नया, देह वही...तमाम वक़्त नए-नए शब्दों में ढलकर बाहर आती...जाने कितने मुँहों से होकर फैलती...फिर जब वह सिर्फ़ लोथ रह जाती...जाने कब सड़क पर गिरकर दम तोड़ देती...फिर और...फिर और...। वेताल सिर पर सवार ही रहता...कभी-कभी कोई कहानी चुपचाप भीतर गिर जाती...चिड़िया की चोंच से जैसे लाल बिही का बीज...बिना किसी को कुछ जताए...लेने लगती फिर वहीं आकार...।

'साइबर कैफ़े'...इन सबकी पनाहगाह...घर की टोका-टाकी, डाँटा-डपटी, टटोलती निगाहों से दूर...। अंकुर बी.ई. कर रहा है दूसरे शहर में, यश और आकाश एम.बी.ए. एक साथ। बी.काम. के बाद सभी ने कुछ न कुछ नया सोचने करने की कोशिश की, कई जगह हाथ-पैर मारे, प्रॉपर्टी-डीलिंग, केबल कनेक्शन जैसे कामों पर भी हाथ आज़माया...पाया, ऐसे काम मुफ़्त के लड्डू होते हैं, हर कोई झपटने निगलने को तैयार, बात बन ही नहीं रही। ये बात न बनने के दिन थे, भटकने, हताश, निराश होने, बनी-बनाई बातों के बिगड़ जाने के दिन थे। न घर में मन लगता, न कहीं और...। यह सड़कों पर आवारा धूप में भटकते दिन थे...भीतर-बाहर के ताप से अकुलाए...जाने कहाँ से आते, जाने कहाँ जाते दिन...

''ह्वाट डिड गॉड से, ह्वेन ही क्रिएटेड फ़र्स्ट नीग्रो...धत् तेरी की, ये तो जल गया।''

अंकुर ने अपने पास आया एसएमएस ज़ोर से पढ़ा तो सब हँस पड़े...।

''मेरे पास शानदार कलेक्शन है, एक सौ आठ...। किसको चाहिए?'' अंकुर ने अपना मोबाइल हवा में घुमाया।

''पहले पढ़, फिर बताते हैं...।''

अंकुर ने पढ़ना शुरू किया, ठहाके लगते रहे, जिन्हें चाहिए था, उन्होंने ले लिया...।

"चल न यार, घर चलें। माँ क़सम, रोज़ गाली पड़ती है। मेरा बापू तो मुझे एक दिन घर से निकालकर ही दम लेगा।"

सनी ने आकाश को झिंझोड़ा। उसने ज़रा भी ध्यान नहीं दिया, चैटिंग में व्यस्त...।

"अबे, लड़की है क्या?" वह उस पर झुक आया। आकाश ने हाँ में सिर हिलाया।

"अबे, मेरी भी बात करवा न। माँ क़सम, आज तक किसी लड़की से बात नहीं की। सुना है, इश्क़ में नींद उड़ जाती है। कोई हमसे भी तो इश्क़ करे, हमें नींद बहुत आती है।"

सनी ने इतनी मासूमियत से कहा कि केबिन ठहाकों से गूँज उठा।

"अबे, शक्ल देखी है अपनी, कौन लड़की बात करेगी? जो देखेगी, कहेगी—एक्सक्यूज मी अंकल, ह्वाट्स रांग विद यू।" आकाश ने उसकी टाँग खींची।

"मैं जानता हूँ, तू बहुत बड़ा कमीना है।" सनी ने उसकी पीठ पर घूँसा जड़ा...

"मैं जा रहा हूँ।"

"अच्छा बैठ, करवाता हूँ। पंद्रह मिनट चुप बैठे रहना। पहले मैं ग्राउंड तैयार कर लूँ।"

"ग्राउंड बोले तो...।"

"तेरा सफाचट सिर...। साले, बाहर भी कुछ नहीं है भीतर भी कुछ नहीं है...। एक लड़की फँसा रहा हूँ तेरे लिए...।"

"तेरी फँस गई क्या?" वह निकट आ गया।

"अबे, मुझे इन नॉनसेंस लड़कियों में कोई दिलचस्पी नहीं है, मैं तो बस 'टाइम पास' करता हूँ। ये ले, ये निधि है, मेरी दोस्त की दोस्त। मैंने तेरी इतनी तारीफ़ कर दी है कि अब बात करने को मरी जा रही है। मैंने कह दिया, मेरा दोस्त 'दिल तो पागल है' का शाहरुख़ खान है।"

"अबे साले, मरवाएगा क्या?"

"तुझे मरने का शौक़ है तो मैं क्या करूँ? ये ले।"

अब सनी स्क्रीन के सामने हिचकता-झिझकता...। सबको पता है, सनी की इंग्लिश के क्या हाल हैं? सब बोल-बोल कर लिखवा रहे हैं...स्टूपिड सवाल...सवालों के स्टूपिड जवाब...। आकाश ने अपना सिर पीट लिया। बैठकर बताने लगा, लड़कियों से कैसे बात की जाती है।

एक घंटे के बाद दोनों उठे। सनी के पैर ज़मीन पर नहीं पड़ रहे थे—

"अबे आ तेरी झप्पी ले लूँ।"

"भाग बे काले। मुझे अपनी हड्डियाँ नहीं तुड़वानी। घर जा तेरा बापू तेरे लिए डंडा ले के बैठा होगा।"

"कौन-सी नई बात है यार...हम दोनों को आदत है। नींद नहीं आती इसके बिना।" सनी ने इस लापरवाही से कहा कि आकाश मुस्करा पड़ा–

"अबे यश, अभी और बैठेगा क्या?" उसने चिल्लाकर पूछा।

"रुक-रुक, अंकुर के पास लड़कियों की लिस्ट बड़ी लंबी है, देख लूँ ज़रा। कल ये इंजीनियर की औलाद वापस जा रहा है। तुम दोनों को जाना है तो जाओ।" यश ने वहीं से जवाब दिया।

"ओ.के. बॉय।" वे दोनों चले गए।

आधी रात को आकाश के पास एसएमएस आया–"नमस्कार! यह आकाशवाणी की मध्यरात्रि सेवा है। इसमें हम लोगों की क़ीमती नींद हराम करते हैं। आपके सहयोग के लिए धन्यवाद।"

आकाश ने देखा, सनी था। उसने माँ-बहन की तमाम गालियाँ भेजीं, मोबाइल ऑफ़ करके सो गया।

एक हफ़्ते के बाद यश भागा-भागा आकाश के पास आया–

"आशु, आज मुझे 'ऑन लाइन' ऐश्वर्या मिली।"

"ऐश्वर्या राय।" उसने चौंकने का बेहतरीन अभिनय किया।

"अबे उससे भी झकास। मैंने अंकुर के पासवर्ड से लड़कियों की लिस्ट निकाल ली थी। कमाल देख, जब मैंने यहाँ से ऐश्वर्या से बात करनी शुरू की, उधर अंकुर भी यही कर रहा था। अंकुर ने जैसे ही आय.डी. खोली, मेरी डिस्कनेक्ट हो गई। मैंने खोली तो अंकुर की डिस्कनेक्ट हो गई। मैं समझ गया, साला वही है। इसका पासवर्ड तो बस हम दोनों के पास है। मैंने तुरंत आय.डी. का पासवर्ड बदलकर उसे अपने क़ब्ज़े में कर लिया–सारी लड़कियों के नाम और पते सहित। बेचारा अंकुर! चल यार कैफ़े चलते हैं, सनी भी आता ही होगा।"

उनकी मोटरसाइकिलें शहर के कई चक्कर लगाने के बाद कैफ़े में रुकीं–सनी पहले से मौजूद था।

"अबे तू क्या कर रहा है?"

"फ़ोटो माँग रही है यार।"

"तो भेज दे ना।"

"बिदक तो नहीं जाएगी?" सनी ने अपने लगभग गंजे सिर पर हाथ फेर मसखरी से कहा।

“तो दूसरी मिल जाएगी।” यश ने लापरवाही से कहा।

“अबे, यही इतनी मुश्किल से मिली है। तू ऐसा कर, मेरा फ़ोटो भेज दे। फिदा हो जाएगी।” आकाश ने कहा।

“चल बे, उसे पता चल गया तो?”

“कैसे? तुझसे शादी करने आएगी?” आकाश ने फिर उसे खींचा।

“वैसे तू ये भूल मत करना। व्हाट इज़ सिमिलरटी बिटविन मोबाइल एंड मैरिज। साला, कुछ दिन और रुक जाता तो और अच्छा मॉडल मिल जाता।” यह यश था।

“सालो! मुझे मेरे हाल पे छोड़ दो।” सनी ने चिल्लाकर जवाब दिया।

“मैं तो अपनी फ़ोटो भेजूँगा।”

“हाँ, फिर अंजाम भी देख लेना।”

वही हुआ। फ़ोटो देखते ही लड़की ने उधर से मामला ख़त्म कर डाला। जबकि वह एक पुराने दिनों की फ़ोटो थी, जब वह भोला-भाला मासूम-सा था, सर पर ख़ूब घने बाल थे।

“अबे, बालों और लड़कियों का रिश्ता बड़ा अजीब है, ये जाते हैं तो लड़कियाँ भी चली जाती हैं। तू फ़िक्र मत कर। एक दिन दोनों वापस आ जाएँगे।” आकाश ने उसे दिलासा देने की कोशिश की।

“माँ क़सम, आज के बाद किसी लड़की से बात नहीं करूँगा। सब साली चेहरा देखती हैं, दिल नहीं।” उसने मातमी स्वर में कहा और चला गया।

“दिल की कोई तस्वीर तो बनाता जा।” आकाश ने पीछे से कहा, पर वह रुका नहीं।

सिर्फ़ यश 'ऑन लाइन' था। उससे भी माँगी गई तस्वीर, उसने भेजी, स्वीकार कर ली गई। सिक्स फीट टाइट, कसरती बदन, गेहुँआ रंग, ख़ूबसूरत हेयर स्टाइल, स्टॉयलिश इंग्लिश–काफ़ी है। क्या चाहिए होता है इससे ज़्यादा? वैसे उसे यह सब सुविधाएँ अपने घर के कम्प्यूटर पर भी हैं, पर घर पर इतनी आज़ादी कहाँ? उसने भी माँगा यही सब, उसे भी सब मिल गया।

थोड़ी ही देर में आकाश अपनी लड़की से बात करते-करते ऊब गया–

“चल यार, मज़ा नहीं आ रहा। सारी लड़कियाँ एक जैसी होती हैं। कितनी लड़कियों से आज तक बात कर चुका हूँ, ऐसी कोई नहीं, जो भीतर तक छुए, इनके लिए हम 'टाइम-पास' हैं, हमारे लिए ये। अब तो मुझे लगने लगा है, मेरे टाइप की लड़की है ही नहीं। हर लड़की में ढूँढ़ता हूँ सूरत उसकी।” उसने शायराना अंदाज़ में कहा और उठकर खड़ा हो गया।

“अब तू जगजीत सिंह की ग़ज़लों जैसी लड़की ढूँढ़ेगा तो तुझे कहाँ मिलेगी...! यहाँ उसके अलावा सब मिलता है।” यश ने हँसकर कहा, उसे पता है, आकाश

की जगजीत सिंह के प्रति दीवानगी का...।

"अब नहीं मिलेगी तो कोई बात नहीं। मैं 'न होने' से काम चला लूँगा, 'कम होने' से नहीं...।"

"अबे, तुझे लगता नहीं, तू ज़रा ज़्यादा ही फिलासफराना ढंग से बातें करने लगा है।"

"अब मैं क्या करूँ? ये मेरी माता की देन है, ब्लड में है मेरे।"

"और तुझे ये भी नहीं लगता, माता ने कुछ ज़्यादा ही दे दिया। तू 'ओव्हर फ्लो' हो रहा है।" यश ने धीरे से उसके कान में कहा।

"अबे, ये ओव्हर फ्लो तो तुम लोगों के लिए होता हूँ, ताकि तुम भी कुछ सीखो मेरे गधे बच्चो।" आकाश ने उसे धौल जमाया और खड़ा हो गया। "जाएँ तो कहाँ जाएँ, हर मोड़ पे रुसवाई, मैं और मेरी तन्हाई..." गाता हुआ चला गया वह।

वह जनवरी की एक दुपहर थी, जब यश आकाश के घर आया—

"कैसा चल रहा है?"

"झकास...!"

"कहाँ तक पहुँची बात, लव यू तक...?"

"कब से?" साले, तू अब तक वहीं खड़ा है क्या?

"अबे, तू चल रहा है कि दौड़ रहा है?"

"आज की दुनिया में तो दौड़ना ही पड़ता है माई डियर, चलने की फ़ुरसत किसे है? ला, अपना मोबाइल दे, चाय बना मेरे लिए...।" यश उसके बिस्तर में घुस गया।

"अबे, तू बिना मोबाइल के कैसे मैनेज करता है? एक ख़रीद क्यूँ नहीं लेता?"

"अरे मेरी माताश्री कहती हैं, दिन-भर मोबाइल से भिड़ा रहेगा तो पढ़ेगा कब?"

"तेरे पिताश्री नहीं कहते कुछ?"

"उनके सामने नहीं।"

"फिर बात कैसे करता है?"

"लैण्ड लाइन पर। और कम्प्यूटर जो है। देर रात तक हम बैठे रहते हैं। माँ क़सम, सुबह बहुत गाली खाता हूँ।"

आकाश हँसकर चाय बनाने चला गया। यश उसकी सेल से एसएमएस भेजने लगा। सब कुछ तैयार होता है—सारे मैसेज, बस बटन दबाकर इधर से उधर करना होता है। आकाश के पास अच्छा कलेक्शन है, यश जानता है।

"अबे, ये मेरे इमोशंस हैं, तेरे किस काम आएँगे?" आकाश ने वापस आते ही कहा।

''इमोशंस सब एक जैसे होते हैं माय डियर। फिर तेरे किस काम के? तू तो किसी को भेजता नहीं।'' यश ने सिर तक नहीं उठाया।

''जैसा चाहो...प्रेम, शब्द, शादी, बच्चे सब रेडीमेड। आदमी से बड़ा लफंगा जीव इस धरती पर नहीं। ओ.के. कैरी ऑन...।''

शाम को आकाश के मोबाइल पर ऐश का एसएमएस था...यश के लिए। आकाश ने कोई जवाब नहीं दिया, दूसरा फिर तीसरा...।

आकाश ने पलटकर एसएमएस किया।

''आय एम हिज़ फ्रेंड। ही'ज नॉट विथ मी नाउ।''

''ह्वाट्स योर नेम, प्लीज़?''

''ऑय एम आकाश। एंड ऑय थिंक यू आर बासू, ऐज़ यश टोल्ड मी।''

''यस ऑय एम ऐश्वर्या बासू एंड आय नो यू ऐज़ यश टोल्ड मी अबाउट यू दैट योर नेचर रिज़ेम्बल्स द नेचर ऑफ़ आकाश इन 'दिल चाहता है'।''

''नो, आय एम नॉट ऑफ़ दैट काइंड। आय एम लाइक सिद्धार्थ ऑफ़ 'दिल चाहता है'। बट सम डे आय वुड लव टू बी लाइक आकाश।''

''क्या मैं तुमसे कभी-कभी बात कर सकती हूँ?''

''जब तुम्हारा दिल करे...।'' उसने मन मार कर लिखा।

कुछ ही दिनों बाद आकाश को अपने मोबाइल पर ऐश्वर्या का मैसेज मिला...रात दस बजे...

''प्लीज़, यश से मेरी बात करा दो। घर में जितनी बार फ़ोन करती हूँ, उसकी मॉम उठाती है।''

''ओ.के.। यू जस्ट रिंग मी अप आफ्टर फिफ्टीन मिनट्स। ऑय एम गोइंग टू हिज़ हाउस।''

''थैंक्स आकाश...। थैंक्स।''

रात सवा दस बजे वह उसके घर पहुँचा, उनकी बात कराई अपनी सेल पर, उसे घर से बाहर निकालकर।

''अच्छा, मेरा काम ख़त्म, मैं चलूँ।''

''ख़त्म कहाँ, आज से तेरा काम शुरू हुआ है।'' यश ने बताया कि उसकी मॉम आजकल उससे नाराज़ रहती हैं, सारा दिन फ़ोन से लगा रहता है या कम्प्यूटर से, पढ़ता तो है ही नहीं।

घर वापस आया तो एक और एसएमएस।

''थैंक्स, यश से आज मैंने तुम्हारे बारे में सब कुछ पूछ लिया। यू ऑर वेरी सेंसिबल एंड डिफ़रेंट गाइ...। आज मैंने तुम्हें बहुत तकलीफ दी न...।''

''नो, थैंक्स, इट्स ओ.के.।''

''क्या हम थोड़ी देर बात कर सकते हैं?''

"एबाउट ह्वाट?"

"एबाउट यश, यू, एनीथिंग।"

"ओ.के.। इफ़ यू हैव टाइम।"

"बहुत है। मैं फ़ाइनल इयर की स्टूडेंट हूँ। मेरी मॉम यहाँ कलकत्ता में एक बहुत बड़ा बुटीक चलाती हैं। कभी-कभी मैं भी जाकर बैठती हूँ, पर अक्सर बोर होती हूँ।"

सच ही उसके पास बहुत वक़्त था—"कैसा है यश तुम्हारी नज़र में? तुम उसके बारे में क्या सोचते हो? अच्छा, अब तुम अपने बारे में बताओ...।" क्या बताए वह, उसे यह सब पसंद नहीं...

"आकाश, तुम इतने मैच्योर कैसे हो? कुछ है तुममें, जो तुम्हें दूसरों से अलग करता है। वह क्या है, आकाश।"

"मुझे नहीं पता। अब मैं सोने जा रहा हूँ, गुड नाइट।" उसने तंग आकर सेल बंद कर दिया।

अगली सुबह उसने सारी बातें अपनी मॉम को बताईं—

"ये सब चीज़ें वक़्त बचाने के लिए बनाई गई हैं, ख़राब करने के लिए नहीं। इतना मिसयूज मत करो इन सबका...।"

"किसका? चीज़ों का? और लोगों का?" आकाश ने उन्हें छेड़ा तो वे हँस पड़ीं...

"तो तुम्हें मैसेन्जर बना दिया गया है।"

"हाँ मॉम, ऐश्वर्या कहेगी, डियर मैसेन्जर।" वह रुका तो वे उसका चेहरा देखती रहीं।

"डियर नहीं, पुअर मैसेन्जर।"

वह कौन-सी घड़ी थी, जब ये शब्द कहे गए। वैसे तो मॉम कहती हैं, सोच-समझकर बोला करो, हर शब्द अपना असर दिखाता है...। फिर उन्होंने ये क्या कह दिया?

फिर लगभग महीने-भर बाद...

"अबे, सारा क़िस्सा ही ख़त्म हो गया।" यश बदहवास दौड़ा-दौड़ा आकाश के पास आया।

"अब क्या हुआ? झगड़ा?"

"नहीं यार, वह कहती है फ़ोन पर यह सब बहुत हो गया। अब उसे फ़ाइनल जवाब चाहिए।"

"फ़ाइनल जवाब मतलब...। तूने नहीं दिया?"

"नहीं, मैं उसे खोना नहीं चाहता था यार। जिस दिन उसने 'आई लव यू' कहा मैं टाल गया। मैंने ऐसे जवाब दिए जिनका मतलब 'हाँ' होता है, न 'न'।

आज उसे फ़ाइनल जवाब चाहिए था, और...। एकदम मज़ाक़ में बात शुरू हुई थी...। मैं कहाँ फँस गया यार। मैं तो सिर्फ़ टाइम-पास कर रहा था। लास्ट टाइम मैंने मॉम को बड़ी मुश्किल से समझाया था कि वह मेरी दोस्त है सिर्फ़। उन्होंने पापा को बताने की धमकी दी। अमेरिका में दीदी को फ़ोन कर दिया। उनका लेक्चर शुरू हो गया। मार्च में मुझे कॉम्पटिशिन फेस करना है, उसकी तैयारी भी नहीं हो पा रही है। मैं क्यों इस झंझट में फँस गया यार? तू ही बता, मैं इतने लोगों को कैसे निराश कर सकता हूँ?'' उसने अपना सिर पकड़ लिया।

''यह सब पहले सोचना था। इतने महीनों से तू टाइम-पास कर रहा है, हवा दे रहा है उसकी भावनाओं को। आज भी फ़ाइनल जवाब अगर वह नहीं माँगती, तू टाइम-पास ही कर रहा होता। ये लड़कियाँ भी बड़ी ईडियट होती हैं जो समझना चाहती हैं, वही समझती हैं। दूसरा पहलू तो इन्हें दिखाई ही नहीं देता...।'' आकाश उबल पड़ा।

''ए...ए...तू मेरा दोस्त है कि उसका? मेरी मुश्किल तुझे दिखाई नहीं दे रही, उसकी पैरवी किए जा रहा है।''

''तू ठीक कहता है यश। मुझे कुछ भी दिखाई नहीं दिया था, नहीं तो मैं तुझे ऐसे नहीं करने देता। मैं किसी का दोस्त नहीं हूँ। मैं बाज आया ऐसी दोस्तियों से। तुझे उसे जो कहना है, कह, जो जवाब देना है, दे। मैं हूँ कौन? अच्छा है, मेरी जान छूटी। साला, मैं क्यों दूसरे के फटे में अपना पैर डालता हूँ।''

''देख यार, नाराज़ मत हो। जवाब तो मैं उसे दे चुका हूँ। तुझे फ़ोन करेगी तो तू भी उसे समझा देना। साले, तेरी फिलासफी किस दिन काम आएगी? मेरी तरफ़ से तू ये क़िस्सा ख़त्म समझ। 'और भी ग़म हैं ज़माने में मोहब्बत के सिवा' कौन कहता है, तू ही ना...।'' उठा और बाहर चला गया वह। कहाँ होते हैं क़िस्से ख़त्म इस तरह?

शाम को आकाश के सेल पर मैसेज...

''ही इज़ अ रास्कल, चीटर ही इज़। झूठ...झूठ...सब झूठ...। उसने कहा, वह अपनी माँ को धोखा नहीं दे सकता। मुझे दे सकता है? उसे खुद नहीं पता, वह क्या चाहता है? ही इज अ फूल...।''

''ऐसा भी क्या प्यार कि तुम गाली देने लगो? ज़रा सब्र से काम लो।'' बहुत देर बाद आकाश ने लिखा। गुस्से में।

''सॉरी। तुम सच कहते हो। पर मैं क्या करूँ, मुझे गुस्सा आ गया।''

''डोंट वरी, एवरीथिंग विल बी फ़ाइन।''

''फ़ाइन! ऑय डोंट वांट हिम बैक।''

''ऐज़ यू विश।''

''आय वांट हिम बैक़ रियली। आकाश प्लीज़ हेल्प मी।''

"ह्वाट कैन ऑय डू? ऑय डोंट नो रियली।"

"कोई रास्ता, कोई तो रास्ता होगा।"

"रास्ता है न, लौट जाओ।"

"प्लीज़ आकाश, ट्राय टू अंडरस्टैंड। ये इतना आसान नहीं है।"

"मुश्किल भी नहीं है। पर मेरी बात सुनो। ही'ज रियली अपसेट। ही इज़ मिसिंग यू, फीलिंग गिल्टी।" उसे समझ नहीं आ रहा था, क्या लिखे?

"ऑय डोंट बिलीव, ही एक्ट्स।"

आकाश ने जवाब नहीं दिया। थोड़ी देर बाद...

"प्लीज़ टेल मी, उसने तुमसे क्या कहा?"

"क्या करोगी जानकार? यू थिंक, ही एक्ट्स। यू वुड बिलीव नीदर ऑफ़ अस।"

"प्लीज़, ऐसा मत कहो। कम अज़ कम तुम। तुम यश नहीं हो, मैं तुम पर यक़ीन करती हूँ। मुझे और दुखी मत करो। आकाश, मेरी क्या ग़लती है?"

"सिर्फ़ इतनी कि तुम पहचान नहीं पाई। बट डोंट वरी, इट हैप्पन्स।" उसने अपना मोबाइल बंद कर दिया।

नहीं, उसका कोई क़सूर नहीं था, पर क्या सचमुच उसका कोई क़सूर नहीं था? वह जानता था, ऐसा ही होगा। हमेशा ही होता है। वह चाहता तो उसे बचा सकता था...। पर क्या ऐसा हो सकता है? क्या सचमुच किसी को बचाया जा सकता है?

"टाइम-पास!" कितने जीवन बर्बाद हो जाते होंगे इस टाइम-पास से...। इतनी ऊब क्यों है जीवन में? कैसा अभाव है भीतर कि हर वक्त भरे जाने की माँग करता है? यह बात सुख देती है कि नहीं आप अकेले नहीं तड़प रहे, दूसरा भी उतना ही पागल है। वह भी उतने ही जुनून में है। उसे भी नींद नहीं आ रही। क्या यह क्रूरता नहीं? इसी क्रूरता को प्रेम कहते हैं? कितना धोखा देते हैं शब्द? या कि हमने ही उन्हें हथियार बना लिया है। जब जिस वक़्त चाहा, इस्तेमाल किया, फिर वापस म्यान में डाल लीं तलवारें, किसी और वक़्त के लिए...।

उसने चाहा, यह सब लिखे ऐश्वर्या को। फिर लगा, वह नहीं समझेगी, उसे धीरे-धीरे समझना होगा। रात-भर उसका सेल बंद पड़ा रहा। सुबह जैसे ही ऑन की, उसका फ़ोन आ गया...

"नाराज़ हो आकाश।"

"नहीं, नाराज़ क्यों होऊँगा?" उसे अब सचमुच उस पर तरस आ रहा है।

"सेल रात-भर बंद था। मैं रात-भर नहीं सोई। मैं तुमसे बात करना चाहती थी।"

"एक बात सुनो बासू। ऐसा कोई नहीं जो अनंतकाल तक आपके साथ

चलता रहे। यह ख़्याल, यह चाह ही पागलपन है। लोग आते हैं, ज़रा-सी देर साथ चलने के बाद अपनी राह मुड़ जाते हैं। उनका अहसान मानना चाहिए कि वक़्त रहते उन्होंने आपका हाथ छोड़ दिया। अब आप स्वतन्त्र हैं। एक दी हुई स्थिति में घबराकर एक दिन आप खुद ही भाग जाना चाहें, उससे पहले...।''

''यूअर वर्ड्स ऑर हॉन्टिग मी। इतनी छोटी उम्र में इतने मैच्योर कैसे हो तुम?''

वह समझ गया, बात नहीं पहुँची। चुप रहा।

''तुम यश से बात करोगे?'' उसने अत्यंत संकोच से पूछा।

''मेरे इस भाषण का तुम पर कोई असर नहीं हुआ।''

''हुआ न, अच्छा लगा। पर आकाश, शब्द हमेशा आपकी मदद नहीं कर सकते। उससे परे एक और सच होता है।'' उसकी आवाज़ गंभीर थी, ऐसी आवाज़ वह पहली बार सुन रहा है—

''सबसे पहले तो मैं तुम्हें यह बता दूँ कि ये सच शब्दों से परे गया ही नहीं। यह आपका परसेप्शन है। दूसरे शब्द में कहूँ तो अहसास...मात्र अहसास....।''

''सिर्फ़ अहसास नहीं...।''

''हाँ, सिर्फ़ अहसास...। क्या फ़र्क़ पड़ता है, अगर तुम सच ही मानने लगो।''

''तुम्हारी बातें कभी-कभी मेरी समझ में नहीं आतीं।''

''तुम मुझे रहने दो प्लीज़, मैं तो कहीं भी नहीं हूँ।'' अनायास वह झल्ला गया, वह तंग आ चुका है इस सबसे।''

''तुम हो कम अज़ कम मेरे लिए...।'' इस वक़्त वह उसका चेहरा नहीं देख रही है...उसके भीतर रह-रहकर कुछ काँप रहा है—एक संकोच में लिपटी यातना...। हर यातना अपनी यात्रा पर निकलने से पहले क्षण-भर इसी तरह काँपती—होगी।

टहल रहा है वह प्लेटफ़ॉर्म पर...। उसके भीतर एक अजीब-सी उदासी है, अजीब-सी छटपटाहट...। इतनी असहजता पहली बार देख रहा है वह अपने भीतर...। ट्रेन आने में दस मिनट की देर है। कितना समझाया—पूरे बीस दिन—नहीं समझ आया उसे, एक बार खुद देखना चाहती है मिलकर। अच्छा है, जिसे दूर से दिखाई नहीं देता, उसे पास आकर देखना चाहिए। उसे भी इस सबसे छुटकारा मिल जाएगा, जिसमें वह अपने अनजाने ही शामिल हो गया है। साली, ये मैसेन्जर की ड्यूटी...।

कलकत्ता से कल उसने मोबाइल पर फ़ोन किया...

''आ रही हूँ, ट्रेन में बैठी हूँ। यश से फ़ाइनल जवाब लेना है, उसे मत बताना प्लीज़। रात की ट्रेन से वापस आ जाऊँगी। सिर्फ़ कुछ घंटे...मुझे दोगे ना।''

इसके पहले कि वह कुछ कहता, फ़ोन काट दिया था उसने।

"ट्रेन में बैठी हूँ।" क्या कर सकता है वह, कुछ नहीं। लड़कियाँ इमोशनल ईडियट जो होती हैं, तभी तो इनकी आइडेंटिटी कभी बन नहीं पाती। अपना हाथ पकड़ना तो इन्होंने कभी सीखा ही नहीं। हमेशा दूसरे के हाथ की तलाश में रहती हैं। अरे जिसे तुम्हारी ज़रूरत ही नहीं, उसके लिए क्यों आना? उसे जब 'टाइम-पास' करना होगा, खोज लेगा किसी को। आकर तुम क्या करोगी? कहोगी, मुझसे शादी कर लो। तो कर लेगा वह? शादी! मॉय फुट, उसे तो इस शब्द से चिढ़ है। कितने बड़े धोखे छिपे हैं इस शब्द के पीछे...कोई जानना ही नहीं चाहता। मॉम ठीक कहती हैं, हमेशा ही खोजने वाले कम हुए हैं, चुपचाप सिर झुकाकर चलने वाले ज़्यादा...। अच्छा है, आकर अपनी बेवकूफ़ी का अंजाम खुद देख लो। उसे भी कितने झूठ बोलने पड़ते हैं। घर में कहकर निकला है, कॉलेज जा रहा है, यहाँ धक्के खा रहा है। सुबह आठ बजे की ट्रेन, तीन घंटे वैसे ही लेट है, तौबा...।

ट्रेन आकर रुकी तो वह भीड़ में लपका नहीं, अपना जगह शांत खड़ा रहा। धीरे-धीरे उसके भीतर का आक्रोश ठंडा पड़ने लगा। पागल लड़की! घर में जाने क्या कहकर आई होगी? कौन-सा झूठ बोला होगा...। उसने ढूँढ़ने की कोशिश नहीं की। ए.सी. कूपे के सामने खड़ा रहा चुपचाप कि वह उतरी सबसे आख़िर में—ब्लैक जींस, रेड टॉप, ब्लैक शूज, कंधों तक कटे बाल, दुबली-पतली गोरी सी, दरमियाना क़द...किसके जैसी? उसने सोचने की कोशिश की, कुछ याद नहीं कर सका, पर अच्छी लग रही है। छोटा-सा इम्पोर्टेड एअर बैग कंधे पर...इधर-उधर भटकती नज़रें जब उससे टकराईं...दोनों ने क्षण-भर एक-दूसरे को देखा...। उसकी आँखों में एक पहचान का भाव उतर आया, होंठों पर फीकी-सी मुस्कान तैर गई...थकी हुई चिड़िया की तरह...। एक साथ जाने कितने भाव उठे उसके भीतर...। किसी को वह पहचान न सका, चुप खड़ा रहा अपनी जगह पर...। वह चलकर उसके निकट आई...

"हॉय, ऑय नो।"

"हॉय, ऑय कुड गेस टू।"

"मैं जानती हूँ, मेरा आना तुम्हें अच्छा नहीं लगा, बट सॉरी...।"

"इट्स ओ.के.। यह तुम्हारा जीवन है। यू मस्ट टेक युअर ओन डिसीजन, लेट्स गो।" उसकी आवाज़ अनायास मुलायम हो आई। लगा, सिर्फ़ वही ही नहीं सुन रही उसकी आवाज़, वह स्वयं भी सुन रहा है। इतनी अजनबी आवाज़...। कब अपनी चीज़ें परायी हो जाती हैं, पता ही नहीं चलता। उसने उसका बैग लेने की कोशिश की, उसने हाथ से मना कर दिया।

"अरे, कोई देखेगा तो सोचेगा, इतना मुस्टंडा जवान इतनी नाजुक लड़की से बोझ उठवा रहा है।"

उसने उसे हँसाना चाहा। वह हँस भी पड़ी।

"बोझ पता है, कौन उठाता है! वो तो तुम हो नहीं।" उसने भी शरारत

से कहा।

"अरे, मैंने तो सिर्फ़ इसी डर से शादी का विचार त्याग दिया है।" उसने हँसकर कहा, "बीवियों को तो अपने पैरों पर चलना आता ही नहीं।" दोनों पार्किंग की तरफ़ जा रहे हैं। वह सामने देख रही है, भीड़ से बचती हुई—फिर भी उसे लगा, वह उसे ही देख रही है। जब उसने उसे देखा, वह उसे नहीं देख रही थी—कमाल है।

"कोई तो होगी न, जिसे अपने पैरों पर चलना आता हो। वैसे तुम्हें एक राज़ की बात बताऊँ—सिर्फ़ यही दिक़्क़त होती है उन्हें। एक बार चलना सीखने के बाद तो वे उड़ने लगती हैं।" उसकी आवाज़ में ग़ज़ब का आत्मविश्वास कौंध रहा था...पहली बार...संकोच में लिपटी-झिझकती, बचकानी आवाज़ का दूर-दूर तक अता-पता नहीं था। ठानकर आई है यह...फ़ाइनल डिसीजन। उसे पहली बार यह अच्छा लगा, "अपनी डेस्टिनी तक स्वयं जाना।"

दोनों पार्किंग तक पहुँच गए—"जस्ट वेट।" वह गाड़ी निकालने दूर चला गया, वह खड़ी उसे देखती रही...।

"मैं जानता हूँ, तुम घर चलना पसंद नहीं करोगी। मैं भी नहीं चाहता। मॉम को बताऊँगा तो वह यश की भी मरम्मत कर देंगी, मेरी भी। मैंने तुम्हारे लिए शहर से बाहर होटल में एक कमरा बुक करा दिया है। तुम तैयार हो लो। खा-पी लो, फिर देखेंगे।"

उसने गाड़ी जैसे ही स्टार्ट की, जगजीत सिंह गाने लगा...

'मैं चाहता भी यही था, वो बेवफ़ा निकले।
उसे समझने का कोई तो सिलसिला निकले।'

"सॉरी।" उसने कहा और उसे झट से बंद कर दिया।

"चलने दो, तुम्हें पसंद है ना।" उसने शांत स्वर में कहा।

"तुम्हें कैसे पता?"

"बताया था एक बार तुमने या यश ने, याद नहीं आ रहा।"

रास्ते में कोई कुछ नहीं बोला।

उसने रिसेप्शन से चाबी ली, उसे पकड़ा दी और वहीं खड़ा उसकी जाती हुई पीठ देखता रहा, अचानक उसने अपने आपको बहुत हेल्पलेस महसूस किया। वहीं खड़े-खड़े उसने यश को फ़ोन घुमाया...

"मैं यहाँ खड़ा हूँ, तू जल्दी आ जा।" उसने पता बताया।

"क्या बात है? वहाँ क्या है?"

"तेरी तो...।" उसके मुँह से गाली निकलते-निकलते बची..."बहस मत कर यश, मेरा मूड बहुत ख़राब है।'

"आता हूँ, आता हूँ।"

जब तक वह आ नहीं गया, वह वहीं बैठा रहा 'रिसेप्शन हॉल' के सोफ़े पर। मन न किया वहाँ से जाने का।

"वह आई है—बासू।" उसने मानो उसे सूचना दी।

"कहाँ?" वह हड़बड़ाकर खड़ा हो गया।

"कब? कैसे?"

"उसी से पूछ, रूम नं. 267 में है।"

"नॉनसेंस। मैंने अपना फ़ैसला सुना दिया है। अब क्या करने आई है यहाँ?"

"मैंने कहा न, उसी से पूछ।"

"ऐ...। कहीं यह तेरी शह तो नहीं। हीरो बनने की कोशिश तो नहीं कर रहा?"

आकाश का हाथ उठा, एक घूँसा पड़ा उसकी पीठ पर। सब चौंककर देखने लगे। वे मुस्कराने लगे...

"यहाँ न खड़ा होता काट के फेंक देता। तेरे गुनाहों की दलदल में मैं क्यों फँसूँगा? चुपचाप अंदर जा, उसे अपना फ़ैसला सुना-समझा, शाम की ट्रेन से वापस भेज। मैं चलता हूँ।"

उसने बहुत धीमे स्वर में कहा और चला गया वहाँ से।

दरवाज़े से निकलते समय उसने कनखियों से देखा—वह दोनों हाथों से अपना सिर थामे वहीं बैठा है।

उसे नहीं मालूम फिर क्या हुआ? यूँ ही सड़कों पर भटक रहा था ख़ाली-ख़ाली सा कि एक मैसेज आया, उसने झट देखा—"गीता सार—एसएमएस वो ज्ञान है, जो बाँटने से बढ़ता है, इसलिए हे प्राणी, तू बिल का मोह त्याग दे और कर्म कर। तभी तेरा मनुष्य जन्म सफल होगा।"

यह सनी था, मन मसोसकर रह गया वह। बता भी नहीं सकता वह किसी को। उसके पास करने को कुछ नहीं था। ख़ाली सूनी सड़कें और वह...।

दो घंटे बाद जब उससे रहा न गया, उसने ऐश के मोबाइल पर फ़ोन किया...

"ह्वाट हैप्पन्ड?"

"नथिंग, ही लैफ़्ट फ़ॉर एवर।"

"आर यू अलोन?" अचानक उसे अपने भीतर अजीब-सी कँपकँपी महसूस हुई।

"यदि तोर डाक सुने केउ ना आशे
तबे एकला चालो रे
एकला चालो, एकला चालो, एकला चालो।"

कैसी आवाज़ थी वह? अनंत से उठती, अनंत की ओर जाती...बेलाग...निस्पृह...। कोई छोटा बच्चा कविता पढ़ रहा हो जैसे...अकेलेपन की गूँजती वह कविता...। यह वह तो नहीं, जिसे इतने दिनों से वह सुनता आ रहा है। क्या-क्या होता है एक इंसान के भीतर, जो वक़्त! आते ही प्रकट हो उठता है? या कि एक ही चीज़ होती है अलग-अलग कपड़ों में अलग-अलग दिखती है—ताक़त जीने की, अकेले चल सकने की।

"जस्ट कमिंग। प्लीज़ डोंट गो एनी व्हेयर।"

उसने फ़ोन काट दिया और उस दिशा की ओर भागा। ऐसे कैसे कर सकता है यश? उसे बीच रास्ते में छोड़कर अजनबी शहर में?

"कब गया?" उसने कमरे में घुसते ही पूछा। लगभग हाँफते हुए।

"उसी वक़्त। पहले बैठ तो जाओ।" उसने ध्यान से उसे देखा।

वह बैठ गया तो उसने आहिस्ता-आहिस्ता कहा—"आते ही उसने पूछा क्यों आई हो तुम? मैंने कुछ सेकेंड्स उसका चेहरा देखा और कहा—"गेट लास्ट। तुम वह नहीं हो, जिसके लिए मैं आई हूँ, वह चला गया।"

वह सोफ़े पर बैठी मुस्कराने की कोशिश कर रही है। ब्लू जींस और सफ़ेद टॉप में उसका चेहरा और भी सफ़ेद लग रहा है। नाक ज़रा-सी लाल है। शायद रो चुकी हो। उसने कोई निशान ढूँढ़ने की कोशिश की, नहीं मिला। उसके सामने एक किताब पड़ी है। शिडनी शेल्डन की।

"मुझे फ़ोन क्यों नहीं किया?" अब तक वह अपने आप पर क़ाबू पा चुका था।

"तुम कहोगे, कहाँ फँस गया मैं? मैसेन्जर बनने की कीमत...।"

"ओह, जस्ट शट'प। खाना खाया?" उसने घड़ी देखी, चार बज रहे हैं। टेबिल पर चाय का एक ख़ाली कप पड़ा है। क़िस्सा ही ख़त्म हो गया उसका। कोई कहानी कभी पूरी नहीं होती। यही नियति है। कहानी की भी, मनुष्य की भी। अधूरापन।

"तुमने खाया?" उसने पलटकर सवाल किया...

"नहीं, मैं घर ही नहीं गया।"

"मँगवा लो।" उसने मीनू उसकी तरफ़ सरका दिया...

"और प्लीज़ मुझसे मत पूछना कुछ।"

"वैसे बॉय द वे, तुम क्यों परेशान हो इतने।" खाने के दौरान पूछा उसने।

"मुझसे यह सब बर्दाश्त नहीं हो रहा।" तुम नहीं हो? नहीं पूछा उसने।

"हाँ, वही तो। क्यों नहीं हो रहा बर्दाश्त?"

"ऑय डोंट नो। पर सच कहूँ, तुम्हें नहीं आना चाहिए था। जवाब हमें मिल जाते हैं, पर पता नहीं क्यों, हम समझना नहीं चाहते। पता नहीं क्या कहकर आई होगी तुम अपने घर से।"

"तुमने मुझे एक बार लिखा था—किसी को अपने भीतर वहाँ तक न जाने दो, जहाँ तक वह जाना चाहता है। जाने गए हिस्से हमेशा व्यर्थ हो जाते हैं। कुछ रहस्यमय कोने नितांत निजी होते हैं, उन्हें सार्वजनिक मत बनने दो। अफ़सोस, मैं ऐसा नहीं कर पाई। तुम्हें पता है, तुममें एक गाइड और फिलासफर बनने के सारे गुण हैं। हो सकता है, भविष्य में तुम यही करो...।" कहते-कहते वह मुस्करा पड़ी।

"हाँ, जब किसी और काम का न रह जाऊँ।" दोनों हँस पड़े। उसके चेहरे का तनाव हल्का पड़ने लगा है...

"आकांक्षा...। जो इतने दिनों से मेरे साथ चल रही थी, कब सूख गई, मुझे पता नहीं चला...।" उसने इस तरह कहना शुरू किया, जैसे कोई अधूरी बात पूरी कर रही हो... "जब वह आया...उस क्षण पहली बार लगा, क्या यह वही आदमी है, जिसके लिए मैं इतने दिनों से मारी-मारी फिर रही थी। वह कौन-सी चाहना और लालसा है, जो किसी को इतनी दूर चलने को राज़ी कर लेती है?"

उसने एक गहरी साँस ली और सोफ़े से पीठ टिका दी...

"थैंक गॉड, मैं वापस जा सकती हूँ। मैं खुद को भारहीन महसूस कर रही हूँ। अंततः मुझे इस सबसे छुटकारा मिल गया। अब बताओ, मेरा आना व्यर्थ रहा?"

"नहीं, यूँ देखा जाए तो कोई अनुभव व्यर्थ नहीं जाता। हमारे बनने में बहुत लोगों की दी हुई भूमिकाओं का हाथ रहता है। हर भूमिका उतने ही महत्त्व की है। तुमने कभी ऊँची-नीची ज़मीन पर मज़दूरों को लोहे का गोला मारते देखा है। मेरे पिताजी कान्ट्रेक्टर हैं। छोटा था तो अक्सर उनके साथ जाता था। वे कहते थे, जितनी मार पड़ेगी, ज़मीन उतनी समतल होगी। मैं सोचता हूँ, इंसान के साथ भी क्या वैसा ही नहीं है?"

"तो? मेरी ज़मीन समतल की जा रही है।" उसके चेहरे पर अचानक शरारत आ गई। दोनों हँसने लगे।

घड़ी छह बजा रही है, उसकी नज़रें जैसे ही वॉल क्लॉक से टकराईं, वह समझ गई...

"चलें। मेरे पास साथ ले जाने को तो कुछ है नहीं।" उसने अपना छोटा-सा एअर बैग उठा लिया, रिसेप्शन पर बिल बनाने को कहा और खड़ी हो गई। अब वे दोनों ठीक एक-दूसरे के सामने खड़े थे...

"समझ में नहीं आ रहा, क्या खोया, क्या पाया? हर बार लगता है, यह सच है, पर होता नहीं। इस रिश्ते को लेकर मैंने जो सोचा था..."

"रिश्तों का मामला बड़ा संगीन होता है बासू।" उसने बीच में ही उसकी बात काट दी।

"कुछ रिश्ते सैकड़ों मील दूर चलने के बाद अचानक बीच में गिर कर मर

जाते हैं। कुछ धीरे-धीरे मरते हुए दिखाई देते हैं। आपको पता चल जाता है, पूरे कब मरेंगे। आप उसके लिए तैयार हो जाते हैं, ये निर्णय कोई दूसरा नहीं ले सकता। अच्छा, अब चलो...इस चैप्टर को यहीं ख़त्म करो। अपना जीवन नए सिरे से शुरू करो। छोटी हो, अभी बहुत कुछ सीखना बाक़ी है।''

दोनों बाहर आ गए...खुले पैसेज में...वह चुप है...कोई आहट नहीं आ रही उसकी तरफ़ से...उसने अपने सभी द्वार बंद कर लिए हैं।

उसने भी कुछ नहीं कहा, चुपचाप गाड़ी चलाता रहा। गाड़ी में एक बार फिर जगजीत सिंह—

''घर से निकले थे, हौसला करके
लौट आए ख़ुदा-ख़ुदा करके।''

दोनों ने एक-दूसरे की तरफ़ देखा, मुस्करा दिए। स्टेशन पर उसे अचानक याद आया कि उसके पास रात के खाने के लिए कुछ नहीं है।

''जस्ट वेट।'' वह बाहर जाकर कुछ पैकेट्स ले आया। तब तक वह वहीं बैठी रही थी, प्लेटफ़ार्म की बेंच पर...अपने चारों तरफ़ के शोर और भीड़ को निहारती...।

उसने उसके एअर बैग की चैन खोली, कुछ पैकेट्स रख दिए। उसने देखा, कहा कुछ नहीं। वह भी ख़ामोश उसकी बग़ल में बैठ गया...। कुछ मिनट्स हुए होंगे या कुछ घंटे या कुछ सदियाँ कि शोर मचाती हुई ट्रेन उन दोनों के मध्य आ गई। उन्होंने चौंककर एक-दूसरे को देखा और खड़े हो गए। तेज़ी से चलते हुए ए.सी. कूपे तक आए, वहाँ इतनी मारा-मारी नहीं थी।

उसने अपना बैग अपनी बर्थ पर रखा, बैठ गई, वह भी बैठ गया। जाने क्यों पूरे दिन के बाद वह इस समय ख़ुद को और ज़्यादा बेचैन महसूस कर रहा था—किसी तरह यह घड़ी गुज़र जाए, बस...

''एक आख़िरी सच मैं कहूँ।'' उसने अत्यंत धीमे स्वर में कहा।

''कहो।'' वह सीधा उसकी तरफ़ नहीं देख पाया।

''जब मैं आ रही थी, मुझे लग रहा था, मैं यश से मिलने जा रही हूँ। पर मैं ग़लत थी। मुझे पता ही नहीं चला, तुमसे मिलने की कौन-सी इच्छा थी मेरे भीतर दबी हुई...। मैं चली जाती, न कहती, पर...मुझे लगा, कहने में भी कुछ हर्ज नहीं है। तुम समझ सकते हो, है न।''

एक धीमी-सी मुस्कराहट के साथ उसने अपनी बात ख़त्म की। उसने कहा कुछ नहीं, चुपचाप उसे देखता रहा।

''थैंक्स आकाश...। तुम्हारा नाम 'मैसेन्जर' बिल्कुल सही रखा है तुम्हारी मॉम ने। तुम्हें सुनते-सुनते मैं अपने भीतर की आवाज़ भी सुनने लगी। जितना सिखाया है तुमने मुझे, एक जीवन के लिए काफ़ी होगा, होगा न...।'' वह धीमे से हँसी...।

"मेरा एक आख़िरी मैसेज और सुन लो..." वह भी धीमे से मुस्कराया।

"जिसे तुम लोग प्रेम कहते व समझते हो, वह हमारी आत्मा के अँधेरों में से रोशनी की तरह फूटता है, जिसके प्रकाश में हम ख़ुद को, सबको पहचानना सीखते हैं। बस इतना ही काम है इसका। मुझे कभी समझ में नहीं आया, इसे उन दुनियावी रिश्तों से क्यों जोड़ते हैं, जो हमेशा इसे ख़त्म करने के काम में लाए जाते हैं।" उसने उसकी आँखों में देखा।

"अभी तुम चलना सीख रही हो, तुम्हें धरती से प्रेम है, इसकी छोटी-छोटी चीज़ों से, जब उड़ना सीख जाओगी, आसमानों से प्रेम करने लगोगी, बादलों से, उसकी बारिश से, जो फिर वापस तुम्हें धरती से जोड़ेगी। यह एक सर्कल है, यही प्रेम है। मैं सिर्फ़ इतना ही समझा सकता हूँ। कम है, जानता हूँ, पर अभी इतना ही मैं जान पाया हूँ।"

उसकी आँखों में आँसुओं की धुँधली-सी परत तैर गई। उसने अपनी आँखें झुका लीं।

ट्रेन अपनी जगह से हिली, वह उठकर खड़ा हो गया...वह भी।

"फ़ोन करोगे।" उसने उसका हाथ पकड़ना चाहा पर झिझक गई, हाथ काँप कर रह गया।

"नो।" वह मुस्कराया...

"मैसेन्जर्स ड्यूटी इज़ ओव्हर।"

जो भी यह कथा पढ़ेगा...

जब हम वहाँ पहुँचे, उम्मीद से ज़्यादा भीड़ थी। इसी भीड़ के डर की वजह से हम घर से जल्दी चले थे...। एक-दूसरे को पुकारते-पुकारते, दो मिनट की गुहार पर ठहरते-ठहरते...डेढ़ गली पार करने में पौन घंटा लग गया। हर दूसरे क़दम पर कोई न कोई कच्चे चावल की कटोरी और नारियल लिए मुस्कराती चली आ रही है। आसपास के दुकानदारों की समूची इंद्रियाँ बाहर लग गईं...किसी ने तेज़ आवाज़ में सी.डी. प्लेयर चला दिया।

"कभी मेरे साथ, कोई रात गुज़ार
करूँ सुबह तक मैं, तुझे प्यार...ओ...ओ...ओ...।"

पहुँचे तो अंदर हाउस फुल था। पहले ही बहुत सारी औरतें बाहर खड़ी थीं...अपनी बारी की प्रतीक्षा में...सजी-धजी...एक दूसरे के गहने-कपड़े मेकअप देखतीं। एक-दूसरे का हालचाल कम पूछतीं...

"अरे, क्या हाल है बहन, बहुत दिनों बाद दिखीं। क्या करें, फ़ुरसत ही नहीं मिलती। एक तो तबीयत ठीक नहीं रहती, फिर बच्चों के टेस्ट चल रहे हैं, उस पर सावन का महीना। एक त्योहार ख़त्म होता नहीं कि दूसरा आ जाता है। सुबह से देखो तो चार बजे उठे हैं, पर एक मिनट जो टाँगें रुकी हों...ये देखो, गाँठें पड़ गई हैं चलते-चलते...।"

बहन ने न देखा, न उसे अपना हाल सुनाने का मौक़ा मिला। वह किसी और को खोजने लगी।

मेरे सामने एक छोटा मंदिर है...एक छोटे से कमरे में...उसमें से भी आधी से ज़्यादा जगह अकेले भगवान ने घेर ली है। सामने घुसते ही एक मीटर की दूरी पर एक बड़े से तख़्त के दोनों तरफ़ दो गुरु ग्रंथ साहेब रखे हैं...उनके ऊपर ख़ूब सारे चमकीले रंग-बिरंगे लेस लगे कपड़े...बाजू से उनको सहारा देने के लिए छोटे-छोटे

लंबे तकिए...ऊपर ख़ूब सारे फूल...। बीच में आठ फ़ीट लंबी झूलेलाल जी की मूर्ति...। मूर्ति काफ़ी पुरानी है, नाक ज़रा-सी दरक गई है...गेरुआ रंग फीका...कहीं-कहीं चकत्ते उखड़े हुए...टोपी तो ज़रा भी सुंदर नहीं है। गले में ख़ूब लंबी माला पहना दी गई है। औरतें श्रद्धा से पैर और माला छूती हैं...पैरों के पास नारियल रखतीं, सिंदूर लगातीं, पानी के कुछ छींटे मार देतीं। कुछ तो गोल-गोल पूरी मूर्ति को अगरबत्ती दिखातीं इतनी भाव-विह्वल हो जातीं कि भगवान भी अगर समझदारी से काम न लेते तो उठकर उनके साथ चल ही पड़ते। यूँ सारी नहीं तो कुछ हक़ीक़तें सारे भगवान जानते हैं कि वे ले जाकर करेंगी भी क्या? फिर एक जगह बैठा देंगी...सुबह शाम अपनी कहानी सुनाने को।

गेट छोड़ बाक़ी तीनों दीवारों पर लगभग सारे भगवानों की तस्वीरें हैं। गर्द जम गई है उन पर, सूखी मालाएँ, उनके गले में झूल रही हैं। हवा में टूटकर जब कोई माला गिर जाती है तो वे फिर कोई और पहना देते हैं। औरतों को सारे भगवान प्रिय हैं जैसे सारे भगवानों को औरतें। दोनों का अस्तित्व एक-दूसरे से है। जिस बड़े से तख़्त पर गुरु ग्रंथ साहेब रखे हुए हैं, सजा हुआ है,...जब कोई पढ़ता है, उसके पीछे वाला चँवर डुलाने लगता है...बड़ा सुंदर-सा है यह चँवर...गोल्डन रॉड पर बाबाजी की सफ़ेद लंबी दाढ़ी। हम छोटे थे तो इसे सबसे छिपाकर अपने चेहरे पर फिरा लिया करते थे...अजीब गुदगुदी होती थी। बाद में पता चला, सारी गुदगुदियाँ नासमझी की गुदगुदियाँ हैं।

"आपको भी देर हो गई।" बग़ल वाली सजी-धजी औरत मुस्कराकर मुझसे पूछती है। "हाँ, मुझे भी। हम सबको अक्सर देर हो जाती है।"

उसने समझने की कोशिश नहीं की। मैंने उसका चेहरा देखा। पहचाना-सा तो लगा पर नाम याद नहीं आया। अब मैं पूछने की ग़लती नहीं करती, थोड़ी देर बाद ख़ुद-ब-ख़ुद पता चल जाता है। पहले करती थी और मज़ाक़ का विषय बन जाती थी। वैसे किसी से बातें करने के लिए उसका नाम जानना बिल्कुल ज़रूरी नहीं होता। औरतों की बातें...मतलब सुबह से शाम तक की हज़ारों बरस लंबी एक ही दुनिया...। पहले मुझे कोफ़्त थी, अब नहीं होती। मैं धैर्य से सुन लेती हूँ। यह उनका जाना हुआ संसार है, वे दूसरा संसार किधर से लाएँगी? और जो दूसरे संसार में रहते हैं, क्या इनसे ज़्यादा सुखी हैं?

वे आपस में चिड़ियों की तरह चहचहा रही हैं...अलग-अलग देशों से आईं, एक जैसी चिड़ियाएँ...ख़ूब अच्छे कपड़े, ख़ूब सारे गहने, पैरों में पायल, बिछिया...जाने कितनों के बाल कट गए...उन्हें पहचानने में दिक़्क़त होती है। कटे बालों के बीच सिंदूर की रेखा, बिंदी, मंगल-सूत्र...कोई कमी उन्होंने नहीं रहने दी है...

"ये ड्रेस कहाँ से ली?" एक ने दूसरी से पूछा।

"पांचाली से...। कैसी है?"

"अच्छी है, तू बिल्कुल सिंधी नहीं लगती।"

"इसीलिए तो। मुझे देखते ही पसंद आ गई। सुबह पहनी तो सबसे पहले इन्होंने कहा, "पूरी पंजाबन लग रही हैं।" कहते-कहते वह शरमा गई।

"नया माल आया है क्या? मैं तो पंद्रह दिन पहले गई थी।"

"हाँ, सावन में तो नया माल आता ही है। मैं तो अपना फ़ोन नं. दे आती हूँ। माल आते ही फ़ोन कर देता है। एक हफ्ते देर से पहुँचो तो माल छँट जाता है।"

"मैं तो कपड़े यहाँ के बनवाती नहीं। मेरी बेटी कल्याण में है, वहीं से भेजती है।" दूसरी।

"जो कल्याण में मिलता है, यहाँ नहीं मिलता क्या? इस तरह तो तुम अपनी पसंद का कुछ पहनती नहीं।" तीसरी।

"नहीं, मुझे कुछ पसंद करना नहीं आता। जो ले आती हूँ, बच्चे कहते हैं...फेंक दो। अब जो मिलता है, वही पहन लेती हूँ।" उसने संकोच से शर्माते हुए बताया।

"तुम्हारी तो इतनी बड़ी फैमिली है, एक ही दुकान से लेते हो?"

"नहीं नहीं। मैं अपने दुकानदार का नाम किसी को नहीं बताती, सेम-सेम हो जाता है।"

"मम्मी-मम्मी आपने टी.वी. में एड देखा है...पांचाली...पांचाली...पांचाली।" उसने 'सास भी कभी बहू थी' की तर्ज पर गाना शुरू कर दिया। वह दस साल की छोटी बच्ची थी, अपनी माँ के साथ आई। सब हँस पड़ीं...।

किसी ने अपने प्लेयर की आवाज़ तेज़ कर दी है...

"कहो न कहो, ये आँखें बोलती हैं ओ सनम...ओ सनम...।"

कुछ को फ़र्क़ पड़ा, वे इधर-उधर देखने लगीं, कुछ अपनी बातों में लगी रहीं...। सबके हाथों में मेहँदी लगी हुई थी...जिस हाथ की मेहँदी सबसे अच्छी होती, वह सबके सामने से गुज़रता...

"तेरी मेहँदी अच्छी रची है, तेरी सास तेरे को ज़्यादा प्यार करेगी।" बहुत-सी कुँवारियों ने भी तीज का यह व्रत रखा था।

"सास...।" उसने मुँह बिचका दिया...

"वह करे न करे, कीं फ़र्क़ पइंदा है। जिसे करना है, वह तो करे।" एक खिलखिलाहट समूचे माहौल में गूँज गई।

खड़े-खड़े टाँगें दुखने लगीं। मैंने बेचैनी से अपने सामने देखा 'कथा' ख़त्म हो चुकी थी। 'कथावाचिका' लोटे में से चुल्लू भर-भर पानी चारों तरफ़ उछाल रही है। जहाँ छींटे नहीं पड़ते औरतें चिल्लाने लगतीं...इधर...इधर। मैं तो सूखी ही रह गई। वह हँसते हुए चुल्लू-भर पानी उसकी तरफ़ फेंक देती...।

"लो, हो गई गीली... ।"

"अब नहला भी दो न... ।"

सब हँसने लगतीं। दस-दस, बारह-बारह साल की लड़कियों ने भी 'तीज' का व्रत रखा हुआ था। वे खुशी से चहक रही थीं, उन्होंने नए कपड़े पहन रखे थे। दादियाँ अपनी पोतियों को 'कथावाचिका' से आशीष लेने को उकसा रही थीं...

"इसे आशीर्वाद दो, अच्छा घर मिले, अच्छा वर मिले, गहने-कपड़े लेकर दे, रोज़ घुमाने ले जाए।"

बहुएँ प्रसन्नता से पोतियाँ शर्म से मुस्कराने लगीं।

"पल्लव पायो।" कथावाचिका ने ज़ोर से कहा। सबने अपने-अपने दुपट्टे और साड़ियों के छोर सामने फैला दिए।

'कथावाचिका' तेज़ी से कुछ पढ़ने लगी, आँखें बंद करके, आख़िरी में जोड़ा—

"जिसकी जो मुराद हो, तीज माता पूरी करे।"

नारियल, खीर, केले, सेब के कटे टुकड़ों का प्रसाद बाँटा गया... । औरतें उससे पूछताछ करने लगीं......

"चाँद कितने बजे निकलेगा।"

"नौ बजे तकतो निकल जाना चाहिए।"

"पर आज तो बदली है, पानी के छींटे भी पड़े हैं।"

"तो थोड़ा देर से निकलेगा।"

"न निकला तो?"

"निकलता तो ज़रूर है, चाहे देर से।"

"पिछले साल तो ग्यारह बजे निकला था, हमारी तो जान सूख गई थी।"

वह हँसती हुई सिर हिलाती है।

'कथावाचिका' नई है, दो साल पहले शादी हुई है यहाँ, सुंदर, गोरी-गोरी सी नाज़ुक... । सास ने धीरे-धीरे सब सिखा दिया है। अब वह दूसरे काम करती है...कच्चे चावल बड़े से गंज में डालते जाना, आए हुए फ्रूट में से अच्छे अपने लिए रखना, पके हुए प्रसाद के लिए, सिक्के इकट्ठे कर एक थैली में डालते जाना...फल काटकर प्रसाद वितरण के लिए तैयार करना...नारियल तुड़वाना...उसके छोटे-छोटे टुकड़े करना, उसे बात करने तक की फ़ुरसत न होती।

"उठो-उठो भाई, जल्दी करो, हम भी खड़े हैं।" बाहर वाले चिल्लाए। किसी के कान में जूँ नहीं रेंगी। कुछ तो बारी-बारी सभी देवी-देवताओं को इतनी देर अगरबत्ती घुमाती हैं कि वह ख़त्म ही हो जाती है। आख़िर में ख़ूब देर लगाकर उन्होंने मत्था टेका और भीड़ से निकलने की नामालूम सी कोशिश करने लगीं। बाहर वालों ने ज़ोर से धक्का मारा, वे और अंदर घुस गईं...

“रुक जाइए, पहले उन्हें बाहर आने दीजिए।” मैंने बरजा।

“आप खड़ी रहिए।” उसने व्यंग्य से कहा और भीतर घुस गई।

“आओ-आओ, भीतर घुसने से जगह अपने आप बन जाती है।” किसी ने कहा, दूसरी भी भीतर घुस गई।

“बच्चा पेट में कैसे जगह बनाता है?” किसी ने मज़ाक़ किया तो औरतों पर हँसी का दौरा पड़ गया।

आख़िर अंदरवालियाँ बड़ी मुश्किल से एक-एक कर बाहर निकलतीं, बाहरवालियों के जत्थे के बीच से गुज़रने लगीं। जगह ख़ाली होने से पहले ही फिर भर गई। 'कथावाचिका' इन सबसे बेपरवाह अपने काम में लगी थी।

वे अपने घर की उकताहट, झल्लाहट, रुटीन से हटकर आई थीं। वे वहाँ मगन थीं, खुश थीं। पहले मुझे लगता था, त्योहार हमारा काम बढ़ाते हैं और कुछ नहीं। फिर लगा, मैं ग़लत थी। त्योहार लोगों में उत्साह का सबब होते हैं, उन्हें आगे धक्का देते हैं, कुछ नया-सा भरते हैं, उनके जीवन में...।

हम सब जैसे-तैसे जगह बनाते, दस औरतों की बैठने की जगह में बीस बैठ जाते हैं। दस-बारह बच्चे हमारे पीछे खड़े हैं। ख़ूब सारी औरतें अभी भी अपनी बारी की प्रतीक्षा में बाहर खड़ी हैं।

'कथावाचिका' हमारे थक चुके हाथों से चावल की कटोरियाँ और नारियल लेती जाती। कुछ अपने पीछे फेंकती, कुछ तस्वीर को छुआ तोड़ने बोलती। उनके घर की दो बच्चियाँ यही काम कर रही थीं।

“पिछले मंगलवार को सबने कोकियाँ (गेहूँ के आटे की मीठी-मीठी रोटी) बनाई थीं ना।” उसने अपना काम निबटाते हुए सबसे पूछा।

“बनाई थीं...बनाई थीं।” ख़ूब सारे सिर सहमति से हिले।

“आपने।” उसने मुझे देखकर पूछा।

“काहे की कोकियाँ?” मैंने पूछ लिया। सब ठठाकर हँस पड़ीं।

“इसे बताओ भई।” कथावाचिका ने मुस्कराकर औरतों को इशारा किया।

“अकोला में एक माई को सपना आया। सपने में उससे देवी ने कहा—यह वर्ष पतियों और बेटों के लिए भारी है। सो इसी महीने के किसी भी मंगलवार को मीठी रोटियाँ बनाकर दूसरे दिन 'ठंडा' खाओ। आपको नहीं पता था क्या? हमें तो अकोला से फ़ोन आया था, हमने सारी कॉलोनी को बता दिया। अभी एक मंगलवार बचा है, आप कर लेना।” मुझे समझा दिया।

मैंने कोई जवाब नहीं दिया, सिर घुमाकर अपनी छोटी देवरानी को देखा। वह अर्थपूर्ण ढंग से मुस्करा रही थी...

“आपको तो इन सब बातों पर यक़ीन नहीं। इसलिए हम आपको नहीं बताते,

हमने पकाई थीं।'' उसने धीरे से कहा।

''अच्छा किया। अकोलावाली माई का मन मीठी रोटी खाने का कर रहा होगा, सास खाने नहीं दे रही होगी। उसने भी बदला ले लिया सारी औरतों को कोकी खिलाकर।'' मैंने धीरे से कहा।

उसकी हँसी छूट गई।

'कथावाचिका' ने कच्चे चावल के दाने बाँटने शुरू कर दिए। सामने एक लोटा रखा था।...आधा पानी से भरा...। सबने उसमें सिक्के डालने शुरू किए। लोटा पूरा भर गया।

''असुर को क्या पकाया था?''

मेरी साथ वाली ने अपनी साथ वाली से पूछा।

असुर यानी अल्लसुबह तीन बजे...व्रत वाले दिन...तीन बजे उठकर कुछ पका-खाकर सोना होता है।

''चाप्सी और चाउमिन...।'' उसने गर्व से बताया।

''क्यूँ? खीर नहीं बनाई थी, मैं तो हमेशा खीर बनाती हूँ।''

''तुम अकेली हो न। आजकल की लड़कियों को खीर कहाँ पसंद? इनकी पसंद का हमें भी खाना पड़ता है, अच्छा लगे न लगे। इनको तो हमारी पुरानी सब्जियाँ देखकर चिढ़ छूटती है। इनको सब दो मिनट वाला चाहिए।''

उनके पीछे खड़ी उनकी दोनों बेटियाँ सबके हाथों पर लगी मेहँदी और कपड़ों पर इंग्लिश में धीरे-धीरे कमेंट्स पास कर रही थीं। मैंने उन्हें घूरकर देखा तो वे सकपकाकर चुप हो गईं। कुछ औरतों की हथेलियों पर मेहँदी से उनके पति का नाम लिखा हुआ था...कुछ औरतों की सबसे छोटी उँगली पर...बड़े कलात्मक ढंग से...।

''आप तो सुबह नहीं उठे होंगे।'' छोटी देवरानी ने मुझको पूछा।

मैंने इनकार से सिर हिलाया...सुबह उठकर कुछ खाना असंभव...। दिन-भर कुछ नहीं खा सकते तो सुबह खा लो, ये क्या बात हुई?

''आप कुछ करते हो तो पूरा किया करो न। उसमें अपने मन से क्यूँ जोड़ लेते हो?'' उसने शिकायत की।

''मन से नहीं, सहूलियत से।''

''हाँ, सहूलियत से। या तो किया करो या मत किया करो। बीच में क्यूँ रहती हो आप?''

''चुप करो सब लोग...बोलो तीजड़ी माता की जय...।'' 'जय' सबने समवेत स्वर में की, एक-दूसरे को चुप रहने को कहा तो बहुत शोर हो गया।

''सेठ लखमी चंद नाम का एक दानी और धर्मात्मा था। उसके दो बेटे और

एक बेटी थी। उसने अपनी बेटी का ब्याह दूर देस में कराया, उसके बेटे अभी छोटे थे...''

सुबह हम लगभग बारह बजे आए थे, घर के कामों से फारिग होकर...तब भी भीड़ थी बहुत...। गुरु ग्रंथ साहेब के सजे हुए तख़्त से एक फ़ीट की दूरी पर घर का मुख्य द्वार...। 'कथावाचिका' अपनी फ़ैमिली के साथ तीन कमरों के इस घर में रहती है। पहले दो कमरे थे, उन्होंने एक कमरे को मंदिर बना लिया...पीछे एक कमरे में पूरी फ़ैमिली...। होते-होते उनके तीन कमरे बन गए...चौथे कमरे की जगह घेर ली, मंदिर उसी एक कमरे में। 'कथावाचिका' अक्सर औरतों से घिरी रहती। दिन-महीने साल में जाने कितने व्रत-तीज-त्योहार...। कुछ औरतें सप्ताह में चार-चार दिन व्रत रहतीं...सोम, गुरु, शुक्र, रवि...। बचे तीन दिन भी बेहद महत्त्वपूर्ण हैं, पर वे करें क्या? इन्हें भूखा रखने और दिन-भर इसी कारोबार में व्यस्त रखने का ख़याल सबसे पहले किसे आया होगा? हमेशा सबसे ख़राब व्यवस्थाएँ सालों-साल चलती हैं...।

दरवाज़े की चौखट से बंधा मोटे रस्से का झूला...दो-दो परत दोनों तरफ़...। नीचे उसे खोल उस पर बैठने के लिए एक पतली गद्दी...व्रतवाली औरतें आतीं...एहतियात से उस पर बैठतीं...थाल में रखे छोटे से मिट्टी के गमले में पंच अन्न की कुछ दिनों की हरी कोमल बालियाँ...उस पर वे सिक्के, कटे हुए फल...पानी डालतीं...अगरबत्ती घुमातीं, कुछ-कुछ बुदबुदातीं...। गोद में थाल धरे-धरे पैरों से झूले को सात बार आगे पीछे करती हुई कहतीं...

''रानी अपने राज से, मैं अपने सुहाग से।''

फिर अगली आती, फिर अगली...। सुबह दस बजे से शुरू हुआ सिलसिला दोपहर तीन बजे तक चलता। थाल भर जाता तो वह सिक्के निकाल कटे फल और पानी बाल्टियों में भरती जाती, जिसे बाद में 'ठंडा' करना होता।

''सेठ लखमीचंद ने यज्ञ करने का विचार किया, तदनुसार ब्राह्मण से मुहूर्त निकलवा अपने दोनों बेटों को अपनी बहन को लाने भेजा। उसने कहा—उसका तीज का उपवास है। बच्चों को क्या मालूम व्रत का, उन्होंने सामने की पहाड़ी पर आग जलाई, उस पर छन्नी टिकाकर बहिन से कहा कि देखो, चाँद निकल आया है। बहिन ने उसको अर्घ्य देकर पूजा कर खाना खाया। व्रत भंग होने से बहिन रूपवती का पति सूखकर काँटा हो गया।

रूपवती अपने पति को अपनी गोद में लिटा पूरा साल उसकी सेवा-पूजा करती रही।

आख़िर जब अगले साल सावन का महीना आया, तब तीज की उसी तिथि पर, व्रत रख, रात को चन्द्रमा को कच्चे दूध और शक्कर का अर्घ्य देकर बचा

हुआ दूध जैसे ही पति के मुँह में डाला, वह भला चंगा हो गया।

जो भी श्रद्धा के साथ तीज का व्रत रखेगा, इस कथा को पढ़ेगा, सुनेगा या किसी को सुनाएगा, उसके मन की सभी मुरादें पूरी होंगी।''

पाँच मिनट की इस कथा में औरतों ने पूरी एक ज़िंदगी जी ली। सुनने के सिवा मनचाहा सब किया। ये सारी बातें उन्हें याद हैं...हजारों बार सुनी हुई...। एक सेकेंड में रील ख़त्म हो जाती है इसकी, दूसरी घिसी हुई रीलें चालू रहती हैं...वे उन्हें अपने दुपट्टे से साफ़ कर भीतर के टेपरिकॉर्डर पर फिर-फिर चलाती हैं...।

''बोल तीजदी माता की जय।''

वे वापस आती हैं। 'कथावाचिका' ताली बजाती हुई गाने लगती है–

''अन्न-धन उसके घर आएगा
लक्ष्मी करेगी निवास
दुश्मन क्षण में नष्ट हो जाएँगे
दुखों का होगा नास।''

वे सब ताली बजाती हुई उसका साथ देती हैं–किन्हीं-किन्हीं का स्वर इतना ऊँचा है कि बाहर सड़क पर पहुँच जाता है...राहगीरों के धक्के से विचलित हुए बिना वह फैलने लगता है...

''सच्चे भाव और श्रद्धा से जो
रखेगा ये विश्वास
दुख वो कभी नहीं देखेगा
रहेगा मन न उदास।''

आख़िर में वे सारे देवी-देवताओं, हिन्दू धर्म, गाय माता सभी की जय बुलवाती हैं...फिर वही 'पल्लव पाने' का सिलसिला। आख़िर में प्रसाद वितरण...।

अब जब तक चाँद नहीं निकलेगा, औरतें पानी भी नहीं पिएँगी। इस वक़्त भूख सबके चेहरों पर दिखने लगी है। सुबह जो उत्साह था–उसकी रोशनी मंद पड़ती-पड़ती शाम में तब्दील हो गई है। वे थक रही हैं......

''आया करो कभी-कभी।''

''हाँ...आऊँगी–आप भी तो नहीं आते।''

''फ़ुरसत पहले ही नहीं मिलती, फिर ये टी.वी. की बीमारी बिना देखे भी चैन नहीं।''

''जस्सी अब अच्छी लगती है न।''

''वो तो पहले ही अच्छी थी, ज़बरदस्ती उसे बदसूरत बना लिया था। टी.

वी. वाले भी रोज़-रोज़ क्या दिखाएँ?"

"अच्छा बताओ, किससे शादी करेगी, पूरब से या अरमान से?"

"अरमान से।"

"क्यूँ?"

"जस्सी का पहला प्यार जो है। टी.वी. और फ़िल्मों में ऐसा ही होता है, पहला प्यार जीत जाता है। पर एक बात बताऊँ—प्यार नहीं काम आता, पैसा काम आता है।"

"पूरब का क्या होगा?"

"सब-कुछ जस्सी को देकर चला जाएगा।"

"क़िस्मत हमेशा बदसूरत लड़कियाँ लेकर पैदा होती हैं। सुंदर लड़कियों की क़िस्मत ख़राब होती है।"

"कैसे?"

"सुष्मिता सेन को देखो। यूँ ही एक बच्ची पाल रही है। अब कौन शादी करेगा उससे? कोई टूटे घर वाला आदमी...। ख़ूबसूरत लड़कियों को कभी उनके जैसा पति नहीं मिलता।"

"ये जो भी करें, इन्हें कहेगा कौन? हम तो अपने मन का कुछ नहीं कर सकते।"

कुछ औरतों के चेहरों पर हताशा की रेखाएँ थीं। क्या वे जानती थीं, किसके लिए व्रत रख रही हैं? वे क्या माँगती होंगी?

हम भीड़ में धक्का-मुक्की करते प्रसाद लेकर बाहर निकल आए हैं। मंदिर के बाजू में कपड़े की छोटी-सी दुकान है...जहाँ औरतें अपनी चप्पलें छिपाकर रख आती हैं। दुकानदार सहर्ष सबको भीतर आने देता है। सामने रोड के उस पार समोसे तलता हलवाई ईर्ष्या से उसे देखता है।

हम सब लौट रहे हैं—अपने-अपने घरों को। आठ बज गए हैं। आसमान में बदली-सी है। तारा निकले तो चाँद निकलने की आस बँधे...

"पानी बरस गया तो। अब तो पानी भी नहीं पीना है।" आशंका।

"तो क्या? दूध पीकर सो जाना।"

"ऐसी छूट नहीं ले सकते।"

"ले लेना। औरतों को इन छूटों के बीच ही जीना पड़ता है।"

"आपको तो किसी बात पर यक़ीन ही नहीं है।"

"नानसेंस। सारी कहानियाँ गुलामी की कहानियाँ हैं। इन कहानियों में लहुलूहान औरतों की आत्माएँ हैं।"

हम हमेशा बीच में खड़े रहते हैं। क्यूँ? हम किससे डरते हैं? किसी एक

का होना, यह मनुष्य के बस की बात नहीं। उसकी नियति है–अनिश्चय। निश्चय हमेशा उसके एक इंच ऊपर या एक इंच नीचे होता है।

रोड पार करके वे विभिन्न गलियों के भीतर घुस जाती हैं–जहाँ उनके छिपे हुए घर हैं। वे रोज़ सुबह उठती हैं–कभी घर ढूँढ़ती हैं–कभी पति। ढूँढ़ते-ढूँढ़ते बाहर सड़क पर आ जाती हैं–सड़क पर पूछती हैं तो जवाब मिलता है–यहाँ सारे पुरुष हैं, पति घर में पाया जाता है। वे जान जाती हैं, दसअसल उन्हें पति की नहीं, पुरुष की तलाश है। वे घर लौट आती हैं–दिया हुआ खाती हैं–खाती हुई देती हैं।

नौ बज गए हैं। हल्की-हल्की बूँदा-बाँदी हुई–हम सबकी साँस ऊपर-नीचे हुई...खुद को तसल्ली दी–बस आज की बात है। टी.वी. चालू हो गया। घर के बाक़ी लोगों को भूख लग रही है, खाना टेबिल पर आ गया, ख़त्म हो गया। अपने लिए थोड़ा बचाकर रखा। वहाँ से फारिग हो बार-बार आसमान तकने लगे। बार-बार बच्चों को छत तक दौड़ा दें। दस के बाद वे भी थककर सो गए। हम नहीं गए भीतर...बाहर बैठे रहे तकते...। जैसे-तैसे सीढ़ियाँ चढ़ तीन मंज़िल ऊपर आना-जाना किया–चाँद नहीं दिखा...। आख़िर ग्यारह बीस पर शोर मच गया...चाँद निकला...चाँद निकला...जल्दी करो। सामान उठाया पूजा का–ऊपर भागे। ऊपर पहुँचते-पहुँचते फिर बादलों में छुप गया। थककर वहीं बैठ गए–आधे घंटे बैठे रहे। सारी की सारी औरतें छतों पर जमा–आख़िर रोशनी की एक लकीर-सी दिखी...

"जल्दी करो, जल्दी करो–यही है।"

"और निकलने दो।"

"नहीं, फिर छिप जाएगा–देखो न, बादल अभी तक है।"

अगरबत्तियाँ जलने लगीं–कच्चा दूध, शक्कर-चावल का अर्घ्य दिया गया। इस तरह उछाल-उछालकर कि उसके पास साल भर की रसद जमा हो गई होगी। कौन-पूछता है तुम्हें सिवाय हमारे। आख़िरी में पानी भी पिला दिया...छिड़काव से छत गीली हो गई...महकने लगी...खुशी से खिले हुए चेहरे...। कुछ बातें छतों के बीच भी होने लगीं। अर्घ्य दिया जा रहा है...

"हाथ की कड़ी, पैर की कड़ी...
अर्घ्य दू मैं कोठे पे चढ़ी।"

"इसका मतलब क्या है?" निंदियाई बच्ची ने पूछा। जो भूख में सो गई थी, जिसे उसकी माँ छत तक उठाकर लाई थी।

"मुझे नहीं पता। चल जल्दी नीचे।"

हम सब अपना-अपना हाथ पकड़कर नीचे आ गए। चलो, ख़त्म हुआ, शांति

की साँस ली। खाना गर्म करने की हिम्मत नहीं थी। वैसे ही निकाला, वैसे ही खाया।

जब सारी औरतें ठंडा खाना खाकर अपने-अपने कमरे में गईं...अँधेरे कमरे में उन्होंने चाँद की छोटी-सी उजलाती लकीर ढूँढ़ने की कोशिश की। कौन जाने किसने क्या पाया? वे थक चुकी थीं। उन्होंने तकिए के गिलाफ़ में छिपाए सपनों को अपने मेहँदी रचे हाथों से निकाला...देखा...कांटेक्ट लैंस की तरह अपनी पुतलियों पर चढ़ाया और खर्राटों की बग़ल में सो गईं। वे नींद में रंगीन सपने देख रही हैं। वे नींद में हँस रही हैं।

रोको, वे तुम्हें छोड़कर जा रहे हैं

सबसे पहले मैंने उसे किताबों के मेले में देखा था...दुनिया के अच्छे-ख़ासे बड़े किताबों के मेले में...जहाँ लोग घूमते-घूमते अक्सर खो जाते थे, वापस आने के लिए उन्हें हमारे स्टालों के नं. याद करने पड़ते थे। चारों तरफ़ गहमा-गहमी...जींस...टी शर्ट...जैकेट...स्वेटर पहने कॉलेज के लड़के-लड़कियाँ...। वे जाती हुई सर्दियों के दिन थे...जब ठंड अपनी मनमानी करने पर उतारू थी...कभी भागकर इतनी दूर चली जाती कि हम धूप से घबराकर उसे पुकारने लगते...कभी धूप के साथ मिलकर ऐसी आँख मिचौली खेलती कि हम झुँझला उठते।...। वे ढूँढ़ लेते, प्रेम के इजहार की मौजूँ जगह...। इतनी भीड़ के बावजूद...किसी के लिए हमें ख़रीदकर वे हमें अपने सीने से लगाए घूमते, हम उनसे टिके उनके सीने की धप-धप सुनते। कई बार वे अजब संदेह से हमें बार-बार पलटते...क्या यह ठीक रहेगा? वे शब्दों का हाथ पकड़कर चलते हैं, शब्द खो जाते तो वे तुरंत दूसरे शब्दों की तलाश में भागने लगते। कुछ गुरु-गंभीर...उकताए...बूढ़े...बेरंग चेहरे...जिनके हाथों में एकाध किताब होती ही होती,...वे ऐसे नज़र आ रहे थे, मानों सारे रहस्य उन्होंने किताबों में ही पा लिए हैं, हालाँकि मामला इसके ठीक उलंट था। किताबों ने उन्हें जहाँ पहुँचाया था, वहाँ से वे वापस नहीं आ सकते थे। अच्छी किताबों में प्रवेश भूलभुलैया का एकमात्र द्वार है, जो आपको भीतर तो ले जाता है, पर आगे निकलने वाली तमाम राहें आपको ज़रा-ज़रा सी देर में बंद मिलती हैं...। मान लीजिए कि आप आख़िरकार उस एकमात्र अकेले रास्ते से बाहर निकल भी आए तो इसका यह अर्थ नहीं कि आपने वह रास्ता खोज लिया है। वह आपको भटकाने का एक नया तरीक़ा है। सही रास्ता कौन-सा है, क्या कोई भी जान सका है?

ख़ैर, उस वक़्त मैं अपनी ही सरीखी किताबों के बीच खड़ी थी...नए काग़ज़ों की खुशबू में लिपटी...चाहे सारी किताबें एक ही काग़ज़ से बनती हैं, पर हर किताब की महक दूसरी से बिल्कुल अलग होती है। काग़ज़ की वजह से नहीं उनमें लिखे

शब्दों की वजह से...। देख नहीं रही थी, मैं वह महक अपने भीतर भर रही थी...ढूँढ़ रही थी उन शब्दों को, जो मुझे देखते ही हुलस कर मेरे पास आ जायेंगे...फिर मैं पलटी...मुझे लगा, मुझे पुकारा गया है नाम लेकर...अनिश्चित सी इधर-उधर देखती रही...लोगों की भीड़ को चीरती एक आदिम किताब स्वयं चलकर मुझ तक आ रही थी। मैंने उस तक लपकने की कोई इच्छा नहीं दिखाई...। मैं उसे निकट आता देखती रही...। जैसे ही हवा चली, उस किताब ने पन्ने फड़फड़ाए...। कुछ नायाब से शब्द थे, प्राचीन—दुर्लभ, बहुत कम दिखने वाले...रोज़-रोज़ इस्तेमाल होने वाले बर्तनों की तरह न वे घिस गए थे, न उनकी चमक फीकी पड़ी थी, बल्कि वे अपनी जुगनू जितनी रोशनी में ही सही आप चमक रहे थे। जुगनू, जिसका वास्तविक स्वभाव चमकना होता है...वह अपने छोटे से अस्तित्व से लगातार उन बीहड़ अँधेरों को दूर धकेलता रहता है...जंगल भी अगर उससे अपने अँधेरे क्षण-भर उजरा लेता है तो जुगनू एतराज़ नहीं करता। एक अकेले जुगनू का समूचे अँधेरे के ख़िलाफ़ संघर्ष...। मैं उसके स्वागत में मुस्कराई, तमाम शेल्फों में लगी किताबें हमें उचक-उचक कर देखने लगीं। इतनी सारी हैरानियों को अनदेखा करते हुए उसने मेरे हाथ पकड़े, उसके हाथ ठंडे थे...। उसने बताया कि इतने सौ पृष्ठ लिखे जाने के बावजूद वह अभी तक ठीक से न पढ़ी गई है न समझी। इन शब्दों को उसने अपने ही भीतर ढूँढ़ा है...ये कहीं से चलकर नहीं आते...ये हमारे ही भीतर रेंगते रहते हैं...जीवित कीड़े से...कभी नसों में, कभी दिल में, कभी दिमाग़ में...। हमें पकड़-पकड़ इन्हें अपनी देह पर टाँकना होता है कि ये वापस भीतर न भाग जाएँ। सिर्फ़ भागते नहीं, बाज वक़्त गिर भी जाते हैं ज़रा-सी असावधानी से...। फिर रहो उन्हें ढूँढ़ते बरसों।

वह जैसे थककर चुप हो गई। अरसे बाद मुझे ऐसे शब्द दिखे। जिनके साथ ज़रा-सी देर ठहरा जा सकता है। कुछ किताबों को छुओ तो लगता है कि हम किसी म्यूजियम में खड़े हैं...जहाँ इतनी पुरानी चीज़ें और हथियार रखे हैं, जो अब किसी काम के नहीं। किसी को छुओ तो लगता है चीज़ों के बाज़ार में खड़े हैं, कोई एक अँधेरे से दूसरे अँधेरे में पहुँचा देती है, कोई बरसों लंबी ऊब और थकान की फिसलन पट्टी तक ले जाती है और किसी के निकट खड़े होने से लगता है, हम अपनी आत्मा के लंबे सलेटी अँधेरे और मद्धिम रोशनी के निकट खड़े हैं। तब भीतर एक मारक-सा आकर्षण पैदा होता है कि इस रोशनी को ओक में भरकर पी जाएँ।

हम दोनों ने बाहर का रुख़ किया...अंदर ठंड थी, सीलन थी, शोर...चकाचौंध...नई किताबें ऐसी सजधज से आतीं...इतने बड़े-बड़े हाथों से गुजरतीं तात्कालिक मंच पर उचक कर चढ़ जातीं कि पता ही न चलता हाथ बड़े किताबों से हैं या बड़े हाथों में पड़कर किताबें बड़ी हो गई हैं। बड़ा माने क्या? ये बातें हम जैसी पुरानी

किताबों को समझ में नहीं आतीं। हमारे लिए शब्द से बड़ा कुछ न था। शब्द...एक विशाल आसमान! जिसके साये में हम पनाह लेते, पलते, घुटनों-घुटनों चलकर बड़े होते, फिर दौड़ने लगते और आख़िरकार भागते-भागते वापस आते...इसी शब्द की गोद में खोने के लिए। हम जानते हैं, सिर्फ़ मनुष्य की देह मरती है, शब्द की देह नहीं...बस कभी-कभी वह ख़ाली भूसे-सी हो जाती है, तब उसे पशुओं के चरने के लिए छोड़ दिया जाता है, क्या यह मृत्यु है?

जब हम बाहर आए, छोटी-सी पहाड़ीनुमा जगह पर धूप थी, हम चमकने लगे...। शायद बहुत दिन बाद हम इस धूप में आए थे, शायद बहुत दिन बाद ताजी हवा ने हमारे पंखों को छुआ था...हमने ख़ूब गहरी-गहरी साँसें भरीं...हम यह मान बैठे थे कि इस किताब की क़ैद से हम कभी नहीं निकल पाएँगे...। उस क्षण मैंने पहली बार सोचा, शब्द क्या चाहता है? बस इतना ही कि कोई उसके निकट बैठे... जैसे सर्दियों में अलाव के निकट बैठते हैं...गर्मी आहिस्ता-आहिस्ता दबे पाँव उतरे कि जो भी सख़्त है भीतर, बर्फ़ है, पिघले ज़रा-ज़रा सा...पानी बने तो बाहर आए...गले से कभी चीख़ बनकर...आँखों से कभी दरिया बनकर...। इससे ज़्यादा कहाँ चाहता है वह कुछ? क्या पता ये ठीक से जानता भी है या नहीं कि बाज़ार में इसकी मौजूदगी जाने कितनी चीज़ों को ख़रीदती बेचती है, मनुष्य को तक...। शर्मिंदा होता है तब यह...इतनी ऊँचाई से नीचे गिरना कि जैसे बारिश का पानी नाली में मिलने के बाद छूने के क़ाबिल नहीं रहता। किससे कहता होगा वह अपनी तकलीफ? मालिकों से? पर मालिक तो हर क्षण बदलते हैं! मैं किससे कहूँगी? बहुत देर हम एक-दूसरे के सामने चुप बैठे रहे...। हमारे सामने वाली बेंच पर जींस और टीशर्ट पहने एक लड़की अपने ब्वॉय फ्रेंड के कंधे पर सिर टिकाए बैठी है दोनों एक ही टिन से 'पेप्सी' पी रहे हैं, मैं 'पेप्सी' शब्द को देख रही हूँ—बिकने वाला एक शब्द। लड़का लगातार कुछ कह रहा है। उसे अपने भीतर सुनती वह आँखें झुकाए बैठी है...समूची दुनिया से बेपरवाह...। शब्द यहाँ भी अपना करिश्मा दिखा रहा है। हम एक-दूसरे की तरफ़ देख मुस्कराए फिर उनसे दूर हो गए। हम चाहते थे, उनके बीच ख़ामोशी उतरे। हम चाहते थे—बोलते-बोलते लड़का थक जाए...उनकी पेप्सी ख़त्म हो जाए, उनके बीच के शब्द भी...। तब वे सुनें एक-दूसरे को...शब्दहीन बे-आवाज़ वह गूँज...। जिसे सिर्फ़ नसें गा सकती हैं, जो सिर्फ़ लहू में दौड़ सकती है, जिसकी धुन किसी को भी नचा सकती है।

मुझे पता नहीं क्यूँ। इस वक़्त बुद्ध याद आ रहे हैं, जो सारे महत्त्वपूर्ण सवालों के जवाब में चुप हो जाते थे। क्या वो सचमुच कुछ जान पाए थे? कितना? किस विवशता में उन्होंने कहा था—'निब्बान'। बुझ जाना। केवल दो ही जगहें हैं, जहाँ मनुष्य सचमुच बुझ सकता है—प्रेम में और समाधि में। बाद में वे जो कुछ भी कहते हैं, जिए हुए की मात्र परछाईं है...साँप की छोड़ी हुई केंचुल...। इस प्रेम और

समाधि के बीच की जितनी भी जगहें हैं...यात्रा है समूची...पड़ाव है थोड़ी-थोड़ी दूरी पर, थककर हम पनाह ले सकते हैं, पुकार सकते हैं किसी दूसरे के अकेलेपन को अपने अकेलेपन में शामिल करने के लिए।

मैंने जब उसे पलटा...वह घायल थी...ज़ख़्मी...बड़ी होशियारी से वह अपने ज़ख़्म छिपाए हुई थी—अपनी झूठी हँसी से, जो उसके मलिन पड़ते चेहरे पर क्षण-भर चमक दुगने वेग से ग़ायब हो जाती। उसने जगह-जगह बँधी पट्टियाँ खोलकर कुछ ज़ख़्म दिखाए—सिर्फ़ कुछ...बाद में मैंने उसे बरज दिया...इस तरह जो सूख रहे होते उनके भी छिलके उतर जाते...जो भीतर ढँके होते, उन्हें भी बाहर आने का रास्ता मिल जाता। कुछ जख्मों को हम बाड़े में बँधे पशुओं सा बाँध कर रखते हैं...उनकी निरंतर जुगाली हमारे भीतर का जाने क्या-क्या निगल जाती है। न वे कहीं जाते हैं, न हम...। कुछ बंधन अजीब होते हैं, न आप निभा सकते हैं, न छोड़...। व्याकरण के नियम हम बदल भी दें, फिर भी रहेंगे उन्हीं नियमों की हदों में। एक बात हम दोनों ही जानते थे, दुःखों और सुखों के चेहरे अलग-अलग नहीं होते...बस हम उन्हें अलग-अलग कपड़े पहना देते हैं। इस वक़्त लाल कपड़े पहना रखे थे उसने अपने दुःखों को...वे बड़े सुंदर लग रहे थे...धूप में स्कूल जाते लाल स्वेटर पहने मासूम गोरे बच्चों की तरह...। आप रास्ते से गुज़र रहे हों तो ज़रा-सी देर रुक जाते हैं। यह रुकना—किसी आकर्षण के तहत नहीं, उसे सलाम करना है, उस करतब को, जहाँ हज़ारों बरस पुराने बूढ़े बरगद से पके दुःख भी मासूम सफ़ेद खरगोशों से दिखते हैं। भीतर सरपट दौड़ते मीलों लंबी बिछी घास दिन-भर चरते...दिन-भर उन्हें लाठी लेकर दौड़ाने के बावजूद आप जानते हैं कि न ये कहीं जाएँगे, न आप। इसके विपरीत मुझमें टँगे दुःख सफ़ेद कपड़े पहने बड़े उज्ज्वल से दिख रहे थे...चूना पुती दीवारें...आप इन पर कुछ भी लिख सकते हैं। ये मन में संदेह पैदा करते हैं। इसी संदेह को मैंने फिर उसकी आँखों में महसूस किया। वह संदेह जो बीच की ख़ाली जगहों को टटोल रहा था। मैंने हवा में बिखर रहे अपने पन्नों को समेटा।

मैंने उसकी तरफ़ देखा...वह सिंहासन बत्तीसी की तरह बहुत लंबी थी। हर लम्हे की पुतली की एक अलग दास्तान...एक लम्हा अनंत बरस जितना लंबा...वह कह-कहकर थकने लगी, कहे जा रही थी फिर भी। मैं सुन-सुनकर...सुने जा रही थी फिर भी...।

शाम होती जा रही है...हमारी परछाइयाँ लंबी होते-होते हमीं में विलीन हो जाएँगी। यह अंत नहीं विश्राम है दूसरी सुबह तक के लिए...। हम उठे...वापस अपनी जगह टँगने के लिए।

"तुमने मुझे बिल्कुल नहीं सुना, समझ ही नहीं पाई। मैं तुम्हें अपने अँधेरों में कहाँ-कहाँ नहीं ले गई...।" उसने कहा तो मैं हैरान हुई। मुझे उससे यह उम्मीद

नहीं थी। ठीक है कि सब कुछ नहीं समझा जा सकता, पर मैं इतना जानती थी कि जिस तरह एक मनुष्य दूसरे से बहुत अलग नहीं होता, उसी तरह शब्द भी। थोड़ा अलग...थोड़ा एक-सा। पुतलियों ने जो भी कुछ कहा था, मैं उसकी निरीह व्यथा की साक्षी थी, बिल्कुल उसी तरह, जितनी अपनी व्यथा की।

"मैं तुम्हारी कोई मदद नहीं कर सकती। न वह, जिसके लिए तुमने ये सारी यातनाएँ सही हैं। एक ही रास्ते पर चलते-चलते हम एक-दूसरे को दिखना बंद हो जाते हैं, जबकि हमारे बीच मात्र कुछ इंचों की दूरी होती है।"

उसका गुस्सा नहीं उतरा। मुझे हँसी आने लगी। उसकी कहानी जीवन से छोटे-छोटे गुस्सों की कहानी है, जो किसी भी तर्क से आसानी से काटे जा सकते हैं। छोटे-छोटे गुस्सों की उन ईंटों की, जिनसे उसने लाल ख़ूनी दीवार खड़ी कर दी थी...बीच में उसकी आत्मा छटपटा रही थी...यह छटपटाहट शाश्वत है...बाहर निकलने की छटपटाहट...।

वे हमारी ख़ामोशी के बीच के दिन थे। जैसे-जैसे दिन बीतते जाते, मेले का आकर्षण बढ़ता जाता। जाने कितने हाथ हमें छूते...देखते...लापरवाही से, उपेक्षा से, जल्दबाज़ी से...। बहुत कम हाथों में हमें उस आदर की झलक मिलती, जिसका कोई भी शब्द वास्तव में हक़दार होता है। बहुत कम दिमाग हमें भीतर उतरने की जगह देते, जहाँ हम सचमुच पहुँचना चाहते...। बहुत कम हथेलियाँ हमें लगाव से छूतीं, बहुत कम होंठ हमें मोहब्बत से चूमते। कभी-कभी कोई भूखी-प्यासी ठंड में ठिठुरती आत्मा हमें देखती और अपनी बाँहों में भर लेती। हम भीतर उसके जो भी अतिरिक्त होता, जला कर राख कर देते, चमका देते। पर यह पूरा सच नहीं था, सच का एक बेहद मामूली हिस्सा-भर था। हममें से बहुत से शब्दों के ढेर यूँ ही बिखरे रहते लावारिस...सालों-साल...। एक-दूसरे पर पड़े...थके उकताए। लगातार कहते...अब हमारा कोई काम नहीं, हमें जाने दो, पर उनकी कोई न सुनता। उनकी वेदना हम तक अदृश्य ध्वनि-तरंगों से पहुँचती...हम साथ पिघलने लगते।

और आख़िर जैसे हर चीज़ ख़त्म होती है—मेला भी ख़त्म होने लगा। वह आख़िरी दिन था...नई किताबों को छोड़ पुरानी बक्सों में भरी जाने लगीं। फिर कहीं और पहुँचने के लिए...सबने एक-दूसरे से विदा माँगी—वे उदास थीं। बरसों से वे कहीं नहीं गई थीं...वे कभी इस निर्णय पर पहुँच ही नहीं पाईं कि किसी को उनकी ज़रूरत है या नहीं। वे बस थीं—जैसे दूसरी और चीज़ें होती हैं। आप जितने भी हों, उस 'होने' को 'न होने' में नहीं बदल सकते, जिस तरह 'न होने' को 'होने' में। वे अपनी महक फिजाओं में छोड़ जाने लगीं। नयों ने उनको विदाई दी। जो मंच से होकर आयी थीं, वे अपने दिखते अंत के बावजूद ख़ुश थीं। एक दिन मर जाएँगे, इस डर से कोई जीना नहीं छोड़ता। यह एक सच है, दूसरा यह कि शब्द की सत्ता मनुष्य की सत्ता से कहीं बड़ी और स्थायी है। तमाम निराशाओं के बावजूद

हम सब यह सच जानते थे।

जब उसे बक्सों में डालने के लिए नीचे उतारा गया, वह छटपटाई...

"मुझे नहीं जाना, वहाँ बहुत अँधेरा है, मुझे डर लगता है।"

उसकी छटपटाहट का उत्तर किसी के पास नहीं था। यह क़ैद हमने अपने लिए ख़ुद चुनी थी, कुछ और चुनने का अब कोई भी अवसर हमारे पास नहीं था।

"मैंने कहा न, मुझे नहीं जाना।" उसने तड़पकर उनके हाथों से ख़ुद को छुड़ा लिया...। वे हैरान उसे देखते रहे...ऐसा पहले कभी नहीं हुआ था। उन्हें गुस्सा आ गया। आख़िर वे मालिक थे। हमने जाने या अनजाने उनकी दासता स्वीकारी तो थी। वे हमें अपने मन मुताबिक़ चला सकते थे। बिकने के बाद शब्द की वास्तविक सत्ता ख़त्म हो जाती है, तब वे सिर्फ़ वस्तु हो जाती हैं। उन्होंने झपट्टा मारकर उसे उठाना चाहा कि मैं ज़ोर से चीख पड़ी...

"नहीं जाना हमें, हम तुम्हारी दासता से इनकार करते हैं।"

उन पर कोई असर नहीं हुआ। वे इस सबके आदी थे। वे हमें खींच-खींच बक्सों में डालने लगे...

"अब नहीं...अब बस...।"

मैंने सबको छोटा-सा इशारा किया और हमने अपनी जगह छोड़ दी...

अचानक उन्होंने देखा...कुछ किताबों के पन्ने कोरे हो गए...शब्द उनमें से ग़ायब हैं। उन्होंने हैरानी से उन्हें कई बार पलटा...अपने हाथ देखे...कपड़े झाड़े...इधर-उधर देखा...नहीं, कुछ नहीं। अचानक वे डर गए। वे जान गए, ये काली फ़ौज कभी भी उन पर हमला कर उन्हें नेस्तनाबूत कर सकती है। जब तक वे पालतू थे, उन्हें उनसे कोई डर नहीं था। शब्दों के दाँत तोड़ दिए गए थे, नाख़ून काट दिए गए थे...। वे बंद कमरों में दूध पीते, पलंग के पायताने आराम करते। बरसों लग जाते हैं उन्हें पालतू बनाने में, फिर बरसों बने रहते हैं वे पालतू...। ये क्या हो गया? अचानक उन्होंने अपनी ज़ंजीरें कैसे तोड़ दीं?

बदहवास आदिम भय में जकड़े उनके मुँह से कोई आवाज़ नहीं निकली। हैरानी से भरकर उन्होंने और ज़ोर से चीख़ना चाहा पर कुछ नहीं हुआ। शब्द उन्हें बाहर से ही नहीं भीतर से भी छोड़ कर चले गए थे। अपने पास लाकर नहीं, अपने से दूर फेंककर...और अब ये कैसे जान पाएँगे कि वापस आने का सही रास्ता कौन-सा है?

लाइन इस पार

रेलगाड़ियों में बैठना मेरे लिए हमेशा दुर्दमनीय आकर्षण रहा है, मेरा बचपन ही इसकी वजह होगा। कोतमा में हमारा घर रेलवे फाटक के बिल्कुल क़रीब में था। लाइन इस पार...रेलगाड़ी हमें अपने आने की सूचना दूर से ही दे देती। आवाज़ से हम जान जाते मालगाड़ी है या रेलगाड़ी...सब काम छोड़कर हम पागलों की तरह दौड़ते और तब तक देखते, जब तक रेलगाड़ी आँखों से ओझल न हो जाती। लाइन उस पार एक दूसरी ही दुनिया शुरू होती भालूमाड़ा...जहाँ मेरी ख़ूब सारी सहेलियाँ रहती थीं...जमुना कॉलियरी...जो मैंने देखी नहीं थी, सिर्फ़ उसकी बातें सुनी थीं। कोयलों से भरी मालगाड़ियाँ गुज़रतीं तो पिताजी बताते कि ये कॉलियरी से आ रही हैं, कोलकाता जाएँगी...मैं विश्वास-अविश्वास के घेरे में डोलती रहती...इतनी दूर...

लाइन इस पार मेरा यथार्थ रहता था...जो सत्रह सालों तक नहीं बदला—मेरी शादी तक। मैंने बाद में जाना, इसे नहीं बदला जा सकता, सिर्फ़ जंप किया जा सकता है...उन दिनों मैं बीच में रहती थी। आपको पता है—'शेल' कब टूटता है? जब भीतर पल रहा जीव मज़बूत हो जाता है...यूँ यह बात जीव को भी पता नहीं होती...

लाइन इस पार हमारा पुराना खपरैल घर कई मायनों में बढ़िया था...हर आवाज़ाही के लिए स्वतंत्र...धूप, धूल, हवा, पानी किसी चीज़ की कमी नहीं...यहाँ तक कि जीवन इतने धीमे धड़कता कि आवाज़ तक न सुनाई देती, जो सुनाई देता, वह शोर था...तब इतनी अक्ल भी नहीं थी कि ज़रा-सा अपनी छाती से कान लगाकर सुनते कि जीवित हैं या मर गए। अच्छा है कि नहीं थी। जो-जो भी यह जानने को निकलता है, सबसे पहले इसी नतीजे पर पहुँचता है कि हम नहीं थे। पर हम तब भी थे, लगातार एक सीध में बने हुए तीन कमरे...दाईं ओर ज़रा-सा दबा हुआ किचन...किचन की ही पंक्ति में पशुओं के लिए एक बाड़ा...जो हमारे तीनों

कमरों के बराबर था। उस तरफ़ खुलने वाली खिड़कियाँ हम बंद रखते...गोबर-पेशाब की आती बदबू के कारण। बाईं तरफ़ दादा-दादी के लिए एक बड़ा-सा रूम...जहाँ ठंड के दिनों में शाम 6 बजे से सुबह आठ बजे तक लगातार सिगड़ी जलती ही रहती। कोयले बुझने लगते तो दादाजी लकड़ी के गुटके डाल देते। सर्दियों में ही दादी इसी सिगड़ी पर अक्सर कुछ न कुछ पकाया करतीं...बादाम-खसखस का हलवा या गेहूँ के दूध की कोई स्वादिष्ट चीज़...थोड़ा-थोड़ा हमें भी खाने को मिलता। दादी कहतीं कि उनके दिमाग़ की नसें कमज़ोर हो गई हैं, उनके लिए ये सब खाना बहुत ज़रूरी है। माँ कहतीं, दिमाग़ तो है ही नहीं, जो चीज़ नहीं है, उसे क्या बचाना? हमें तो मतलब इस बात से था कि पके तो हमें भी मिले। बीच में ख़ूब खुला आँगन...फिर लैट्रिन बाथरूम...वो वाली लैट्रिन कि आप ऊपर से टट्टी कर रहे हैं, नीचे से सूअर गरमा-गरम उड़ा रहा है। उन्हें भी पता चल जाता होगा जैसे हमें चल जाता है, जब घर में गरम-गरम हलवा बनता है, अजीब है न! छोटा भाई एक बार घर के पीछे निवृत्त होने गया तो इस गरम-गरम के चक्कर में सूअर ने पीछे से काट लिया। वह रोता हुआ घर की ओर भागा। अब एक लैट्रिन—एक जाए तो दूसरा खड़ा रहे। पिताजी ने फिर आनन-फानन दूसरी बनवाई। आँगन में कभी न सूखने वाला कुआँ...उसी आँगन में दिन-भर घर का कारोबार चलता। हँसी-मज़ाक़...रोटी-पीटना, सब्ज़ियों के ढेर, अनाज के ढेर, दिन-भर लड़े जाने वाले छोटे-मोटे युद्ध...गर्मियों में वहीं खाना बना लेते—खुले में वहीं खाते। कुएँ पर बाल्टियों से पानी खींच-खींच कर नहाते...कपड़े धोते...सुखाते...तहाकर रखते...उसी आँगन में हम दिन भर सिलाई मशीन चलाते...रात तक यह सब सिमटता तो किनारों पर खड़ी खाटें सीधी लग जातीं—उस पर दरियाँ बिछ जातीं। गर्मियों में वहीं सोते—बरसात व ठंड में अंदर...चार चिकने बाँसों पर मच्छरदानियाँ बाँधकर खाटों पर लगाते तिरछा करके...बार-बार फिसलते...हम बार-बार लगाते...मच्छरदानी के भीतर नीम अँधेरे में ऊपर आसमान को देखना...बस उतना ही अपना स्वतंत्र संसार था। कभी-कभी हम माँ को तंग करते तो दादाजी कहते—आओ, मैं एक कहानी सुनाऊँ—हम उनकी अगल-बग़ल लेट जाते...भाई फिर भी मस्ती करता रहता, सिर्फ़ मैं सुनती। कहानी सुनने के बाद मैं अपनी खाट पर आती। भाई और मेरी कभी बनती ही नहीं थी। मैं उसे अपने साथ सुलाने से इनकार कर देती, उसे दादाजी के साथ सोना पड़ता। दादी और माँ की भी नहीं बनती थी। खाना बन जाता तो दादी दो थालियाँ लगाकर अपने कमरे में चली जातीं, कहतीं—लो, अब सब तुम्हें दे दिया। माँ कहतीं—पीछे पलटकर देखते भी नहीं कि क्या बचा? हमें अपनी दादी से तो नहीं, दादाजी से बहुत प्रेम था। बचपन में ही जब माँ हमें बेरहमी से मारतीं, तब वही आकर बचाते थे। बचाते-बचाते दो हाथ माँ की पीठ पर भी जमा देते, माँ तुरंत दूर हट जातीं...

"लगता है न, ऐसे ही इनको भी लगता होगा।" वे हमें अपने कमरे में ले

जाते। उस दिन हम खाना वहीं खाते। वे धोती-कुर्ता पहनते, गाँधी टोपी लगाते...गोरे-चिट्टे पतले, लंबे...भव्य...अत्यंत स्नेहिल...बीड़ी पीते पिताजी से छिपकर। उन्हें मेरा बढ़ता क़द आतंकित करता। आठवीं के बाद पिताजी से मेरी शादी का आग्रह करते। पिताजी ध्यान न देते—"अभी छोटी है।" वैसे हमें छोटा रखने के जतन उस घर ने ख़ूब किए। हम बहुत देर बाद बड़े हुए।

एक दाई होती थी—जिस दिन छोटे भाई की छठी थी, उस दिन लगी तो उम्र-भर वहीं रही। सुबह छह बजे आ जाती—शाम छह बजे वापस अपने घर जाती। कई बार हम उसी के साथ खाना खाते—एक बार बग़ल की एक जैनी लड़की ने देख लिया तो मोहल्ले-भर में कहती फिरी—"ये अपनी काम वाली बाई के साथ खाना खाते हैं।"

"तो क्या हो गया, वह तो दाई है।"

उसका कोई भी नहीं था, वह हमारे घर का ही एक हिस्सा बनी रही। शाम को घर जाते समय वह अपनी पालतू बिल्ली के लिए थोड़ा-सा दूध ले जाती। उसे देर हो जाती तो उसे बिल्ली की बड़ी फ़िक्र होती...

"मोर रस्ता ताकत होई।" वह माँ की माहवारी के कपड़े भी धो देती। बाहर आँगन में जब कपड़ों से लाल रंग निकलता—हम पूछते—ये क्या है? वो अपनी भाषा में कहती—"लाल रंग है, और क्या है, सब क्यूँ पूछते हो?" हो सकता है, लाल रंग हो, क्योंकि तब घर में कपड़े भी रँगे जाते थे।

हमारे पास कामों का अंबार होता। माँ अलस्सुबह तीन बजे उठकर सिगड़ी जलातीं...खारी सोडा डालकर एक बड़े से गंज में कपड़े पकने के लिए रख देतीं—वे कई घंटे पानी और खारी सोडा में उबलते रहते—उसमें वे 'टीनोपॉल' भी डालतीं। जब तक सफ़ेद कपड़े उबलते—वे रंगीन कपड़े किसी पाउडर में डालकर रखतीं। कपड़ों को लगाने वाला साबुन वे स्वयं बनातीं—पता नहीं कैसे पर एक चपटी बड़ी-सी ट्रे में हल्की पीली मोटी बर्फी के पीसेस जैसे दिखते...हम नहाते भी उसी से—वे अक्सर पूछतीं...

"इस बार साबुन अच्छा बना है न?"
हमें पता न होता पर हम हाँ कहते।

हमें भी छह बजे के आसपास उठना होता। हम दूध पीकर सात बजे स्कूल जाते...बारह बजे लौटते...घर की सफ़ाई व कपड़ों के बाद माँ चौके में घुस जातीं। हमारे यहाँ बहुत सारी सब्जियाँ बनतीं। और कुछ नहीं तो बगीचे से सब्ज़ियों के ढेर आ जाते। अब इन्हें छाँटो, अलग करो, टोकरी में डालो, नौकर को बाज़ार भेजो बेचने को, उसके हिस्से का काम करो। पशुओं के खाने-पीने की व्यवस्था करो, समय पर दूध लगाओ। घर के लिए रखकर बाक़ी बाजार भेजो—हिसाब लो, खली-चुनी

समय-समय पर मँगवाओ।

कुछ लोगों के संसार बहुत बड़े होते हैं—आस-पड़ोस, पेड़-पौधे, सब्जी वाले, दूध वाले, मौसमी फूल, कच्ची हल्दी, पशु-पक्षी, नौकर-चाकर, रास्ते पर गुजरता राम-राम करता राहगीर, बाहर नल पर कपड़े फींचती औरतें...नंग-धड़ंग बच्चे, बरसात के बाद का इंद्रधनुष, रंग बदलता आसमान, थिएटर में लगी कोई धार्मिक फ़िल्म...गाँव में फैलती कोई बीमारी—वे सब उसी तरह जीते हैं, जैसे अपना जीवन, कुछ लोगों के संसार बहुत छोटे होते हैं—चार क़दम इधर, चार क़दम उधर...बस, यही फ़र्क़ था माँ और हमारे संसार में...

दमोहवाली

एक थी 'दमोहवाली'। दमोह से शादी करके इधर आई तो हुई 'दमोहवाली' औरतों की लेडी डॉक्टर...जिसे भी जो तकलीफ हो—बुखार, बदन दर्द, अधिक-कम माहवारी, ख़ून के थक्के गिरना, गर्भपात, गर्भ ठहर जाना, जचकी करवाना, माँ-बच्चे की मालिश, बच्चे को मालिश के बाद अंगारों से उठते हुए धुएँ में सेंकना...उछाल-उछालकर वह पता नहीं अंगारों में क्या डालती थी? सारा कमरा धुएँ से भर जाता...जिधर से जो मिल जाए, ख़ाली वक़्त में एक पुरानी सिलाई मशीन चलाती, पति सारा दिन घर में सोया रहता—वह दिन-भर गाँव में घूमती रहती। संदेश उसी के द्वारा आते, जाते...रात को वापसी के समय किसी के भी घर से पति के लिए कुछ रोटियाँ बँधवा लेती।

गाँव में जैनियों की संख्या अधिक होने से कभी-कभी जैन मुनि आते—उनके आने की ख़बर बिजली की तेज़ी से फैलती। उन्हें खाने के लिए किसी एक घर का चुनाव करना होता।...वे तेज़ी से आगे-आगे, उनके पीछे एक छोटी-सी भीड़। बच्चे...जिस घर के सामने रुकते, उसकी मानो सभी मनोकामनाएँ पूरी हो जातीं। कहते थे, वे थाली में नहीं, हाथ में खाते हैं—देते जाओ, खाते जाएँगे...पेट भरने पर अपने आप उठकर खड़े हो जाएँगे। लोग दरवाज़ों पर टाँग कर रखते—ग्यारह पत्ते-ग्यारह केले या कुछ और...जब पता होता कि हमारे मोहल्ले में आ रहे हैं...हम अपनी पट्टी (चबूतरे) पर खड़े हो जाते। मारे डर के हम उन्हें सामने से न देख पाते तो पीछे से देख लेते।

मैंने दमोहवाली से पूछा था—

"ये ऐसे क्यूँ घूमते हैं?"

"इनका धर्म ऐसा है।"

हमें तो माँ गुरुद्वारे ले जाती हैं तो सिर ढँक के ले जाती हैं। यहाँ तक कि भाई और पिताजी भी सिर पर रूमाल रखते हैं। इनका क्या दूसरा धर्म है? अब

पूछो तो फिर डाँट...

एक दिन स्कूल से लौटते हुए भाई के बदमाश दोस्त पन्ना ने बीच रास्ते में भाई को पकड़कर मारना शुरू कर दिया...मुझसे न देखा गया। मैं उस पर टूट पड़ी। वह अकेला ही हम दोनों के लिए काफ़ी था। आख़िर जैसे-तैसे बच-बचाकर घर वापस आए तो भाई ने दो-तीन घूँसे पीठ पर और रसीद कर दिए...''तू बीच में क्यूँ आई?''

एक बार फिर भयानक झगड़ा। जब तक दोनों की कसकर ठुकाई नहीं हुई, तब तक हम लड़ते ही रहे। जूतों से, चप्पलों से, लातों-घूँसों से। घर युद्ध का मैदान बन जाता। फिर हफ़्तों मैं उदास रहती। किताबों का प्रवेश मेरे जीवन में तभी हुआ। मैं यहाँ से भागना चाहती थी। वे मुझे भगा ले गईं।

वे दोनों जब भी आतीं...मैं जैसे अजब-से पसोपेश में पड़ जाती...चारों तरफ़ सिले-अनसिले कपड़ों का ढेर...धागों के सफ़ेद लच्छे...बहुत ज़्यादा ख़पत होने से हम धागे कटनी से मँगवाते...सस्ते मिलते थे। लच्छों की शक्ल में जिन्हें दोनों घुटनों में फँसाकर हमें ऊन के गोलों-सा लपेटना होता। जो भी दस मिनट के लिए ख़ाली होता कि अभी दाल या चावल पक रहा है, लच्छे खोलने बैठ जाता। छोटी-सी खटोली पर मशीन, जिसे हम हर रात साफ करके तेल-वेल लगाकर रखते कि हर दिन इसी रफ़्तार से चलती रहे। यह सारा सामान तीसरे कमरे में होता—आख़िरी कमरे में। मैं चाहती, वे पहले कमरे में रुकी रहें पर पिताजी के डर से हम उन्हें दूसरे कमरे में ले आते पर मानो वे सहज उत्सुकतावश तीसरे कमरे में चली आतीं। जहाँ हम या कम अज कम मैं ख़ुद को छुपाकर रखना पसंद करती। माँ उन्हें बड़े उत्साह से बुलातीं।...

''आओ...आओ...रेनू की माँ, इधर आ जाओ।''

मैं भागकर दो कुर्सियाँ ले आती उनके बैठने को...माँ उनसे बातें करने बैठतीं, मैं घर सँभाल लेती। वैसे तो माँ को हिंदी नहीं आती थी, पर कुछ ही सालों में उन्होंने वहाँ की लोकल भाषा सीख ली थी। मैं को वे 'हम' बोलतीं, 'क्या करें' को 'का करें'।

माँ को पता होता था, उन्हें रुपए चाहिए। उन्होंने शिकायत का कभी मौक़ा नहीं दिया था। वे जितने भी चाहतीं, माँ झट निकालकर दे देतीं...ब्याज पर। ये हमारे घर की औरतों का पुश्तैनी धंधा था। पति से शायद ही कभी वे रुपए माँगती हों...अपने लिए तो कभी नहीं। पूरे गाँव में ऐसा कोई सिंधी घर न था, जहाँ एक अदद सिलाई मशीन न हो। रेडीमेड का कारोबार इन्हीं औरतों के दम पर चलता...छोटे-छोटे कच्छे, बंडियाँ, पेटीकोट...कभी-कभी ब्रा भी। ज़रा-सा कपड़े का टुकड़ा व्यर्थ न जाने देतीं। कतरनों से ही अनोखी चीज़ें बना डालतीं।

वे और माँ हमउम्र थीं...पर उनकी बेटी मुझसे बहुत बड़ी थी। मैं नवीं में थी...वह डबल एम.ए. करने के बाद शादी की प्रतीक्षा कर रही थी। उससे बड़े

पाँच भाई, जिनमें से तीन की शादी हो चुकी थी। डबल एम.ए....! यह मुझे आतंकित कर देने वाला शब्द था—मेरे सपनों से बहुत बड़ा...आपने एक साल के बच्चे को बारह नं. के जूते में पैर डालते देखा है? उतना बड़ा। मेरे लिखने की ख्याति मेरे चंद दोस्तों तक ही सीमित थी—मैं तो बस अभी अपने कपड़ों से बचपन की धूल झाड़ युवावस्था की दहलीज़ पर खड़ी सोच रही थी कि अंदर जाऊँ या यहीं रहूँ कि नियति ने ख़ुद ही धक्का दे दिया।

उन्हें हमारी घर की बनी चीज़ें ख़ूब अच्छी लगतीं। जो दूध की अधिकता होने से हमेशा दूध की ही बनतीं...सूखे मेवे डालकर। वे हमेशा बनाने के तरीक़े पूछतीं, पर कभी बना न पातीं। माँ खिलाती भी, घर के लिए भी देतीं। माँ के प्रेम का दायरा काफ़ी बड़ा था। वे अकेली नहीं रहती थीं, न कभी उन्होंने जीने की वजहें ढूँढ़ीं—तमाम दुःखों-तकलीफों के बावजूद। जीवन होना अपने आप में पर्याप्त वजह था। जिस तरह दुःखों-तकलीफों के लिए औरत होना।

ख़ैर, जितनी देर वे बैठतीं—बातों के ओर-छोर से मिलते...हमारे छोटे से संसार में वे अपने बृहद् संसार की जाने कितनी बूँदें डाल जातीं। कुछ दिनों वे बूँदें हमारे संसार में बिल्कुल अलग चमकतीं, फिर अपना रंग-रूप, पहचान खो हमीं में विलीन हो जातीं। हम और बूँदों की प्रतीक्षा करने लगते।

उन्होंने बताया कि उनकी विदेश में रह रही बहू आई है, अचानक घर के ख़र्च बढ़ गए हैं। पति की डॉक्टरी से उतनी इन्कम तो होती नहीं। बेटे के भी अपने ख़र्च, सो उनका हाथ हमेशा तंग रहता है।

'विदेश में रह रही बहू' यह अपने में पर्याप्त आकर्षण था। उसने हमें आने का न्यौता दिया, ख़ासतौर पर मुझे।

उस दुपहर माँ के सोने के बाद मैंने अपना अधूरा उपन्यास उठाया...यही मेरा वास्तविक संसार था, जहाँ मैं होना चाहती थी, यही वे लम्हे, जब कोई पुकारता न था कि पशुओं के बाड़े में कुछ हलचल-सी होने लगी...खुरों के ज़मीन पर पटके-घसीटे जाने की आवाज़ें...मेरी गर्दन खुली खिड़की पर जा टिकी...

आजकल एक गाय पेट से थी—पूरे दिनों पर—सो माँ एक खिड़की खुली रखतीं। पिछली दो बार से ऐसा हुआ कि गायें अपनी 'आमर' खुद खा गईं। माँ कहती हैं, इसके बाद वे ठीक से दूध नहीं देती, बस एकाध किलो...फिर चाहे कितना भी पुराना गुड़ और जीरा क्यूँ न खिलाओ? वे कई बार रात-रात को भी उठकर देखतीं...

मैं स्तब्ध उधर देखे जा रही हूँ...गाय के पिछले अंग से उसके बच्चे का सिर और दो पैर बाहर को निकले हवा में झूल रहे हैं...किसी लिसलिसे पदार्थ से लथपथ...मैंने माँ को आवाज़ देनी चाही, पर मेरे मुँह से शब्द न निकला। वह अपना सिर ज़ोर-ज़ोर से हिला रही थी...कभी-कभी सामने के दोनों पैर भी पटक देती...पर पीछे के ज़ोर

से नहीं...एक मूक पशु मेरे सामने एक रहस्यमय संसार को अनावृत्त कर रहा था–

"बच्चा कैसे होता है?" जाने कब से इस प्रश्न से जूझती आख़िरकार एक बार पूछ बैठी थी माँ से।

"पेट काटकर।" माँ ने हँसते हुए कहा। मैंने माँ का पेट देखा–उस समय वे नहा रही थीं...आँगन में, गमछा बाँध के...पुरुषों के जाने के बाद...उनकी गोरी चिट्टी देह धूप और पानी में चमक रही थी। पेट पर सिर्फ़ खरोंच जैसे निशान थे, कटने के नहीं।

"काटने पर जुड़ता कैसे है?" यह नहीं कि काटते कैसे हैं?

"अपने आप।" वे बड़े मज़े से लोटा भर-भर पानी डाल रही थीं। मैंने मान लिया था। वैसे भी ये बाद का ग़लत उत्तर है। पहले का सही प्रश्न तो मैंने पूछा ही नहीं था।

आख़िर मुझे अपने प्रश्न का उत्तर मिल ही गया, पर आदमियों से नहीं...

तभी जैसे किसी सुरंग में से कोई चीज़ फिसली हो–फिसलते हुए बच्चा ज़मीन पर आ गिरा...'छपाक' की आवाज़ के साथ ही माँ की आँख खुली। खिड़की पर नज़र पड़ते ही वे समझ गईं।

"वाहे गुरु..." कहते हुए उन्होंने चप्पलें पहनीं। सिर पर सफ़ेद वायल की चुन्नी रखी और बग़ैर मुझे देखे मेरे पास से गुज़र गईं। उनके पीछे-पीछे मैं...

गाय तब तक बच्चे को चाटने लगी थी। उसके पिछले हिस्से एक कत्थई लिसलिसी-सी डोरी लटक रही थी। बच्चा बार-बार उठने की कोशिश करता–गीले फ़र्श पर फिसलता, धड़ाम से गिरता। मेरे पास उसे मना करने का उपाय न था कि अभी-अभी आए हो, ज़रा-सा रुको। मैं बेचैन वहीं खड़ी रही...

"देखो, आदमियों और पशुओं में कितना फ़र्क़ है? इनका बच्चा अभी उठकर खड़ा हो जाएगा, आदमियों के बच्चे बहुत मेहनत माँगते हैं। ईश्वर कितना सयाना है, उसे पता है, इनके लिए कौन करेगा?" माँ ने दूर कहीं देखते हुए कहा। उन्हें पता था, मैं पीछे खड़ी हूँ।

"ये शाम तक खड़ा हो जाएगा?" मैंने संदेह से पूछा।

"अरे, अभी खड़ा हो जाएगा। जैसे-जैसे ये इसको चाटती जाएगी, ये खड़ा होता जाएगा। जा, तू ज़रा दलिया चढ़ा दे..."

दलिया बनाने की प्रक्रिया मुझे पता थी। लगभग पाँच-सात किलो दलिया एक बड़े गंज में चढ़ता सिगड़ी पर। पकने पर उसमें पुराना गुड़ और जीरा डाला जाता। कुछ और भी डालती माँ। मेरा काम सिर्फ़ उसे चढ़ा देना था। पकने में ही दो घंटे लग जाने थे।

"माँ, सबको बच्चा ऐसे ही होता है?" मैंने डरते-डरते पूछ लिया।

"हाँ, वाहे गुरु किसी में भेद नहीं करता।" उन्होंने उसी तरह गाय की

पीठ-पेट-सींग सहलाते हुए कहा। गाय मानो उनके निकट आ गई। वे एकदम पास खड़ी होकर प्यार से उसे सहला रही थीं। गाय कभी उनकी बाँह चाटती, कभी अपने बच्चे को। भेद गिर गया था।

मैंने उनको वैसे ही छोड़ दलिया चढ़ाने चली गई। माँ अब उसके 'आमर' की प्रतीक्षा करेंगी। 'आमर' बाहर गिरे तो वे तुरंत उठवाकर किसी खेत में दबवा देंगी—फिर होगा सब-कुछ धोने-पोंछने का सिलसिला शुरू।

गाय के आरंभिक सात दिनों के दूध की हमारे यहाँ बड़ी माँग रहती। माँ उसके किसी से पैसे नहीं लेती थीं। कोई उसे बनाने की विधि पूछता तो माँ प्रेमपूर्वक बैठाकर समझातीं...

"पहले कच्चे दूध को ही मीठा कर लो, छोटी इलायची पीसकर डालो। फिर एक किनारों वाली थाली में डाल सिगड़ी पर मोटे तवे के ऊपर रख ढँक दो। मद्धिम-मद्धिम आँच पर। बीच-बीच में देखते जाना, शानदार बर्फी जैसे पीस बन जाएँगे।" सचमुच ही बनते थे। हम दिन भर वही खाते।

मैंने दूसरे दिन जब उनके यहाँ जाने का प्रोग्राम बनाया तो माँ ने साथ में वह दूध भी दे दिया, विधि उन्हें पहले ही बता रखी थी। विदेशी बहू के संकोच में मैंने ले जाने से इनकार कर दिया—"दाई के हाथ भेज दो।"

किसी भी तरह से दुपहर का समय जाने का मौजूँ समय नहीं था, पर मैं इसी वक़्त जा सकती थी। शाम को मेरी मशीन चलाने की ड्यूटी होती, रात को खाना बनाने-पढ़ने की...बहुत रात को बिस्तर पर औंधे बैठे कविताएँ लिखने की ड्यूटी नहीं, जुनून था।

मैं जितनी भी बार उनके घर गई हूँ, दोनों माँ-बेटी बैठी बतियाती मिलतीं। उनकी बड़ी बहू सिर पर सीधा पल्ला लिए दिन-भर इतने लोगों के खान-पान की व्यवस्था में जुटी रहती।

आज भी जब मैं गई, वे दोनों गपिया रही थीं। संभवतः खाना-पीना हो चुका था...

"अरे, आओ...आओ..." मुझे देखते ही रेनू की माँ ख़ुश हो गईं। रेनु ने मुस्करा कर स्वागत किया।

"क्या हुआ, बछड़ा कि बछड़ी।" उन्होंने सुपारी काटते हुए पूछा।

"जी मुझे नहीं पता। दाई आती होगी दूध लेके, उसी से पूछ लीजिएगा।"

"तुम्हें कैसे नहीं मालूम?"

"जी मुझे फ़र्क़ पता नहीं चलता।"

वे एक-दूसरे को देख ज़ोर-ज़ोर से हँसने लगीं। मैंने खुद को शर्मिंदा महसूस किया। तभी उनकी बड़ी भाभी गीले हाथ पोंछती हुई आई और ज़मीन पर बैठ गई। मैं हड़बड़ाकर खड़ी हो गई...

''भाभी, आप कुर्सी पर बैठिए, नीचे क्यूँ?''

''हमारे यहाँ सास के बराबर नहीं बैठते, तुम बैठो।'' रेनू की माँ ने मुस्करा कर कहा।

उनके सिर पर हमेशा रहने वाला साड़ी का पल्ला था, जैसे माँ के सिर पर होता है सफ़ेद दुपट्टा...मुझे इससे नफ़रत है। हम चारों बातें करने लगे। घूम-फिर कर वे सिंधियों के रीति-रिवाजों, खाने-पीने, पहनावे, त्योहारों पर आ गईं...

''अच्छा सिंधी औरतें सफ़ेद दुपट्टा क्यूँ पहनती हैं?''

''पता नहीं।''

''तुम्हारी दादी कुरते के साथ पैजामा क्यूँ पहनती हैं?''

''पता नहीं।''

''अच्छा बताओ, सिंधी की दुकान सबेरे पाँच बजे क्यूँ खुल जाती है।''

''पता नहीं।'' मेरा गला रुँधने लगा।

''तुम दोनों एक दिन में कितना कमा लेती हो?''

''कम से कम दस रुपए, कभी-कभी इससे भी ज़्यादा।''

''तेरी माँ तेरे लिए दहेज जोड़ रही है क्या?''

मेरे मुँह से आवाज़ नहीं निकली।

''अच्छा, साईं का मतलब क्या होता है?''

''साईं का मतलब होता है हुज़ूर। यह एक आदरसूचक शब्द है।''

''झूलेलाल का मतलब क्या होता है।''

''ये कोई सिंधी देवता हैं।''

''रेनू कह रही थी, तू कविताएँ लिखती है। तेरी ज़ात वालों को तो पैसे कमाने के सिवा कुछ नहीं आता।''

मेरा चेहरा लाल हो गया...''नहीं, बस ऐसे ही...''

पिताजी कहा करते हैं, ''मोहम्मद साहब कहते हैं...शायर खुदा की ज़बान होते हैं, इनका दिल न दुखाइएगा।'' पता नहीं मोहम्मद साहब ने कहा था या नहीं, पर शायर मतलब जिसके लिए सजदे में सिर झुक जाए।

मुझे लगा, अब मुझे चलना चाहिए...

''मैं चलूँ।'' मैं उठने को तत्पर हो गई।

''अरे, ऐसे कैसे? रेनू, जा इसे भाभी से मिलवाकर आ। तुम इसके लिए नाश्ता ले आओ।'' उन्होंने बहू को भी आदेश दिया।

वह मुझे अपने साथ अंदर ले गई। पहले दरवाज़ा खटखटाया, ''कम इन'' सुनकर खोला। वे अंदर ड्रेसिंग टेबिल के सामने बैठी हेयर ड्रायर से अपने गीले बाल सुखा रही थीं...

सुंदर...सुसज्जित पलंग पर विदेशी कपड़ों का ढेर था–जिसमें से एक साड़ी

बमुश्किल निकाली गई थी।

मैंने नमस्ते की, उन्होंने मुस्कराकर सिर हिलाया, फिर अपने बालों को देखने-सुखाने में व्यस्त हो गईं। रेनू ने मेरा परिचय दिया और कपड़ों की बाबत पूछताछ करने लगी। ड्रायर से बाल सुखाना मेरे लिए किसी अचंभे से कम नहीं था। उस दिन ड्रायर मैंने पहली बार देखा था। उनका सिर खुला था। इस बीच रेनू की माँ झिझकते हुए अंदर आईं...रेनू से कुछ पूछा, फिर पलंग पर पड़ी चीज़ों पर नज़र मारती चली गईं। उन्होंने न उठने का उपक्रम किया, न सिर ढँकने का। रेनू के भी बात करने के अंदाज़ में फ़र्क़ था। उन्होंने हम दोनों में से किसी को भी बैठने को न कहा, हम दोनों बाहर आ गए। तब तक गुलगुले आ गए थे, मुझे अनिच्छा से ही सही रुकना पड़ा। उसकी माँ पास बैठी सरौते से सुपारी काटती बतियाने लगीं। रेनू अंदर जाकर एक रंगीन लेटरपैड ले आई मुझे दिखाने। बहुत सुंदर चिकना काग़ज़। मेरी कमज़ोरी। मैंने उसे छूकर देखा...

''भइया रायपुर से लाया है। वहाँ बहुत अच्छे-अच्छे मिलते हैं।'' रायपुर उस वक़्त जैसे यूरोप था, जहाँ पहुँचना असंभव। मैंने उम्मीद छोड़ दी।

''भइया ऐसे लेटरपैड में ख़त लिखते हैं, फ़िल्म स्टार्स को उनके फ़ोटोग्राफ़्स आते हैं।''

उसने कुछ उभरते कलाकारों के भेजे हुए फ़ोटोग्राफ्स दिखाए, यह कहते हुए कि हमेशा नए कलाकारों को ख़त लिखना चाहिए, पुराने जवाब नहीं देते।

बाद में मैंने इसी तर्ज पर उषा सोलंकी, रति अग्निहोत्री के फ़ोटोग्राफ्स मँगवाए। मुमताज को भी एक हाहाकार करता ख़त लिखा, जिसका जवाब आज तक नहीं आया।

ख़ैर, उस वक़्त मेरे लिए यह नितांत नई दुनिया थी...सर्वथा अपरिचित, रोमांचकारी, अपनी रूटीन में घूमती दुनिया से बेहद अलग...जहाँ खाने-पीने-सोने-काम करने के अलावा कुछ न था। मैं अपनी सारी शिकायतें भूल गई।

''तुझे कहा था न, उससे मत लग। ठाकुर है तू, कितनों से शादी करेगा, रुपए फेंक दे, एबॉर्शन करा लेगी।''

भीतर कोई किसी को डाँट रहा है। सुपारी काटती माँ के हाथ रुके, वे तेज़ी से उठकर भीतर चली गईं। रेनू बिना बात ज़ोर-ज़ोर से हँसने लगी। मेरे कान भीतर लग गए।

हिंदी की डाँट इंग्लिश में तब्दील हो गई। शायद विदेश में रह रहा भाई है—यहाँ तो ऐसी इंग्लिश किसे आती होगी? मुझे भी कुछ समझ में नहीं आया। मैं उठकर खड़ी हो गई। रेनू ने राहत की साँस ली। हम दोनों दरवाज़े तक आए...

''हरामज़ादी, कुतिया, मुन्नी नीच ज़ात...'' ये रेनू की माँ थी। मैं पहचान गई। उनके घर के सामने रह रही एक देहातन लड़की...तो? मैं घर वापस आ गई।

पंद्रह दिन गुज़र गए। गाँवों में ऐसी बातें छुपाए नहीं छुपतीं। एक खबरीलाल हमेशा होता है, जो घूम-घूम कर घरों में ख़बरें बाँटता है, उसी ने आकर माँ को बताया–

"कल मुन्नी का पेट घर में ही गिरवा दिया गया। मैं तो पहले ही कहती थी, वो तुमसे शादी क्यों करेगा? उसकी ठकुराई शान में बट्टा नहीं लग जाएगा? भुगतो..."

हफ्ते भर बाद मुन्नी को अपने घर के बाहर देखा–और औरतों से बतियाती हुई वह नदी पर कपड़े फींचने जा रही थीं। एक मैले कपड़ों की बाल्टी सिर पर, दूसरी एक हाथ में पकड़े। मैंने मुन्नी की जाती हुई पीठ देखी...और देखी–इशारे करती हुई...मुँह में धोती दबा हँसती हुई औरतें...

अचानक ही मेरे सामने कोई रहस्य अनावृत्त होने लगा...पर नहीं जान पाई कौन-सा?

आरमीनिया की गुफा

मुझे जब वहाँ पहुँचाया गया, सारे मौसम बीत चुके थे। उन सारे बीते मौसमों को अपनी देह पर झेला था मैंने बग़ैर शिकायत के। शिकायत का प्रश्न उस समय इसलिए भी बेमानी था कि किससे? देह उन सारी मारों से काफ़ी लचक गई थी। चोटें दिखाई न देने के बावजूद अपनी मौजूदगी का पूरा पता देती थीं। वैसे अब उस देह को भी बार-बार ठीक-ठाक कराने का कोई वजनदार औचित्य तो नहीं था उनके पास-पर फिर भी उन्होंने एक और कोशिश की थी और मैं आख़िर तक नहीं जान पाई थी कि यह किसी सामाजिक भय की देन था या कोई दया-भाव। यूँ अब दोनों में कोई फ़र्क़ कर सकने की तमीज अगर मुझमें थी भी तो किसी काम की नहीं थी। मेरे लिए दोनों ही बातें अर्थहीन थीं।

वह मेरे सिर के ठीक पीछे खड़ा है—नीम अँधेरे में और मैं एक बिस्तर पर लेटी हुई हूँ। उजाले में वह अपनी सारी कोशिशें करके देख चुका था और लगभग उसी समय जबकि ख़ुद उसे भी विश्वास हो रहा था कि वह भी औरों की तरह बस लौट जाने वाला है कि मेरा मन जाने क्यूँ उसके प्रति एक तरस के भाव से भर गया। कोई और आएगा...फिर वही सब बार-बार...। खेल-खेल में मैंने उसे रोक लिया। मैंने ख़ुद उसे बताया कि इतने उजाले में वह कुछ नहीं पा सकेगा। कुछ पाने के लिए हमेशा अँधेरों में उतरना पड़ता है...कीचड़...दलदल...गंदे-बहते नाले में उतरकर...उस कीचड़ में घुटनों-घुटनों डूबे रहकर अपने हाथों से वह गुमी हुई चीज़ टटोलनी पड़ती है। हालाँकि इतनी ज़्यादा उम्मीद उससे करना उससे नाइंसाफ़ी करने जैसा था। वह उम्र और अनुभव दोनों में मुझसे कच्चा था और मुझे लगा, इसका हाथ पकड़कर वहाँ ले जाया जा सकता है, जहाँ न इसके पहले कोई आया था, न मैंने किसी के आने की जगह बनने दी थी।

"आप संस्कृत की किसी बेहद पुरानी किताब की तरह हैं...अनसुलझी, अलक्षित, अनसमझी, जटिल सूत्रों से भरी, गूढ़ रहस्यों से लिपटी, वर्षों से एक ही जगह

अटकी...।" वह कह रहा था कि कुछ कहते-कहते झिझक गया। मैं इंतज़ार करती रही। फिर उसकी दृढ़ आवाज़ आई...

"हो सकता है, ये सूत्र मायनाखेज हों, पर किस काम के? दुनिया इस सबके बग़ैर भी चल रही है आराम से? किसके पास इतनी फ़ुरसत और वक़्त है...?"

वह एकाएक चुप हो गया। जानती हूँ मैं यह सच्चाई। इन फुरसतों का इंतजार मैंने बरसों किया है। यह तो बहुत बाद में पता चलता है कि चीज़ों की ही बहुत जगह होती है जीवन में, फ़ीलिंग्स की नहीं। वे सड़ जाती हैं, ख़त्म हो जाती हैं, कोई जानने की कोशिश तक नहीं करता। चीज़ों को बचाए रखने की अलबत्ता सारी कोशिशें की जाती हैं। सो, मुझे कुछ नहीं हुआ सुनकर। मैं जमी रही।

"आप ठीक होना चाहती हैं?" पीछे से आवाज़ आई।

"नहीं चाहती तो आती क्यूँ?"

"आप नहीं आई हैं। ले आया गया है आपको। ऊपर से लगता है, ये आप पर हँस रहे हैं, तरस खा रहे हैं। पर दरअसल आप हँसती हैं इन पर। आप उनसे उस सबका बदला लेना चाहती हैं, जो उनके रहते हुआ नहीं और जाने उसकी जिम्मेवारी उनकी है भी या नहीं। हो भी सकती है। पर यह कोई तरीक़ा नहीं है बदला लेने का। समर्थ बनकर उनके किए को अनकिया करना या असमर्थ बनकर प्रतिशोध लेना, दो निहायत अलग बातें हैं। उनका कुछ हुआ या नहीं, पर आपका क्या हुआ?"

मैं बग़ैर एतराज उसे सुनती रही थी, आख़िरी वाक्य सुनकर मुझे हँसी आ गई...

"हमारा क्या होता है डॉ. इससे बढ़कर...। यह आख़िरी जगह है या इससे भी आगे कुछ है?"

"हार मान लो और सोचो कि तुम्हारा कुछ नहीं हुआ। इस दुनिया में जो कुछ भी है, वह सबका है, सबके लिए। आपके पास नहीं है तो इसकी ज़िम्मेदारी दूसरे पर क्यूँ? आप हाथ बढ़ाइए, ले लीजिए। तब दो बातें हो सकती थीं, अब तो सिर्फ़ एक है। मैं आपसे फिर वही प्रश्न पूछ रहा हूँ...आप ठीक होना चाहती हैं?"

मैंने कोई जवाब नहीं दिया।

"अभी मत दीजिए, कोई जल्दी नहीं है। फिर कभी, जब आपका जी चाहे।" वह क्षण-भर ठिठका, फिर कहा...

"अब आप अपनी प्रॉब्लम कहिए।"

"आज मैं वापस जाना चाहती हूँ।"

"कहाँ जाएँगी? वहीं, जहाँ आप बार-बार गई हैं और कुछ भी नहीं मिला आपको।"

"हाँ वहीं, पर इस बार मैं ख़ाली हाथ नहीं लौटूँगी।"

''शब्द बोझ होते हैं। ये छाती में बर्फ से जम जाते हैं। जिसके नीचे फिर आहिस्ता-आहिस्ता सब ख़त्म होता जाता है और अगर उस सबको बचाना है तो इस जमी बर्फ को पिघलाना होगा, तब जाकर छाती में से कोई झरना फूटेगा। ये सारे शब्द फिर उस वेग से बहते झरने में झर-झर बह जाएँगे और सब कुछ शांत-शून्य हो जाएगा।''

उसके इस तरह समझाने पर इस बार मैंने एतराज़ नहीं किया था।

असल में मानना उस वक़्त इतना तकलीफदेह नहीं होता, जब आपके पास कोई और विकल्प न हो। चुनने की सावधानी बहुत यातनाओं के बाद आती है, यह भी सच है उससे बड़ी कोई और यातना नहीं। आप इस यातना से बच सकते हैं, पर कितनी देर? वक़्त अपनी पीठ दूसरी तरफ़ कर लेगा, आप नहीं जान पाएँगे कि जिस दलदल में आप गहरे धँसते जा रहे हैं, वह दरअसल आपका अचुनाव है।

पर अब जबकि मैं मान गई हूँ कि मुझे उसकी सारी बातें सुननी हैं और वह सब कहना है, जिसे किसी ने नहीं सुना आज तक, तो...?

''सबसे पहले अपनी तकलीफ आप मुझे बताएँगी।''

इसमें और दूसरों में यही फ़र्क़ है कि यह बहलाने की कोशिश नहीं करता, यह मुझे बीमार-लाचार, हारी हुई समझकर बात नहीं करता। यह इस तरह पेश आता है, जैसे एक इंसान दूसरे के साथ आता है। एक ख़ास दूरी और ख़ास आत्मीयता के एकदम मध्य बिंदु पर—अडोल।

''आपको बताया नहीं गया, कितनी-कितनी तरह से?'' मैं धीरे से हँसती हूँ।

''मैंने आपसे कहा था न, वह सब मैं आपके मुँह से सुनना चाहता हूँ।'' पीछे से फिर उसकी शांत आवाज़ आई।

—''ओ.के.।'' मैं पल-भर सोचने को ठहरी कि उसने तुरंत कहा... सोचिए मत कहिए।''

''मुझे घूमते-फिरते, सोते-जागते एक अजीब-सी बदबू आती है, जाने कहाँ से। कुछ सड़ रहा है जैसे, कोई लाश। नहीं कई लाशें। ख़ूब पके फल।...मैं रात को सोती हूँ तो लगता है, बाहर कोई दरवाज़ा खटखटा रहा है, ज़ोर-ज़ोर से चिल्ला रहा है...। आहटें बहुत-सी, बहुत सारा शोर। कभी लगता है, अगर बाहर नहीं निकली तो दरवाज़ा तोड़ दिया जाएगा, मुझे घसीट कर सड़कों के हवाले कर दिया जाएगा...और सड़कों से मुझे बहुत डर लगता है।''

मेरे माथे पर ठंडा पसीना छलक आया। इसके पहले कि मैं कुछ सोच भी

जाती, एक हाथ ने मेरा पसीना पोंछ दिया।

कुछ पल मुझे खुद को सँभालने में लगे...

"सड़कें...! डॉ. साब, इन पर कितना भी भागो, कहीं नहीं रुकतीं...। हर सड़क के बाद एक नई सड़क। हर यात्रा के बाद एक नई यात्रा...। अगर बाहर की आवाज़ अनसुनी कर क्षण-भर को मैं अपने भीतर झाँकती हूँ तो वहाँ बहुत से हाथ मुझे इशारों से, फुसफुसाकर अपने पास बुलाते हैं। अंदर के नीम अँधेरों में...वे परछाइयाँ...बड़ी डरावनी लगती हैं डॉ. साब। छोटी-बड़ी होतीं वह परछाइयाँ...जिस ज़मीन पर पड़ती हैं...वह ज़मीन दलदली हो जाती है। पैर रखा नहीं कि फिसलकर जाने किस खोह में गिरते चले जाने का डर...।"

"बहुत अजनबी तो नहीं लगता यह सब या कि लगता है।"

"नहीं, बहुत नहीं। अब तो डर भी पहचाना हुआ लगता है।" मैं हँसने लगी...

"तुम्हें यक़ीन नहीं होगा डॉ., जितना मैंने इस सबको और अपने डर को देखा है, उतना कभी हमें तक नहीं देखा गया। हमें सचमुच का देखना हमेशा स्थगित होता रहा। हममें वही देखा जाता रहा, जो देखना चाहा जाता रहा।

...यह जो हम आग की बातें लिखते हैं न डॉ. साब, अपना आप जलाकर...क्या होता है इससे? दूसरे सिर्फ़ सेंकते हैं अपने आपको हमारी भट्ठी में और सिंक कर बाहर चले जाते हैं...हल्के गर्म, कुरकुरे। राख होना तो हमारी नियति है।"

"हाँ, आपके घरवाले कह रहे थे, आप जाने क्या-क्या लिखती हैं, उनकी समझ में नहीं आता।" पीछे से फिर आवाज़।

"आपको क्या लगता है। मेरी समझ में आता है?" मैं फिर हँस पड़ी...।

"आपको नहीं लगता, इस सबके पीछे वही भाव है कि आओ देखो मुझे...जानो मुझे। अपने अनुभव और अँधेरों से ज़्यादा क्या लिखा जा सकता है?"

"इतने क्रूर मत बनो। चाहे यही सच है, पर क्या इसे किसी और ढंग से नहीं कहा जा सकता था।"

"क्यूँ बचना चाहती हैं सच्चाई से। जबकि अब तो कोई वजह भी नहीं।"

"..............."

"आपको सबसे ज़्यादा नफ़रत किससे है?"

"अपने आपसे..."

"और प्यार...।"

"किसी से नहीं।"

"झूठ बोलती हैं आप। फिर आप क्यूँ बचाना चाहती हैं अपने आपको?"

"मैं नहीं बचाना चाहती खुद को।"

"फिर लिखती क्यूँ हैं?"

"शट'प...जस्ट शट'प। आपको क्या पता लिखना क्या है? अपने आपको

नंगा करना है कि देखो, क्या हूँ मैं? यहाँ उँगली रखो और यहाँ...और यहाँ भी... ।''

आवेश में मैं हाँफने लगी। वह मेरे निकट नहीं आया शायद, दूर खड़ा रहा।

''वे कह रहे थे, आपको अपने जिस्म से बहुत प्यार है। आप बार-बार धोती हैं इसे...दिन-भर इसी के पीछे पड़ी रहती हैं...सजाना...सँवारना...फिर धोना... ।'' पीछे से फिर उसकी आवाज़ आई।

''एक ही चीज़ थी बचाने को मेरे पास... । मैं बचा लेना चाहती थी। बड़ी पवित्र होती थी मेरी निगाह में...गंदी हो गई। कहाँ है मेरी? देखो न, कितने सारे नाम लिखे हैं इसके ऊपर...क्या तुम पढ़ सकते हो डॉ.?''

''..............''

''मेरे जिस्म पर जिसने पहली बार अपना नाम लिखा था, वह मेरा बाप था। इस तरह उसने पहली बार मुझे मेरी पहचान से वंचित कर दिया। फिर जब उसने मुझे किसी और को दिया तो उसने पुराना नाम मिटाकर नया लिख दिया। अब मैं दूसरे की संपत्ति थी।''

''फिर... ।''

''फिर जब मैं उससे अलग हुई तो तीसरे ने मुझे पास बुलाकर अपना नाम लिख दिया। मैं ज़िद और गुस्से से भर गई। मेरा जिस्म तो साइन बोर्ड बनता जा रहा है। मैंने वे सारे नाम मिटा देने की ठानी।''

असहनीय उत्तेजना से मेरी देह काँपने लगी...

''पर...पर वह मेरे लहू मांस में इस तरह खोद दिए गए हैं कि अब उन्हें चाक़ू की नोक से ही काट-काट कर निकाला जा सकता है, आप देखना चाहेंगे मेरे जख्म...आपको शौक है न, सब देखने का... ।''

कहते हुए मैंने अपना कुरता ऊपर उठा दिया... । जगह-जगह चाकू से खोदे गए निशान।...पुराने काले निशान...नए लाल निशान...निशानों के नीचे अधमरे कीड़े-सी बिलबिलाती नंगी पीड़ा...

''एक ही जिस्म पर कितने सारे नाम...और...डॉ. ये तो चाक़ू से भी नहीं निकलते। जितना भी मैं इन्हें खुरचती हूँ, लगता है, गहरे धँसते जा रहे हैं।...टकरा रहा है चाक़ू...ठक-ठक...ठक...ठक... । डॉ. मांस तो नहीं, पर क्या हड्डियाँ मेरी हैं?''

मेरी आवाज़ टूटकर बिखर गई। उसने आगे आकर मेरा कुरता नीचे कर दिया। फिर एक सफ़ेद चादर खोलकर मेरी देह गले तक ढँक दी।

जाने किस आवेश से काँपती मैं उठी, चादर खींच कर फेंक दी, रोते-रोते सिर ऊपर उठाया छत की तरफ़ और मेरी आवाज़ दीवारों से टकराने लगी...

''अरे...कोई है...कोई है...मुझे बाहर निकालो। मेरा दम घुटता है यहाँ।...अरे...अरे...कितना गहरा है यह सब—कितना काला...अंधी सुरंग... ।''

उसने मेरा जिस्म पकड़कर झिंझोड़ दिया। शायद वह नर्स थी, जो भीतर आई,

मेरी बाँह में कुछ घोंप दिया।

"आपको एक बात याद है?" उसने झिझकते स्वर में पूछा। कई दिनों बाद।

वैसे पिछले दिनों हुआ सिर्फ़ यह था कि मेरी खराब हालत को देखते फिर कई दिन मुझे डॉ. के विशेष चैंबर में ही रखा गया था। जहाँ वह सिर्फ़ मेरी उस ख़ास मनःस्थिति में होने का इंतज़ार कर रहा था, जब वह मुझे फिर अपने सवालों के कठघरे में खड़ा करता। अब मैं सवालों के घेरे में थी...

"जब आपको यहाँ लाया गया था, आप यह कहकर चिल्ला रही थीं कि खोदो मुझे...खोदो...मुझे ख़ाली कर दो...तो आप...।"

उसकी पैनी निगाहें मुझ पर टिकी रहीं। वह मुझमें इस तरह झाँक रहा था, बचपन के दिनों में जैसे हम दादी की लोहे की पेटी के इर्द-गिर्द बैठ जाया करते थे, जब वे हमें खोलने को तत्पर दिखती थीं।

जीवन में वही स्थितियाँ बार-बार जीने के बावजूद क्यूँ हमें जीने व पहचानने में इतनी दिक़्क़त होती है। क्यूँ हम हर बार चूक जाते हैं? यह मैंने बाद में सोचा था, ठीक होने के बाद...।

मैं ज़ोर-ज़ोर से हँसने लगी...

"और क्या कर रहे हो तुम? इस ख़ुदाई में क्या मिलेगा तुम्हें? बताओगे मुझे? बताओगे न! कोई हीरा मिला अगर या चाँदी का पुराना सिक्का...काला हो गया होगा। मुझे दिखाना ज़रूर। किसने रखा होगा मेरे अंदर...अब तो याद भी नहीं रहा। पर उसे मैं एक बार देखना चाहती हूँ, बल्कि अंदर तो मेरी बहुत-सी चीज़ें गिर गई हैं...मेरा वक़्त...मेरा वक़्त गिर गया है अंदर...मैं ख़ुद...मैं हूँ कहाँ...ये जो दिख रहा है न तुम्हें...सूखी यातना का ढेर...। खोदोगे इसे? है हिम्मत? लौटाओगे मेरा अपना-आप? बोलो डॉ....?"

मैं फिर रो पड़ी। उसने उस दिन फिर और कुछ नहीं पूछा।

"आपका चैंबर डॉ. साब मुझे आरमीनिया की गुफा सरीखा लग रहा है। बहुत-से लोग आते हैं, जो किसी से नहीं कहा जा सका, वह यहीं आकर कहते हैं। तुम पढ़ते-पढ़ते ऊब नहीं जाते?"

मैंने दूसरे दिन कहा तो वह मुस्करा पड़ा......

"आप अपने बिस्तर पर लेट जाइए।"

"आप मुझे अपने सामने बैठाकर क्यूँ नहीं पूछते?"

"आपने कहा था न, आप मेरे सामने नहीं बोल सकतीं। दूसरे, लेटा हुआ

व्यक्ति ख़ुद को ज़्यादा आसानी से खोल सकता है।''

मैं चुपचाप बिस्तर पर जाकर लेट गई। उसने उठकर मेरे सिर के ऊपर का उजाला कम कर दिया। कितने समझदार होते हैं ये डॉ.। हमेशा भीतर-बाहर की रोशनी बैलेन्स करने की कोशिश करते हैं, हो पाती होगी क्या ठीक-ठीक...।

''यह आरमीनिया की गुफा क्या है?'' सिर के पीछे से उसकी आवाज़ आई।

''जब हम लोग पूरी तरह हमलावरों के क़ब्ज़े में होते हैं और जब जुबानबंदी का नियम लागू हो जाता है...सालहों-साल हम कुछ नहीं कह पाते, तो हमें अपना आप कहने के लिए आरमीनिया की गुफा सरीखी जगहों की ज़रूरत होती है...जैसे मुझे है इस वक़्त...?''

''मैं फिर भी नहीं समझा।''

उसने कहा, पर मैंने उसकी तरफ़ ध्यान नहीं दिया...

''तुम्हारी दीवारें वे सारे अक्षर सोख लेती होंगी। फिर जब सब चले जाते होंगे...तुम भी...तब वे सारे अक्षर दीवारों से उतरकर सड़कों पर चलने लगते होंगे।...उनमें अद्भुत जिजीविषा होती है डॉ. ...। वे स्थान बदलते हैं...व्यक्ति...पर मरते नहीं। उन्हें दबाया, कुचला, मसला जा सकता है, पर उन्हें मारा नहीं जा सकता। सड़क पर भी जाने कितने बूटों-टायरों के नीचे आकर वे पिसते रहते हैं। कोई इन्हें बुहारकर सड़क के किनारे भी फेंक देता होगा। बहुत देर वे वहीं कुचले-मसले पड़े रहते होंगे...फिर...धीरे से उठकर वापस लोगों के सीने में समा जाते होंगे...।''

''आप बहुत अजीब बातें करती हैं।''

''इनका सफ़र सीनों से सड़कों तक का ही रहता है न। बस कभी-कभी कुछ शब्द अंतरिक्ष में पहुँच जाते हैं और वहाँ से उजालों के कतरों की तरह उतरते हैं। पर ऐसी घटनाएँ बहुत कम होती हैं। हज़ारों बरसों में एक बार। हमने तो सुनी है सिर्फ़...।''

उसकी तरफ़ से कोई जवाब नहीं आया तो मैंने उसकी दिशा में देखा...

''अब भी नहीं समझे।''

''नहीं।'' उसने कहा तो मैं हँस पड़ी।

''उस दिन हम बर्फ़ की बातें कर रहे थे न कि सारी इच्छाएँ, सारे सपने मन की गहन अँधेरी गुफाओं में दफन हो जाते हैं...बरसों बाद कुछ सड़-गल भी जाते हैं...उनकी बदबू बाहर आने लगती है। कुछ बिल्कुल यूँ ही रखे रह जाते हैं...नए-नवेले कोरे से, जिन्हें सहेज कर रखते-रखते फिर एक वक़्त के बाद दूसरी पीढ़ी को दे दिया जाता है...किसी मूल्यवान वस्तु की तरह। मेरी माँ ने मुझे पता है, क्या-क्या दिया था...बोलना मत, चुप रहना, सहना।''

''सारी मुश्किल यहीं से शुरू होती है। एनी वे, आप इन्हें अपने भीतर नष्ट कर दीजिए, बचाकर मत रखिए।''

"और क्या कर रही हूँ मैं डॉ.। यह आरमीनिया की गुफा...।" मैं फिर हँसने लगी।

"पहले कच्ची थी तो बड़ी सोंधी-सी गंध आती थी। तुमने कभी सूँघी कच्ची अमिया-सी वह गंध?"

"जी?" वह हड़बड़ा गया।

"नहीं-नहीं, मत बताओ। समझदार मर्द अपने रहस्य औरतों को नहीं बताया करते।"

"क्या कच्ची थीं?" उसने फिर पूछा।

"वे ही फल, जो मेरे अंदर पकने लगे थे। जिसकी महक से मैं बौराई घूमती थी। बड़ी मीठी-सोंधी थी वह गंध...उन फलों की। मैं झट पेड़ पर चढ़ जाती और वे कच्ची अमिया से फल कुतर-कुतर कर खाती दिन-दिन भर। फल इतने ज़्यादा थे कि पेड़ की शाखें झुक-झुक आतीं उस भार से, खाने वाली मैं अकेली। सो मैंने उसे हिलाना शुरू कर दिया। भर-भर के कच्चे-पक्के फल टप-टप कर नीचे गिरते, मैं सबको बाँटती जाती। जो आता, मैं हँसती भर-भर उसे देती।"

"फिर?" मैं रुकी तो उधर से आवाज़ आई।

"लोगों को और क्या चाहिए था डॉ. साब। वे ज़िद करने लगे कि हम पूरे तोड़ कर ले जाएँगे, पत्थर मारने लगे। मैंने भी अपना दरवाज़ा उनके मुँह पर बंद कर दिया, सोच लिया, सारे फल सड़ जाएँगे, पर मैं उनको दूँगी नहीं। बाहर से पत्थरों और लाठियों की आवाज़—पटापट-पटापट।...। मैं फल खाना भूल डर से काँपती—जैसे हर वक़्त दरवाज़ा टूटने का इंतज़ार करती रहती।

"हाँ-हाँ कहती जाइए।"

"फल बड़े होते-होते पकने लगे। मेरी देह से नहीं सँभलता था वह वजन। अंदर की महक बाहर फूटने लगी। मुझे डर लगता कि किसी के पास से भी गुज़रूँगी, वह झट यह महक सूँघ लेगा और टूट पड़ेगा मुझ पर...।"

"और आपके पिता।"

"वह तो ख़ूब वाक़िफ़ था न डॉ. साब, सो उसने अपना नाम लिख दिया मुझ पर, लाठी ठक-ठकाकर घोषणा कर दी, मैं उसकी मिल्कियत थी, जो कोई मुझ तक पहुँचना चाहता है, उसे उसकी शर्तें पूरी करनी होंगी।"

"शर्तों के बारे में कुछ बताएँगी।"

"शर्तें तो डॉ. साब बड़ी मामूली होती हैं। जिसके लिए होती हैं, उसी से नहीं पूछा जाता कभी। धनुष तोड़ने से लेकर ज़ुल्म और ज़िद में जीते जाने की वे शर्तें, जो हर वह पुरुष पूरा कर सकता है, जिसके बाजुओं में ताक़त हो।"

"फिर?"

"ये ताक़त बड़ी अजीब है न डॉ.। बाहर आ जाए तो ज़ुल्म बन जाती है,

अंदर रहे तो ज़िद। हार न मानने की ज़िद। यह मेरी ज़िद ही थी, जिसे उनकी लाठियों के भरपूर वारों ने तोड़ दिया था।''

''आप उन्हें पहचान लेंगी?'' उधर से फिर आवाज़ आई।

''मैंने उन्हें पहचान लिया है डॉ.।'' सहसा मैं उठकर बैठ गई, उसे अपने पीछे से खींच कर सामने खड़ा कर दिया...

''तुम भी उन्हीं में से हो न।'' उसने तेज़ी से ख़ुद को मेरे हाथों से छुड़ा लिया।

''हाँ, मैंने उन्हें पहचान लिया है। अब मैं उन्हें सज़ा दूँगी।''

मेरी आवाज़ टूटकर बिखर गई।

वे अजब धूल और धुंध से भरे दिन थे। जब समय की शाख से टपके दिन सूखे पत्तों की तरह पैरों के नीचे पड़ते, चरमराकर चीखने लगते। सँभल-सँभलकर चलना होता। आज सोचती हूँ, जिसे हम बीता हुआ समझते हैं, क्या सचमुच बीत चुका होता है?

उस धुंध में जबकि कोई चीज़ मेरे सामने स्पष्ट कहीं थी, पानी में पड़ती परछाइयों की तरह प्रत्येक चीज़ मेरे हाथों में आकर अपना मूल आकार खो देती...। मैं उसे फिर खोजती...फिर अनायास मुझे अपनी मुट्ठी के भीतर एक चेहरा दिखने लगा था...पहले धुँधला...आहिस्ता-आहिस्ता स्पष्ट...। कुछ था, जो मेरे हटाए नहीं हट रहा था। उस चेहरे की उपस्थिति में फिर सारी चीज़ें अपना स्पष्ट आकार लेने लगीं, रफ़्ता-रफ़्ता मुझे सब-कुछ दिखने-समझने लगा—बाहर भी, भीतर भी जाना कि धुंध जो भ्रम देती है, धूप आहिस्ता से उसे छीन लेती है।

जितनी भी तस्वीरें मेरे सामने स्पष्ट थीं, मैंने किसी को छूकर देखने की कोशिश नहीं की। पर कोई चेहरा मुझे बुलाता है रात के सन्नाटे में, कानों के एकदम पास...साँस के एकदम नज़दीक...।

मैं अब वहाँ नहीं जाती। उपचार बंद हो चुका। सिर्फ़ कभी-कभी जब मैं किसी काम से घर से बाहर निकलती उस गली से होती हुई जाती, उस क्लीनिक की तरफ़ से, जहाँ मेरा उपचार हुआ था और बकौल डॉ. जिसे मैं 'आरमीनिया की गुफा' कहती थी। हँसी आती है सोचकर। सबसे ज़्यादा ठीक हम तभी होते हैं, जब पागल होते हैं। आप सच के जितना निकट जाएँगे, होश खोते जाएँगे। इतनी सामर्थ्य नहीं होती किसी की छाती में कि इतना सच जी सके। जिनकी छातियों में होती है, उनकी छातियाँ भेद दी जाती हैं। शायद तभी, जब भी हम सच के निकट होते हैं, पीछे वाले हमें वापस खींच लेते हैं।

वह एक उचाट और सूनी दुपहर थी, जब मैंने तय किया, घर से निकल

पड़ी। अधिक से अधिक क्या होगा, मैं लौट आऊँगी। इतने बंद दरवाज़े खटखटाए हैं, एक और सही।

जिस समय मैं पहुँची, मैं जानती थी, बंद होगा, सिर्फ़ नर्स अपने केबिन में अकेली बैठी कोई पत्रिका पढ़ रही थी। सामान्य औपचारिकता के बाद मैंने अंदर जाने की इजाज़त माँगी, उसने साफ़ इनकार कर दिया...

"इस वक़्त वे किसी से नहीं मिलते, चाहे कितना ही ज़रूरी हो।"

बहस बेकार लगी। कहा, कोई बात नहीं। मैं फिर आऊँगी। मैं बाहर आ गई। गाड़ी स्टार्ट की, आगे जाकर मोड़कर गली में खड़ी की, पैदल वापस आई। आज मैं लौटने के लिए तो आई ही नहीं थी। आज तो फ़ैसला ही होना था—हाँ या ना। नर्स के केबिन पर पर्दा झूलन रहा था। मैं पीछे से आई, दबे पाँव तेज-तेज़ चलती उसी केबिन में घुस गई, जिसमें मैं इंतजार किया करती थी। कोई नहीं था—नीम अँधेरा...ए.सी. चलने की हल्की-सी आवाज़। मैंने अंदर से सिटकनी लगा दी। नर्स की पहुँच से अब दूर थी मैं। आगे बढ़ी ही थी दबे पाँव कि एक आवाज़ ने पैरों को रोक लिया...

"मैं तुम्हारे प्रश्नों का उत्तर देने के लिए बाध्य नहीं हूँ। सुनो, फिर भी सुनो, शायद तुम्हारे पास हो कोई रास्ता...जो मुझे निकाल सके। सुनो, क्या मैं सचमुच लौट सकता हूँ?"

"............... ।"

"कह तो रहा हूँ तुमसे इतने दिनों से कि मुझे ज़रा भी आराम नहीं। किससे कहूँ मैं? कितनी जगहें बदल-बदल कर देख चुका, कुछ भी नहीं होता। कहाँ फेंक दूँ इस सबको, जिसके भार के नीचे दबा जा रहा हूँ मैं। जो मेरे साथ चल रहा है, सड़ गया है, फिर भी मुझे छोड़ता नहीं... ।"

"............ ।"

"इतने सारे लोग कहते हैं मुझसे, मैं किससे कहूँ? तुम्हीं से तो... । वह कहती थी न, मेरा चैंबर आरमीनिया की गुफा है। हाँ...हाँ...हाँ। चैंबर नहीं, मैं हूँ आरमीनिया की गुफा।...गुफा किससे कहे?"

मैंने आवाज़ पहचान ली। वही थी, पर बिखरी-बिखरी सी। कुछ भी पहले जैसा नहीं था उसमें। आवाज़ की खोखली मुर्दा देह...निःसत्व...घिसटती हुई... ।

"मैं नहीं बनना चाहता था आततायी—पर पता नहीं किसने मुझे इतिहास की क़ब्र के सबसे ऊँचे चबूतरे पर खड़ा कर दिया और मेरे हाथों में यह छड़ी दे दी। हाँकने लगा मैं भीड़ को। विजेता बनने का सुख हमसे हर काम करवा लेता है। बहुत बड़ा होता है यह... ।"

"......... ।"

"नहीं, ताक़त नहीं थी मुझमें। ताक़त तो सिर्फ़ धर्म के पास थी। उसने

अपनी लाठी मुझे दे दी। जिबह हो रहे बकरे का ताज़ा खून पिया है मैंने। गर्म और नशीला। सिर्फ़ एक घूँट, फिर हम कितनी भी दूर चलने को राजी हो जाते हैं...। हम एक घूँट पीते, जूठे बकरे औरों के हवाले कर देते...फिर और फिर और...।''

हाँफने की लगातार आवाज़। मैं दम साधे खड़ी रही।

''मैं सच! नहीं बनना चाहता था आततायी। मुझसे सब छूट गया, फिर भी मैं दौड़ रहा था। मेरा अपना आप तक...रौंद दिया गया भीड़ के क़दमों के नीचे...कुछ नहीं बचा पाया मैं। मैं ठहर जाना चाहता था, पर मेरे पीछे...कौन था मेरे पीछे...जो मुझे ठहरने नहीं देता। मुझे धर्म ने लाठी पकड़ाई, मैंने उसी को लूट लिया। कैसा उन्माद है यह? एक बार इसकी गिरफ़्त में आकर छूटना असंभव।''

''............।''

''देखो, मुझे अपनी छाती में से किसी और के लहू की बू आती है। मुझे लगता है, ये मेरी साँसें नहीं, किसी और की हैं, माँग रहा है वह मुझसे। कभी-कभी तो कोई रोता है मेरे अंदर...बहुत धीरे-धीरे...कभी लगता है, अंदर कोई भूखा हिंसक जानवर बैठा है, जो शिकार पर ऐसे झपटता है कि पल में उसके चिथड़े कर देता है। कौन है वह? कौन है जो रोता है, कौन है जो मारता है और फिर मरता है कौन? एक के पीछे भागता हूँ, तो दूसरा दिखने लगता है। दूसरे को पकड़ता हूँ तो पाता हूँ, अरे, ये तो कोई और है...कौन है मेरे भीतर? कितने आदमी हैं? मैं कौन हूँ? और अब ये देखो...हँस रहा है कोई...।''

फिर उसके ज़ोर-ज़ोर से हँसने की आवाज़...। मैं जड़ उसी तरह खड़ी रही। फिर काफ़ी देर तक कोई आवाज़ नहीं आई। सो तो नहीं गया थककर। मैंने सोचा, दरवाज़ा खोलकर देखूँ...जैसे ही हाथ बढ़ाया कि फिर आवाज़ आई...।

''उसे...हाँ, उसे मैंने छोड़ दिया। पागल औरत थी वह। कैसी नज़रों से देखती थी मुझे। उसे लगता होगा, मैं अलग हूँ उस सबसे, जिनकी बाबत वो मुझे बताया करती थी। बेवकूफ़ औरतें...उन्हें क्या पता? उन्माद, आनंद, मज़ा, सब उन्हीं से है। कोई किसी से अलग नहीं होता। हम सब एक हैं।''

''हाँ...हाँ...हाँ...।'' हँसने की फिर आवाज़। हैंडल पर हाथ जमाए मैं चुप खड़ी रही।

''सोचा था न। बहुत सोचा था। हज़ारों बार मैं इस सबसे गुजरा हूँ। जो भी मेरे पास आती है, फिर ख़ाली हाथ नहीं जाती, पर क्या था इसमें? कोई ऐसी चीज़...कि मेरा कुछ और बनने का मन करने लगा...।''

''.........।''

''क्यूँ करने लगा? अब क्या है मेरे अंदर? और मैं क्या बचाना चाहता हूँ? क्या कुछ बाक़ी है अभी भी? मैं उसे ख़त्म कर दूँगा। किसी को मैं अपने रास्ते में नहीं आने दूँगा—किसी को नहीं। हट जाओ...हटो तुम...इस तरह मत देखो मुझे...।

इन आँखों से मैं दूर भागता आया हूँ इतने दिनों...।''

"........।''

''ए...। मेरे निकट मत आना तुम्हारी महक मुझे पागल कर देगी, मजबूर हो जाऊँगा। दूर रहो तुम, मेरे अंदर के हिंसक जानवर से...। इसकी चाल में मत आना। कभी यह खरगोश की तरह गोद में आ बैठता है—कभी शेर की तरह उठा कर सीधे अपने मुँह में रख लेता है...नहीं, कहाँ सुनाई देती है, इसके आने की आवाज़—मुझे तो आज तक सुनाई नहीं दी जबकि मेरे ही साथ तो सोता-जागता है यह। अरे जाओ, क्या तुम्हें सुनाई नहीं देता?''

''चली गई...चली गई। फिर आएगी। बार-बार आएगी। क्यों आएगी? मुझे बदलने? हा...हा...हा...।''

हँसते-हँसते वह आवाज़ रोदन में बदल गई। मैंने दरवाज़ा अब भी नहीं खोला। सिर्फ़ वह रुदन सुनती रही तो जाने कहाँ से आ रहा था—एकदम ठंडा रुदन...। फिर धीरे-धीरे रुदन भी शांत हो गया। मैंने धीरे से दरवाज़े को अपनी तरफ़ खींचा तो वह खुल गया—बेआवाज़। मैंने ज़रा-सी दरार में से झाँका—वही कमरा, वही बिस्तर—वही मद्धिम-मद्धिम सी रोशनी—इस बार वह खुद था...। उसी बिस्तर पर लेटा—उसके सिर के ऊपर छड़ी लटक रही है और वह हवा में दूर कहीं देख रहा है। उसका पूरा चेहरा दिखा नहीं—चेहरे का एक हिस्सा दिखा उस रोशनी में। मैंने आहिस्ता से दरवाज़ा बंद कर लिया और वापस लौटी। जैसे ही मैंने अपनी तरफ़ की सिटकनी खोल बाहर क़दम रखा—उसे दरवाज़े पर खड़ा देख क्षण-भर को स्तब्ध रह गई। फिर खुद को सँभाला और दो क़दम आगे बढ़ उसके निकट आई...

''ऑय एम सॉरी। पर आज ज़रूरी था मिलना। मेरे अपने लिए...।'' मैंने आँखें झुकाए हुए ही कहा। उसने कोई जवाब नहीं दिया। मैंने आँखें उठाकर उसे देखा। पत्थर-सा भावहीन चेहरा...

''क्या हुआ?'' मैंने लगभग उसके निकट आकर फुसफुसाकर पूछा।

नर्स धीरे से हँसी...

''क्या हो सकता है, इसके सिवा, जो हो रहा है।'' फिर उसकी हँसी ग़ायब हो गई और उसकी आँखें ख़ाली हो गईं। उसके चेहरे पर कुछ भी नहीं था। बिजली की तेज़ी से मेरे अंदर कुछ कौंधा...

''तुम यहाँ क्या कर रही हो, अपनी बारी की प्रतीक्षा?''

मैंने उसी तरह फुसफुसाकर उससे फिर पूछा।

उसने कुछ नहीं कहा। मेरी बग़ल से निकली, अंदर घुसी और दरवाज़ा बंद हो गया।

तीसरी जगह पर

सुबह उठते ही सबसे पहले मैंने खिड़की से बाहर देखा—आज की उनींदी-सी सुबह...आठ बजने को थे और सूरज अभी भी बादलों के पीछे था—सारे शहर पर कोहरा और एक धुँधला-सा आलोक...जाने क्यूँ मुझे यह सब अपशकुन-सा जान पड़ा...। कुछ भी ठीक नहीं होता, आप कितनी भी ईंटें जोड़ो, वह घर कभी नहीं बनता, जिसमें आप रहना चाहते हैं। छब्बीस-सत्ताईस की उम्र में मैं यह रहस्य जान गई थी।

आज का दिन...क्या बिना जिए नहीं गुज़र सकता? जैसे मैं इतने बरस गुज़ार आई—बिना जिए, बिना छुए किसी को...। जिस दिन बाहर आई, सुना, भीतर चार बरस गुज़र गए, चाहा कि वापस वहीं रहूँ, अभी बहुत साल हैं उम्र के—क्या करूँगी? मैं मुड़ी कि फिर बाहर ही रोक ली गई...।

उन्हें डर लगता है, मैं वापस वहीं न चली जाऊँ, जहाँ से निकाली गई हूँ—मुझे हँसी आती है—जब हम पानी के भीतर नहीं होते, पानी हमारे भीतर होता है—क्या सचमुच इससे कोई फ़र्क़ पड़ता है? दीदी कहती हैं—"तू समझा उसे, दो साल से तुम दोनों बात कर रहे हो एक-दूसरे से। अब क्या हो गया। अम्मा बर्दाश्त नहीं कर पाएँगी, टूट जाएँगी। ये कोई मज़ाक़ है? अन्वि, ये सब तेरे साथ ही क्यूँ हो रहा है? दो महीने बाद शादी की तारीख़ है और अब ये कह रहा है—'आय काण्ट'..."

मैं चुपचाप सुनती रही थी।

"मेरा दोष है। मुझसे ही यह पाप हुआ। मैं ही भूल गई थी कि दूसरों से आदमी अपने व्यक्तित्व के ड्राइंग रूम में आकर मिलता है—जहाँ काम आने वाली चीज़ें नहीं, सजावटी चीज़ें पड़ी होती हैं...।" दीदी बड़बड़ाने लगीं...

"उखड़ी हुई पेंट की जगह टँगी सुंदर तस्वीर...सीलन पर फ़ैमिली फ़ोटोग्राफ...फ़र्श पर कालीन। लगता है, आप किसी नर्म जगह पर खड़े हैं। काश, कालीन उठाकर देखा जा सकता!"

"दीदी, पुरानी पत्रियाँ खोलने से भाग्य नहीं बदलते, शांत हो जाओ। मैं तो कुछ भी नहीं करना चाहती इस सिलसिले में, तुम्हारे कहने से आ तो गई हूँ...।" मैं चुप हो गई! बीच में...रोज़ फ़ोन...रोज़ फ़ोन...आसपास घूमते मुर्झाए हुए चेहरे, डैड का आँखें चुराना, मम्मा का छुप-छुपकर रोना–कोई किसी के लिए कुछ भी नहीं कर सकता, मैं जानती हूँ फिर भी–फिर भी–एक कोशिश की जा सकती है। कोशिश–क्या बचाने की? जो है ही नहीं, उसे...।

दीदी की व्यस्त आहटें मुझे सुनाई दे रही हैं। बारह बजे हम तीनों को वहाँ पहुँचना है। मैं उठ गई।

हम निर्धारित समय से बीस मिनट पहले वहाँ पहुँच गए। हम नहीं चाहते थे, जब हम आएँ, वह उकताया हुआ इंतज़ार करता मिले और दो मिनट बाद ही उठ खड़ा हो जाने के लिए...। उसके सख़्त स्वभाव की बाबत मैं जब भी सोचती, एक अजीब-सा डर मेरी पसलियों में रेंगने लगता और मुझे यह सोचकर और भी अजीब लगता कि मैं इस डर के साथ ज़िंदगी गुजारने को राजी हूँ। पर अब क्या किया जाए? मुझे तो पानी से भी डर लगता है और पानी पीते हुए मैं अब अक्सर आँखें बंद कर लेती हूँ, ऐसे ही और चीज़ों के साथ भी किया जा सकता है। आप आँखें बंद कर लें तो चीज़ें 'नहीं' हो जाती हैं। 'न होना' यह एक ठोस चीज़ थी, जो हमेशा मेरे भीतर रहती थी, बिना पिघला पानी का एक और रूप...।

"मैं फ़ोन पर भी तो पूछ सकती थी।" मैंने एक आख़िरी कोशिश की, दीदी को देखते हुए।

"फ़ोन पर कभी कुछ नहीं सुलझता, उलझ जाता है।" दीदी ने अनमने मन से जवाब दिया। मैंने जीजू का हाथ पकड़ लिया तो उन्होंने कंधे उचका दिए बेचारगी में कि अब बहुत देर हो चुकी है। सच, बहुत देर हो चुकी है।

सामने रेस्तराँ का मुख्य द्वार है। मैं इतनी जल्दी भीतर नहीं जाना चाहती। भीतर के नीम अँधेरे में डायलॉग बोलने से पहले, बाहर की रोशनी में रिहर्सल ज़रूरी है, मैंने दीदी से मज़ाक़ में कहा तो वे मुस्करा दीं। यूँ मेरे साथ हमेशा यही होता है, करना कुछ और चाहती हूँ, हो कुछ और जाता है। ज़िंदगी ने कभी सोचने की मोहलत नहीं दी। सब-कुछ बस होता चला गया। सारे अधूरे दृश्यों पर अचानक परदा गिर गया और सकते में बैठी रह गई...सुन्न...निस्पंद।

हमारे सामने रखी कोल्ड ड्रिंक्स धीरे-धीरे गर्म हो रही थी और हम तीनों उसी तरह बैठे थे अपनी-अपनी दुनियाओं में...एक टेबल पर तीन दुनियाएँ...अपनी-अपनी खिड़की से दूसरे को ताकते।

जब वह अचानक आकर हमारी मेज़ के पास खड़ा हो गया, अपनी-अपनी तस्वीरों में क़ैद हम तीनों चौंक उठे। जीजू उससे हाथ मिलाने के बहाने और मैं 'हलो' कहते हुए हड़बड़ाकर उठ खड़ी हुई। सिर्फ़ दीदी चुपचाप अपनी जगह पर बैठी रहीं, उन्होंने

आँखें ऊपर उठाकर हल्के से उसके 'हलो' का जवाब दिया, उठने की कोशिश नहीं की। उस हड़बड़ाहट में भी मुझे शिद्दत से एक बार फिर दीदी पर रश्क हो आया। अपनी सुंदरता के अभिमान में दमकता उनका चेहरा...और उस अभिमान में एक मज़बूत ठहराव...। जो चलकर कहीं नहीं जाता, दूसरे को अपनी ओर आता देखता है। उनके गोरे हाथ सफ़ेद फाख़्ताओं से टेबिल पर ऐसे बैठे थे कि ज़रा-सी आहट से वे उड़ जाएँगे, हम सबको यूँ ही बैठा छोड़कर...। मैं जब भी उनकी सुंदरता के फ़तवे पढ़ती तो वे मुस्कराकर मुझे अपने से लिपटा लेतीं...''नहीं, तुम भी सुंदर हो। तुम्हारी आवाज़ तो...। सुनी है तुमने कभी अपनी आवाज़ खुद? ईश्वर सबको कुछ न कुछ देता है।''

'भी' से जो मलाल होता, 'कुछ न कुछ' से बढ़ जाता।

सब बैठ चुके तो मैंने उसे ध्यान से देखा—वैसा ही था वह, लगभग वैसा, अपने बाहरी रूप में—वही लंबा क़द, साँवला रंग, सख़्ती से बंद पतले होंठ, काली आँखें, ख़ूब घनी भौंहें...। बस सिर के बाल और अधिक उड़ चुकने की वजह से माथा चौड़ा-सा दिख रहा है। जीजू के शानदार व्यक्तित्व के सामने दबा-दबा सा वह...पर काफ़ी सख्त...सतर्क। उसकी उँगली में सगाई की अँगूठी नहीं है। उसे अँगूठी पहनाने का दृश्य धागे की रील-सा एक झटके में समूचा खुलकर उलझ गया...

बहुत बारीक गाँठें होती हैं ज़िन्दगी में, न आप उन पर रुक सकते हैं, न उन्हें छोड़ वापस जा सकते हैं...।

जीजू और वे हल्की-फुल्की बातों में मशगूल हो गए। दीदी चुप बैठी उन्हें ताकती रहीं। वे बहुत कम और संयत ढंग से बात करती हैं। उन्हें यह आदमी कुछ ख़ास पसंद नहीं था, पर परिस्थितियाँ ऐसी थीं कि...। उन दिनों किसी को नहीं लगता था, मैं बच जाऊँगी, इसी आदमी ने लगातार फ़ोन कर-कर के मुझे भीतर से बाहर पुकारा था और मैं लड़खड़ाती न सिर्फ़ खड़ी हो गई बल्कि अपने से बाहर आ गई, उसी दिन मैंने हैरत से अपनी उस उँगली को देखा, जिसमें सगाई की अँगूठी पड़ी थी। फिर दो साल...दो साल लंबी सड़क पार करने के बाद अचानक किसी ने मेरा मुँह उस तरफ़ कर दिया, जिस तरफ़ मेरी पीठ थी।

वेटर ने हमारे सामने प्लेट्स लाकर रख दीं और कोल्ड ड्रिंक्स। दुपहर हो रही थी और सुबह से हमने कुछ नहीं खाया था। सिमी दी किसी बातचीत में हिस्सा वैसे ही नहीं ले रही थीं, हम भी चुपचाप अपनी प्लेट्स पर झुक गए। दरअसल वे उस पर चिल्लाना चाहती हैं, वे उसे झिंझोड़ देना चाहती हैं, वे उसे समझाना चाहती हैं कि देखो, तुम इस लड़की को वहीं फेंक रहे हो, जहाँ से बहुत मुश्किल से इसे निकाला गया है, पर उन्हें लगता है इस तरह बात और बिगड़ सकती है। वे मेरे उन खुले जख़्मों को देख रही हैं, जिनके बचाव का कोई इंतज़ाम मेरे पास नहीं है और वे सिर झुका लेती हैं। उनका धुआँ-धुआँ सा परेशान चेहरा—बेचैन

उँगलियाँ।

पहली बार रेस्तराँ का शोर हमारी चुप्पी में चला आया। म्यूज़िक, बर्तनों, आवाज़ों, चम्मचों, फुसफुसाहटों का शोर...वेटर्स की आवाज़ाही...कुछ क़दम की दूरी पर उनका किसी आदेश के इंतज़ार में खड़े रहना...इस सबको परे ठेलते हुए हमें कुछ कहने की जगह बनानी है...हालाँकि एक धुंध है भीतर...एक भी शब्द दिखाई नहीं दे रहा, जबकि हम शब्दों के घने जंगल के बीच खड़े हैं...।

पता नहीं कितना समय दबे पाँव चुपचाप बीत गया, जब सिमी दी ने मेरे हाथ पर हाथ रखा...

''अन्वि, हम आते हैं घंटे भर में, ज़रा सी शॉपिंग निपटा लें। टेक केयर...। अच्छा विली...।''

उसने सिर हिला दिया। वे चले गए। अब वह ठीक मेरे सामने है, अब मैं इससे कुछ भी पूछने को स्वतंत्र हूँ...क्या सचमुच?

''मुझे पता था...।'' उसने मेरी तरफ़ देखा सीधे पहली बार—''कि एक दिन मुझे इस सबका जवाब देना होगा। हालाँकि मैं चाहता नहीं ऐसा...।'' कई बार ऐसा होता है, जिसे हम अपने जीवन के अनिवार्य पक्ष के रूप में देखते और जानते हैं, वह एकाएक बड़े वाहियात ढंग से हमारे सामने आ खड़ा होता है, और हम ठगे से खड़े रह जाते हैं।...''मुझे नहीं पता था, कभी हम इस तरह रू-ब-रू होंगे...एक-दूसरे के...''

और मुझे पहली बार लगा, एक दूसरी ज़िंदगी होगी जिसे मैं नहीं जानती, जो इसकी ज़िम्मेदारी होगी। कोई वादा, कोई मोह, कोई इच्छा...। फिर क्या ज़रूरत थी उस तरफ़ आने की...क्या ऐसा मुमकिन है कि आदमी अपनी पीठ के पीछे एक दरवाज़ा बंद कर दूसरा खटखटाने लगे और ऐसा करने मात्र से ही क्या ज़िम्मेदारियों से मुक्त हुआ जा सकता है?

''मुझे देखकर खुश नहीं हुए?'' मैंने वातावरण सहज बनाने की कोशिश की। मैं क्या कह सकती थी इसके सिवाए। ''नहीं, मैं नहीं चाहता था, तुम ऐसे आओ।'' उसने बिना मुस्कराये कहा, बिना मेरी ओर देखे।

''यह चाहते थे कि मैं कैसे भी आऊँ?'' मैंने फिर मज़ाक़ किया।

''अब नहीं।'' उसका सिर इनकार में हिला।

''क्यूँ'' अब मैं ठीक उसके सामने खड़ी थी।

एक क्षण के लिए अचकचा गया वह। जानता है क्रूर हो रहा है उस दूसरे के प्रति, जिसका कोई दोष नहीं, पर उसका भी क्या दोष? क्या वह उससे कह सकता है, कुछ लोग अपनी सारी ज़िंदगी अपने बंगले के बाहर बनाए लान में ही गुज़ार देते हैं, अंदर जाने का साहस उनमें नहीं होता। वह किसी के भी सामने अनावृत होना नहीं चाहता, इसका मतलब है, अपनी गरिमा नष्ट करना। पर आज

कुछ नष्ट होना ही है, नियति ने किसी को यह ज़िम्मेदारी सौंपी है...क्या इस अध्याय को बिना पढ़े ख़त्म नहीं किया जा सकता?

"तुम मुझ पर यक़ीन करती हो?" अचानक उसने कहा।

"नहीं।" मैंने एकदम सिर हिला दिया। छोटे-छोटे झूठ मैं नहीं बोलती। उसका कोई फ़ायदा नहीं, पर बड़े झूठ मैं बोल लेती हूँ बहुत बार। जैसे मेरे पैरेंट्स कभी मुझसे पूछते हैं...

"क्या तुम अब भी उसे याद करती हो?"

"नहीं। अब मैं किसी को याद नहीं करती।" यह एक बड़ा-सा झूठ है, या छोटा सच मैं नहीं जानती। अब मुझे अक्सर लगने लगा है—कोई चीज़, कोई आदमी, कोई रास्ता कहीं नहीं पहुँचता। हम सिर्फ़ एक तनी हुई रस्सी पर चलते हैं—बैलेंस बनाने के लिए हमारे पास कई चीज़ें होती हैं, फिर भी कभी हम गिर पड़ते हैं, नहीं गिरते तो बार-बार उसी रस्सी पर आते-जाते हैं, जब तक गिर ही न पड़ें। जैसे मैं अभी चल रही हूँ? उसके चेहरे पर एकाएक हताशा फैल गई—मेरी 'नहीं' सुनकर। हालाँकि बैलेंस बनाने के लिए मेरे पास एक ही चीज़ थी उस वक़्त...मेरा अपना आप। टुकड़ा-टुकड़ा कहीं—

"जब यक़ीन नहीं करतीं तो यहाँ आने की वजह?" उसने अचानक आगे झुककर कहा। यह क्रूरता नहीं थी, कमीनापन था—उसने उस रस्सी को ज़ोर से झटका दिया था, जिस पर सँभल-सँभल कर चल रही मैं बुरी तरह लड़खड़ाई...। मैंने अपनी बिखरी साँसों को सँभाला और उसकी आँखों में देखा...

"मुझे सिर्फ़ सच जानना है।"

"तुम्हें अच्छा नहीं लगेगा।"

"सिर्फ़ अच्छा न लगने से ही क्या सच नहीं जानना चाहिए।"

"मैं दोनों को बचा लेना चाहता था।"

उसने अचानक कहा और चुप हो गया। मैं चौंकी-सी उसे देखती रह गई। यह वाक्य जितना स्पष्ट था, उतना ही अस्पष्ट।

अगर मैं इस चेहरे को कैमरे की आँख से देखूँ तो पता चलेगा कि पीछे जलने वाली सारी लाइट्स बुझ गई हैं, कोई रंग नहीं है और ग्रे कैनवास पर साँवला-सा उदास प्रतिबिंब झलक रहा है। चेहरा इतना सपाट कि एक भी शब्द पढ़ना दुष्कर। क्या यह निराशा थी, जिसने एकबारगी उसके चेहरे की स्लेट को अपने गीले आँचल से पोंछ दिया था।

वेटर पास आकर खड़ा हो गया। उसने इशारा किया, ठंडी कॉफ़ी के प्याले ले जाने का वह उठाने लगा।

मैंने अपना झुका हुआ सिर ऊपर उठाया तो नज़रें बाहर चली गईं। पारदर्शी काँच के उस तरफ़ बाहर का दृश्य था—मूक दृश्य। जैसे बिना आवाज़ वाली कोई

फ़िल्म चल रही हो। हम सब किसी न किसी दृश्य के मूक हिस्से हैं। आज जब मैं दीदी और जीजू के साथ आ रही थी गाड़ी में तो मुझे बग़ल से गुज़रता शहर इतना अजनबी लगा, जितना और कभी नहीं लगा था। जब मैं छोटी थी, बहन के पास आती थी गर्मियों की छुट्टियों में और हम तीनों तक़रीबन हर शाम घूमने निकलते थे—शॉपिंग और चाइनीज का शौक़। और मैं बहुत-सी सड़कें पहचानने लगी थी। एक पल को मुझे हैरत हुई कि जिस वक़्त मुझे अपनी ज़िंदगी की बाबत सोचना चाहिए, अजनबी सड़कों की बाबत सोच रही हूँ। यूँ दोनों में कोई ख़ास फ़र्क़ नहीं है। जितना कम हम सड़कों के बारे में जानते हैं, उतना ही कम अपनी ज़िंदगी के बारे में। लगातार चलते हुए बहुत-सी सड़कें आती हैं, बहुत-से मोड़। पर उन सबको अनदेखा कर हम उसी पहचानी सड़क पर चलने लगते हैं, जिसे यातना कहते हैं। उस क्षण मुझे यह ख़याल पहली बार आया कि मैंने जाने कब से अपने लिए नहीं सोचा था। जब भी सोचा, फ़ैमिली के बारे में, खासतौर से मॉम और डैड के बारे में। डैडी के गुस्से को देखती तो मेरे भीतर कुछ ढहने लगता, माँ को रोते देखती तो कुछ बहने लगता और मैं ख़ुद किसी तीसरी जगह पर खड़ी रहती हेल्पलेस। यूँ देखा जाए तो इस छोटी-सी ज़िंदगी में कितने लोगों का हिसाब निकलता है—सब अपना-अपना हिस्सा ले जाते हैं, अंत में क्या बचता है? वह, जो साथ ले आई हूँ या वह, जो साथ ले जाऊँगी यहाँ से...।

"एक बात कहूँ।" अचानक माचिस की तीली जली भीतर और मैंने वह रहस्य पा लिया। उसने चौंककर सिर उठाया, कहा कुछ नहीं।

"मैं तुम्हें पाना और खोना एक साथ चाहती हूँ। तुम मुझे रात में बुरे स्वप्न की तरह याद आते हो और दिन में मैं तुम्हें अच्छे ख़याल की तरह सँभालकर रखना चाहती हूँ। तुम्हें लगता है, इस सबका कोई अर्थ है?"

"अर्थ?" उसके मुँह से अस्फुट निकला।

"दूसरे के लिए पाना, अपने लिए खोना—क्या हम हमेशा दो राहों पर खड़े रहने के लिए अभिशप्त हैं?"

"इसके बाद तुम अपनी राह चुन सकती हो।" उसने अनायास कोमल स्वर में कहा। यह बात कोमल स्वर में ही कही जा सकती है कि अब सब ख़त्म हो गया, तुम लौट जाओ। उसने उम्मीद का आख़िरी दीया फूँक मारकर बुझा दिया और हम उस अँधेरे में चुप बैठे रहे।

मैंने सिर्फ़ एक बार चुना था—आज से छह बरस पहले। जब हम अपने-अपने घरों की खिड़कियों से एक-दूसरे की ज़िंदगी में झाँकते हुए ऐसे-ऐसे खेल खेलते और ऐसे-ऐसे अर्थ भरते कि ज़िंदगी ख़ुद उसके भार से थरथराती घूमती—गर्भवती औरत की तरह। कि जब वह अपने पेट पर हाथ फेरती, कितनी संतुष्ट दिखाई देती है—कितनी गहरी? फिर अचानक उसका गर्भ गिर गया...। सड़कें ख़ून से

रंग गईं—फिर उन सड़कों पर राख उड़ने लगी और पूरा शहर धुँधला गया।

इसके बाद? किसके बाद? किसके बाद तुम वही ज़िंदगी, वही इच्छा, वही स्वप्न ठीक उसी प्रकार जी सकते हो, जिस प्रकार पहले जिए थे! क्या कुछ भी दुबारा होता है, बिल्कुल वैसा?

"अन्वि, क्या तुम्हें लगता है, सब-कुछ ख़त्म हो सकता है, जिया हुआ वापस नहीं लौटता?"

मुझे एकाएक समझ में नहीं आया कि मुझसे पूछ रहा है या मुझे बता रहा है। शब्द हमेशा काम नहीं आते। कभी-कभी वे आपको बेसहारा छोड़ अदृश्य हो जाते हैं और आप मूक हवा में टँगे खड़े रहते हैं।

"जब मैं तुमसे फ़ोन पर बात करता था और तुम बात करते-करते थक कर चुप हो जाती थीं, मुझे लगता, कोई चिड़िया है जो लगातार उड़ते-उड़ते अब किसी शाख पर आ बैठी है सुस्ताने। तब मैं फ़ोन पर भी तुम्हारा थककर बैठना सुन सकता था—तुम्हारी भरी-भरी सी साँसों की आवाज़ जो कहती कुछ नहीं, बस अपनी आवाज़ाही का नित्य क्रम पूरा करती है। उन दिनों हम चाहे मौसम के बारे में बात करते हों, मुझे लगता था, हम अपने बारे में बात कर रहे हैं। फिर जाने कब हम अपनी बातों को बेसहारा छोड़ दूर चले गए। तब ही मैंने जाना था, तुम एक अच्छी दोस्त हो सकती हो! तब मुझे लगता था...।"

उसने अपने चारों तरफ़ देखा, ऐसा कुछ नहीं था, जिसे पकड़कर वह स्वयं को बचा सके...।

"तुम मेरी मंगेतर न होतीं तो तुम्हें अपना आप दिखाना मेरे लिए ज़्यादा आसान होता। रिश्ते आपको खोलते नहीं बंद करते हैं।"

मैं चुपचाप उसे देखती रही। पर वह मुझे नहीं देख रहा—वह किसी दूसरे संसार में झाँक रहा, जहाँ मैं कहीं नहीं थी...

"मसलन, उस लड़की के बारे में, जिसे मैं प्यार करता था—और, उस वक़्त तक मुझे यही लगता था कि मैं उसके बिना नहीं रह सकता। फिर तुम मेरी ज़िंदगी में आईं, चाहे मेरे पैरेंट्स का दबाव था मुझ पर, पर तुम्हें मैंने देखा तो पाया—एक गहरा धीरज है तुममें। तुम्हें कहीं नहीं जाना, तुम्हें कुछ हासिल नहीं करना—अपने आप में ठहरी—उदासीन, मैं चाहने लगा था तुम्हें...कि फिर एक दिन उसने मुझे बताया कि...।" वह चुप हो गया।

दो साल से मैंने जितना उसे जाना था, यह बिल्कुल अनपहचाना पक्ष था उसके पहलू का, जिस पर खुद वह एक अजीब-सी निरीहता में टार्च की रोशनी डाल रहा था और उस रोशनी के पीछे हम दोनों खड़े थे—एक-दूसरे की सुस्त साँसों की आवाज़ सुनते—तब एक असंभव-सी इच्छा मेरे भीतर चमकी, उस अँधेरे से उसे बाहर की रोशनी में खींच लेने की।

"वह लगातार शादी की ज़िद करती रही, मैं टालता रहा–फिर...उस रात...जब डिलेवरी रूम से उसे प्राइवेट रूम में शिफ्ट किया गया–मैं वहीं था। पलंग पर लेटा वह सफ़ेद अजनबी चेहरा। उस क्षण मुझे लगा, मैं इसे नहीं पहचानता। मैंने इसे पहले कभी नहीं देखा और उस क्षण मुझे अपने आपसे बेहद डर लगा। मैं वहाँ से भाग जाना चाहता था, पर मैं वहीं खड़ा रहा।"

उसका चेहरा स्याह हो गया था, आँखें थकी-थकी सी...माथा निस्तेज...कभी-कभी देह का आलोक देह से पहले नष्ट होता है और वह बड़ी निरीह और कातर-सी जान पड़ती है–कवच और कुंडल के अभाव में जैसे कर्ण...।

उसके भीतर का अँधेरा मेज़ पर गाढ़ा होकर जमने लगा था। हम अपने-अपने अँधेरे से उस तीसरे अँधेरे में झाँक रहे थे–जहाँ कुछ बिंब बन रहे थे।

जब उसने आँखें खोलीं और मुझे देखा–उसने मुँह फेर लिया अपना। उस क्षण उसकी आँखों में नफ़रत देखी मैंने अपने लिए। वह शादी से पहले बच्चा नहीं चाहती थी। मैं सह नहीं सका। मैं लौट आया बिना बच्चे को देखे या छुए...। उस दिन मुझे पहली बार लगा, औरत आपको कुछ नहीं देती, वह आपसे ले लेती है, जो भी आपके पास है–आपका आत्मसम्मान, आपका धीरज...। आपको बीच सड़क पर लावारिस छोड़ वह अपना दरवाज़ा आपके मुँह पर बंद कर देती है। वह सिर्फ़ अपनी देह को चाहती है। दूसरों के प्रति क्रूर होती है वह...।

उसकी आवाज़ बोझिल-गाढ़ी हो आई। वह चुप हो गया था। वह दुःख था, जो उस गाढ़े अँधेरे में पैर पसारकर बैठ गया था। मैंने उस अँधेरे में से कुछ बिंब पकड़े, पर पूरा चित्र नहीं बना पाई। पूरा चित्र तो बहुत सारे छोटे-छोटे टुकड़ों को मिलाने पर बनता था, जिनका बिंब नहीं था वहाँ। पर यह भी सच था कि अगर मैं टुकड़े लगाने के नियम बदलूँगी तो चित्र भी बदल जाएगा।

क्या कोई ऐसा कोण होता है जीवन में कि जहाँ से चीज़ें सीधी और साफ दिखें?

उस अँधेरे में उसका हाथ पकड़कर मैं कोई तसल्लीबख़्श वाक्य कहना चाहती थी। कहना नहीं छूना, पर मुझे जाने क्यूँ लगा, वह इतनी दूर है कि मेरा हाथ उसे छुए बग़ैर लौट आएगा। वैसे भी दूसरा उतना ही लेता है, जितना लेना चाहता है। वह वापस नहीं करता, उसकी तरफ़ देखता भी नहीं। वह उसी तरह पड़ा रहता है, फ़ालतू चीज़ों की तरह। जैसे–देह और चाहत...।

यह दिसंबर के आख़िरी दिन हैं, जब धूप गर्म शाल की तरह देह से लिपट जाती है और वक़्त-बेवक़्त एक उनींदापन फैलने लगता है आँखों के सामने। जहाँ-तहाँ गेंदे, गुलाब और सेवंती के फूल दिख जाते हैं पता नहीं कितने रंगों में। और हम हैरत से सोचते हैं–क्या इतने उजले रंग हो सकते हैं एक आदमी की ज़िंदगी में? इतनी महक, इतनी ताज़गी, इतना ख़ालीपन। बेहद नामालूम ढंग से वे खिल जाते

हैं, आपके गमलों में या घर की बगीची में। हम उन क्षणों को आते या जाते नहीं देख पाते। हम जो देखते हैं—हमेशा मध्य होता है, जब हम किसी भी नतीजे पर नहीं पहुँच पाते।

मैं उसके सामने अब तक की सबसे कम दूरी पर खड़ी थी—जैसे सर्जन ऑपरेशन टेबल पर शरीर के सब अवयवों को निकट से देखता है। मैं सर्जन नहीं थी, मैं वह थी, जो सर्जन के पीछे होता है।

मुझे अब चलना चाहिए, मुझे लगा। पर मुझे इंतज़ार करना था कि वह अपने अवयव अपने खाँचों में ठीक-ठाक लगा सके।

शायद बहुत वक़्त बीत गया होगा। हमारे सिरों पर रोशनी के कई बल्ब जलने लगे थे, पर अँधेरा हमें छोड़कर गया नहीं। हम किसी से नहीं कह सकते, तुम यहाँ रहो या वहाँ। हर चीज़ अपनी जगह खुद ढूँढ़ लेती है।

“फिर? तुम लौटकर गए नहीं?” मैंने पूछा। वह इतना पास था कि उसे ‘आप’ कहकर परे नहीं किया जा सकता था।

वह हँस पड़ा—वही खोखली हँसी, फिर मेरी आँखों में देखा...

“हम हमेशा वापस आने के रास्ते ढूँढ़ते हैं। हमें लगता है, सब कुछ उसी तरह हमारा रास्ता देखता होगा, पर यह सच नहीं है।”

जी चाहा, कहूँ, जैसे आप दूसरों को छोड़ देते हैं, उनकी दुनिया में अकेला और बेसहारा—वे भी आपको छोड़ देते हैं, सड़कों पर भटकने के लिए। कभी-कभार लगता है कि वे द्वार बंद कर उससे सटे खड़े हैं, आप गुजरोगे तो वे झट दरवाज़ा खोलकर बाहर आ जाएँगे। पर आप सीटी बजाते हुए गुज़र जाते हो और कुछ नहीं होता।

उसने फिर सिगरेट जलाई और कुर्सी से टिक गया।

“घर में मालूम है किसी को?” मैंने यूँ ही पूछा।

“नहीं।” वह मुस्करा दिया...

“पैरेंट्स जो ज़िंदगी हमें देते हैं और हम जीते हैं, क्या तुम्हें लगता है, उसमें कोई समानता है? वे कभी जान ही नहीं पाते कब हम उनके बनाए रास्तों को छोड़ कहीं और मुड़ जाते हैं।”

उस क्षण मुझे लगा, मैं अपनी ज़िंदगी का एक ऐसा दिन जी चुकी हूँ, जो दोबारा नहीं आएगा और जिसे मैं हमेशा छाती के भीतर सँभालकर रखूँगी। कुछ उन पुराने दिनों की तरह, जो आज भी वैसे ही पड़े हैं, पानी में डूबे सफ़ेद, गोल छोटे-छोटे पत्थरों की तरह—पानी जिन्हें मैला नहीं करता, हमेशा चमकाए रखता है। पानी में डूबे पत्थरों को अपने हाथों से उठाती हूँ...हालाँकि जानती हूँ, जो डूबते

हैं, उन्हीं को मुक्ति मिलती है, जो नहीं डूब पाते, अपने हिस्से की पीड़ा भोगने ऊपर आ जाते हैं। मौत धीरे-धीरे आती है उनकी तरफ़ टुकड़ों में। जब वे उसके भूखे जबड़ों में अपने सारे दिन एकबारगी फेंक देना चाहते हैं, तब आहिस्ता-आहिस्ता कुतरती है उन्हें चूहे की तरह...। अपने छेद फिर तरह-तरह से छिपाने पड़ते हैं...।

सुनो, क्या तुम अब भी वहीं हो?

कभी-कभी मुझे भ्रम होता है कि कुछ भी नहीं हुआ है। चलते-चलते किसी तकनीकी खराबी की वजह से कोई फ़िल्म किसी बेहद मुश्किल मोड़ पर अटक गई है और मैं साँस रोके इंतजार कर रही हूँ कि अगले दृश्य में सब ठीक हो जाएगा।

"तुम्हारी उम्र बहुत लंबी है, सत्तर बरस...।" वह मेरी गर्म हथेली अपने हाथों में भींच लेता।

"इतने बरस मैं क्या करूँगी?" तब मैं बीस बरस की थी और सत्तर बरस...जैसे किसी और समय की बात हो।

"और तुम्हारी?" मैं पूछती।

"हम एक साथ नहीं मर सकते?"

उसकी पकड़ ढीली पड़ जाती मेरे हाथ पर। क्या वह कुछ जानता था? क्या जीवन, मृत्यु और स्वप्न इस सबकी बाबत कुछ भी जाना जा सकता है?

"मुझे सिखाओगे इसे पढ़ना...।" मैंने लकीरों की तरफ़ इशारा करते हुए पूछा था।

वह हँस पड़ा था। हँसता रहा, हँसता रहा...। वह उसकी आख़िरी हँसी थी, डूबने के पहले की...जो फिर बाद में सूखे पत्तों-सी ऊपर सतह में आ गई थी...

छत्तीस घंटों बाद उसकी लाश मिली थी, नदी में जाल डालने के बाद...क्षत-विक्षत, पानी में डूबी...बहकर बहुत दूर चली गई...क्या यह एक सपना था कि छत्तीस घंटे पहले हमने एक-दूसरे का हाथ कसकर पकड़ा हुआ था और डुबकी लगाई थी—मैं पानी में आँखें खोलकर उसे देखना चाहती थी, पर खोल नहीं पाई फिर एक गोल चक्कर...छूटता हुआ हाथ...घुटती साँस...मैंने छटपटाकर ऊपर आना चाहा...चीख़ना चाहा ज़ोर से...पानी का उजाला कब अँधेरे में बदल गया...पता नहीं...। सारी रोशनियाँ एक साथ बुझ गईं। चार बरस मैं पानी के उसी अँधेरे में डूबी रही। चारों तरफ़ शोर होता रहा। फ़ोन की घंटियाँ बजती रहीं...आते-जाते लोगों की व्याकुल आवाज़ें...

"तुम सुन रही हो न?"

"सुनो, अब कुछ नहीं होगा। बाहर आ जाओ तुम...।"

मेरे नाक-मुँह-कानों में पानी भर गया है, खारा पानी। मेरा जिस्म फूल रहा है—गुब्बारे की तरह—मैं असहनीय दर्द से तड़पती हूँ—कोई पिन ही चुभा दे इस

गुब्बारे में तो इससे मुक्ति मिले...। पर नहीं, कोई नहीं। सब मुझे अपने हाथों में लेने की कोशिश करते हैं। जितना ही कोई छूता है—तड़प बढ़ती है...और फिर जैसा हर गुब्बारे का हश्र होता है—वही हुआ। चार बरस से निढाल ज़मीन पर पड़ी थी मैं, पिचकी हुई...। घरवालों ने फिर हवा भरने की कोशिश की कि मैं उठकर खड़ी हो सकूँ...।

और चार बरस बाद मैं एक बार फिर गई थी—उसी नदी के किनारे-जहाँ पर हमारा पिकनिक का सामान पड़ा था—कुछ नहीं था। लोग कुछ नहीं छोड़ते, सब उठाकर ले जाते हैं। मैंने पानी में अपने दोनों पैर डाले...

"सुनो, क्या तुम अब भी वहीं हो?" एकाएक मुझे लगा, मैं अंतिम सत्य तक पहुँच गई हूँ। और मैं पहली बार देख पा रही हूँ...अपने भीतर से गुज़रते हुए—वही सब-कुछ टँगा है भीतर—पूरी की पूरी नदी भँवर के साथ...सारे दुःख-सुख, आशा-निराशा, सपने, किनारे पर छूटा सामान, सारी चिंताएँ, मोह, पीड़ा का ढेर...और पहली बार हुआ ऐसा कि उस सबको चुप देखती रही मैं...कुछ नहीं हुआ भीतर—वे लपककर आईं नहीं मुझ तक—मैं उन्हें बिना छुए, उनकी बग़ल से गुज़र गई...मैं अब भी खड़ी हूँ वहीं—नदी के किनारे...पानी में पाँव डाले...और जो नदी अब तक बह रही थी भीतर...मेरे बाहर बहने लगी। मैंने पाँव बाहर खींच लिए।

"क्या सोच रही हो?" उसने हल्के से मेरी हथेली छुई। मैंने पलटकर उसकी ओर देखा, कहा—"कुछ नहीं।"

जिस बिंदु पर हमें पहुँचना था, हम उससे एक ही दूरी पर खड़े थे। फ़र्क़ सिर्फ़ इतना था, उसने चलना शुरू नहीं किया था, मैं चलते हुए दूर निकल गई। हम लौटने के लिए उठ खड़े हुए—हाथ मिलाया। कुछ कहा होगा ज़रूर और अलग हो गए। वह दूरी जो अब तक अँधेरे में थी, उजाले में चमक उठी।

बाहर निकले तो दिन ढलने को था। परछाईं धीरे-धीरे फैलने लगी थी—थोड़ी देर बाद यह हमसे भी लंबी हो जाएगी, पर कितनी देर? आख़िर अँधेरे में यह अपना अस्तित्व खो देगी और हम अकेले खड़े होंगे। दीदी और जीजू अपनी गाड़ी में बैठे हैं चुपचाप। किसी अदृश्य नियति का इंतज़ार सब्र से करते हुए। हमें देखते ही नीचे उतर आए। उसने हाथ मिलाया और एक आख़िरी नज़र मेरी तरफ़ डालकर अपनी गाड़ी की ओर बढ़ा।

मैं फुटपाथ पर खड़ी हूँ, मेरे सामने एक लंबी सड़क है—जाने कहाँ जाती हुई—अगर मैं यह टुकड़ा सफलतापूर्वक पार कर लूँ तो दूसरी तरफ़ एक लंबा रास्ता है...शाम की धूप-छाँव में झिलमिलाता...मैं पहला क़दम आगे रखती हूँ।

और अब लेखक मुझे इस रास्ते पर अकेला छोड़कर चला गया है और मैं इस चौरास्ते

पर अकेली खड़ी हूँ। वह मुझे बहला-फुसलाकर लाया ही इसलिए था कि मेरी मनचाही तस्वीर पेश कर सके, वह कह सके, जो चाहता है कहना। उसने मुझे कई तरह के कपड़े पहनाए, अलग-अलग रोशनी के घेरों में अलग-अलग तस्वीरें लीं और उन सारे टुकड़ों को जोड़ एक मुकम्मल-सी लगती तस्वीर आपके सामने पेश कर दी। पर अपने अनजाने वह एक बात सच कह गया कि इन टुकड़ों को लगाने का नियम बदलते ही तस्वीर बदल जाएगी। यह जो उसकी मनचाही तस्वीर है—मैं उसे बिगाड़ कर अपने हिसाब से लगाती हूँ और अब ये आपके सामने दूसरी तस्वीर...

मैं इस कारण नहीं आई थी इस शहर में कि मुझे कोई सच जानना था। मैं ऐसी बकवास बातों में अब यक़ीन नहीं करती। सच कुछ होता ही नहीं। वह तो जो टुकड़ा सबसे ज़्यादा चमकता है, उसी को हम सच समझते हैं। मैं तो एक बेहद कमज़ोर लड़की हूँ, मुझे दुबारा टूटने से डर लगता है। जानती हूँ, कोई रोमांच मेरी ज़िंदगी में लौटेगा नहीं, मैं कोई तूफ़ान, कोई भँवर अब नहीं चाहती। मैं अपने पैरेंट्स को भी ख़ुश देखना चाहती हूँ तो दरअसल मैं उसे बताने आई थी कि ऐसा मत करो, जो हुआ, उसे भूल जाओ और अब शादी कर लें हम...। कितने बरस हो गए, मैंने सुकून नहीं जाना। वह नहीं माना आख़िरकार और हम उठे—बाहर आए। मुझे लगा यह आख़िरी क्षण है, इसके बाद यह चा जाएगा। उस क्षण एक पागल-सा ख़याल मेरे मन में आया कि इसे रोकूँ और कहूँ—अच्छा शादी न सही, क्या एक रात मैं नहीं गुज़ार सकती तुम्हारे साथ? छब्बीस बरस और मैंने अपनी ज़िंदगी में कुछ नहीं देखा था। और अब फिर एक नई तलाश...। मैं थक गई हूँ, मेरे घुटने मुड़ने लगे हैं...। पर मैं कुछ नहीं कह पाई थी और वह चला गया।

सच तो यह है किसी भी ज़िंदगी को देखने के लिए आँख नहीं, बहुत सारी आँखें चाहिए...।

आख़िरी सिगरेट

आज बाज़ार का दिन है...इतवार का बाज़ार...वैसा ही रंग-बिरंगा जैसे देहात के बाज़ार होते हैं...सब्ज़ी-फ्रूट...कपड़े, जूते, सूटकेस, खिलौने सब एक साथ...दुकानें सड़क पर, सड़क के ऊपर एक साथ...सुबह जब मैं स्टेशन पर उतरा, मेरे साथ ही सब्ज़ियों की टोकरियाँ, आलू-प्याज की बोरियाँ और दूसरा बहुत-सा सामान उतारा जाने लगा, उसी वक़्त मुझे बाज़ार का ध्यान आया...दिसंबर की एक सुहानी सुबह में लिपटा घूम रहा हूँ...मेरे सिर पर गुनगुना सूरज है, मैं उसके साथ के अहसास से भरा हुआ हूँ...मैं जहाँ-जहाँ जाता हूँ, मेरे साथ-साथ चला आता है...मैं उससे नहीं पूछना चाहता इतने दिन कहाँ रहे? जिस तरह अचानक वह चला गया था, उसी तरह अचानक लौट भी आया और मैं उससे पूछकर उसे असमंजस में नहीं डाल सकता। समूचा दृश्य मेरे भीतर उतरता है...सब-कुछ अजनबी...पर कितना जाना-पहचाना...जाने कितनी बार गुज़रा होऊँगा मैं उन तीन सालों में इस सबमें से...जाने कितनी बार यह मुझमें से गुज़रे होंगे...हम एक-दूसरे को देखकर ठिठकते हैं। समय के साथ बहुत-सी चीज़ें और आ गई हैं—बेतरतीब लगे ठेलों पर रंग-बिरंगे ख़ूब सारे कपड़े, अंडरवियर्स, टी-शर्ट्स, जींस, सफ़ेद पायजामे और कमीज़ें, रंग-बिरंगी टोपियाँ...उन दिनों कपड़ों में इतनी वैरायटी कहाँ होती थी, वह बताती थी कि उसकी माँ कपड़े सिलती है। मैं कभी पूछ नहीं पाया कि तुम्हारी माँ किस तरह के कपड़े सिलती है? मैं तो उससे कुछ भी नहीं पूछ पाया...आज महसूस होता है। पर जब भी मैं ऐसे ठेले से गुज़रता, जिसमें घर के बने जैसे कपड़े टँगे होते...ध्यान से देखने लगता, उनके पीछे मुझे सफ़ेद बालों वाली स्त्री का धुँधलाता चेहरा नज़र आता। जिसे मैंने कभी नहीं देखा...

आगे सब्ज़ी की दुकानें...फिर फ़्रूट की...जिसमें केले और सेब ही अमूमन होते...आज बिही और बेर भी ख़ूब सारे है और संतरे...फिर मोती, माला, मनके, चूड़ियाँ, बिंदी, रिबन इत्यादि की दुकानें सड़क पर बिछी हुईं...हम सारी ख़रीदारी

यहीं से करते...घंटों घूमते...उसने एक बार मुझे सुतली से बना झोला दिखाया था...जिसमें लाल मूँगे की तरह के मनके पड़े थे, जो उसकी माँ ने उसकी बड़ी बहन के लिए बनाया था और उसकी ज़िद थी कि उसे भी वैसा ही चाहिए...बिल्कुल वैसा...और वह इतवार को वैसे ही मनके ढूँढ़ती। आगे एक चादर पर बिछी किताबों की दुनिया...पतली, सस्ती-रोमांचकारी किताबें...वह उत्सुकता से मेरी उँगली छोड़ ज़मीन पर घुटनों के बल बैठ किताबों को देखने लगती। मैंने उसे वहाँ से कई ऐसी किताबें ख़रीदकर दी थीं, जिसे वह आगे कभी पढ़ती—ख़ूब सारी कहानियों की किताबें...उस वक़्त उसकी दीदी उसे यह सब पढ़कर सुनाया करती थी...उसे सबसे अच्छे लगते थे—बेताल के कॉमिक्स...

"क्या सचमुच बेताल आता है?" उसने मुझसे एक दिन पूछा था।

"अगर सचमुच उसे कोई मुसीबत में पुकारे तो..."

"मुझे उसके नगाड़ों की आवाज़ सुनाई देती है।" उसने कुछ सोचते हुए कहा था।

"अच्छा...किस वक़्त?" मैं हँस पड़ा।

"जब रात को मैं सोती हूँ और नींद नहीं आती..." वह आदिवासियों के नगाड़ों की आवाज़ होती, जो रात के सन्नाटे में गूँजा करती...मैंने भी बहुत बार सुनी थी।

"तुम क्या उसे पुकारना चाहती हो?"

"हाँ..."

"क्यों भला..."

"मुझे कोई पढ़ने नहीं देता न, मैं उससे शिकायत करूँगी।" मैं समझ जाता, यह बहाना है, वह बेताल को कुछ और कहना चाहती है, बिना किसी को अपने राज़ में शामिल किए? यह मैं बहुत देर से जान पाया, यहाँ से जाने के बाद कि बच्चों का भी अपना एक अलग संसार होता है, जिसमें वे किसी को शामिल नहीं करते। वे हमारी दुनियाओं में तो बिना नागा आकर छा जाते हैं, पर अपनी दुनिया से हमें बाहर रखते हैं...क्या उसने एक भी किताब सँभालकर रखी होगी? स्वेटर्स की दुकान देखता हूँ तो मुझे उसका लाल स्वेटर याद आता है...लाल नाक और लाल ठुड्डी...ऐसी ठंड में हम लोग धूप में बैठ मूँगफलियाँ खाते...प्लेटफ़ार्म की बेंच पर बैठे...और आती-जाती ट्रेनों और मालगाड़ियों को देखते...उसे सबसे ज़्यादा पसंद भी यही था।

आज मैं ख़ूब सारी चीजें खरीदना चाहता हूँ...जो मैं उस वक़्त ख़रीदता था, जब हम साथ घूमते थे—मैंने कुछ लाल रंग की मालाएँ खरीदीं, कुछ कानों के बुंदे, बालों में फँसाने वाली क्लिप और लाल रिबन...उसे लाल रंग बहुत पसंद है, अक्सर वह लाल रंग की बिंदियों वाली फ़्राक पहनती, ख़ूब घेरे वाली और दोनों झूल रही चोटियों

में दो लाल रिबंस झूलते रहते। चोटी सामने आते ही वह हाथ से पीछे फेंक देती या फिर सिर को ऐसा झटका देती कि चोटी ख़ुद-ब-ख़ुद पीछे चली जाती। उसे चोटी बनवाने से और काजल लगवाने से चिढ़ होती थी और अक्सर वह बिना चोटी किए इधर भाग आती...पूछने पर माँ की शिकायत करती कि वे इतनी कस-कस कर चोटी बनाती हैं कि मैं रोने लगती हूँ...उसके बालों में बसी केयो-कार्पिन की महक रिबन हाथ में लेते ही मेरे पास चली आती। मैं मूँगफलियों का पैकेट हाथ में लिए हर रोज़ उसकी प्रतीक्षा करता, वह आते ही पैकेट मेरे हाथ से झपट लेती और फिर जब उसे यक़ीन हो जाता, मैं इसे नहीं खाने वाला, वह मुझी से कहती–"छीलकर दो न।" यूँ तमाम उम्र मूँगफलियाँ छीलते रहने के बाद भी मैंने वैसे उजले, कुरकुरे, मीठे दिन फिर नहीं पाए। वे छीलते ही मेरी हथेली पर चमकने लगते और मैं उन्हें देखते न थकता। यूँ उन दिनों तो जहाँ तक नज़र जाती, कोयला ही कोयला दिखता...कोयले से लदी हुई मालगाड़ियाँ...कोयला चुराने की कोशिश में ग़रीब-फटेहाल बच्चे और चोरी से छिप-छिप कर कोयला बीनतीं मज़दूर औरतें...यह बाद में पता चलता है कि जिन्हें हम सबसे सुंदर दिन कहते हैं...इन्हीं कोयलों के बीच कहीं मिल जाते हैं–हीरे से चमकते। किस प्रक्रिया से, आप कभी नहीं जान पाते। उसकी उँगली पकड़ मैं उसी कोयले के साम्राज्य में घूमा करता...शाम को पैसेंजर ट्रेन आती तो इंजन में चढ़ाकर उसे धधकती भट्ठी दिखाता। हमें सब इंजन ड्राइवर पहचानते...मेरे पिता इंजन ड्राइवर जो थे। वे उसे सीटी बजाके दिखाते...वह डरकर मेरे निकट चली आती...हम एक पैसे का सिक्का पटरी पर रखते...ट्रेन गुज़र जाती तो वह चपटा सिक्का देख उछलने लगती...

"ट्रेन कितनी दूर तक गई होगी?" वह खंभे से कान लगाकर जाती हुई ट्रेन की आवाज़ सुनती।

"बहुत दूर चली गई होगी।" मैं कहता।

"बहुत दूर नहीं गई होगी। देखो, इस खंभे में से कितनी तेज़ आवाज़ सुनाई देती है।"

वह मेरा सिर अपने छोटे-छोटे हाथों से पकड़ खंभे से लगा देती, कभी मैं उसे गार्ड के आख़िरी डिब्बे में चढ़ा देता तो वह लाल और हरी झंडियों को अपने हाथ में हिलाते हुए आश्चर्य से देखती...जब चलने को होती, वह अपनी बाँहें वैसे ही फैला लेती, जैसे उड़ने को आतुर पंख पसारे कोई सफ़ेद ख़ूबसूरत परिंदा।

उसकी गंध मेरी उँगली पकड़ मुझे उस बाज़ार में घुमा रही थी और मैं जैसे सम्मोहित-सा जिधर वह इशारा करती, उधर की ओर हो लेता, मैंने उस गंध की कसकर उँगली पकड़ी हुई थी, यूँ मैं जानता था, मुझे छोड़कर वह कहीं नहीं जाने वाली...वह मेरी ही आत्मा की महक है...जन्मों से मेरे ही साथ रहती...चुपचाप...कभी कुछ नहीं कहती...बस जब मैं रास्ता भटकने लगता, वह पास आकर मेरा चेहरा अपनी ओर मोड़ लेती...

मुझे अहसास हुआ, जब से मैं उतरा था, स्टेशन पर मैंने सिर्फ़ चाय पी थी

और तब से मैं घूम रहा हूँ...मेरा छोटा-सा बैग मेरे ही कंधे पर है। दोपहर चढ़ने को थी, अब मुझे नहा लेना चाहिए। ख़रीदा हुआ सामान मेरे हाथ में था। उसे लेकर मैं उस होटल में आया, जो दिखने में तो नया-नया सा है, पर उसका पुराना वजूद मेरे भीतर कहीं समाया हुआ है। यहाँ की भट्ठी की उबलती-कड़क चाय, गर्म जलेबियाँ, भजिए, बड़े, सबका स्वाद मेरी ज़बान पर रचा-बसा है...उन दिनों सिर्फ़ एक ही कमरा होता था...अंदर बैठकर खाने का...बाजू में भट्ठियों पर चावल और मटन पकते रहते...जिसकी खुशबू मुझे दूर से बुला लेती। सुबह चाय पीते-पीते ही मैं बता देता कि दोपहर के खाने में क्या खाना चाहता हूँ? वे मुझसे छोटे भाई की तरह स्नेह करते...कोयला फैला होता था प्लेटफ़ार्म से उनकी होटल तक...उन दिनों बद्रा कॉलरी से आता था कोयला ट्रकों में...यहाँ से मालगाड़ी के डब्बों में भरा जाता...बाद में साइडिंग हरद में बना दी गई। बी.एस-सी. सेकेंड ईयर मैथमेटिक्स आनर्स छोड़कर आया था मैं यहाँ, घर में हो रही अनबन की वजह से...चैलेंज था मेरे लिए कि अगर पढ़ूँगा तो सिर्फ़ अपने पैसे से...न सिर्फ़ पढ़ूँगा, बल्कि अपनी किसी भी ज़रूरत के लिए कभी अपने घरवालों से कोई उम्मीद नहीं करूँगा...जिस दिन घर से निकला, हाथ ख़ाली थे, पेट भी...कड़ाके की सर्दी और मैं दिशाहीन खड़ा था। कई बार सोचता हूँ, जिसे हम अपनी तरह से जीने की ज़िद और जुनून कहते हैं—वह हमें इतना तोड़ देती है कि उसी मलबे से हमें अपनी नई आकृति बनानी पड़ती है—अपनी वह आकृति, जो हम मलबा हुए बिना नहीं पा सकते थे। फिर एक सौ चौबीस रुपए की लोडिंग फ़ोरमैन की वह सर्विस...हालाँकि पसंद नहीं की मैंने कभी...पर एक सौ चौबीस रुपए कम नहीं होते। मात्र तीस रुपए में मैं पूरे महीने आराम से गुज़ार देता...यह वो ज़माना था, सिक्सटीज का, जब तीन नए पैसे में तीन सेर टमाटर, एक रुपए का दस सेर चावल, दस आने में एक सेर मटन मिलता था—खस्सी का मटन। मैं चार आने में शर्ट सिलवाता था, छह आने में पैंट...वह पृथ्वीराज कपूर, भारत भूषण, जमना बाई और सुरैया का ज़माना था। दिलीप कुमार, मधुबाला, राजकपूर तो बहुत बाद में आए। हमेशा रंगीन चश्मा लगाकर, शर्ट का कॉलर ऊपर उठाकर मैं उस कोयले के साम्राज्य में घूमा करता...यहाँ आकर मैंने खुद को पहली बार पाया था...पहचाना था खुद को पहली बार...देखता था एक बिल्कुल नए रूप में...यूँ जिन्हें हम अपने संघर्ष के दिन कहते हैं...बाद में पलटकर देखने पर सबसे सुनहरे दिन वही लगते हैं। मैं प्रोफ़ेसर बनना चाहता था और उसके लिए मुझे पढ़ना था, अपने बूते पर। उसके लिए कमाना तो था ही। मैं जीवनराम सिंधी की होटल में खड़ा हूँ...रिसेप्शन पर और मुझे वह दिखाई नहीं दे रहा। मुझे देखते ही वह उछल पड़ेगा और कसकर अपने गले लगा लेगा, मैं जानता था। "तुम तो मास्टर बनने गए थे न, बन गए?" वह मुझसे ज़रूर पूछेगा और मैं उसे बताऊँगा—मास्टर बनने के लिए मैं कितना चला हूँ—तन्हा...

"यस, प्लीज़..." रिसेप्शन पर अठारह-बीस साल का एक नवयुवक बैठा है। मैं उसे पहचान गया—जीवनराम का ही बेटा है।

"जीवनराम कहाँ है बेटे?" मैंने उससे पूछा।

"आप कौन हैं?" उसने मेरा चेहरा देखा ध्यान से।

"मैं? क्या तुम मुझे नहीं पहचानते...लोडिंग फ़ोरमेन...यहाँ..." मैंने उस जगह इशारा किया, जहाँ कोयले के ढेर होते थे।

"यस सर...आप..." वह मुझे पहचान कर मुस्कराया।

"आइए सर, अंदर आइए।"

मैं अंदर आया तब तक वह गंभीर हो चुका था। मैंने उसका चेहरा देखा...

"दादा तो बहुत पहले ही...नहीं रहे..."

मेरे भीतर एक काली गहरी लकीर खिंच गई। मैं वहीं रखी एक कुर्सी पर बैठ गया...

"कितने बरस हो गए?" कुछ देर बाद मेरे मुँह से निकला।

"सात-आठ तो हो ही गए होंगे।" उसने कुछ सोचते हुए कहा फिर दूसरे ग्राहक की ओर मुड़ गया...मुझे अपनी टाँगें सुन्न होती महसूस होने लगीं...सर घूमने लगा...

"सर, आप रुकेंगे?" वह मुझसे पूछ रहा था।

"सिर्फ़ आज, रात की ट्रेन से जाना है।" मैंने किसी तरह कहा।

"ओ.के. सर।" उसने सिर हिलाया, फिर एक लड़के को आवाज़ दी..."राधे, साब का सामान ऊपर ले जा।"

उसने पास आकर बैग मेरे हाथ से ले लिया...जाने कितनों से टकराकर आगे बढ़ता हूँ...कुछ दिखाई नहीं दे रहा...सारी तस्वीरें धुँधली...सारे रंग फीके...समय ने अपनी गठरी की यह कौन-सी गाँठ खोली है कि चादर और लंबी होती जा रही है? मैं अपने हाथ में पकड़े सामान को देखता हूँ—इन्हें कुछ नहीं हुआ, ये तो वैसे ही हैं...चमकदार, अबूझ...उतने ही रहस्यमय जितने उस वक़्त थे, एक हूक-सी उठती है भीतर, मैं वह पैकेट कसकर पकड़ लेता हूँ।

ऊपर आकर निढाल बिस्तर पर लेट जाता हूँ। जीवनराम सिंधी—कुछ लोग कितना आहिस्ते दबे पाँव आपके भीतर चले आते हैं...खड़े रहते हैं...किसी ख़ाली कोने में चुपचाप...आपको पता ही नहीं चलता। मैं जैसे ही पहुँचता, उसके चेहरे पर एक ताज़ा मुस्कान उग आती...

"केड़ो हाल आ, फ़ोरमेन बाबू?" वह जानबूझकर सिंधी में बोलता, मैं काफ़ी वाक्य समझ लेता था।

"सुठो आ। अजु छा खाराईंद्व?" मैं हँसकर पूछता। हकलाता हुआ-सा। (अच्छा है, आज क्या खिलाओगे?)

"जेको तवहाँ हुकुम कयो।" (जो आप हुकुम करें) फिर वह लड़के को आवाज़ देता...

"टेबिल साफ़ कर साब के लिए।" फिर मुझसे कहता।

"अचो साईं, अंदर अचो।" (आओ हुजूर, अंदर आओ) मैं बैठ जाता तो वह अपने सामने खाना लगवाता—गर्मागर्म—मटन करी और चावल। जब तक मैं खाता, उसका किसी काम में मन न लगता—कुछ चाहिए तो नहीं? खाना ठीक बना है? मटन गला है ठीक से? रात को तुम्हारे लिए बिरयानी बनवा दें? मैं उसे महीने के महीने पैसे देता। वह कभी माँगता नहीं, गिनता भी नहीं। मुझसे लेकर चुपचाप अपनी टेबिल की दराज़ में डाल देता।

एक दिन तबीयत ठीक नहीं थी मेरी...मैंने खाना नहीं खाया ठीक से...थाली आधी छोड़ उठकर चला गया। उस वक़्त उसने देखा नहीं था...जैसे ही पता चला...किसी को साइडिंग पर भेजा मुझे देखने...मैं वहाँ नहीं था उस वक़्त...अपने कमरे में था। रात होटल बंद करने के बाद वह कमरे में आया...मैं पढ़ रहा था...

"कुछ ग़लती हो गई क्या? आज खाना क्यूँ नहीं खा या?" जब वह गंभीर होता, हिंदी में ही बात करता।

मैं मुस्करा दिया, कहा कुछ नहीं मैंने। एक कुर्सी उसके सामने कर दी...वह बैठ गया...

"तुम कहो तो मैं सारा खाना फिंकवा दूँ, अच्छा नहीं लगता तो कुछ तो कहा करो, ऐसे कोई जाता है खाना छोड़कर बिना बोले?" उसकी आँखों में आँसू चमक उठे और वह उठकर खिड़की के समीप चला गया। मैं अभिभूत-सा उसे देखता रहा। उसी क्षण पहली बार किसी पुरुष के प्रति मेरे मन में प्रेम और श्रद्धा के भाव आए...जानता था, जब जो कहता, तुरंत बनवा देता...खुद खड़ा हो जाता वहाँ जाकर...जब तक मैं खाना न खा लेता...कोशिश करता वहीं आसपास बने रहने की...

मैं कुछ कहूँ इसके पहले वह दरवाज़ा खोलकर बाहर चला गया। मैं उसके पीछे भागा नहीं...मैंने उस क्षण उसे अपने भीतर पाया...वह अपनी रोशनी से आप चमक रहा था।

दूसरे दिन मैं नहीं गया तो उसने फिर एक नौकर मेरे कमरे में भेजा मुझे देखने को। उसने जाकर बताया कि मेरी तबीयत ख़राब है, वह तुरंत डॉ. मोटवानी के साथ मेरे कमरे में आया...

"साईं तवहाँ ड्राढ़ा ख़राब आहयो, बुधायो भी नथा।" (साईं, तुम बड़े ख़राब हो, बता भी नहीं रहे।)

डॉ. मोटवानी मुझे देखकर मुस्करा रहे थे...

"ये तुम्हें बीमार नहीं रहने देगा।"

तब तक मेरा बुख़ार उतर नहीं गया, रोज़ आता रहा था। बिना नागा, डॉ. मोटवानी को उसने क्या दिया, मैं कभी जान नहीं पाया।

नहा-धोकर होटल की खिड़की से देखता हूँ—यहाँ से उसका घर दिखाई नहीं देता...यहाँ से लगता है, वह किसी दूसरे लोक में है...किसी दूसरे समय में...और मैं उसे कहीं और खोज रहा हूँ...स्टेशन से उसे एकदम साफ़ देखा जा सकता है—उसके मकान की छत...छत पर टँगे सूख रहे कपड़े, कभी आती-जाती आकृतियाँ...कपड़े उठातीं या डालतीं...और छत पर बना एक कमरा...बहुत तेज़ बारिश में मैं स्टेशन की बेंच पर हाथों में छतरी उठाए अकेला खड़ा उसकी छत की ओर टकटकी बाँधे देखता...छत बारिश में दिल खोलकर स्नान करती मैं तन्मयता से उसे अपना रेशा-रेशा धोते देखता...और देखता उस छत पर अपने आपको बग़ैर छाते के भीगते हुए...हम दोनों तब एक-दूसरे को देखते और सोचते...वह दूसरा कौन है? जब बारिश बंद हो जाती, मैं बुरी तरह भीगा उसकी छत से नीचे उतरकर प्लेटफ़ार्म पर आ अपने छाते में घुस जाता...उस दूसरी सूखी देह में...मैं और मैं एक-दूसरे को देख मुस्कराते। सूखी देह भीगी देह को क़रीब खींच लेती। मैं वहीं खड़ा अपने नीचे फैले उस बाज़ार को देखता रहा...बढ़ गए हैं लोग, दुकानों—वस्तुओं की तादाद...उससे भी ज़्यादा। जहाँ उन दिनों सिर्फ़ ज़रूरत की वस्तुएँ ही मिल पाती थीं, अब ग़ैर-ज़रूरत की ज़्यादा थीं...वे अपनी ज़रूरत ख़ुद बना लेतीं...उसके लिए कोई कोशिश नहीं करनी पड़ती। आँखों पर बड़े-बड़े चश्मे लगाए, शर्ट इन किए लड़कों को देखता हूँ...कितनी बड़ी दुनिया है इनकी? मैं तो स्टेशन से घर...घर से स्टेशन...अगर उस कमरे को मैं घर कहूँ...वहाँ भी लगता मैं फैले हुए कोयले के विस्तार के बीच लेटा हूँ...कई बार मैं नाइट शिफ्ट के लिए मज़दूरों की बस्ती में जाता...जो इन इने-गिने पक्के मकानों के दूसरी ओर बनी थी, जिसमें एक उसका भी था...और अक्सर रेडियो पर बज रहे गाने या समाचार उस ख़ामोशी में गूँजते मिलते...मुझे अब भी याद हैं कुछ पंक्तियाँ। उस लाइन का पहला मकान होम्योपैथिक डॉक्टर का है, वहाँ से गुज़रता तो अपना आधा दरवाज़ा खोले, पुरानी लकड़ी की टेबल पर झुके वे जाने क्या कर रहे होते?

अचानक घड़ी पर नज़र गई—तीन। मैंने जल्दी-जल्दी, अपना बिखरा हुआ सामान बैग में रखा। उसका पैकेट बहुत सँभालकर अलग रखा, फिर नीचे आया।

खाने की टेबिल पर आया तो थोड़ी देर में मटन और चावल मेरे सामने रखते हुए एक पुराने-से दिखते वेटर ने सलाम बजाया। मैं पहचान लिया गया हूँ। मुझे पहली बार अच्छा लगा, ख़ुद को पहचाने जाने का सुख...उस डर ने, जो मेरी अँतड़ियों को कसकर भींचे हुए था, अपने पंजे ढीले किए। मैंने एक गहरी साँस ली और प्लेट अपनी तरफ़ खींची। जब से मैं यहाँ से गया था, मैंने मटन चखा भी नहीं था। मेरे मुँह का स्वाद अजीब-सा हो आया। मैंने बहुत झिझकते हुए ज़रा से शोरबे

के साथ एक चम्मच मुँह में रखा...कुछ था, जो हमेशा के लिए खो गया था और मैं लौटा नहीं सकता था। मैंने प्लेट परे सरका दी और उठ खड़ा हुआ...दोनों तरफ़ की टेबिल, कुर्सियों की क़तारों को लाँघता हुआ सामने आया। लड़का आत्मीयता से मुझे देखकर मुस्कराया। मैंने अपनी जेब में हाथ डाला...

"रहने दीजिए सर, आपने तो कुछ खाया भी नहीं।" वह सौजन्यतावश बोला।

"नहीं-नहीं...उससे कोई फ़र्क़ नहीं पड़ता।" मैंने सौ रुपए का नोट काउंटर पर रखा और पैकेट अपने हाथ में ले लिया...

"यह बैग रखो। मेरी ट्रेन रात दस बजे है। मैं आकर ले जाऊँगा।"

"यस सर।" उसने बड़ी तत्परता से जवाब दिया।

"कितने बजे तक खोलते हो?"

"कभी-कभी बारह बज जाते हैं सर।"

"अच्छा।" मैं बाहर आ जाता हूँ, बाहर पूरा संसार खुला पड़ा है...बहुत सारे रास्ते हैं, जो उस घर की तरफ़ जाते हैं, बहुत से रास्ते उस घर से शुरू होकर सिर्फ़ स्टेशन पर आकर ख़त्म होते हैं...बहुत से दिन उसके स्कूल से इधर स्टेशन आ जाते हैं...पहले कुछ सकुचाते, फिर भागते हुए...किसी-किसी वक़्त उन दिनों की नाक बहती होती, सख़्त सर्दी में...गाल फट से गए होते...नाक एकदम लाल...उसके लाल स्वेटर से मैच करती...उन दिनों को घर में रहना बिल्कुल अच्छा नहीं लगता, हर वक़्त बस स्टेशन जाने की धुन सवार...बस्ता उन्हें बोझ लगता...जिसे कभी वे स्टेशन की बेंच पर भूल जाते...घर जाकर पिटते फिर दौड़ते-भागते वापस स्टेशन आते...बेंच पर बैठकर रोते फिर बस्ता लेकर वापस घर की तरफ़ भागते। वे दिन इतवार के आने की शिकायत करते। उनका छह दिनों की मिट्टी से सना सिर इस क़दर रगड़-रगड़ कर मुलतानी मिट्टी से धोया जाता कि उन्हें नहाने से डर लगता, उन्हें मोटे तिवारी, मास्साब से भी डर लगता, जो वैसे तो रात आठ बजे पढ़ाने आते थे, पर इतवार को दिन ढले ही आ जाते...

"इतनी देर वे क्या करते हैं?" मैं पूछता।

"पढ़ाते थोड़े ही हैं। हमको कहते हैं पढ़ो और ख़ुद अपनी किताब लेके पढ़ने बैठ जाते हैं। जैसे ही बाबूजी के अंदर आने की आवाज़ सुनते हैं, हमें डाँटना शुरू कर देते हैं।"

वे दिन मुझसे अपने मास्टर की शिकायत करते कि वे उनकी उँगलियों के बीच पेन फँसा-फँसाकर दबाते...वे अपनी लाल उँगलियाँ दिखाते—जिन्हें फिर मैं अपने हाथ में लेकर सहलाता। वे दिन अपने साथियों के साथ छुपा-छुपी का खेल खेलते हुए सबसे पहले पकड़े जाते और फिर सारा वक़्त छिपे हुओं को ढूँढ़ने में बिताते...क्या उन दिनों ने मुझे एक बार भी ढूँढ़ा होगा? न पाने पर थककर वे किस बेंच पर बैठे होंगे?

उन दोनों को हाथ पकड़कर मैं पटरियाँ पार करवाता...कभी-कभी वे ठोकर खाकर गिर जाते...घुटने छिलवा बैठते...मैं उन्हें उठा घुटने साफ़ करवाता...मैले हाथ धुलवाता और तब तक उन्हें जाते देखता, जब तक वे घर के भीतर न चले जाते...

उन दिनों का एक दिन...

तनख़्वाह बाँटने का दिन था...दो ढाई सौ लेबर मेरी टेबिल के सामने ज़मीन पर बैठे थे...मैं कुर्सी पर...मेरे सामने रजिस्टर खुला पड़ा था...वे एक-एक कर आते...कभी-कभी कोई अपना नाम लिख देता...पर अधिकतर तो अँगूठा लगाते अपनी तनख़्वाह ले सलाम बजाते जाते...वह टेबिल पर बैठी थी...इस सबसे बेख़बर...अपने में मस्त...चाक से टेबिल पर आड़ी-तिरछी रेखाएँ खींचती...आज तो चाक था, वह अपना काम कोयले से भी चला लेती...हाथ काले कर लेती और मुझे दस बार धुलवाना होता, सो मैं उसके लिए चाक ले आया था...मैं जल्दी-जल्दी अपना काम ख़त्म कर लेना चाहता था, ताकि उसे पटरियाँ पार करा दूँ। किसी और के साथ जाने से वह साफ़ मना कर देती...मेरी उँगली पकड़ लेती...कहती कुछ नहीं...बस उस दूसरे की तरफ़ से मुँह मोड़ लेती और यह काफ़ी होता।

"चलो न अब, माँ मारेगी।" उसने अपनी उँगली दवात में डुबोई और रजिस्टर पर खींच दी।

"अरे...पागल हो, नीचे उतरो। अभी चलते हैं।" मैं चिल्लाया।

कौन सुनता है? तब तक उसने आधी दवात वहीं पलट दी। मैं झपटकर उठा और उसे टेबिल से नीचे उतार दिया...

"तुम लोग यहीं रुको। मैं, इसे छोड़कर आया।" मैंने मजदूरों से कहा और उसकी तरफ़ देखा...

"चलो जल्दी..."

उसकी आँखों में आँसू आ गए थे, आधी सिसकी बाहर निकली, आधी उसने अपने भीतर रोक दी। मैं क्षण-भर को सन्न रह गया। मैंने चुपचाप अपना हाथ आगे कर दिया पर उसने मेरी उँगली नहीं पकड़ी। मैंने आगे बढ़कर उसका हाथ पकड़ लिया और हम पटरियों तक आ गए। वह चुप मेरे साथ चलती रही थी...

"सिली गर्ल।" मैंने उसके सिर पर चपत मारी। उसकी ख़ामोशी तब भी नहीं टूटी...मैंने उसे पटरियाँ पार करवा दीं, अब सीधा रास्ता था, मैं चुप खड़ा उसे देखता रहा था...आधे रास्ते पर वह मुड़ी...मुझे देखा—फिर पलटकर भागती चली गई...

मेरे सीने से जैसे एक बोझ उतर गया। मैं पटरियाँ फलाँगता, सीटी बजाता वापस आया।

सवा चार बज गए हैं। चार बजे वाली पैसेंजर ट्रेन आ गई। पूरे प्लेटफ़ार्म पर एक अजीब गहमा-गहमी, चढ़ना-उतरना, सामान का घसीटा जाना, चढ़ने-उतरने की धक्का-मुक्की। इस ट्रेन में चढ़ने वालों की संख्या कुछ ज़्यादा ही होती है।

ख़ासतौर पर इतवार के बाज़ार के बाद सब इसी ट्रेन से लौटना पसंद करते हैं...आसपास के छोटे-छोटे गाँवों के बीच यही एक ठीक-ठाक क़स्बा है, लोग एक-दूसरे को पुकार रहे हैं, मुझे अच्छा लगता है—कई पल मैं उन्हें देखता खुद को भूला रहता हूँ...यह कितना सुंदरतम दृश्य है कि चलती ट्रेन में कोई किसी को भीतर खींच लेता है—अपने निकट और ट्रेन की रफ्तार बढ़ जाती है।

ट्रेन चली गई और आहिस्ता-आहिस्ता सब शांत होने लगा। ठेले वाले अपने सामान के साथ वापस होने लगे—चाय वाले अपने केतलियों और पानी में डूबे टूटे कप्स से भरी पुरानी बाल्टियों के साथ...ये उस छोटे से प्लेटफ़ार्म के जाने किन कोनों से निकलकर आते हैं, फिर उसी में विलीन हो जाते हैं—जब तक अगली तीसरी घंटी न हो।

पैसेंजर ट्रेन के दूसरी तरफ़ कोयलों से लदी मालगाड़ी खड़ी है...जो ट्रेन के जाने से अब दिखने लगी है...उसके ऊपर चढ़े कुछ लड़के बड़े-बड़े कोयले के टुकड़े उठाकर नीचे फेंकते जाते—नीचे खड़े लड़के उन्हें बीनकर अपनी टोकरियों में डालते जाते—जब तक मालगाड़ी चली न जाएगी, ये कोयले बीनते रहेंगे—कइयों के साथ उनकी माँएँ भी पुरानी काली टोकरियाँ और पुराने बोरे लिए फुर्ती से कोयला बीन उनमें भरती जातीं, यह स्टीम है सलेक्टेड कोयला—ए ग्रेड...इससे जुड़ी एक घटना मुझे बाद में भी हँसाती रही थी...सुपरवाइज़र आया था एक बार, अपने ऑफ़िसर के साथ कोयला चेक करने, मुझे बुलाकर उसने कहा...

''देखो, तुम्हारे यहाँ का कोयला, सलेक्टेड ए ग्रेड का नहीं है। अगर तुम हमारे ऑफ़िसर को 500 रुपए दे दोगे तो इसे सलेक्टेड ग्रेड-ए का सर्टिफ़िकेट दे दिया जाएगा।''

मैंने मुस्कुराते हुए कहा था...

''सर यह कोयला सलेक्टेड ग्रेड-ए का कोयला ही है। पूरे रीजन में ऐसा कोयला नहीं है। पर जो जैसा है, उसे वैसा ही प्रमाणित करने के लिए मुझे 500 रुपए देने होंगे, मैं जानता हूँ।'' और फिर मैंने वैसा किया भी। यहाँ का कोयला मैहर, जुकेही, कलकत्ता एसोसिएटेड सीमेंट वर्क्स की प्रायः सभी फ़ैक्ट्रीज़ में जाता है। मैं कोयला लोड करवाता। इनडेटिंग करता, विभिन्न फ़र्मों से कोयले का आर्डर लेता, कन्फर्मेशन करता और फिर डिस्पैच करता। समय पर डिब्बे न भरे जाने पर डैमरेज भरता, स्टेशन मास्टर को पटाता, कितने सारे काम होते, कभी-कभी भूल ही जाता कि क्यूँ आया हूँ यहाँ...काश, भूला रह सकता...

इसके साथ ही एक और दृश्य मुझमें कौंध गया...

''बटकी भर बासी, चुटकी भर नून
मैं गावत हौं ददरिया, तैं कान दे के सुन।''

यह थी इतवरिया बाई—वैसे सही नाम था इतवारा बाई। मँझले क़द की, पक्के हाथ-पैरों, कत्थई रंग और कत्थई होंठों वाली—हमेशा पान चाबती रहती...मुझे देखते ही उसका पान चबाता मुँह एकाएक बंद हो जाता और वह अपने सिर का आँचल ठीक करने लगती...पान की वह गोली तब तक उसके मुँह में कहीं दबी रहती...जब तक मैं वहाँ से हट न जाता...एक रात मैं काफ़ी दूर खड़ा था इन लोगों से कि मेरे कानों में उसकी आवाज़ पड़ी...

पंइयाँ परत हौ मैं चंदा सुरूज के
के मोला तिरिया जनम झनि देय रे सुअना
के तिरिया जनम अतिकलपना रे
के मोला तिरिया जनम झनि देय

मैं आगे बढ़ गया था और जब अपना राउंड पूरा करके लौटा—सुनाई दिया...

बिन पुरइन के तरिया रे
बिन पुरुख के तिरिया रे
काकर गहै अधार...

मैं जाकर खड़ा हो गया तो वह सहसा चुप हो गई—कुछ पल मुझे देखती रही...फिर कोयले से भरी टोकरी उठाने लगी...

"कउन रहिस?" (कौन था वो) मैंने बहुत बाद में पूछा था, एक बार उससे...

"दस बारा बछर पहली तोरे सांही एक झन बाबू रहिस—ओला मैं परेम-पिरीत करत रहंव वो बाबू हर तोरे सांही ठऊके दिखत रहिस हे।"

और उसने मुझे ऐसी निगाहों से देखा कि मैं वहाँ से हटकर दूर चला गया।

मुझे ददरिया अच्छा लगता...कभी जब अकेला होता, मस्ती में गाने लगता...

मजा मार ले रे, मजा मार ले रे
चंदा-सूरज भाई-भाई मजा मार ले रे
बनिया नहिं देवे उधार
चंदा-सूरज का आगी लगै रे
मजा मार ले रे...मजा मार ले रे...

उन क्षणों मैं भूल जाता कि मैं कौन हूँ, क्यूँ यहाँ आया हूँ, कि मुझे वापस जाना है—प्रोफ़ेसर बनने।

मालगाड़ी धीरे-धीरे सरकने लगी—लड़के फटाफट कूदने लगे। उनकी माँएँ अभी भी गिरा हुआ कोयला बीन रही हैं। मैं वहाँ से हटकर मूँगफली वाले को ढूँढ़ता हूँ—आँधी आए या तूफ़ान, वह कभी नागा नहीं करता। मेरे आने से पहले वह

यहीं मज़दूरी करता था। फिर जाने क्यूँ उसने मूँगफली बेचना शुरू कर दिया था। मैं हर रोज़ उसी से मूँगफलियाँ लिया करता, वह मुझसे कभी पैसे नहीं लेता।

कभी-कभी मैं जबरन उसके कुर्ते की जेब में कुछ डाल देता।

प्लेटफ़ार्म आधे से ज़्यादा ख़ाली हो गया। कोयले की सिगड़ियाँ जलने लगीं, चारों तरफ़ धुआँ ही धुआँ बिखरने लगा...प्लेटफ़ार्म के दूसरी तरफ़—जहाँ बस्ती है—धुआँ उठता हुआ दिखने लगता—वह गहरी साँस भरकर इस धुएँ को अपने भीतर खींचती...जानबूझकर जलते कोयलों के सामने खड़ी हो जाती...

"यह क्या है?" मैं उसके सिर पर चपत मारता।

"मुझे इसकी ख़ुशबू अच्छी लगती है।"

"ख़ुशबू?" मैं हँस पड़ता...

"और किसकी?"

"और मिट्टी तेल की।" सोचते हुए वह कहती।

"और..."

"और जब पानी बरसता है तो मिट्टी की..."

"और..."

"और अपने हाथ की।" वह अपनी हथेली खोल मुझे दिखाती।

"इसमें क्या है?" मैं उस हथेली पर झुककर जैसे अपना भविष्य ढूँढ़ने की कोशिश करता।

"निविया।" वह अपनी छोटी-सी हथेली मेरी नाक से लगा देती, वहाँ 'निविया' की नहीं, उसकी अपनी महक होती—धूल के नीचे दबी-ढँकी—अपने होने में संपूर्ण...

मेरे भीतर असह्य बेचैनी भरने लगी। मैं सामने की पान की दुकान पर गया और सिगरेट का एक पैकेट ख़रीद लिया...दुकान वही थी और बड़ी हो गई थी। दुकान का मालिक बदल गया था, पहली सिगरेट मैंने यहीं से ख़रीदकर पी थी...ऐसी ही किसी ठंडी रात में—अपना अकेलापन परे धकेलने के लिए...

गोरी के अँगना माँ एक पेड़ नीम
गोरी गए गौतरिहा गा
सुन गा बाबू
अउ गनत रइबे दिना
दिल मा रो ले दोऽऽऽस।

कौन गा रहा है? इधर-उधर देखता हूँ—नहीं जान पाता, यह भीतर की आवाज़ है या बाहर की...सिगरेट सुलगाता हूँ ज़रा-सा दूर हटकर कि मूँगफली वाला दिखता है—वही मैला पैजामा, मैला कुरता और ऊपर से बंडी—जाने कब से धोयी नहीं गई होगी—उसकी मूँगफलियों की महक उसकी बंडी और कुरते में भी रची-बसी रहती

है। कंधे पर रस्सी से सामने की ओर टोकरी लटकाए, आधी भरी टोकरी पर पतली छोटी सी तराजू...पास में रखी नमक की ख़ूब सारी पुड़ियाँ। वैसे ही काला-जर्जर चेहरा, हफ़्ते-भर की पकी सफ़ेद दाढ़ी...मैंने हैरत से उसकी दाढ़ी को देखा—इतनी जल्दी पकती हैं दाढ़ियाँ...वह पान की दुकान पर खड़ा होकर अपने लिए पान और बीड़ी ख़रीदने लगा...

"कैसे हो पंडा?" मैंने निकट जाकर उसके कंधे पर हाथ रखा।

उसने पलटकर मुझे देखा और हम देर तक एक-दूसरे को देखते रहे।

"पहचाना?" मैं मुस्कराया।

"फ़ोरमेन बाबू!" उसके मुँह से अस्फुट हैरान स्वर निकला और ख़ुशी से उसकी आँखें चमक उठीं...उसने मेरा हाथ पकड़ लिया। एक सुकून की ठंडी लहर मेरी आत्मा में दौड़ गई।

"मुझे पता था, तुम मुझे ज़रूर पहचानोगे।"

"आपको कइसे भूल सकत हैं बाबू? तैं तो अइसे परदेस गए कि लहुट के नई निहारे। हमन तोर रात-दिन सुरता कर रहेंन..." वह अपनी मिश्रित भाषा में बोलता है। उसके चेहरे पर कुछ पा लेने का भाव था...सहसा कहीं ठिठकने का...उत्सुक...हैरान...ख़ुश...पर यह सब ज़ाहिर करने में असमर्थ...

"सब कैसे हैं?"

"सब का बाबू? अब तो बहुत कुछ बदल गया। अंब तो साइडिंग हरद में है। पुराने लोग सब चले गए। अकेला मैं बचा हूँ..."

और मैं...मैं एक क्षण चुप रहा, फिर मुस्करा दिया...

"तुम तो बहुत बदल गए हो पंडा...तुम्हारी दाढ़ी तक सफ़ेद हो गई। तबीयत तो ठीक रही।"

"सब ठीक रहा बाबू। पर समय भी तो हो गया। सब बदल जाता है।"

"पर तुम तो पंडा बूढ़े लगने लगे हो। स्टेशन भी तो देखो कितना बदल गया है। गाँव बदल गया, कितने मकान नए बन गए। लगता ही नहीं, उसी गाँव में लौटा हूँ।" मैंने अपने आस-पास फिर एक नए सिरे से देखा।

"अब दस बारा बरस तो हो ही गए होंगे न आपको गए। आपहु बदल गए। कितने तो बड़े लगने लगे हो। आए थे तो बच्चे थे।" वह उसी तरह मुस्कराता रहा।

इतने बरस। जैसे किसी ने उड़ते हुए को ज़मीन पर दे मारा हो। सामने पान की दुकान पर एक बड़ा-सा आईना लगा था। मैं कब से वहाँ खड़ा था, पर मैंने अपना चेहरा नहीं देखा था...मैंने अपना चेहरा देखा...मैच्योर होता हुआ साँवला चेहरा...थकी-थकी सी प्रतीक्षित आँखें...दो दिन की बढ़ी दाढ़ी...इतने बरस मैं क्या इसी चेहरे के साथ रहता आया हूँ? मुझे यक़ीन नहीं आया। मेरी आँखों के सामने

परदा-सा खिंच आया। मैं सामने बिछी ख़ाली बेंच पर बैठ गया तो वह भी आकर मेरी बग़ल में बैठ गया...

"तुम्हारी पढ़ाई पूरी हो गई बाबू?"

उसने मूँगफलियाँ मेरे सामने कर दीं तो मैंने दो-चार उठा लीं...

"हाँ..." क्षण-भर को लगा, मैं नहीं कोई और बोल रहा है।

"और तुम...वो का कहते हैं—बन गए मास्टर?"

"हाँ..."

"अच्छा करे बाबू, गाँव छोड़ के चले गए। गाँव-गँवई मा का बाँचे है। गाँव-गँवई के जिनगानी कुछु नहीं कलकिथवा हे, कल्लई हे।"

तुम्हें क्या पता पंडा, इसी ज़िंदगी की तलाश में मैं कितनी दूर से चलकर आया हूँ। हर क्षण लगता कोई पुकार रहा है। यहाँ से जाने के बाद, जाने कितने बरस मैं यहीं के सपने देखता रहा...मालगाड़ी के डिब्बों पर लेबर लगाना, लेबर को बुलाने जाना, पेमेंट करना, पटरियों के पार का दृश्य, बारिश का, उँगलियाँ थाम उसे छोड़ने जाना, तुम्हारी मूँगफलियाँ छीलना...छीलकर उसे खिलाना...

"का सोच रहे हो बाबू, घर मा सब ठीक है।" उसने पूछा तो मेरा ध्यान टूट गया...

"हाँ पंडा, तुम सुनाओ...इतवरिया बाई कहाँ है?" अचानक मैंने पूछ लिया। तभी एक मालगाड़ी शोर मचाती हुई गुज़र गई। वह कुछ क्षण उसे जाता देखता रहा, फिर ग़मग़ीन सी आवाज़ में बोला...

"मजदूर मनई का का ठिकाना बाबू। जहाँ काम मिल जाए। इतवरिया बाई ख़ूब दिन तुमहीं याद कर-करके रोती रहीं...फिर एक दिन बोलीं...'हमहुँ कहीं और काम मिल गया है।' और चली गईं।"

जो आवेग मैंने सुबह से सँभालकर रखा था—वह पूरी तीव्रता से मुझ पर झपट पड़ा...मैंने अपना चेहरा परे कर लिया...

"एक बात बोले बाबू..." उसकी आवाज़ धीमी हो गई, डूबती-सी...

मैं कुछ नहीं बोल पाया। मुझे नहीं लगा, कोई भी शब्द मुझे बचा सकता है।

"ये परेम-परीत बड़ा ख़राब मामला है। एक आदमी जाता है और बहुतों के संसार उजड़ जाते हैं।"

"पानी मिलेगा पंडा।" मैं वहाँ से हटना चाहता था, इसके पहले कि मैं ज़र्रा-ज़र्रा बिखर जाऊँ।

"हाँ बाबू, अभी लाइत हैं।" वह टोकरी वहीं छोड़ भागकर गया और मेरे लिए एक 'बिसलरी' की बॉटल ले आया। तब तक मैं खुद को सँभाल चुका था। मैंने कुछ घूँट पानी पिया।

"खाना-वाना खाय हो बाबू, नहीं तो चलो खिलाय दें।" उसने मेरा हाथ थाम लिया।

"नहीं पंडा। मैं खा चुका। मेरा एक काम करोगे पंडा?" मैंने गहरे असमंजस में पूछा।

"कैसी बात करत हो बाबू, काहे न करब?"

"ये पैकेट बच्ची को दे देना..." मैंने पैकेट उसके टोकरे पर रख दिया।

"बच्ची..." उसने एक क्षण सोचा।

"बच्ची...बच्ची...दिया..." मैंने हाथ के इशारे से छोटी बच्ची की तस्वीर बनाई।

"ओ हाँ बाबू..." वह हँस पड़ा...

"दिया बोलो न।"

मैं मुस्करा दिया। उसने मुझे बताया था कि उसकी दादी कहती थीं, जब वह पैदा हुई थी, शाम का वक़्त था–दिया-बाती का वक़्त...सो दादी ने नाम दे दिया–दिया। दिया...मैंने अपने अँधेरे जीवन में हमेशा उसे जलते देखा।

"तुम तो घर जा रहे हो न?" उसका घर उसी तरफ़ है, मैं जानता हूँ।

"हाँ बाबू, जाय रहे हैं। जाते-जाते दे देब।"

"कैसी है वह? मिलते होगे उससे..." इतनी देर हो गई। मैं सुबह से आया हूँ। मैंने किसी से उसकी बाबत नहीं पूछा।

"नहीं बाबू, अब नहीं मिलती वह। अब वह बड़ी हो गई न। कभी-कभी दिख जाती है अपनी साइकिल पर...कॉलेज से लौटती हुई...अब उसके मूँगफलियाँ खाने के दिन थोड़े ही हैं।" वह पूर्ववत् मुस्कराता रहा।

कॉलेज से लौटती हुई लड़की की कोई मुकम्मल तस्वीर मेरे जेहन में नहीं बन पाती। मुझे वही एक बच्ची का चेहरा याद है, निविया की महक और केयो-कार्पिन की। उस सबके पीछे उसकी अपनी। मेरे जेहन में उन उँगलियों की तस्वीर है–जिन्हें मैं पकड़कर पटरियाँ पार करवाता था...वह जो मूँगफलियाँ छील नहीं पाती थी और यह काम मुझे करना होता था और वह हथेली–जिसने एक बार सिगरेट से अपने आप को जला लिया था...

वह आख़िरी शाम थी, मैं रात की ट्रेन से जा रहा था और लगभग सारे मज़दूर मेरे चारों तरफ़ बैठे थे...कुछ उदास थे, कुछ निस्संग...सिर्फ़ इतवरिया बाई मुझसे अपना आप छिपाने की कोशिश कर रही थी...मैं कुर्सी पर बैठा था और टेबिल पर वह बैठी वहाँ रखी चीज़ों से खेल रही थी...मैंने सिर्फ़ एक नज़र उस पर डाली फिर सबसे बात करने में व्यस्त रहा और तभी इतवरिया बाई की लाल आँखें देख मुझे एक शरारत सूझी...

"देखो..." मैंने अपने हाथ की जलती सिगरेट ऊँची की...

"जो चाहता है, मैं न जाऊँ, वह आकर सिगरेट से यहाँ जला दे।"

मैंने अपनी कलाई के भीतरी भाग की ओर इशारा किया। एक मिनट के लिए सन्नाटा छा गया...फिर कुछ कानाफूसियाँ...कुछ हँसी के टुकड़े...

"सुना तुम लोगों ने, मैं मज़ाक़ नहीं कर रहा..." मैंने उन सबकी तरफ़ देखा, फिर उसकी ओर...उसे इस सबसे कोई मतलब नहीं...वह एक पुरानी कॉपी पर पेन से कुछ गोदने में व्यस्त है...वह बार-बार पेन स्याही की दवात में डुबोती फिर काग़ज़ पर गोदने लगती...इस सबके लिए मैंने कुछ फ़ालतू कॉपियाँ अलग रखी हुई हैं...

"तो मैं जा रहा हूँ।" मैंने अपनी कुर्सी पीछे खिसकाई कि क्या देखता हूँ इतवरिया बाई अपनी भरी आँखों को छिपाती हुई भीड़ के बीच में से उठी और मेरी तरफ़ बढ़ी...मैंने मुस्कराते हुए अपनी उँगलियों में फँसी सिगरेट को देखा और अपनी बाँह लंबी करके टेबिल पर टिका दी। वह निकट आई, बिना मेरी तरफ़ देखे उसने अपनी बाँह आगे की...उसकी बाँह का गोदना मैंने पहली बार देखा...और सब-कुछ फिर जैसे एक चमत्कारिक क्षण में घट गया...इसके पहले कि इतवरिया बाई का हाथ मेरे हाथ तक पहुँचता...उसने हाथ बढ़ाकर मेरी जलती सिगरेट अपनी मुट्ठी में भींची और मेरी कलाई पर टिका दी अपनी खुली मुट्ठी...एक लम्हे में हम दोनों एक साथ जल गए। दूसरे ही पल वह टेबिल से कूदी, लड़खड़ाई और बिना कुछ कहे भाग गई। उसकी चप्पल नीचे पड़ी रह गई थी।

"अइसन मज़ाक़ न करा करो बाबू। जिनगी मुसीबत मा पड़ जाएगी।"

इतवरिया बाई अपने आँसू पोंछते हुए अपनी उँगली से मेरी कलाई पर स्याही लगा रही थी और मैं उस दिशा की ओर देख रहा था, जिस तरफ़ वह गई थी। पहली बार मेरे बिना उसने पटरियाँ पार की होंगी...क्या वह जान रही थी कि अब उसे अकेले ही चलना होगा?

बाद में मैंने उसकी चप्पल, पेन-पेंसिल और कॉपियाँ, जो मैं उसके लिए ही रखता था, इतवरिया बाई को दे दिए कि उसके घर जाकर दे दे। और वह बुझी हुई सिगरेट अपने पास रख ली।

"का सोच रहे हो बाबू। कुछ याद आ गया का।" पंडा ने मुझे हल्के से छुआ। मैंने चौंककर उसकी तरफ़ देखा...

"हाँ पंडा, अब तुम जाओ। रात बहुत हो गई है और ये पैकेट उसे ज़रूर दे देना।" वह सिगरेट अब भी मेरी जेब में है, दिखाऊँगा किसी दिन उसे...

"ज़रूर दे दूँगा बाबू। चिंता न करो अभी तो रहोगे न?"

"नहीं पंडा, मैं दस बजे वाली ट्रेन से वापस जा रहा हूँ।" उतनी ठंड में भी मुझे पसीना आ गया।

"काहे। जौन काम से आय रहे, हो गवा।" उसके चेहरे पर पुरानी आत्मीयता छलकी पड़ रही थी, वह जैसे मुझे इस संकट की घड़ी में अकेला नहीं छोड़ना चाहता था।

मैं अपनी तलाश में आया हूँ पंडा शायद बहुत देर बाद...क्या मैंने

आने में बहुत समय लगा दिया? मैंने खुद से पूछा।

"काम कुछ नहीं था पंडा। बस तुम सबसे मिलने आ गया।" मैं अपनी सिगरेट जलाने लगा। उसने मेरे हाथों का कंपन देखा...

"हमसे मिलने?" फिर कुछ क्षण उसने मेरी आँखों में देखा...

"हम उसे ज़रूर भेज देंगे बाबू। इतने बरस बाद आए हो। मिलके जाओ। का पता फिर कभी आओ न आओ..."

"एक बात बताओ पंडा?"

"का बाबू?"

"जब हम चले गए, वह आती थी हमें ढूँढ़ने?"

मैंने झिझकते हुए पूछा। हालाँकि उस सबका कोई अर्थ नहीं था...वह आए, मैं आऊँ...वह ढूँढ़े या मैं...इसका भेद मेरे भीतर कब का गिर चुका।

"हाँ बाबू, बहुत रोज़। वह यहाँ बेंच पर बैठी अकेली रोती रहती। किसी के पास नहीं जाती। बस उसे इतवरिया बाई ही अपनी छाती से लगा चुप कराती। कभी-कभी बहुत देर तक यहीं बैठी रहती तो उसका बाप आकर उसे गोद में उठा लिवा ले जाता। पटरियाँ पार करते वक़्त उनकी गोद से उतर जाती और मुड़-मुड़के देखती इस पार...बच्चे क्या परेम की भाषा नहीं समझते?" उसने अपनी देहाती ज़बान में कहा।

मैंने अपना काँपता हाथ उसके कंधे पर रखा...मेरी प्यास झरने सी तड़पकर टूटने को आतुर...मेरा धैर्य पहाड़-सा इस पार से उस पार तक पसरा...मैं अपनी दरारों में पानी का वेग सँभाल नहीं पा रहा।

मैंने उसका कंधा थपथपाया कि अब जाओ...वह जाने के लिए उठा कि उसे फिर कुछ याद आ गया, वह फिर बैठ गया...

"आपको उस लड़की की याद है बाबू?"

"कौन?" मेरे मुँह से निकला...

"वही जो आपसे परीत रखती थी...पंदरा-सोला साल की लड़की थी न...वो का नाम था...रोजी...रोजलिन..." वह एक क्षण रुका, फिर उसने अपनी बाँह लंबी करके पक्के मकानों की ओर इशारा किया...

"वहाँ रहती थी। रोज तुम्हें देखने आती थी और तुम उसे डाँटकर भगा देते थे..." वह हँसने लगा, काले-मोटे होंठों के बीच उसके सफ़ेद दाँत चमकने लगे...

"हाँ तो, क्या हुआ उसे?" मैंने यूँ ही पूछा। मुझे उसमें कोई दिलचस्पी नहीं थी।

"उसके अब इतने बड़े-बड़े दो बच्चे हैं।" उसने हाथ के इशारे से मुझे समझाया। मैंने कुछ नहीं कहा। बस मुस्करा दिया।

"तुम सादी बनाय लिए का बाबू?" सहसा उसने पूछा तो मुझे लगा, शायद

वह बहुत देर से यही पूछना चाहता था।

"मैं क्या तुम्हें शक्ल से इतना बेवकूफ़ लगता हूँ?" मैंने मज़ाक़ किया पर वह हँसा नहीं, अपने प्रश्न पर अड़ा रहा...

"काहे बाबू?"

"अब ये मत पूछो पंडा। हर सवाल का जवाब नहीं होता।"

"अच्छा बाबू, चलता हूँ। आठ बजने को हैं, दस बजे फिर लौटना है।"

मैंने सिर हिलाया तो वह चला गया।

स्टेशन की बत्तियाँ जाने कब से जलने लगी हैं—सुलगी हुई अँगीठियाँ भी...कुछ मुसाफ़िर प्लेटफ़ार्म पर ही कंबल ओढ़े बैठे हैं—अपने सामान के करीब...कुछेक ने प्लेटफ़ार्म के किनारे अपने सामान की बाड़-सी बना ली है और बीच में बैठे हैं—ठंड में सिकुड़े-सिमटे...हर आदमी के पास कुछ न कुछ है बचाने को। दिन भर के थके-हारे भिखारी भी किसी न किसी अँगीठी के निकट सिमटने की कोशिश में हैं। कुछ भिखारी सो भी रहे हैं। कभी-कभी कोई कुत्ता उन सोए हुओं को सूँघ जाता। मैं चलता हुआ प्लेटफ़ार्म के उस सिरे तक आ जाता हूँ, जहाँ से उसका घर दिखता है...नीम अँधेरे में डूबा...छत पर जलता अकेला बल्ब...प्लेटफ़ार्म के दूसरी तरफ़ कुछ मज़दूर से दिखते लोग खाना बनाने की तैयारी कर चुके हैं। उनकी अँगीठी में भात पक रहा है और वे ज़मीन पर बिछे बोरों पर जलती आग को चारों ओर से घेरकर बैठे हैं। बहुत देर बाद मुझे ठंड का अहसास होता है। मैंने शर्ट के भीतर हाफ़ स्वेटर पहन रखा है बस, अपनी आदत के अनुसार...मैं उस किनारे की बेंच पर बैठ जाता हूँ, चुपचाप, वह रास्ता और अकेला बल्ब तकते हुए...आसपास पानी के छोटे-छोटे डबरे हैं, मेढकों की आवाज़ सुनता हूँ—बारिश में तो रात के समय इनकी आवाज़ सुनने लायक़ होती है...आ...आ...आ...एक शाम उसने पूछा था...

"ये किसकी आवाज़ है?"

"मेढकों की..." मैंने कहा था।

वह कुछ देर उन्हें सुनने की कोशिश करती रही थी। फिर पूछा...

"तुम्हें कैसे मालूम?"

"मैं सबकी आवाज़ पहचानता हूँ।" बड़ी शान से कहा था।

"सबकी?" उसने आश्चर्य से अपनी बड़ी-बड़ी भूरी आँखें फैला दीं।

"हाँ सबकी..."

"मेरी भी..." उसने असमंजस में कहा।

"तुम्हारी भी, पर तुम तो मेरे सामने खड़ी हो।" मैं हँसने लगा उसकी बेवकूफ़ी पर।

"जब मैं नहीं रहूँगी, तब भी..." अचानक जैसे उसने किसी दूसरी आवाज़ में कहा।

"हाँ, तब भी...मैं तो जब अपने कमरे में होता हूँ न तो भी मुझे तुम्हारी आवाज़ सुनाई देती है।"

मैं जानता था, वह बहुत छोटी है। मैं उससे कह भी नहीं रहा था, बहुत-सी बातें मैं ख़ुद को ही कहता था, ज़रा ज़ोर से, ताकि मुझे ठीक-ठीक सुनाई दे। मैं उन बातों की अपने भीतर प्रतिध्वनि सुनता था।

"इस मेढक को दादुर कहते हैं, जानती हो?" अचानक मैंने बात बदलकर कहा था।

"और यह क्या कह रहा है?" उसने अपनी उसी उत्सुक आवाज़ में पूछा था...शाम के धुँधलके में उसकी पतली आवाज़ और भी पतली जान पड़ती...

"यह मेढकी को बुला रहा है, अपनी भाषा में..."

अचानक वह हँसने लगी थी, बेमतलब की हँसी, जैसे बेमतलब बारिश होती है या बेमतलब धुंध...बेमतलब महक उड़ा करती है फूलों की कभी-कभी...उस क्षण जानता था, सभी कुछ बेमतलब है यहाँ...उसका आना, मेरा उसे पटरियाँ पार करवाना, वह आतुर प्रतीक्षा, यह मेढक का टर्राना...उसका हर वक़्त वह गाना...ददरिया हो जैसे।

क्या यह करिश्मा नहीं था कि मैं अपने घर से हज़ारों किलोमीटर दूर उस स्टेशन पर अकेला पड़ा था क्योंकि मुझे अपनी पढ़ाई के लिए पैसे जुटाने थे क्योंकि मुझे अपनी बनाई लीक पर नहीं चलना था, मैं अपना जीवन और अपनी मौत ख़ुद चुनना चाहता था। मैं जानता था, मुझे यहाँ बहुत कम वक़्त रहना है, यह और बात है कि मुझे किसी-किसी वक़्त लगता पटरियों के उस पार मेरे लिए हर रास्ता बन्द है, क्या यह करिश्मा नहीं था कि कोई मेरे भीतर हर वक़्त ददरिया गाता रहता, जिसका एक भी शब्द मुझे समझ में नहीं आता था...

मैं नहीं कहकर गया था, मेरी प्रतीक्षा करना, मैं जानता था। यह प्रतीक्षा उतनी ही क्षणभंगुर, जितनी फूल पर टिकी ओस। सूरज निकलेगा, बादल में बादल विलीन हो जाएगा।

कितनी चीज़ें उस घर की तरफ़ जाती हैं–ये नए बने बिजली के खंभे...उनकी तार...नए बने पक्के मकानों की क़तार...ट्रेन की सीटी की आवाज़...इन खंभों की कँपकँपाहट...शोर, यह हवा...यह रोशनी...सिर्फ़...सिर्फ़ मैं नहीं जा सकता।

पान वाले का रेडियो बज रहा है।

"हाय रे, वो दिन क्यूँ ना आए?"

मैं पूरी ताक़त से अपने भीतर भागता हूँ...उल्टी दिशा में। मैं दौड़ते हुए वे तमाम बरस गुज़ार देना चाहता हूँ, मैं ठीक उस बिंदु पर होना चाहता हूँ उसके साथ–उसका हाथ पकड़ उसे बाज़ार में घुमाते हुए, कभी मूँगफली, कभी जलेबी खिलाते हुए...सीधी और आसान वापसी नहीं थी वह...मैं न जाने किस-किस से

टकराकर लहुलूहान होता रहा...और सबसे बड़ी रुकावट है देह...इसी देह से मेरी पहचान है और यही देह रुकावट है अब...

सिगरेट फूँकता हुआ मैं स्टेशन पर अकेला घूमता हूँ। अब तक वह पैकेट उसने उसे ज़रूर दे दिया होगा। उसने पैकेट खोला होगा। चीज़ें, निकाली होंगी, चीज़ें सिर्फ़ उसके स्पर्श से आलोकित होंगी। शायद उसने कुछ लगाया हो...कोई हेयर क्लिप, एक रिबन, एक बिंदी, एक चूड़ी ही पहनकर देखी हो...कैसी लगती होगी वह, मैं नहीं कह सकता। उसे देखने जितनी दूरी भी कभी मैं बना नहीं पाया...जब भी देखा 'मैं' ने 'मैं' को देखा। सोचती-सी उसकी आँखें कुछ ढूँढ़ती होंगी...क्या उन आँखों को मालूम है अपनी खोज? क्या उसे मालूम है या सिर्फ़ रिबन, क्लिप और बिंदी जानते हैं? क्या सब कुछ जाना जा सकता है ठीक-ठीक? क्या वह दौड़ी नहीं होगी बाहर की तरफ़ और उसने एक झटके से साँकल खोल नहीं दी होगी—साँकलें तो खोली जा सकती हैं न या कि सिर्फ़ तोड़ी जा सकती हैं?

कँपकँपी दूर करने के लिए मैं एक अँगीठी के पास जाकर बैठता हूँ। कुछ देहाती क़िस्म के लोग भात और कोई हरी सब्ज़ी खा रहे हैं...ज़रा-सी दूरी पर एक मैली चादर बिछाए...कच्चे प्याज की गंध हवा में है, कच्ची दारू की भी, कोई मेरी तरफ़ ध्यान नहीं देता, मैं जैसे कहीं नहीं हूँ, मेरी कोई दुनिया नहीं...जलते कोयलों-सा मैं अपनी ही अँगीठी में—राख है मेरी नियति। हाथ तापता हूँ—देह ठंड से काँप रही—कुछ नहीं भीतर...ख़ाली पिंजर और एक ज़रा-सी चिनगारी—प्रतीक्षा की।

वे खाकर बर्तन समेटते हैं। एक औरत दूर बने नल पर उन्हें धोने ले जाती है। एकाएक वहाँ बहुत-सी बीड़ियाँ सुलगने लगती हैं। वे अपनी-अपनी चादरों और बोरों पर पसरने लगते हैं। दिन-भर के थके-हारे बदन। मैं उठकर प्लेटफ़ार्म के मुख्य द्वार तक आता हूँ। यहाँ बहुत रोशनी है...गहमागहमी भी बढ़ रही है। पैकेट ख़त्म होने को है। मैं एक और पैकेट ख़रीदता हूँ। सुबह से मैंने कुछ नहीं खाया—होटल में बैग पड़ा है, नहीं जाता। मैं नियति को किसी बहाने का अवसर नहीं देना चाहता। गए हुए ठेले स्टेशन पर वापस लौटने लगते हैं—चाय वाले, समोसे, आलू बड़े, उबले हुए अंडे, आमलेट-ब्रेड, बिस्किट...ठंडी पूरियाँ, गर्म आलू की सब्जी...अपने-अपने सामान के साथ मुसाफ़िर...ट्रेन आने को है...एक सदी के बाद आ रही है यह...ट्रेन...पर कितनी जल्दी आ गई...अभी उसे भूला हुआ याद आ रहा होगा...अभी वह अतीत की किसी गली में होगी—फ़्राक से अपनी नाक पोंछती या मेरे रूमाल से...मूँगफलियों का स्वाद अपनी आत्मा में कहीं ढूँढ़ती...पुराने भूले हुए गाने की अधूरी टूटी पंक्ति के शब्द ढूँढ़ती...असह्य बेचैनी से मैं टहलता हूँ...ठंड बहुत है, सीने पर अपनी बाँहें कस लेता हूँ—स्वेटर मेरी बैग में है।

तभी धड़धड़ाती हुई ट्रेन आकर रुकती है। चारों तरफ़ शोर मच जाता है...जाने क्यूँ मेरी पसलियाँ धाड़-धाड़ बजने लगती हैं...मैं भीड़ में पंडे को देखता हूँ...उसकी

होका लगाती आवाज़ सुनता हूँ—उसके और मेरे बीच हज़ारों मील का फ़ासला है—मैं सिर्फ़ उसे देख सकता हूँ—बीच में जाने कितने लोग हैं—सामान, ठेले, शोर, गठरियाँ...इतना सब लाँघकर क्या उस तक पहुँच सकूँगा? चारों तरफ़ देखता हूँ...शायद वह साथ हो या इसे कह दिया हो, तुम चलो मैं आती हूँ। कैसी दिखती होगी? क्या बदल गई होगी? फ्राक छोड़ सलवार-कमीज़ पहनने लगी होगी या साड़ी—साड़ी—मैं मुस्करा देता हूँ। लोग कूद-कूदकर उतर रहे हैं...अपना सामान खिड़कियों और दरवाज़ों से बाहर फेंकते हैं...उतरने वाले चढ़ने वाले एक-दूसरे से टकराते, एक-दूसरे पर खीझते हैं—पंडा कहीं दिख नहीं रहा, क्या किसी डिब्बे में चढ़ गया है? मुझे भी तो चढ़ना है इसी ट्रेन में? नहीं, यह मेरी ट्रेन नहीं, मैं नहीं जा सकता इस तरह। मैं पंडे को ढूँढ़ने के लिए जैसे ही एक डिब्बे के पायदान पर पाँव रखता हूँ, मुझे अपनी ग़लती का अहसास होता है...यहाँ कहाँ होगी वह भीड़ में—वह तो वहीं होगी उसी किनारे पर—अकेली खड़ी—मेरी प्रतीक्षा में—वहाँ नीम अँधेरे में—मैं तेज़ी से पलटता हूँ कि जाने किससे टकरा जाता हूँ...एक गाली सुनाई पड़ती है...सँभलकर चलता हूँ...रोशनी इतनी कम है कि ठीक-ठीक दिखाई नहीं दे रहा...नहीं समझ पाता, बाहर रोशनी कम है या भीतर अँधेरा ज़्यादा...एक ठोकर लगती है—सामने गर्म भजिए की कढ़ाही में गिरते-गिरते बचता हूँ...किनारा करता हूँ तो किसी सोए आदमी से टकरा जाता हूँ—इधर कैसे आ गया मैं—मुझे वहीं खड़े रहना चाहिए था, जहाँ से वह आती दिखती थी रोज़...मैं दूर से उसे आते देखता और पटरियाँ पार कर लेने पहुँच जाता था उसे। अधिकतर तो वह शाम को स्कूल से लौटने पर सीधा यहीं आती थी—लगभग सवा चार बजे—और रविवार को दोपहर—जब उसकी माँ उसे सोने को कहती तो वह उनकी बग़ल में आँखें बंद किए लेटी रहती कि उन्हें नींद पड़ते ही वह पिछला दरवाज़ा खोल भाग आएगी। पिछले दरवाज़े की कुंडी वह बाहर से लगा देती...वह वहीं खड़ी होगी—अकेली असमंजस में...वह पचास मीटर की दूरी मेरे लिए एवरेस्ट चढ़ने जैसी हो आई। मैं हाँफता हुआ वहाँ पहुँचा—जहाँ बोर्ड लगा था, बहुत बड़ा...उसके नीचे से वह आती थी—नहीं, कोई नहीं...सब ओर सन्नाटा। मैंने इधर-उधर देखने की कोशिश की, कोई साया, कोई परछाईं, नहीं, कुछ नहीं...

मेरी टाँगें जैसे ढहने लगीं...देह काँपने लगी—बड़ी मुश्किल से मैं बेंच तक पहुँचा और काँपते हाथों से सिगरेट जलाई। मेरी छाती की खोखल में कोई चीज़ फँस गई है...कुछ पत्थर जैसा, न नीचे आ रहा, न ऊपर जा रहा...सिगरेट का कश लेता हूँ तो हाथ से छूटकर गिर जाती है...उधर ट्रेन की सीटी की आवाज़ सुनता हूँ...वह जा रही है...गीली आँखों से जाते देखता हूँ...जानता हूँ उस तक नहीं पहुँच पाऊँगा...दोनों हाथों से अपना सिर थाम लेता हूँ। किसी अनजानी पीड़ा से मेरी देह काँप रही है...मेरा पूरा चेहरा गीला हो गया है—मेरी हथेलियाँ भी...

बहुत देर बाद उठता हूँ, सामने नल पर जाकर मुँह धोता हूँ—तब तक पूरा

प्लेटफ़ार्म ख़ाली हो चुका है–कोई नहीं है वहाँ। कुछ सोए हुए लोग और कुत्ते–सीटियाँ बजाती ठंडी हवा–बुझी हुई अँगीठी की राख...तभी वातावरण में किसी के होने का अहसास हुआ...किनारे पर आकर देखता हूँ–दो परछाइयाँ दूर से इधर चली आ रही हैं...अनजाने ही दिल धड़कने लगता है...इतनी जल्दी क्यूँ निराश हो रहा हूँ मैं? मैं जानता हूँ, वह आएगी, आएगी और मेरे सामने खड़ी हो जाएगी...खुदाया! यह एक लम्हा क्या सचमुच मैं अभी जीने वाला हूँ? उनके बात करने का स्वर नज़दीक आ गया और वे बात करते हुए पटरियाँ पार कर उस पार चले गए। उनके आने ने जैसे मेरे भीतर नई उम्मीद जगा दी। मैं टहलने लगता हूँ–ख़ाली प्लेटफ़ार्म पर...

बार-बार वहाँ जाकर ठिठकता हूँ...जिस तरफ़ से वह आने को है–लौटता हूँ तो आँखें पीठ से लग जाती हैं...शायद...शायद किसी भी पल...इतने नज़दीक से मैंने अपनी बेचैन साँसों की पुकार कभी नहीं सुनी...इतने नज़दीक से मैंने आँसुओं का दरिया बहते नहीं देखा अपने भीतर...पहली बार जी चाहा, ज़ोर से चिल्लाऊँ...कहीं वह मेरी आवाज़ सुनकर आ जाए। बाईं तरफ़ से नगाड़ों की सी आवाज़ आ रही है...ध्यान से सुनता हूँ तो स्वर स्पष्ट होते जाते हैं...

कुछुक करय कारी कोयलिया
रे सुअना मोरवा बोलै आधी रात
मोरवा के बोले होय भिनसरहा
रे सुअना दियना जले सारी रात

मैं सिर्फ़ आवाज़ के रास्ते से चलकर उस घर तक जा सकता हूँ। मैं उस घर की नींद तोड़ना चाहता हूँ...

बारह बज रहे हैं, चारों तरफ़ सन्नाटा। होटल भी बंद हो गया होगा, जहाँ बैग रखा है मेरा। टाँगें जैसे भुरभुरी मिट्टी से बनी हों–जगह-जगह दरारें पड़ गईं...ढह जाना चाहती हैं। मैं कहता हूँ–थोड़ी देर और...आख़िरी ट्रेन एक बजे है। एक घंटा है अभी। किसी भी मिनट–अगर वह आ जाए...मुझे न पाए तो कभी भी माफ़ नहीं करेगी...मैं उसे बताऊँगा बीते सारे सालों के बारे में, जिस पर एक बार चलना शुरू करो तो वे जाने कहाँ ले जाते हैं...रास्तों के उस जंगल में से फिर आप वापस आने का रास्ता नहीं ढूँढ़ पाते...मुझे पता ही नहीं चला, इतने बरस हो गए। बस अभी मुड़ता हूँ, सोचते-सोचते कितना चल गया। पता नहीं, तुम कितनी बड़ी हो गई हो? बचपन का संसार तुम्हारे भीतर है या तुम छोड़ आई कहीं खेल-खेल में। पर ऐसा भी कैसे संभव है कि वह मेरे भीतर उतना ही जीता-जागता है–मानो अभी भी घट रहा हो...और तुममें से खो गया हो? तुम अभी भी नहीं आई हो तो जानती हो न कि मैं तुमसे बिना मिले नहीं जा सकता...किन बातों को याद करने बैठी हो तुम, कितनी बातें बताई थीं मैंने तुम्हें...? सुनी होंगी यहाँ से वहाँ तक बिछी

पटरियों ने भी...अगर तुम कान लगाकर सुनो, वे हर बात दुहरा देंगी...जानता था, इन सब बातों को समझने के लिए तुम बहुत छोटी हो पर मैं क्या करता, तुमसे निरंतर बोलना ऐसा ही था, जैसे एकांत में अकेले गाता एक झरना...पानी के वेग से मुक्त होना ही जिसका एकमात्र लक्ष्य हो...और पानी...जैसे किसी अदृश्य बादल से घिरा चला आता हो। कहने और बहने का फ़र्क़ मेरे लिए उसी क्षण ख़त्म हो जाता, जिस क्षण मैं तुमसे कुछ कहता...

एक आदमी मुँह तक कंबल ओढ़े आता है और तीन के घंटे बजाता है...ट्रेन आने को है। उस छोटे से स्टेशन पर अभी तक तो कोई नहीं है। मैं आख़िरी चक्कर उस किनारे तक लगाता हूँ और बेंच पर आकर ढह जाता हूँ...दूसरी घंटी की आवाज़ आती है। सोए हुए दो मुसाफ़िर उठकर खड़े हो जाते हैं और अपना सामान समेटते हैं। मैं चुपचाप बैठा उन्हें देखता रहता हूँ...

पहली घंटी की आवाज़ सुनता हूँ...फिर दूर से ट्रेन के आने की। ट्रेन की तरफ़ बढ़ता हूँ...बहुत कम लोग हैं चढ़ने-उतरने को...इतनी भी हिम्मत नहीं कि अपने लिए जगह ढूँढूँ...पहले डिब्बे के पायदान पर पैर रखकर चढ़ जाता हूँ—नहीं हटता दरवाज़े से...डिब्बे के बाहर नीम अँधेरे में आती-जाती आकृतियाँ...कुछ भी सुनाई नहीं दे रहा। देख रहा हूँ...तटस्थ जड़...शून्य...शून्य...भीतर का अँधेरा फैलते बाहर तक...सिगरेट सुलगाता हूँ...उल्टी हथेली से अपनी सूखी आँखें पोंछता हूँ...जिसे मैं अपने जीवन का आख़िरी स्टेशन समझता था, अपनी यात्रा का अंतिम पड़ाव, वहीं से मेरी यात्रा शुरू होती है—मेरा पहला और आख़िरी स्टेशन...ये ट्रेन कहीं भी जाएगी...मैं हर बार इसी स्टेशन पर उतरूँगा—मैं तब तक पुकारूँगा, जब तक तुम जवाब नहीं दोगी। आख़िरी बार बाहर अँधेरे में झाँकता हूँ...''नहीं, तुम्हारे लिए कोई उम्मीद नहीं।'' गहरा कश लेता हूँ—हाथ काँप रहे हैं...कुछ गहरे कश और लेता हूँ...सिगरेट ख़त्म होने को है...काँपते हाथों से पैकेट निकालता हूँ—आख़िरी सिगरेट...तुम भी...सिगरेट से सिगरेट जलाता हूँ...ख़ाली पैकेट बाहर फेंक देता हूँ...

ट्रेन की सीटी की आवाज़ सुनाई देती है तो दो पायदान उतरकर आख़िरी पर आता हूँ...एक हाथ से साइड में लोहे की रॉड थामे, दूसरे हाथ में सिगरेट पकड़े हवा में झूलता मैं उस घर को आज आख़िरी बार और देख लेना चाहता हूँ। मैं ख़ुद को यक़ीन दिलाना चाहता हूँ कि कोई खड़ा होगा—इस आख़िरी ट्रेन की प्रतीक्षा में...चाहे सामने न आए...अब मैं चिल्ला सकता हूँ, अब मैं रो सकता हूँ...आँसू मेरी आँखों में अटके रह गए हैं...मैं अपने होंठों को भींचे हुए हूँ...

ट्रेन सरकती है कि ख़ाली पाता हूँ अपना हाथ हवा में...भौचक देखता हूँ सामने...समूचे ख़ाली स्पेस पर अनायास उभरा हवा के झोंके में दीपशिखा-सा काँपता एक भाव-विह्वल चेहरा...सौरमंडल झुक आया हो जैसे ज़रा-सा नीचे...समूचे अँधेरे को चीरकर...डबडबाई भूरी आँखों पर परिंदे-सी पंख फड़फड़ाती काली पलकें...जाने

किन अधूरे महाकाव्यों का बोझ उठाए...गहरी-गहरी साँसें भरते, हाँफते-से कोमल काँपते गुलाबी नथुने...होठों पर अधूरे सर्गों के अवशेष चमकते...उनके ऊपर पसीने की पारदर्शी बूँदों में झिलमिलाती समूची सृष्टि...माथे के कोरे पृष्ठ पर जाने किन भूली-बिसरी पंक्तियों से उड़ते बाल...उनके पीछे लहराता लाल दुपट्टा...लाल स्वेटर...एक हाथ से लोहे की रॉड थामे साथ-साथ भागते दो पैर...दूसरे में जलती सिगरेट...हाथ में उठी हुई...नहीं देख पाया कुछ भी ठीक-ठीक...बिजली की कौंध-सा पल-भर में समूचा सौरमंडल अँधेरे में विलीन...उसी अँधेरे में फिर तैरता हुआ एक जंगल...स्वप्न में देखी धुँधली परछाइयों-सा डोलता समूचा परिदृश्य...अचानक सदियों पुरानी चट्टानें तोड़ एक चीख़ निकलती है मेरे भीतर से...चट्टानों के फूटने का स्वर सुनाई देता है...रुके हुए पानी का दरवाज़ा खोल दिया हो जैसे किसी ने...समूची परछाइयाँ उस पानी में डूबने तैरने लगती हैं...।

कोई है...?

"कोई है?" मैं पूरी ताक़त से चिल्लाती हूँ...हवा के अत्यधिक दबाव से मेरे आसपास का जल हिलता है। फुफकारियाँ छोड़ता हुआ....ख़ाली जगह को बड़ी तेज़ी से भरता हुआ...फिर वापस। जल की सघन और पारदर्शी सफ़ेदी के अलावा कुछ नहीं...कुछ भी नहीं...अत्यंत शीतल जल...बस जमने-जमने को...धारदार काँच की तरह चुभता...इसके पहले कि पूरा जम जाए मुझे गर्म रखना है इसे...

कोई है? मैं दुबारा चिल्लाने की कोशिश करती हूँ...शब्द बाहर नहीं आ पाते मेरे कानों तक...भीतर गिरते हैं उसी बहते ठंडे जल में और गीले काग़ज़ से तैरने लगते हैं। बहुत से गीले काग़ज़ हैं यहाँ...गीले सड़ रहे पत्ते शब्दों के...रात-भर ठंड से काँपते पत्ते झड़ते हैं...सुबह तैरते हैं इसी पानी पर अपने आप में गलते...सड़ाँध छोड़ते...की थी मैंने एक बार कोशिश इन्हें जलाने की...गीले पत्तों का कड़वा धुआँ ऐसा कि साँस रुकने लगे। जाना, अनचाहों को एक बार में एक ही अंजाम तक पहुँचाया जा सकता है—जला दो या डुबो दो, दोनों एक साथ नहीं। बच ही जाते हैं वे शेष ज़रा से, दोनों अंजामों के बावजूद। क्यूँ? क्या समूचा कुछ भी नष्ट नहीं होता?

मैं दरवाज़ा खटखटाती हूँ बहुत ज़ोर से...घुटनों-घुटनों ठंडे पानी में...त्वचा की थर-थर काँपती चमड़ी सँभाल नहीं पा रही कुछ भी...कोई है? बिना फूँक मारे बज रही हड्डियाँ...मैंने दरवाज़े को पूरी ताक़त से धक्का दिया कि कुछ आड़ हो भीतर तो गिर जाए। आड़ कहाँ...खुला ही हुआ था...धकेल नहीं पा रही थी मैं ही। खुलते ही पूरे वेग से अंदर जा गिरी...फिसलती चली गई दूर तक। घुटनों-घुटनों पानी में डूबी सड़कें...क्या इन पर ही चलती रही थी तमाम उम्र...? पैरों से टकराते जाने कितने डूबते-उतराते शव, सड़ रहा भारी-भारी सामान...पुराने कंकाल...मारे बदबू के नाक-सिर भिन्ना रहा...ओह, कहाँ आ गई मैं? हाथ-पैर पटकती, गंदे बदबूदार पानी को मुँह-आँखों में जाने से रोकती...रास्ता ढूँढ़ती रही। नहीं, कोई रास्ता नहीं होता।

न ऊपर न भीतर। टकरा-टकराकर लहुलूहान घुटने लिए जिसे रास्ता समझने की भूल की जाती है, उसी भूल को दोहराते रहना अनिवार्य नियति है फिर। घुटने छिल गए मेरे...कुहनियाँ भी...चमड़ी लटकने लगी...ये लंबे-लंबे पतले छिलके...वक़्त की मार सहता ये बूढ़ा पेड़...ठंडे पानी ने लगातार बहते हुए इसकी जड़ों को खोखला कर दिया...मुट्ठी-भर मिट्टी भी नहीं कि पकड़े रहे जड़ों को मज़बूती से...क्या चाहिए था? एक मुट्ठी मिट्टी ही तो। मैंने डरते-डरते निकाले छिलके अपने हाथों से...ये सल पड़े काले टुकड़े...धोबी ने सार्वजनिक पाट पर पटक-पटक कर धोया इस तरह कि तार-तार हो गए...मैल फिर भी नहीं छूटा। नहीं छूटता न इस तरह...न उस तरह...किसी भी तरह...चमड़ी ने गुठली छोड़ दी...गुठली...यह भी तो बंधन मुक्त हो। सड़ गई है कहीं, गल गई है। काले-नीले-पीले धब्बे...मौसमों की मार के निशान...कितने वसंत देखे...एक भी चिड़िया की बोली नहीं उतरी भीतर। बजाओ तो वही खड़-खड़-खड़...खड़...मैं रेशा-रेशा चमड़ी उतारती जाती...रेशे लपेटती जाती। अब जो यह इतनी बड़ी रील बन गई है, इसे कहाँ धकेलूँ। कोई है, जो इसे ढो के ले चले। धक्का ही देता जाए ज़रा-ज़रा-सी देर में कि यह बीच सड़क पर पड़ा रोल हिले-डुले ज़रा-सा।

मुझे कोई रास्ता दिखाई नहीं देता। कोई है? मैं कितनी कोशिशें कर चुकी हूँ? हर बार एक और कोशिश...मैं खुद ही उसे धकेलती हूँ...हटाने की कोशिश में अपने रास्ते से। वैसे दिख भी नहीं रहा है रास्ता...जाने कितनी चीज़ों से अटा-पटा...धकेलती हुई झुकती हूँ तो पीछे फिसलते हैं पैर...नहीं सँभाल पाती ख़ुद को और छपाक...पानी के भीतर का बदबूदार अँधेरा...फिर नाक-मुँह में पानी...मेरा सर्वांग सिहर उठता है। सदियों से उलीच रही हूँ ख़ुद को बाहर...नहीं उलीच पाई। उलीचा जितना, पाया उतना ही भरती गई हूँ कितना ज़्यादा है यह सड़ता हुआ कचरा? सजाया था भीतर एक ही बारिश ने समूची दीवारें धो दीं। उतर गए सारे रंग। छत चूने लगी। ये किस रास्ते से आ रहा है बाहर का कचरा भीतर? दौड़-दौड़ कर समूची दीवारें भर दीं। समूचे छिद्र। नहीं, कुछ पता नहीं चल रहा। थक रही हूँ मैं। ज़र्रा-जर्रा होकर बिखर रहा है मेरा वजूद। मैं हूँ कहाँ? कहीं नहीं। मेरे भीतर अंतिम तार ने आख़िरी हिचकी ली और टूट गया। ख़ाली वाद्य...गंदे पानी में तैरता...एक भी तार साबुत नहीं। घिसटती धुन भी पता नहीं कहाँ गिर गई। नहीं, कोई कोशिश नहीं...कुछ नहीं, कुछ नहीं। सब कुछ छोड़ दिया मैंने...उस गंदे पानी में तिरती रही...तिरती रही...नहीं मालूम कब तक? गुज़र गई होंगी सदियाँ...गुज़र गए होंगे काल...चले गए होंगे सारे सड़े-गले सामान बहते-बहते दूर तक। ख़त्म कर दिया होगा काल के विषैले डंक ने उन्हें, जाने कहाँ छूट गया वह बदबूदार रेशों का रोल भी। घुल-घुलकर निखर आई है यह साबुत-सी गुठली...बही जा रही...बही जा रही...जाने कितने थपेड़ों, संभावनाओं से जूझती...जरा-सी जान बाक़ी है भी या नहीं। मैं छूती नहीं। मैंने एक

बार पुराने सामान को देखने की कोशिश की...कहाँ गया? नहीं, यह वह जगह नहीं, कहाँ है वह दरवाज़ा? भीतर गिरी थी जिसे धकेलते ही मैं? वेग है सामने एक झरने का...जाने कहाँ ले जाके छोड़ेगा। हटती हूँ पीछे...नहीं, अब नहीं, थपेड़े खा लिए बहुत...ढूँढ़ा बहुत...खोजा बहुत...कोई नहीं था, कोई नहीं है...अब बस। पर किसका वश? रोका जितना, बही उतने ही वेग से। तो क्या चाहा था? बहना? और ये आख़िरी शिखर है झरने का...ऊपर देखा, आसमान पर धूप खिली है...बाँहें फैला दीं अपनी। अँधेरा...सीलन...घुटन...यही तो जाना था आज तक। कहाँ थी तुम? उठी बाँहों ने थाम लिया ख़ुद को ही कि पूरे वेग से गिरी नीचे। शांत-स्निग्ध झील...कई हिचकोले खाने के बाद देखा ख़ुद को...एक ज़रा-सा खुला है दरवाज़ा...साबुत गुठली में एक फाँक, झाँक रही नन्ही कोंपल हरी-सी। छुआ अपनी ही कोख को नरमी से...फूँकी गर्म साँस एक...जनमूँ ख़ुद से ही तो कहीं पनाह मिले...

सूखे पत्तों का शोर

मैं नींद में डूबे कानों के ऊपर से आती हल्की आवाज़ें सुनने की कोशिश करती हूँ। आवाज़ें रात-भर आती होंगी, क्योंकि जब भी मैं नींद की बेहोशी से ऊपर उठती, मुझे वही एक-सी आवाज़ें सुनाई देतीं...बेचैन क़दमों की चहलक़दमी—छत के एक सिरे से दूसरे तक, दूसरे से फिर पहले तक—लगातार कोई तारों से भरे, आसमान को निहारता...सुबह की प्रतीक्षा में उन घिसटते, थके-थके से क़दमों की अनवरत आहट...।

उन्हें रोका नहीं जा सकता, वे जीवन-भर चलते रहे हैं, इधर-उधर, बेमतलब, बेमक़सद...जब वे बाहर नहीं चल रहे होते भीतर चलते होते हैं...

यूँ ऊपर से कुछ दिखाई नहीं देता...जैसे पुराने और हारे हुए राजा होते हैं न...किला दिखाई देता है बहुत बड़ा...राजसी वस्त्र...आभूषण...गले में झूलती मालाएँ...कमर से लटकती तलवार...भीतर एक बहुत छोटा-सा पराजित मन...जिसमें न जीत पाने की क्षमता है, न हार स्वीकारने का साहस...। ज़ख़्म समय और जिस्म की झुर्रियों के इतने भीतर है कि किसी के पास इतनी फ़ुर्सत नहीं उन सलवटों को टटोलने की। न किसी के पास वैसी चाह...यूँ इतना सभी जानते हैं कि उन सलवटों के भीतर किसी भूखे पशु की चीत्कार दबी है—वह भूखा है, थका हुआ, दुर्बल, पिंजरे में बंद और जैसे ही पिंजरे का दरवाज़ा खुलने का स्वर उसे सुनाई देता है, वह दुगने वेग से बाहर की ओर झपटता है...। यूँ तो मनुष्य जन्मता-मरता ही इन पिंजरों में है, फिर भी जाने क्यूँ वह इनका आदी नहीं हो पाता।

मैं कल रात को आई थी देर से। घर आकर जब मुझे पता चला कि वे सो रहे हैं तो मुझे हैरत हुई। उनकी बेचैनी मुझे ट्रेन में ही परेशान करती है। मेरे आने के उत्साह में वे दुगनी तेज़ी से चलने लगते थे।

कुछ देर मैं माँ के बिस्तर के पास खड़ी रही...रजाई के नीचे मुट्ठी-भर कपड़ों की गठरी में फँसी मुट्ठी-भर देह...झुर्रियों से अटी-पड़ी...वे सो रही थीं। जागेंगी तो

उनकी सफ़ेद आँखों में अपना आप देखना मुझे भयावह लगेगा, जानती हूँ। मैं वहाँ से हट कर ऊपर आई, बाबूजी के कमरे में...खुले दरवाज़े के भीतर नाइट बल्ब की रोशनी में सिंगल पलंग पर वे लेटे हुए थे...दुबला-पतला लंबा शरीर—कंधों तक रजाई में छिपा...बाईं तरफ़ उनके कपड़ों की अलमारी...दूसरी दीवार से सटे एक पुराने शोकेस में पुरानी टी.वी., उनका पुराना ट्रांजिस्टर, दो प्लास्टिक की हरी कुर्सियाँ और एक कत्थई रंग की छोटी-सी टेबिल...सब कुछ एक अदृश्य धूल में लिपटा...। बाईं तरफ़ ही कमरे के दोनों कोनों से बँधी एक रस्सी, जिस पर उनका टॉवल, उनके नेपकिन और रात को उतारे उनके कपड़े व्यथाओं से पंखे की हवा में फड़फड़ा रहे थे।

मैं नीचे आकर सो गई थी। मुझे पता था, सुबह जल्दी उठकर वे मुझे जगाएँगे...उनके भीतर कितना कुछ दबा पड़ा होगा, जिसे वे एक के बाद एक बाहर फेंकेंगे। जैसे ज़िद्दी बच्चा माँ का ध्यान खींचने को एक के बाद एक घर की चीज़ें फेंकता जाता है। क्या कोई भी भूख कभी पीछा नहीं छोड़ती? बच्चों के और अपने बीच उन्होंने हमेशा ही लंबे रास्ते बनाकर रखे, जिसके एक छोर पर वे खुद खड़े होते...दूसरे छोर पर हम भाई-बहिन और बीच में कहीं माँ, जो पति और बच्चों के बीच ज़रूरत के मुताबिक़ आतीं जातीं, उनके बीच ज़रा-से सामंजस्य की असफल कोशिशें करतीं, वक़्त से बहुत पहले थककर पुरानी इमारत-सी ढह गईं। हल्की-हल्की साँस लेता मलबा अभी मैं देख कर आई थी। और अब, जीवन के आख़िरी बरसों में मैं उन्हें उसी राह पर अकेला आते हुए देखती हूँ, उस छोर की तरफ़, जिस पर हम भाई-बहन खड़े थे...। वे नहीं जान पाए हैं कि हमने वह छोर भी छोड़ दिया है। या कि जानते हैं, फिर भी चलने को विवश हैं। सिर्फ़ मैं, उन्हें इस सूने, लंबे, भयावह रास्ते पर अकेले चलते हुए देखती हूँ और अपनी संभावित नियति खोजती हूँ। मुझे हैरानी होती है कि एक ही रास्ते पर तीनों काल एक साथ कैसे चल सकते हैं?

सुबह उनकी आवाज़ सुनकर ही मैं जागी...

''बब्बी, उठ। इतनी देर कोई सोता है? आ, बातें करें। सोना है तो अपने घर जाकर सोना। उठ...आ...जल्दी आ...।''

जानती हूँ, सिरहाने खड़े रहेंगे, जाएँगे नहीं। मैं उठकर बैठ गई तो वे दरवाज़े की ओर बढ़े...''ब्रश करके बाहर आ तो चाय पिएँ।''

मैं चाय पीने उनके साथ बैठी तो वे अपेक्षाकृत शांत दिखे। वह दरवाज़ा बंद था, जिससे वे अपनी पीठ टिकाकर खड़े थे...

''बिस्किट लेगी, बब्बी?''

''नहीं पापा...।''

''तोश ला दूँ?''

''नहीं, मैं चाय के साथ कुछ नहीं लेती।''

"घर में सब ठीक है।"

"जी...।"

"चल तुझे बगीचे में घुमा लाऊँ, बिही खाएगी?"

"सुबह-सुबह नहीं...।"

"अच्छा, आ फिर आ...। बैठी मत रह। सुबह-सुबह घूमना अच्छा रहता है।"

वे झटके से अपनी कुर्सी छोड़कर उठते हैं। मैं उनके पीछे-पीछे। मैं उतनी जल्दी नहीं जाना चाहती थी। माँ मेरा इंतज़ार कर रही होंगी कि इसे बाप से छुट्टी मिले तो मेरे पास आए। गठरी में काँपती गठरी—जो मुझे छूते ही क्षण-भर थिर होने की कोशिश करती। पर वहाँ 'न' की कोई गुंजाइश नहीं थी।

"अरे, रमइया...।" उनकी बुलंद आवाज़ बगीचे के एक सिरे से दूसरे तक जाती है।...रमइया भागा हुआ आता है...

"तेरा घाव ठीक है?" उन्होंने उसके घुटनों की तरफ़ इशारा किया...।

"हाँ बाबू, पहले से ठीक है।" उसने अपनी देहाती ज़बान में जवाब दिया।

"गिर गया था खेत में काम करता हुआ। मैं खुद इसकी पट्टी करता हूँ...।"

मेरी आँखों के सामने एक रील-सी घूम गई..."पट्टी लाओ, डिटॉल लाओ, गरम पानी...अरे, इतनी चौड़ी पट्टी-कैंची कहाँ है? इस घर में कोई चीज़ सही जगह पर रहती है या नहीं...।" किसी न किसी का मन ज़रूर हुआ होता कि रमइया को उठाकर बाहर फेंक दें।

"अरे इसको पहचाना, बब्बी है बब्बी। कोई कहेगा, ये मेरी बेटी है, इसके बाल देखो...अरे, खड़ा क्या है, जैरामजी की कर।"

"जैरामजी की।" वह अपने घुटनों तक झुक गया।

"तुम जाओ।" मैंने सिर हिलाते हुए कहा।

"ये चला जाएगा तो बिही कौन तोड़ेगा?"

"मैं तोड़ूँगी।" मैंने रमइया के हाथ से बिही तोड़ने वाली लाठी ले ली और मेंड़ पर चलने लगी—ऊबड़-खाबड़ रास्ता, मिट्टी के ढेले, जगह-जगह घास, पानी के चहबच्चे...सूखे हुए पत्तों का अंबार...छोटे-छोटे अनजाने पौधे...जिनकी नियति ही पैरों तले कुचलकर ख़त्म होना फिर बार-बार उगना है। खेत पानी से लबालब भरे...दूर तक हरियाली ही हरियाली एक भला सा अहसास...। वे मुझसे आगे निकलकर एक ऊँची मेंड़ पर खड़े हो गए...

"इधर आ...देख...देख...।" उन्होंने मुझे अपनी बग़ल में खड़ा कर अपना बंगलेनुमा नया बना घर दिखाया—जो उतनी दूर से कुछ ज़्यादा ही अच्छा दिख रहा था—किसके होते हैं घर? ये क्या सचमुच किसी के होते हैं? हो सकते हैं?

"मैंने कितनी मेहनत से बनाया है, तुझे क्या लगता है, घर सिर्फ़ ईंट, सीमेंट और गारे से बनता है, इसमें मैंने अपना ख़ून मिलाया है...पर कोई नहीं मानता...।

ये सब कहते हैं, आप जाइए यहाँ से...हमें सुख से रहने दीजिए...कहाँ जाऊँ मैं? तेरे घर आकर रहूँ...बेटी के घर...और मैं चला जाऊँगा तो ये सुख से रहेंगे—एक बूढ़े की आह इन्हें चैन से रहने देगी? तू समझा इन्हें... ।'' असंभव की चाह दुःख है, वे उसे अपने भीतर पालते हैं। न जानना सुख है, मैं जानती हूँ और जानने की तरफ़ पाँव नहीं बढ़ाती।

मुझे पता ही नहीं चला, हवा के किस झोंके ने वह दरवाज़ा खोल दिया...

''कहते हैं, छोटे के पास जाओ। क्यूँ जाऊँ मैं उसके पास? तुमने कहा था न, ये बगीचा हमें दो, फिर हम आपको अपने साथ रखेंगे। बगीचा चाहिए, मैं नहीं। मेरा घर चाहिए, मैं नहीं... । अरे, वो तो मैं कुछ कहता नहीं, मैं अभी भी अपनी वसीयत बदल दूँ तो तुम सब सड़क पर आ जाओगे।''

वे ज़ोर-ज़ोर से बोल रहे हैं...उत्तेजित होकर—उनकी बुलंद आवाज़ सारी बाधाएँ पार कर घर तक पहुँच रही होगी...

''शुरू हो गया फिर। घर में किसी के भी आने की देर है, ये अपनी रामकहानी शुरू कर देंगे। है किसी में सामर्थ्य जो रख के देखे इन्हें अपने घर में... ।'' मुझे वहीं खड़े-खड़े सुनाई देने लगा।

उनकी निजी व्यथाएँ और व्यर्थताएँ दूसरे की उपस्थिति में इस तरह बाहर आने लगतीं—जैसे किसी ने रुका हुआ बाँध का पानी खोल दिया हो। पानी भरभराकर नीचे की ओर भागने लगता और घर की सारी चीज़ें भीग जातीं। वे बेहद खीझे और झुँझलाए हुए पानी के बंद होने की प्रतीक्षा करते...यह खीझ फिर क्रोध में बदलती जाती... ।

सामने रमइया एक बड़ा-सा गड्ढा खोद रहा है। वे उसे आवश्यक निर्देश देते हैं...बात का एक निहायत अजनबी सिरा पकड़ लेते हैं...उस जमाने की बातें जब मैं नहीं थी—जिसे मैंने कभी नहीं देखा—वे ऐसे बताते रहे...जैसे उस सबकी कोई फ़िल्म देख रहे हों... । गड्ढा काफ़ी बड़ा हो गया है—मिट्टी के साथ जो भी था, बाहर पड़ा है। खाद बनाने के लिए सूखे पत्ते, गोबर और जितनी निरर्थक चीज़ें हैं, सब भीतर भरकर गड्ढे का मुँह ढँक दिया जाएगा। बदली जा सकती है क्या सारी चीज़ों की उपयोगिता?

''घर चलें।'' मैंने मुड़ते हुए कहा। वे अभी भी कुछ कह रहे हैं—कभी मुझसे कभी रमइया से...कभी अपने आप से... । रात-भर वे सड़कों से सूखे पत्ते बटोरते और सुबह की पहली हवा में वे फिर सड़कों पर बिखर जाते। उनके पैरों के नीचे की सड़कें कभी ख़ाली न हो पातीं। पत्ते चरमराते, एक अजीब स्वर में शोर मचाते। कभी-कभी यह तय करना मुश्किल हो जाता कि उनके मुँह से जो आवाज़ निकल रही है, उनकी अपनी है या उनके भीतर की आँधी में घूमते पत्तों का शोर। वह आवाज़ एक अथक गति से आती लगती, फिर किसी व्यवधान के चलते उसकी

गति मंद हो जाती...बाहर के संसार की परछाईं अपने नियमों से बँधी कभी आगे होती, कभी पीछे...।

"अरे, मैं क्या करता हूँ? तंग करता हूँ तुम लोगों को? सेवा करवाता हूँ अपनी? कुछ माँगता हूँ मैं? बस दो वक़्त का खाना देते हो रूखा-सूखा...। कमाता बाप सबको अच्छा लगता है। ख़ाली बोझ होता है। दिन भर खेत में खड़ा रहता हूँ छाता लिए। ये जो अनाज बोरियों में भरा पड़ा है तुम्हारे गोदामों में, किसकी मेहनत है? तुम साल में एक बार भी झाँक कर देखने आते हो क्या कि क्या हुआ, क्या नहीं? ये मेहनत नहीं है? दुकान में कुर्सी पर बैठना मेहनत है बस? मेरे मरने के बाद देखना बब्बी, उजड़ जाएँगे ये खेत? मैं तो कहता हूँ, बेच दो। बेचते भी नहीं प्रॉपर्टी है, रहने दो, काम आएगी।

"सिर्फ़ बूढ़ा बाप काम नहीं आएगा। इसे फेंक आओ कहीं। और वह...तेरा फूफा...पार्टीशन करवा गया...दे गया दोनों बेटों को सब और मुझे...मुझे क्या मिला? किया क्या मेरा प्रबंध? मेरे हाथ में क्या है?"

"आपने तो कहा था, आपको कुछ नहीं चाहिए जो है, दोनों बेटों में बाँट दो।"

"तब मुझे क्या मालूम था, सारी संपत्ति दबाकर एक दिन ये मुझे रोटी के लिए भी मोहताज कर देंगे। दो हज़ार माँगता हूँ तो पूछते हैं—क्या करोगे? मैं तो नहीं पूछता था तुमसे, जब तुम अलमारी खोलकर रुपए निकालकर ले जाते थे...।"

हम अनार और नीबू के पौधों के बीच से गुजर रहे हैं—कुछ अनार पककर फट गए हैं—गुलाबी सुंदर दाने बाहर झाँक रहे हैं। कुछ पक कर फटते हैं—कुछ बिना पके...मनुष्य और प्रकृति की असमानता। नीबू कच्चे हैं—हरे—एक प्यारी-सी महक पूरे पौधे के रोएँ-रोएँ से फूटती...।

"मुझे याद है—मुझे सब याद है—हमारे बच्चे नहीं होते थे। मैं हर पीर-पैग़म्बर के पास जा-जाकर थक गया था। फिर एक साधु बाबा मिले थे मुझे हरिद्वार में...उन्होंने कहा...'तेरे बेटे तो होंगे, पर तेरी कोई बात नहीं मानेंगे।" मैंने कहा मंजूर है। हों तो सही। न मानें बात। मुझे अपनी चिंता नहीं। ये जो इतनी बड़ी प्रॉपर्टी है, इसे कौन भोगेगा? और बब्बी...वही हुआ। वे भोग रहे हैं। कभी-कभी मैं सोचता हूँ...मैंने अपने लिए कुछ नहीं माँगा। मुझे क्या चाहिए बब्बी? हम क्यूँ ग़लत चीज़ें माँगने में अपना जीवन खर्च कर देते हैं?"

हवा बड़े ज़ोर से चली। अचानक वे चुप हो गए तो मुझे भागते पत्तों का शोर सुनाई दिया...हवा का शोर...उनके अकेलेपन का...पत्तों और सूखे चारे को अपने साथ दूर-दूर तक फैलाता...उधर बाईं तरफ़ पशुओं का बाड़ा है, गोबर और पेशाब से सना फ़र्श, पशुओं के फ़र्श पर बजते हुए खुर...एक अजीब-सी गंध...जंजीरों की सनसनाहट...सींगों के टकराने की आवाज़। कभी किसी के गले में बँधी घंटी की।

हम उधर नहीं जाते थे, पर हमने उन्हें उस आधे दरवाज़े के पास बहुत-बहुत देर खड़े देखा था...अब भी वे वहीं ठिठक गए...मंत्रविद्ध से...मैंने उनकी आँखों में झाँका क्या देखते थे वे भीतर? किसके भीतर? पशुओं की आँखें क्यूँ चमकती हैं शीशे की तरह? क्यूँ उनकी आँखों में आँखें डालो तो हटाया नहीं जाता। अपने-अपने भीतर एक-दूसरे की परछाईं दिखती है क्या?

इतने में छोटा भतीजा बुलाने आ गया...''बुआ, मम्मी नाश्ते के लिए बुला रही हैं।'' कहकर वह भागने लगा, उन्होंने एक बार पकड़ने की कोशिश की उसे, पर वह पहले से ही सावधान था एक दूरी पर खड़ा–सतर्क...।

''अरे, तूने केक खाया?'' मैंने झट उसकी बाँह पकड़ी।

''कहाँ से आया?'' उसने पहले शर्माते, फिर सोचते हुए पूछा।

''मैं लाई थी चाकलेट केक। मम्मी ने दिया नहीं। मैंने कह दिया था, इसको कोई नहीं खाएगा। सिर्फ़ निक्कू खाएगा।''

मैंने उसे प्यार से खींचते हुए उनके क़रीब कर दिया। उन्होंने उसके छोटे से हाथ को अपने हाथ में ले लिया और मुस्करा पड़े...। हवा रुक गई थी, सब शांत था...।

''अच्छा तू दादाजी को खिलाएगा या नहीं?'' मैंने उसके सिर पर हाथ फेरा।

''दादा जी नहीं खाते। कहते हैं, इसमें अंडा होता है।'' उसने हाथ छुड़ाया और फिर भाग गया, वे टक लगाकर उसे भागता देख रहे हैं। मुस्कान की खिली पत्तियाँ अगले ही क्षण सूख गईं...

''चलें।'' मैंने हल्के से उन्हें छुआ तो वे सूखी पत्तियाँ भी झर गईं।

''अभी तू छोटे के पास जाएगी तो पूछना, आख़िर कहाँ जाऊँ मैं?'' हवा फिर चलने लगी–सूखे पत्ते फिर उड़ने लगे थे...

''मेरे लिए क्या किसी के पास कुछ नहीं? मैंने तो नहीं सोचा था कभी ऐसा। मैंने सोचा था, पूरी जवानी मैं यह सब बना लूँ, आख़िर में काम आएगा...कुछ काम नहीं आया। पर...पर बब्बी, मैं अभी भी इस सबको बेच सकता हूँ। तू समझा देना अपने भाइयों को...।''

''कितनी फ़ालतू बात करते हैं? क्यूँ बेचेंगे?''

''फिर मैं अपना ख़र्च कहाँ से लाऊँ?''

''बेटों से लो।''

''फिर वही बात...।'' वे उत्तेजित हो गए–तुझसे कह चुका हूँ कि एक हज़ार भी माँगता हूँ तो पूछते हैं–क्या करोगे? उस दिन चप्पल ख़रीदकर लाया तो बोले–डेढ़ सौ की चप्पल? मैंने चप्पल वापस कर दी। मेरी औकात नहीं है। डेढ़ सौ की चप्पल पहनने की। तुम पहनो। मैं तो ग़रीब हूँ। एक करोड़ की प्रॉपर्टी है बब्बी मेरी...और मुझे एक हज़ार का हिसाब देना पड़ता है। मैंने लिया कभी किसी से हिसाब...।

सब-कुछ खुला पड़ा था...जिसकी जितनी मर्ज़ी हो, ले जाओ। तू कुछ बोल न, चुप क्यूँ है? उनका चेहरा लाल होता जा रहा है।

"आप पापा, चिल्लाते बहुत हैं। किसी भी समस्या का समाधान शांति से भी निकाला जा सकता है। आजकल सुनना अच्छा लगता है क्या किसी को? कहेंगे—चिल्ला रहा है, चिल्लाने दो।"

"तुम ईडियट राइटर लोग, जब सीमा पर जंग छिड़ी हो, बंद कमरे में बैठकर कविताई करोगे और कहोगे, क्रांति हो रही है।" वे मुझ पर भड़क गए—"मैं चिल्लाता हूँ? इसको चिल्लाना कहते हैं? मैं किससे बात करूँ? घर में करता है कोई बात मुझसे? कुछ नहीं बताया जाता मुझे, न कोई कुछ पूछता है। किससे मैं अपने दिल का हाल कहूँ?"

घर नज़दीक आ गया, फिर भी वे चुप नहीं हुए तो मैं लपककर भीतर घुस गई।

बाहर आई तो वे अपनी कुर्सी पर बैठे हुए थे—नाश्ते के इंतज़ार में—उतने ही तनाव में...होंठों ही होंठों में कुछ बुदबुदाते मैंने कटोरा उनके सामने रख दिया...

"यह क्या है?"

"दलिया...।"

"वाह...।" वे ख़ुश हो गए, फिर मुझ उठती हुई को उन्होंने हाथ पकड़कर बैठा लिया...

"ये देख, एक भी दाँत नहीं है न। कैसे खाऊँ रोटी? मसूड़े दर्द करते हैं।"

मैंने उनका खुला मुँह देखा...लाल-लाल मसूड़े...कुछ टूटे-फूटे दाँत और उस सब के परे अँधेरा...मैंने आँखें परे कर लीं। वे दलिया खाने लगे।

"मेरा काम ख़त्म हो गया है। मैं मुफ़्त की खा रहा हूँ।" दलिया खाते-खाते उन्होंने कहा, आत्मलीन क्षणों में, अपने-आपसे।

अपने भीतर कुछ भी सँभालकर रखने की सामर्थ्य नहीं थी उनके शरीर में, वह हर चीज़ बाहर फेंक देता है, उससे दुगनी तेज़ी से, जिससे वे उनके अंदर गई थीं...

"बब्बी...। मेरे साथ ब्यास चलेगी?" अचानक उन्होंने पूछा...

"मैं किसके साथ जाऊँ? कोई मुझे साथ लेकर ही नहीं चलता। सबके पास अपने काम हैं। तू भी तो...। तुझे नहीं लगता कभी, एक बूढ़ा बाप है...।"

"हाँ चलूँगी। कब चलना है?" आत्मग्लानि में डूबी मैं सहर्ष तैयार हो गई।

"दस अक्टूबर को। पर तू घबरा मत। तुझसे कुछ नहीं लूँगा मैं। अपना ख़र्च मैं ख़ुद करूँगा।"

"मैं जानती हूँ।" मैं हँस दी।

"मैं तो रोज़ पुकारता हूँ, साईं, अब मैं थक गया हूँ। अपना दरवाज़ा खोल

मेरे लिए, वह सुनता ही नहीं। मुझे आज तक उसके दीदार नहीं हुए। पर वह कहता है, जो मेरी शरण में आता है, अंत समय मैं उसके साथ होता हूँ। क्या यह सच है?''

मैं उनकी प्राइवेसी में दख़ल नहीं देती। वे अपने आपसे पूछ रहे थे।

''जो जीवन-भर नहीं आया, वह आख़िरी समय में आया भी तो क्या बचा लेगा? बब्बी, है तो मन का धोखा...पर धोखा क्या नहीं है? सब धोखा है?'' उन्होंने फिर किसी पुरानी बात का सूत्र पकड़ लिया...मैं उन्हें सुन नहीं देख रही थी...कभी-कभी स्मृति की हवा अत्यंत तेज़ चलती तो बगीचे में फैले सूखे पत्ते घर के भीतर आ घुसते...सारे घर में घूमते से...पैर बचाकर रखने का ख़्याल तक न आता किसी को—वे कुचले जाते...लगातार, फिर किसी वक़्त की गोल आँधी में वे ज़मीन से उठ एक वृत्त में लगातार घूमते—बेरंग, धूमिल, सूखे-फटे पत्तों का वह वृत्त कुछ ही पलों में फिर ज़मीन पर ढेर हो जाता। स्मृति की गहरी साँस फिर उन्हें अपने उदर के अँधेरे में वापस खींच लेती। वे तुरंत शांत हो जाते। विगत ऐसे ही आता है क्या...तड़ित रेखा-सा...सिर्फ़ एक पल को कि जब तक आँखें घुमाओ-घुमाओ—आसमान पर फिर अँधेरा...।

''बाबू, कुछ बच्चे बिही तोड़ रहे हैं। मैं मना करता हूँ, तो सुनते नहीं।'' थोड़ी ही देर में रमइया ने आकर शिकायत की।

वे फुर्ती से उठ खड़े हुए...

''चल जल्दी। अभी बताता हूँ सालों को। चल बब्बी...।''

वे आगे-आगे, मैं पीछे-पीछे।

बगीचे की बाउंड्री वॉल टूट गई है बारिश में, कुछ स्कूली बच्चे पेड़ों पर चढ़े न सिर्फ़ खुद खा रहे हैं बिही तोड़-तोड़ कर छड़ी से पेड़ों पर निर्ममता से वार कर गिरा भी रहे हैं, जिन्हें नीचे खड़े कुछ बच्चे अपनी जेबों और स्कूल के बस्तों में भर रहे हैं।

उन्हें रोकने उनका सीधा हाथ उठा और हवा में उठा रह गया उनके मुँह से आवाज़ नहीं निकली, होंठ बुदबुदा कर रह गए। वे ऊपर चढ़े लड़कों को मंत्रमुग्ध देखते रह गए...उनकी हँसी, उनकी आवाज़ें, जैसे वे न होकर सुन रहे हों। एक ख़ास क़िस्म की बचपन की हँसी से दमकता चेहरा...वह खिलखिलाहट—सालों पहले किसी स्कूल की रिसेस में जो दिन-भर आपका हाथ पकड़े रही हो और फिर बरसों बाद उदासी के मरुस्थल में एकाएक अपनी छोटी-सी निकर पहने इस तरह आपके सामने आ खड़ी हुई हो कि आप अविश्वास से उसे देखते रह जाएँ...।

''भगाऊँ?'' मैंने उनकी तरफ़ देखते हुए पूछा।

''रहने दो। क्या ले जाएँगे तोड़कर? जो पहले से ही इतना ज़्यादा है। ले जाने दे, बोझ हल्का कर जाएँगे।'' उन्होंने बिना मेरी ओर देखे कहा, क्षण-भर बाद

फिर बुदबुदाए...

"सभी की ज़िंदगी में आती है ऐसी सुबह...। काश, कुछ बाँध के रखा जा सकता।"

लड़कों ने हम दोनों को देख लिया। एक-दूसरे की तरफ़ सीटियाँ बजाईं। झटपट कूदे और जितना समेट सकते थे, समेट कर टूटी दीवार फलाँग कर भाग गए। हम दोनों वहाँ अकेले खड़े रह गए।

बिना कुछ कहे वे मुड़े और वापस बेचैन क़दमों की आहट अब शांति में बदल गई है। अतीत की किसी गली में से वे चुपचाप गुज़र रहे हैं...बिना शोर मचाए...बिना छुए किसी को...अँधेरे-उजाले की लंबी सलवटों–भरी चादर को चीरते हुए और मुझे जाने क्यूँ लगा कि अब वे बहुत देर तक पीछे मुड़कर नहीं देखेंगे...मेरी ओर। एक अजब-सी निराशा से मैं वहीं ठिठकी रह गई।

राज़

भाग कर आई है अपने घोंसले से यह चिड़िया। टेरा करती थी वहीं से चोंच बाहर निकाले समूची प्रकृति को। हवा चलती, पत्ते झरते, नन्ही-सी चोंच से टकराकर धरती पर गिरते जाते। अपनी ही जड़ों के पास तनी छोटी चोंच, इतने सारे पत्ते...सारा वक़्त वह सिहरती रहती। एक बार टिका रह गया एक सूखा पत्ता चोंच पर पल भर। अरे, बड़ी हो गई चोंच उसकी? चोंच खोलकर उसने एक बार फिर टेरा। हाँ लौट रही हैं आवाज़ें। सब टेर रहे हैं क्या, एक दूजे को? नीचे झाँका उसने। पत्तों का विशाल ढेर, पंखों में फड़कन हुई। चोंच है तो पंख भी। भरी उड़ान और हवा में तिरती-सी आ बैठी पत्तों के सिंहासन पर। खड़-खड़, खड़-खड़, समवेत स्वर में स्वागत हुआ उसका। ओह, यूँ ही छिपे रहे भीतर अनजाने ख़ौफ़ से। तलवों की सिहरन पंखों में कौंधने लगी। ठिनकते हुए ऊपर देखा उसने, हिल रही हैं हवा में पतली-पतली शाखें ज़ोर-ज़ोर से कि ज़रा-सी मज़बूत लचीली शाखा ने आगे झुक उसकी बाँह पकड़ ली। अनसमझी सी वह तकती रही ऊपर भूलकर अपना डोलना। कोई इशारा फिजा में कौंध कर हवा में विलीन हो गया। नहीं देख पाई वह कुछ भी। तने के पास की मिट्टी में जाने कितने छेद, कीड़ों की लंबी-लंबी क़तारें आतीं-जातीं। कहाँ से आ रहे हैं, कहाँ जा रहे हैं और क्यों? ये सफ़ेद-सफ़ेद सा इनके मुँह में क्या है? अपने पंजों से ख़ूब सारे पत्ते उसने उन पर रख दिए। पल-भर में ही वे उन पत्तों के ऊपर थे। उसने एक पत्ते को उठाया। उस पर टिका कीड़ा छटपटाने लगा। उसने वापस पत्ता वहीं गिरा दिया, फिर अपनी राह ली। वह बिल में घुस गया। उसने हैरत से उसे देखा—अरे, इस बिल में क्या है? ऊँह! उसने अपने पंख फटकारे और चली जंगल की सैर को। ठंडी हवा ने स्वागत किया, आहिस्ता से पंख सहलाते ले लिया अपनी विशाल हथेलियों में...अब कोशिश भी क्या करती, जब हवा ने ही अपनी हथेलियों में उठा रखा है। अब इन ऊबड़-खाबड़ रास्तों पर...रास्ते भी कहाँ सँकरी पगडंडियों पर...कौन जाने कौन-सी पगडंडी किधर

जाती है? दोनों तरफ़ खड़े बुजुर्ग वृक्ष उससे कुछ पूछते से मुस्कराते और फिर अपनी कँटीली पकती हुई मूँछों के भीतर हँसते। उसे खीझ हो आई। अब इसमें हँसने की कौन-सी बात है। नहीं बताना है तो मत बताओ।

सुबह से चली थी, दोपहर हो गई। कोई भी पगडंडी कहीं नहीं जाती। घूम-फिर के वहीं आ जाती, शुरू किया था चलना जहाँ से। उसने तो निशान भी लगा दिए थे कि कहीं रास्ता तो नहीं भूले? निशान भी क्या अपनी जगह छोड़ देते हैं? उन पकती मूँछों की मुस्कराहट गहरी हो गई तो वह ध्यान से उन मूँछों की सफ़ेदी देखने लगी। पर समझ नहीं आया कुछ...फुदक-फुदक कर नाप डालीं जाने कितनी चट्टानें। धूप में सीधी खड़ी तपती वे चट्टानें जैसे किसी भूरी भैंस की खुरदुरी पीठ हो, जिस पर सवार उसे दोनों बाँहें फैला ऊपर उठना हो...और, ये हरी सी कोंपल क्या है? चट्टानों के नीचे और कीड़ों का संसार...वैसा ही, जैसा वहाँ देखा था उसने। हर जगह वही सब क्यों है? और ये कोंपल चट्टान से बड़ी तो नहीं हो जाएगी किसी दिन? इसके लिए क्यों इतना बड़ा मुँह फाड़ लिया है इसने? उसने चट्टान की दरार में झाँककर देखा, निस्सीम अँधेरा। अँधेरे में से कैसे निकल सकता है कोई? उसे तो कभी कुछ समझ में नहीं आता।

ठीक कहती है माँ—बावरी है तू। जब उसकी एक मोटी-सी चोटी बनाती है माँ, लाल रिबन से बाँधकर, तो उसी चोटी से वह आसमान के दो टुकड़े कर देती—एक माँ का, एक उसका। माँ हँसती उसके पागलपने पर और ये जो पंछी, तारे, चंद्रमा और सूरज हैं, वो? वो भी आधा-आधा। माँ उसकी चोटी पीछे कर देती। आधा नहीं होता कुछ, पूरा होता है सब कुछ। उसे यह भी समझ में नहीं आया। पूरा कहाँ है कुछ, सब कुछ तो आधा है। माँ हर बार यही कहती—बावरी है तू। कोई नहीं बताता कुछ। न बताए उसे क्या? वह जाकर चट्टान पर बैठ गई। नहीं, यहाँ नहीं। उसने जगह बदली और बदलती चली गई। यहाँ भी नहीं, यहाँ भी नहीं। खड़ी हो गई वह बेचैन होकर और चट्टान से नीचे छलाँग लगा दी। मुझे कहीं चैन क्यों नहीं पड़ता? हर पल लगता, ये करके देख लूँ, वो करके देख लूँ। यहाँ चली जाऊँ, वहाँ चली जाऊँ। पर जहाँ जाओ, सबके मुँह बंद। कोई कुछ बोलता ही नहीं। और, उसने देखा, धूप ग़ायब हो गई पल में, आसमान काली घटाओं से भर गया। बिजली चमकने की आवाज़ पूरे जंगल में गूँजने लगी। खुशी से भर उठी वह। समझ में नहीं आया पर उसी से कहा गया है कुछ। ऐसी ही चमकार कौंधी है उसके भीतर भी कई बार और जब तक देखे-देखे, ग़ायब। ऐसा ही धुँधला आसमान उतरता है उसकी आँखों में, बरसने-बरसने को आतुर। वह कितनी भी पलकें झपकाए, बूँदें ढरक ही तो पड़ती हैं और टपकने लगीं बड़ी-बड़ी बूँदें। कानों में अजीब-सी सरसराहट कि कोई उनींदी धुन बज रही हो भीतर। मुसलसल एक ही रफ़्तार में ये भीतर बाहर का फ़ासला इतना कम क्यों है? बूँदें फिसलती हैं ऐसे, रख दी

हैं जैसे, किसी ने पुराने सितार के तारों पर उँगलियाँ और भूल गया हो उठाना। उठती आवाज़ से बेवास्ता हुआ जा रहा हो कोई, तमाम वास्तों के बावजूद। वह वहीं खड़ी-खड़ी ही भीग गई। चट्टान पर नज़र फेरी उसने। जितनी बूँदें बरसतीं, पी जाती वह। इतनी प्यास होती है भीतर? जाने कितनी बूँदें वह भी पी गई। पर बूँदों से कुछ होता है भला? उसके आस-पास नीचे पानी का छोटा-सा घेरा बन गया। हरी कोंपल के माथे पर टिकी एक बूँद...टप से टपकी और नीचे अपने ही स्वरूप में बिला गई। टप से एक और बूँद...कोंपल ने ज़रा-सा काँप कर थाम लिया उसे खुद में। जब तक कोई और बूँद, तब तक तो यही है। वह नीचे उतर आई। हाथ बढ़ाकर उसे ज़रा-सा हिलाना चाहा कि ठिठक गई—"रहो तुम।" कहा उसने और अपने पैरों के पास बहती छोटी-सी नदी के साथ बहने लगी।

कोंपलों का संसार है सामने...अपने में बंद। बूँदें उन्हें हिलातीं-जगातीं और निराश होकर गिर जातीं। वह उत्सुकता से देखती रही...कली ने बहुत आहिस्ता से अपनी पत्ती खोली। बूँद सरकती हुई भीतर चली गई। स्तब्ध वह उसी तरह खड़ी रह गई। कुछ हुआ है, उसे नहीं मालूम कि क्या? सर्र से उसके भीतर कोई गर्म चीज़ रेंग गई। जब तक वह पकड़े-पकड़े, नसों से उसका निशान भी सोख लिया। जैसे धागा टूट गया हो, किसी उड़ती हुई पतंग का। उस धागे को थामने का अनसुलझा-सा ख़्याल टँगा रह गया भीतर यों ही सा। अनसमझी-सी वह बढ़ गई आगे। कोई कुछ नहीं कहता, न बाहर, न भीतर। बेबूझ इशारे चल रहे हैं बस। जब तक देखो, पकड़ो...उसकी गूँज भी दूर चली गई होती है। गीली हथेलियाँ काँपती रह जाती हैं बस। उसने अपने हाथों को देखा और भीगी हथेली की अँगुलियों से ढँक दिया। एक-दूसरे में छिप जाओ। आगे धकेल ले गई खुद को वह। उसी नदी के साथ, जो अब तक उसके पैरों के आसपास बड़े वेग से बहने लगी है। वक़्ती है, पर है तो नदी ही। सारे कचरे को बहाने के बाद अब उसका वेग और तेज़ हो गया है। वेग क्यों बदलते हैं? बारिश क्यों होती है? ज़रा-सी बिजली आसमान को चीर क्यों देती है? धरती की सूखी दरारें क्यों पी रही हैं पानी इस क़दर? पत्ती ने क्यों ले ली वह इक बूँद? इसके बाद कहाँ गई बूँद? नहीं पता...उसे कुछ नहीं पता...झुँझलाती हुई वह चलती रही। लौट जाएगी अब वह? उसे कुछ नहीं पता। झप-झप पैरों से पानी उछालती हुई चलती रही वह। कपड़े तो कब के गंदे हो गए। हो जाएँ। उसे तो सिर्फ़ एक ही मौसम अच्छा लगता है, बारिश का। उसने अपने गाल छुए। कितना गर्म है चेहरा और हाथ कितने ठंडे? उसने अपनी हथेलियाँ अपने चेहरे से टिका दीं और खुद ही सिहर उठी। एक ही वक़्त होता है कि कहीं चिनगारियाँ फूटती हैं, बर्फ़ गिरती है कहीं। एक ही वक़्त में हम कितने वक़्तों के साथ होते हैं। उन्हें फलाँगते या उन्हें ताकते। जिस ऊँचाई पर खड़ी है वह, पानी वहाँ तक आकर फिर दुगने वेग से गिरता है नीचे टूटकर। झरने-सी शक्ल

में। नीचे कहीं घाटी सी है। पानी के पत्थरों से टकराने और फिर बहने की आवाज़। यह उस कोण पर खड़ी है कि नीचे नहीं झाँका जा सकता, बस सुनी जा सकती है वह आवाज़। नहीं, कई आवाज़ें—गिरने, टकराने, टूटने, बिखरने और फिर समोने की, अंतिम आवाज़ तक। सबका अपना-अपना चेहरा है। उसने सारे चेहरों की अलग-अलग कल्पना की और मुस्करा पड़ी। कौन-सा चेहरा उसके लिए सुंदर होगा, अनिर्णय की स्थिति में वह खड़ी रह गई। उसके भीतर तो वही एक तस्वीर टँगी है...कली के अपने होंठ खोलने और बूँद को खुद में समोने की। क्या हुआ होगा पहले? उसे लगा, वह कुछ देख ही नहीं पाई। कली ने होंठ खोले होंगे या बूँद ने दस्तक दी होगी या दोनों ही घटनाएँ घटी होंगी एक साथ। विस्मित-सी खड़ी रह गई वह। उन चेहरों में अपने लिए कोई चेहरा खोजती।

बंद होने को अब बारिश भी। सब कुछ तो गीला हो गया। आसमान तक...उसने ऊपर देखा...आसमान में फाँक...आसमान में भी फाँक। इधर से उधर तक। सात रंगों में झिलमिलाता इंद्रधनुष। देखती रही वह...टक लगाकर देखती रही। चुपचाप वहीं खड़ी हो और झरते रहे प्रश्न बारिश की बूँदों से, गिरते रहे। उसे अपनी सुध-बुध नहीं रही। जाने कब खो गया इंद्रधनुष और जाने कब याद आई उसे अपनी...किसने जगा दिया भीतर से, किसने दिया था सुला? नहीं वह नींद नहीं थी, नींद के पार कुछ था। चैतन्य-सा कुछ। कुछ सुरूर-सा...जलतरंग-सा बजता वह, सम्मोहित-सी सुध-बुध भूल गई, वहीं स्थिर खड़ी...इस बार अंतिम जाती ध्वनि छूटी नहीं उससे, झंकृत कर गई उसे भी। अपना बजना सुना उसने...सुना अपना बजना, अचानक ही जैसे किसी ने समूचे राज़ खोल दिए हों उसके सामने। एक ही लम्हे में इतनी बड़ी हो गई वह कि पानी में खिले कमल को अपनी ही अँगुलियों से छूती हुई ख़ुद ही शरमा गई।

मेरी कोई तस्वीर नहीं

दरवाज़े पर मेहता आंटी को देखते ही वह समझ गई, वे क्यों आई हैं? अब वह उँगलियों पर गिनकर बता सकती है कि पचास-साठ बड़े परिवारों और फिर उसी के अंदर पैदा हुई छोटी-छोटी रिश्तेदारियों में कौन, कब, किसके यहाँ आ रहा है और किसे उसकी ज़रूरत पड़ने वाली है? ज़रूरत...ज़रूरत ही तो है वह एक...आवश्यकतानुसार लोगों की आँखों में जलती-बुझती...अब तो वह सिर्फ़ मुद्राओं से बता सकती है कि सामने वाले को किस चीज़ की ज़रूरत है और वह क्यों आया है? इस शब्द का पर्याय है वह...अपने घर के लिए, मोहल्ले के लिए...क्या मेरी मुद्राएँ किसी से कुछ नहीं कहतीं या कि घिस-घिसाकर मैं एक गोल मोढ़ा बन गई हूँ, जिसे किसी तरफ़ भी लुढ़का दो...वह मेहता आंटी को निकट आते देख रही है और देख रही है अपने होंठों पर एक सूखी मुस्कान फैलते...

"नमस्ते आंटी।" उसने यूँ ही कहा।

यूँ कोई फ़र्क़ नहीं पड़ता, आप नमस्ते करो, न करो, अब वे आई हैं तो ले जाए बिना मानेंगी नहीं। क़िस्मत से मिलते हैं अच्छे पड़ोसी...वे आपके ज़ख़्मों पर ठंडा लेप लगाते हैं...आपके माथे पर हाथ फेरते हैं...बीच-बीच में परत उघाड़कर देख लेते हैं...ज़ख़्म सूखा या नहीं। फिर तो यहाँ पूरे मोहल्ले ने क़सम खाई हुई है अच्छा पड़ोसी होने की। मोहल्ले की मदद से ही यहाँ सब काम साधे जाते हैं...लड़की की सगाई हो या शादी, बच्चे का मुंडन हो या उपनयन संस्कार...घर में मेहमान आए हों या कोई त्योहार हो...आप किसी भी वक़्त किसी को बुला सकते हैं, उसमें भी कुछ ख़ास बंदे हर जगह, हर अवसर पर मौजूद रहते हैं, उन्हें हर घर की हर चीज़ का इतिहास पता होता है, इसी से फिर वे उनके भविष्य का निर्धारण करने का सहज और आसान काम करते हैं। चीज़ मतलब लोग।

"नमस्ते बेटा, क्या कर रही हो?" उन्होंने अत्यंत मीठे स्वर में कहा। मीठे

सोते के पीछे होता है क्या कहीं गर्म पानी का सोता, जब यही अपने पति से झगड़ती है तो घर की सारी चीज़ें बाहर निकल इनकी हाथापाई के लिए खुली जगह छोड़ देती हैं।

"अभी तो सुबह हुई है आंटी, देखिए न, घर कैसा लग रहा है? ग्यारह बजे तक तो साँस भी नहीं ली जाती ठीक से..."

उसने पानी की बाल्टी में सर्फ घोलते हुए कहा। पास ही मैले कपड़ों का ढेर पड़ा है।

"माँ कैसी है?" अब वे सबके लिए पूछेंगी। हालाँकि हम सबकी बाबत ये हम सबसे अच्छी तरह जानती हैं, न्यूज़ पेपर हैं मोहल्ले का...बिना नागा सुबह-शाम-दुपहर निकलता है...इन्हें बाँच लिया, सब बाँच लिया। एक बार सूरज महाराज दस्तक देना भूल जाएँ किसी घर की, ये नहीं भूलतीं।

"पड़ी हैं बिस्तर पर।" उसने फुर्ती से सफ़ेद कपड़े गर्म पानी में डालने शुरू कर दिए। छह साल हो गए, बिस्तर से उतरकर नीचे नहीं आईं। अच्छा रास्ता खोज लिया ज़िम्मेदारियों से भागने का...अब रहो चिल्लाते बिस्तर पर...हे भगवान, मुझे उठा ले। भगवान का दिमाग़ खराब है? क्या करेगा वह तुम्हारा? रहो लोटते इसी कीचड़ में। हम भी, तुम भी।

"भाभी उठीं नहीं सोकर?"

वह झल्ला गई। अब असली बात कहती क्यूँ नहीं? कुछ लोग नर्म जगहों को छू देते हैं अपने गंदे हाथों से...फिर तुम खुजलाते रहो सारा वक़्त...

"उठ गई हैं, बबलू रो रहा है सुबह से।"

बबलू का काम है रोना, बबलू न रोए तो माँओं को किचन से छुट्टी कैसे मिले? बबलू का हँसना, रोना माँ की इच्छा पर है। कुछ करने का मन नहीं, बबलू को बात-बे-बात थप्पड़ मार दो या चिंऊंटी काट दो, उसका पसंदीदा खिलौना छीन लो, बबलू को भी मालूम है, कब रोना, कब नहीं रोना। हे भगवान, उसने नफ़रत से सोचा—क्या इस सबसे कभी मुक्ति नहीं मिलेगी? मेरी शादी क्यूँ नहीं कर देता कोई? ये चाहते तो हैं न मेरी शादी करना। भइया हर लड़का यह कहकर रिजेक्ट कर आते हैं कि हमारी रेशू के लायक़ नहीं। तुम्हारी रेशू, उसके भीतर घृणा का सैलाब उठा...जब मैं तुमको बर्दाश्त कर रही हूँ तो किसी को भी कर लूँगी...इतने लोगों की गुलामी बजाने से अच्छा है, एक की बजाओ। वैसे भी, मैंने क्या चुना है आज तक अपने लिए? खाना और कपड़े तक नहीं...तो मैं ये कैसे चुनूँगी कि मुझे किसके साथ सोना? जो कुछ भी खा सकता है, वह किसी के भी साथ सो सकता है। अपनी सोच पर वह सहम-सी गई। क्या होता जा रहा है उसे? न कोई ख़ूबसूरत सपना, न कोई ख़ूबसूरत सोच...हर वक़्त यह नफ़रत का ठाठें मारता समंदर।

सुबह भाभी को बिस्तर छोड़ते देखती है तो एक गंदा-सा ख़याल आकर चिपक जाता है मन से। कितने मज़े हैं शादीशुदा औरतों के? पाँच मिनट साथ सोने की भरपूर क़ीमत वसूलती हैं। एक अच्छे-ख़ासे छह फुटे इंसान को लल्लू लाल बना देती हैं। शादी मतलब...निठल्ली, वाहियात, बेकार, बददिमाग़, कुचक्री औरतों के जीवन-यापन का मज़बूत ज़रिया। उन्हें सिखाया जाता है कि कैसे इस रिश्ते से जुड़े सारे लोगों का समूचा दोहन किया जाए। नहीं, सिखाया नहीं जाता। हर घर में यह सर्व सुलभ है—वे रक्त में इसे लेकर पैदा होती हैं।

अपने गुस्से में उसने ध्यान ही नहीं दिया कि मिसेज मेहता क्या-क्या कह गईं इस बीच। वैसे उन पर ध्यान देने की ज़रूरत भी नहीं रहती। वे बोलती भी आप हैं, सुनती भी आप हैं। उसने कहीं पढ़ा था, औरतें सिर्फ़ कान होती हैं, पुरुष सिर्फ़ आँखें। ग़लत, औरतें सिर्फ़ जुबान होती हैं, पुरुष सिर्फ़ लार...

"...किसी को ऐसे दिन न दिखाए।" उसने सोच लिया, 'भगवान' होगा...

"छह साल हो गए इस लकवे को, अब तो सिर्फ़ याद रह गई है, कैसे झमाझम चला करती थी वो। हम दोनों तो जानबूझकर पैदल जाते थे फ़िल्म देखने..." वे कहती जा रही हैं।

भगवान। क्या ऐसी सचमुच की कोई चीज़ होती है? कोई रूमाल जिससे आप अपना मैला चेहरा साफ़ कर सकें या कोई उँगली जैसी चीज़, जिसे तुम लड़खड़ाते ही पकड़ लो। उसने तो उसी दिन इस नाम को छोड़ दिया था, जब भाभी को जवाब देने की सज़ा में भइया ने कसकर एक झापड़ रसीद किया था। उसने सारे भगवान एक झोले में डाले और नदी में सिरा आई। गिरते ही वे भीतर डूब गए। अब वह नहीं जाती कहीं रोते हुए। भीतर ही गिर जाते हैं आँसू...भीतर ही जम भी जाते हैं...बर्फ़ के खारे पहाड़...खड़े रहते हैं भीतर, दूसरी अनछुई चीज़ों की तरह...जो वक़्त की गर्द और धूल में अपना असली रंग तक खो चुकी है।

सारे कपड़ों को ब्रश लग गया। अब कामवाली बाई आकर फींच देगी। अब वह नाश्ते की तैयारी करे। बबलू अभी तक रो रहा है और दोनों उसे बहलाने को घर भर में नाच रहे हैं। छोटा शायद किसी काम से निकला हो। ये सब उस वक़्त ठीक-ठाक दिखेंगे, जब वह पूरा नाश्ता तैयार कर चुकेगी। कोई उसे देख बस ले, झट कोई न कोई काम टिका देगा। एक वही नौकर है घर-भर की। कॉलेज जो नहीं जाती। हर माँ को दो-चार लड़कियाँ पैदा करके रख देना चाहिए। कम ख़र्च में पल भी जाती हैं और बेवक़्त काम भी आती हैं।

"तो मैं कह रही थी रेशू, कितने बजे तक निपट जाओगी इस सबसे?" अब वे असली बात पर आ रही हैं।

"ग्यारह बजे तक हो ही नहीं पाती आंटी। फिर आज मुझे 'एरीना' भी जाना

है।'' वह सँभलकर बोली।

''आज नहीं जाओगी तो काम नहीं चलेगा बेटा? अब मैं भी बताओ न किसको बोलूँ? एक इसी फ़ैमिली से तो मुझे इतना लगाव है। तुम्हारे अंकल की ज़िम्मेदारियाँ निभाते-निभाते तो मैं तंग आ गई हूँ। रोज़ कोई न कोई टपक पड़ता है। हम गाँव छोड़ आए पर गाँव वाले हमें नहीं छोड़ रहे। ज्वांइट फ़ैमिली निभाना सचमुच अपने आपको बर्बाद करना है। लगे रहो सारा दिन। मैं तो तुम्हारी माँ से भी कहती हूँ। दूसरा समझौता कर लेना, पर अपनी लड़की ज्वाइंट फ़ैमिली में मत देना। मेरी माँ भी बाबूजी से यही कहती थी, पर क्या हुआ, कुछ नहीं। आज देखो न, सुबह से मेरा सिर दुख रहा है और छह लोग दोपहर के खाने पर आ रहे हैं। बेटा, मैं तेरी भाभी से बोल देती हूँ।''

भाभी से क्या बोलेंगी? वो कहेंगी, यहाँ का काम ख़त्म करो, फिर मरो जाकर कहीं भी, मुझे क्या? ब्रेकफास्ट बनने तक बबलू भी चुप हो जाएगा। बबलू तीनों वक़्त एकदम समय पर रोता है, जैसे अलार्म घड़ी बजती है। वैसे भी उसने पेट में आते ही माँ का खयाल रखना शुरू कर दिया। भीतर से भी और अब बाहर से भी। लगभग उसी की उम्र की है भाभी और क़िस्मत में फ़र्क़ देखो। पाँच मिनट की करामात।

''आंटी, एरीना से मैं एक बजे सीधे आपके घर आ जाऊँगी।'' जानती हैं, वे छोड़ेंगी नहीं। दो घंटे की यह फुरसत मिल जाती है, यही क्या कम है? फ़ैशन डिज़ाइनिंग कर रही है। हमेशा दूसरे के लिए तैयार की हैं ड्रेसेस...आजकल मॉडलिंग की तैयारी चल रही है...जो लड़कियाँ रैम्प पर उतरेंगी, उनके लिए कपड़े तैयार करना है। उसने अपने लिए कभी कुछ तैयार नहीं किया। दो ड्रेसेस इसके पहले तैयार की थीं। एक भाभी ने झटक ली, एक छोटी बहन ने...

''तू क्या करेगी? तेरे ऊपर तो यह डिज़ाइन अच्छा नहीं लगेगा।'' जाने कितनी बार सुन चुकी है वह यह सब। उस पर क्या अच्छा लगेगा, कभी सोच नहीं पाती। न अपने बनाए डिज़ाइन में ख़ुद को देख या सोच पाती है। मेरी अपनी कोई तस्वीर मेरे पास नहीं है। हर आदमी के पास अपनी एक तस्वीर होनी चाहिए—नंगी तस्वीर। जिसे वह जैसे चाहे सजाए-सँवारे...उसके कपड़े उतारे या पहनाए। हमें तो पहनाता भी कोई और है, उतारता भी कोई और...

मेहता आंटी चली गईं दूसरे द्वार पर दस्तक देने। उसने आलू बना लिए हैं और अब पूरियाँ निकाल रही है। आज उसे जाना है और वह एक-एक गर्म पराँठा देने के लिए ठहर नहीं सकती। भाभी बबलू का दूध लेने के बहाने झाँककर गई हैं कि सब कुछ ठीक चल रहा है या नहीं। बबलू को दूध पिलाने के बाद वे उसे नहलाने का प्रोग्राम बनाएँगी। गर्म पानी के टब में उसे देर तक बैठाए

रखेंगी...फिर भइया जाएँगे नहाने...कमरे का दरवाज़ा बंद हो जाएगा...कम अज कम आधे घंटे के लिए हम हैं...बंद कमरों का अंजाम...उसने छन्न से पूड़ी डाली और गर्म घी उछला...हाथ जल गया ज़रा-सा...परवाह नहीं, रोज़ कहीं न कहीं जलता है। कोई जगह ख़ाली नहीं।

नाश्ता तैयार कर वह नहाने भागी। साढ़े दस बज गए। कभी इतना वक़्त नहीं मिलता कि आराम से नहा ले। सोने-जागने, उठने-बैठने हर वक़्त में जल्दी। बाल्टी भर रही है और वह जल्दी-जल्दी साबुन घिस रही है, जो हाथ लग जाए, वही। उसके जाने के बाद भाभी बड़े आराम से चंदन का लेप पूरे शरीर पर लगाएँगी और तख़्त पर लेट जाएँगी, उसके सूखने तक। उनके पास से गुज़रो तो चंदन की महक आती है। विषधर तभी लिपटा रहता है हमेशा। एक अदद मुझे भी चाहिए, जिसे काँख में दबाए आप लेटे रहो, हमेशा।

आईने में उसने अपने आपको देखा...साँवली-धुँधली एक तस्वीर...कोई रंग नहीं। वह देख नहीं पाती ठीक से, डर लगता रहता है...सुंदरता भाग्य और आत्मविश्वास भी लाती है क्या? मुझे तो कुछ नहीं मिला, कुछ भी नहीं...उसने अपने ख़ाली हाथों को देखा और जल्दी-जल्दी उन्हें चलाने लगी। वे चलते रहें तो ध्यान बँटा रहता है। बाहर आकर चलते-चलते दो पूड़ियाँ ठूँसीं और अपनी स्कूटी पर भाग छूटी...

सुबह पाँच बजे से शुरू होता है यह चक्र...

"उठ रेशू उठ, पाँच बज गए। देर हो जाएगी फिर।"

माँ कभी प्रेम से उठातीं, कभी झिड़क कर। उसे याद नहीं आता, कभी जो वह चैन से सोई हो। रोज़ बारह बज जाते हैं...फिर रात में माँ कई बार पेशाब के लिए उठातीं, हर बार उन्हें पॉट देना, पेशाब करवाना, बाथरूम में जाकर उसे धोना, लाकर रखना। सुबह भी वही...टट्टी, पेशाब, नहलाना, कपड़े पहनाना...इतने बरस तो माँ ने भी नहीं उठाया होगा उसका गू-मूत। बेटे की शादी की कि बहू आकर सेवा करेगी। पहले ही साल पहला बच्चा...वह भी बेटा...और इस यातना का एक नया अध्याय शुरू...कभी-कभी वह शिद्दत से सोचती है...ऐसा नहीं हो सकता कि एक सुबह वह उठे और माँ को निर्जीव अपने बिस्तर पर पड़ा पाए...सारे झंझटों से एक साथ मुक्ति...देखती है, खिचड़ी बाल लिए झुर्रियों से अँटा चेहरा...कुछ महीने पहले सिर में इतनी जूँएँ पड़ गई थीं कि सारे बिस्तर पर रेंगा करतीं। बाबूजी ने सारे बाल कटावा दिए और फिर जूँएँ मारने वाला पाउडर मलवा दिया उनके सिर पर। दो दिन में सब साफ़...वह टेढ़े-मेढ़े बालों वाली आधी निर्जीव कुरूप-सी स्त्री कितनों का जीवन तबाह किए दे रही है। कहती है, रेशू की शादी के बाद चैन से मरूँगी। मरो तो चैन से शादी हो। किसको पड़ी है, यह बेताल अपने कंधों पर ढोए। एक मेरे ही कंधे दिखते हैं सबको...कभी-कभी रात को बाबूजी उनके

कमरे में आते तो वे उसके रिश्ते की बात पूछती...यहाँ गए थे? वहाँ? क्या हुआ? ख़ासकर जब वह सामने हो तब...

"अभी बात नहीं जम रही।" वे अनिश्चित स्वर में कहते और ज़रा-सी देर बैठ अपने कमरे में चले जाते। वह उस सबको शक से देखती है, क्या वे सचमुच उसका ब्याह करना चाहते हैं? उसके बाद फिर किसकी बारी है? छोटी बहन की? जब तक राक्षस का पेट है, तब तक बलि भी है।

उसने अपने मॉडल के लिए तीन ड्रेसेस तैयार की हैं, जिन्हें पहनकर वह 'रैम्प' पर उतरेगी। लड़कियों में चर्चा है कि उसकी ड्रेसेस सबसे अच्छी हैं...हो सकता है, बेस्ट ड्रेस उसकी ही चुनी जाए। रात-रात-भर अपनी कल्पनाओं की चिंदी-चिंदी जोड़कर उसने वे ड्रेसेस तैयार की हैं, किसी और के लिए। खुद तो वह बिल्कुल साधारण कपड़े पहनती है। दो-चार जो अच्छे से हैं, उसके अपने नहीं, भाभी के हैं। डिलेवरी के बाद वे मोटी हो गईं और उदारतापूर्वक अपने कपड़े उसे दे दिए जिसे पहनते वक़्त उसे सूखे पुआल की-सी महक आती...ऐसी महक उसे कपड़े धोते वक़्त मैले कपड़ों में से आती है और इस महक से उसे सख़्त नफ़रत थी। अपने तैयार किए हुए कपड़े उसने सूँघकर देखे...कुछ नहीं था उनमें, गंधविहीन थे वे।

उसकी मॉडल रितिका सिन्हा आ गई है। लहीम-शहीम साँवला फिगर...सुतवाँ नाक...काली आँखें और ख़ूब लंबे बाल। साँवले...औसत चेहरे को भी ये लड़कियाँ लीप-पोतकर कुछ और बना देती हैं। रैम्प पर चलती हैं 'कैट वॉक' करती हैं तो सामने वाले को निमंत्रण देती-सी लगती हैं। क्या इस सारे कारोबार का एक ही मुख्य बिंदु है, जिसके इर्द-गिर्द में समूची सृष्टि नाचती है?

वह उससे बहस करती है...यह नहीं, वह...यहाँ से छोटा करो, यहाँ से टाइट...ज़रा-सा और दिखना चाहिए...जो बाहर है, वह भी, जो भीतर है और ज़्यादा...कोई भी लड़की अगर पुरुष की मूल प्रवृत्ति को नहीं जगाती, बेकार है। साथ होने का रस, बग़ैर साथ हुए बेहतर ढंग से लिया जा सकता है...ये क्या सोचे जा रही है वह? उसके भीतर कितनी नफ़रत है? कभी किसी चीज़ को सहज ढंग से ले नहीं पाती। रितिका सिन्हा उसे समझाकर चली गई तो वह पुनः अपने काम में जुट गईं। नहीं करना चाहती थी वह यह काम। वह तो क्लीनिकल साइकॉलोज़ी करना चाहती थी...उसने बड़े मन से अपने बी.ए. में यह सब्जेक्ट लिया था और उसके लिए उसे बाहर जाना पड़ता। घरवाले उस जैसा मुफ़्त का नौकर कहाँ से लाते, सो उसे घर बैठा दिया गया। अब किसी को सौंपे जाने को उसे तैयार किया जा रहा है, जो भी कोने-कुतरे दिख रहे हैं बाहर—उन्हें छीलकर। इसी सबका बदला लेते हैं हम दूसरों से, क्या वह भी लेगी? वह भी तो सोचती है माँ का मैला धोते

वक़्त कि काश, अभी इसी क्षण यह घृणित शरीर उसके हाथ से फिसलकर ज़मीन पर गिर पड़े। भाभी के कमरे का दरवाज़ा बंद होते ही ईर्ष्या और द्वेष से भर जाती है। ओ शिट, उसने जल्दी-जल्दी अपना काम ख़त्म करना जारी रखा।

वापस लौटी तो अपने घर की बजाय मेहता आंटी के घर....अपने घर जाने की भी तो इच्छा नहीं होती। नहीं रहेगी तो भाभी जैसे-तैसे निबटा लेंगी, पहुँचते ही बबलू रोना शुरू कर देगा या फिर वे फ़ोन से चिपक जाएँगी।

मेहता आंटी ने कॉफ़ी तैयारी करके रखी हुई थी। पहुँचते ही उसने कमान सँभाल ली। तीन बजे तक सब तैयार हो जाएगा। उन्होंने निश्‍िचतता की साँस ली। अब वे ड्राइंगरूम की सज्जा पर ध्यान दे सकती हैं। उन्होंने क्या-क्या बनाना है, बताकर छुट्टी पा ली और बाहर निकल गईं। सिर्फ़ मेहता आंटी ही नहीं, हफ्ते में पाँच दिन उसे कोई न कोई बुलाने आ जाता है—किसी की डिलेवरी हो गई या कोई हॉस्पिटल में है। किसी का बच्चा बीमार है, कोई ख़ुद। वैसे बीमारी का बहाना ही सबसे आम है। वह जानती है, औरतें सचमुच न ख़ुश रहना चाहती हैं, न स्वस्थ। सारी बीमारियों की जड़ वे स्वयं हैं। बहुत जल्दी उनके भीतर सब कुछ मर जाता है, किसी भी सपने या इच्छा के अभाव में...

अब कहीं भी खटो, क्या फ़र्क़ पड़ता है? वह भी यह सोच सकती है कि उसे किसी की ज़रूरत है, किसी का काम उसके बिना रुक सकता है।

"अरे, जब इसकी शादी हो जाएगी तो क्या करोगी तुम?" मि. मेहता प्रशंसात्मक ढंग से उसे देखते हुए कहते हैं, मिसेज मेहता से।

"क्या करूँगी? सबको मना कर दूँगी, मेरे घर मत आओ, मैं अकेली हूँ। फिर इसकी छोटी बहन रागी भी तो है? अपनी ही बच्ची है।"

हाँ, कोई न कोई है, उसके पापा सात भाई हैं, सात चाचियाँ, उनके बच्चे...बच्चों के बच्चे...कहने को सब अलग, पर एक-दूसरे की संभावनाओं को लपकने को हरदम तैयार...और फिर मोहल्ला भी तो है। सब अपने हैं अपनेपन की यह बेस्वाद पुड़िया वह रोज़ पानी के साथ निगलती है।

उसने ग्रीन पुलाव बना लिया है और अब पनीर तलने के लिए तेल की कड़ाही गैस पर रख दी है। जब तक तेल गर्म हो वह सलाद तैयार कर ले...पनीर के बाद बूँदी भी तो तलनी है, रायते के लिए। इच्छाओं का पिटारा है यह जिस्म...हर वक़्त कुछ न कुछ इस भट्ठी में झोंकते रहो...सारी सोच यहीं से शुरू, यहीं पर ख़त्म...

बाहर से बातें करने की आवाज़ें आ रही हैं। मि. मेहता मेहमानों के साथ आ गए हैं शायद...उसने सलाद की दो बड़ी प्लेटें सजाकर दूर रख दीं और पनीर तलने लगी।

"अरे, क्या-क्या बना रही है हमारी बिटिया।"

मि. मेहता किचन में आ गए हैं। उसने नमस्ते की और अपने काम में जुटी रही।

"तुम्हारे बिना तो इस घर में कभी कुछ नहीं होगा। मैं कहता हूँ, तुम्हारी आंटी से, बेटियाँ बड़े काम की चीज़ होती हैं। देखो न, तीनों लड़के हमें छोड़कर बाहर पढ़ने चले गए। बेटी होती तो जी बहलाती। मैं तो अब भी कहता हूँ तुम्हारी आंटी से, कुछ देर नहीं हुई है, अभी भी सोचा जा सकता है।" और वे हँसने लगे, निर्लज्ज हँसी। उसने अपनी आँखें ऊपर नहीं उठाईं, लगी रही अपने काम में। वे दनादन सलाद खाते जा रहे हैं, वहीं प्लेटफ़ार्म के पास खड़े-खड़े।

उसने पनीर तलकर प्लेट दूर सरका दी और बूँदी डालने की तैयारी करने लगी। ड्राइंगरूम से म्यूज़िक और ठहाकों के मिले-जुले स्वर आ रहे हैं। न चाहते हुए भी हम सब-कुछ कितने बेहतरीन ढंग से निभा जाते हैं। सच, मनुष्य से बड़ा एक्टर कोई नहीं।

उन्होंने तुरंत पनीर उठा लिया और खाने लगे। अजीब-सा लगा उसे...

"अकंल, आपको बहुत भूख लग रही है शायद?" उसने यूँ ही कहा।

"बहुत..." उन्होंने स्टूल खिसका लिया और वहीं बैठ गए, खाना जारी था...

"कल रात देर से आया, ठंडा खाना रखा था। बिना खाए सोया तो सुबह तुम्हारी आंटी से झगड़ा हो गया। बिना ब्रेकफ़ास्ट किए ऑफ़िस चला गया। तुम समझाती क्यूँ नहीं रेशू?" उन्होंने अचानक हाथ पकड़ लिया उसका बायाँ हाथ, दाएँ से बूँदी निकालती हथेली काँपने लगी...उसने डरते हुए उन्हें देखा—हाँ, भूख ही तो थी वहाँ...जो उसने गाहे-बगाहे जाने कितनों की आँखों में देखी थी...जो बड़ी निर्लज्जता से पहले आँखों, फिर चेहरे, फिर पूरे जिस्म पर फैल जाती है...

"हाथ छोड़िए अंकल..." अचानक उसके भीतर दबा हुआ गुस्सा फुँफकारने लगा।

उन्होंने कहा कुछ नहीं। एक गंदी मुस्कान मरे हुए कीड़े की तरह उनके मुख पर चिपक गई...अपने हाथ में उसका हाथ भींचते हुए वे अपने होठों तक ले जाने लगे थे कि उसने नफ़रत से सुलगते हुए गर्म कलछी उनके उसी हाथ पर रख दी। यूँ चिहुंके कि करंट लगा हो और स्टूल से उठते-उठते उसे दोनों हाथों से धक्का दे दिया। उसका कलछी वाला हाथ टकराया कड़ाही से और पूरी की पूरी कड़ाही उछलते हुए उस पर...एक भयानक चीख़ और सब-कुछ शांत...

होश आया हॉस्पिटल के बिस्तर पर...देखा...पिताजी और भाई खड़े हैं मातमी चेहरा लिए...उनके पीछे मेहता आंटी के साथ छोटी बहिन...किसी ने मुस्कराकर उसे नहीं देखा। वे बुत बने खड़े थे...अपनी देह पर पड़ी सफ़ेद चादर उसने परे कर दी...दाहिनी तरफ़ सफ़ेद पट्टियों से ढँकी देह...गर्म तेल अपनी देह पर गिरते और

स्किन को आलुओं की तरह झुलसते देख लिया था उसने बेहोश होने से पहले। नहीं, उसे पीड़ा नहीं हुई थी, हुआ था सारे जंजालों से मुक्ति का अहसास...अब वह सारे झंझटों से दूर है। उसने अपनी आँखें बंद कर लीं।

"दीदी, भगवान का शुक्र है, तुम बच गईं, तुम्हारा चेहरा भी बच गया दीदी। मेहता आंटी कह रही थीं, कड़ाही में घी कम था, नहीं तो जाने क्या होता। वो तो मेहता अंकल वहीं खड़े पानी पी रहे थे और उन्होंने तुम्हें बचा लिया..."

छोटी बहिन ने उसका बायाँ हाथ अपने हाथ में लिया हुआ है और उसे बता रही है। पाँचवें दिन वह घर लौट आई है। उसे अब बहिन के कमरे में शिफ्ट कर दिया गया है। बहिन वहाँ स्थानांतरित हो गई है...

उसने अपना दायाँ हाथ देखा, कुहनी से नीचे काफ़ी जल गया था। चेहरे पर उँगलियाँ फेरनी चाहीं कि बहन ने हाथ पकड़ लिया...

"हाथ मत लगाओ दीदी। कुछ छींटे चेहरे पर भी पड़े हैं, दवा लगी हुई है।"

उसने महसूस करना चाहा कि उसके चेहरे पर कुछ चिपका हुआ है, पर उसे कुछ भी महसूस नहीं हुआ।

"दर्द हो रहा है दीदी?" रागी ने पूछा।

"दर्द" उसने छोटी बहिन का चेहरा देखा—पता नहीं।

उसकी आँखें पूरे कमरे में घूम गईं। जगह-जगह उसने फोम की बड़ी-बड़ी गुड़ियाओं से कमरा सजाया हुआ है। यह शौक़...उसने हँसना चाहा कि उसे खाँसी आ गई। चेहरे की स्किन खिंचने लगी...दर्द हो रहा है क्या? उसने खुद से पूछा। उधर से कोई जवाब नहीं आया।

"दीदी, तुम्हें देखना है, तुम कहाँ-कहाँ जली हो?" छोटी बहिन कमरे में आईना ढूँढ़ने लगी। देखकर क्या होगा? उसे पता है, वह कहाँ-कहाँ जली है? और ये निशान हमेशा रहेंगे। ये जख्म कभी उसे सोने नहीं देंगे, उसे सब पता है। भीतर खारे बर्फ़ के पहाड़ ऊँचे और ऊँचे होते जा रहे हैं।

बहिन को आईना नहीं मिला कमरे में तो वह दूसरे कमरे में चली गई है। कमरे की खिड़की खुली हुई है, बदली है, शायद बारिश हो, ठंडी हवा का झोंका भीतर आया, सूखी आँखें सूखने लगीं।

आज बबलू नहीं रो रहा, किचन में से काम करने की आवाज़ें आ रही हैं। भइया जल्दी-जल्दी तैयार हो रहे होंगे। बाथरूम का दरवाज़ा बंद भी होगा तो कमरे का खुला होगा। आज सुबह से उसे किसी ने नहीं उठाया, वह नौ बजे तक सोती रही। रागी स्कूल नहीं गई होगी, तभी यहाँ है। वधस्थल वही है, सिर्फ़ बलि बदल गई है। उसका मुँह कड़वा हो आया, उसने ब्रश तक नहीं किया है...उसे अपने आपसे एक अजब-सी गंध आ रही है...कभी जलने की, कभी सूखे पुआल की, अजब-सी

सीलन की, चिरी हुई लकड़ी की, दवाओं की, मलहम की...उसे पता नहीं कौन-सी गंध उसकी अपनी है। उसे एक बार फिर लगा, उसकी अपनी कोई महक नहीं...अनिच्छा से कहीं भी खिल आया बेशरम का फूल है वह...झर जाएगी उसी कीचड़ में, कोई जान तक नहीं पाएगा। यह उगता ही है गंदी नालियों, लावारिस जगहों के आस-पास...

बाहर हल्की-हल्की बारिश होने लगी है। सोंधी मिट्टी की ख़ुशबू। उसने गहरी साँस भरकर महसूस करने की कोशिश की...नहीं, कुछ नहीं...उसके चारों तरफ़ इतनी गंधें हैं कि कुछ और इन्हें भेद नहीं सकता। वह घुटती रहे इसी बासेपन में...

रागी आईना ले आई है, उसने अपना हाथ पीछे कर रखा है...

''डरोगी तो नहीं न दीदी।'' उसने शंकित स्वर में पूछा।

''शायद डर ही जाऊँ। मुझे अपना चेहरा याद ही नहीं आ रहा।'' उसने मुस्कराकर कहा।

''तुम आईना नहीं देखतीं?'' उसने बेहद अविश्वास से पूछा।

''सिर्फ़ आईना देखती हूँ।''

उसने अपनी पलकें मूँद लीं...

''रागी, एक काम करोगी पहले।''

''बोलो दीदी।'' उसने आईना टेबिल पर रख दिया।

''मुझे मेरी एक तस्वीर ला दे। पहले उसे देख लूँ, कैसी लगती थी। फिर तो आईना देखकर जान पाऊँगी कि अब कैसी लग रही हूँ?''

''तुम भी दीदी।'' वह उसे देखकर हँस दी...

''अच्छा, अभी लाती हूँ।''

वह बाहर चली गई और ज़रा से इंतज़ार के बाद एक भारी-भरकम एलबम लाकर उसके पलंग पर रख दिया...

''अब रुको, मुझे ढूँढ़ने दो।''

''ढूँढ़ो रागी, शायद मैं मिल ही जाऊँ।'' वह यूँ ही मुस्करा दी। कमरे में एलबम पलटे जाने की आवाज़ है, जैसे कोई दबे पाँव चल रहा हो भीतर-भीतर और भीतर...स्किन के भीतर रेंगता एक कीड़ा-सा...वह हाथ हटाकर झटक देना चाहती है और अपने ज़ख़्मों को छूना भी नहीं चाहती है...अब कीड़ा ठीक जख्म के ऊपर है...मांस का रेशा-रेशा कुतरता...अजब-सी लाचारी में उसने अपना सिर तकिए में भींच लिया...

''रागी, मैं ख़ुद को कैसे पहचानूँगी कि यह मैं हूँ?'' उसने पीड़ा से विकृत हो रहे चेहरे पर मुस्कान की भीनी चादर डाली।

रागी अवाक् उसका मुँह देख रही है...

“अपने चेहरे से–और कैसे? पर तुम तो यहाँ कहीं नहीं हो दीदी...” उसने अनमने ढंग से एलबम बंद कर दूर खिसका दिया।

“रागी, मेरा चेहरा कहाँ है?”

रागी स्तब्ध बैठी है, उसका चेहरा आईने की तरह सपाट है... दीदी बौरा गई है, अत्यधिक दुख की वजह से...

“मेरी कोई तस्वीर नहीं है रागी, किसी ने नहीं बनाई हमारी तस्वीर...हमीं से नहीं बनाई गई। हम आईना बनकर रह गए।”

अचानक बबलू के ज़ोर से रोने की आवाज़ आई। रागी उठकर बाहर भागी...भविष्य के उल्टे पड़े आईने में उनका संभावित चेहरा झिलमिलाने लगा...

लोक-परलोक

अलस्सुबह जब ट्रेन उस छोटे से स्टेशन पर रुकी, हम उतर पड़े। हम जानते थे कि कुली यहाँ नहीं मिलेगा, फिर भी हमने बड़े यक़ीन से इधर-उधर तलाशा और जब यक़ीन टूट गया, हम तीनों एक-दूसरे की तरफ़ देखकर मुस्कराए। कंधे पर एअरबैग टाँगा और हाथ में अटैची लिए हम फिर घिसटने से लगे।

प्लेटफ़ार्म के बाहर आते ही ठंडी हवा के झोंके ने हमारा स्वागत किया। बरसों बाद इस तरह की यह मेरी पहली सुबह है, जब मैं अँधियारे को उजियाले की गोद में फिसलते-गुम होते देख रही हूँ। गलियों से होते हुए हम आगे बढ़े। हर शहर, हर गाँव की अपनी एक निजी महक और ध्वनियाँ होती हैं, जिन्हें सिर्फ़ वहीं जाना जा सकता है।

बहुत से घरों के दरवाज़े खुल चुके थे। कुछ औरतें बाहर चबूतरों पर झाड़ू मार रही हैं, कुछ पानी भरने के लिए पीतल के कलसे लिए नल के पास जाकर खड़ी हो गई हैं। एक चूड़ी वाला चूड़ियों का बड़ा-सा स्टैंड बाहर चबूतरे पर रख उन्हें आहिस्ता-आहिस्ता झाड़ रहा है और वे झनझनाए जा रही हैं।

"देखो, तुम शहरी कितने बजे उठते हो?"

फूफा जी ने मुझे देखकर मज़ाक़ किया। मैंने कोई जवाब नहीं दिया। मैं अपना सामान उठा नहीं पा रही थी। तभी एक घर के आँगन में मैंने कदंब का पेड़ देखा, तो ख़ुशी से झूम उठी मैं।

"बुआ, देखो कदंब का फूल। हमारे स्कूल में हुआ करता था। उसके बाद आज देख रही हूँ।"

उन्होंने सहमति से सिर हिलाया। मुझे लगा, मैं इसके सिवा कुछ भी कहती, वे इसी तरह सिर हिलातीं, पर मुझे बिल्कुल बुरा नहीं लगा। वे अपनी बड़ी बहन के वैधव्य पर दुःखी थीं और सारे रास्ते वे इसी भाव-दशा में थीं। मैं जानती थी, उन्हें वहाँ से खींच इस तरफ़ नहीं लाया जा सकता, बल्कि वे मुझसे ही उम्मीद

कर रही हैं, उस तरफ़ आने की। पर मुझे कोई फ़र्क़ नहीं पड़ रहा। मुझे लग रहा था, मैं सारा सामान फेंक इस हवा में लहराती चलूँ।

"अंतिम संस्कार कितने बजे होगा?"

अनायास मैं बुआ के निकट आ गई।

"शाम तो हो ही जाएगी। पता नहीं अभी कौन-कौन आना बाक़ी है।"

"कौन आएगा? किसे चाह होगी अंतिम दर्शन की। जीते-जी तो उसे दुत्कारते ही रहे।"

"दुनियादारी तो निभानी पड़ती है।" बुआ ने ठंडी साँस भरी।

"दुनियादारी?" मैंने आश्चर्य व्यक्त किया।

"सिर्फ़ दुनियादारी निभाने के लिए बड़ी बुआ इतना ख़र्च करने को राजी हो जाएँगी?"

"तुम इन सब बातों के लिए छोटी हो अभी तुमने देखा ही क्या है?"

बुआ ने अपनी तरफ़ से बात जैसे ख़त्म कर दी। वे बहुत जल्दी मान जाती हैं कि हाँ, ऐसा ही होता है, यही दुनिया है। और यहाँ किसी बात पर चौंकना या आश्चर्य प्रकट करना बेवकूफ़ी है।

मैंने फिर कुछ नहीं पूछा। घर नज़दीक आ गया था। दरवाज़ा खुला था। काफ़ी लोग जाग रहे थे। हमारा सामान ऊपर पहुँचाया गया।

उतनी सुबह भी रोने वाली औरतें एक क़तार में बैठी थीं। अपने मटमैले कपड़ों से सिर ढाँपे। सबसे पहले छोटी बुआ ही उनके गले मिलीं और एक सामूहिक रुदन चालू हो गया। मैं पीछे बैठी उन सबको पहचानने की कोशिश कर रही थी। उन सबमें मुझे सिर्फ़ एक बूढ़ा चेहरा पहचाना-सा लगा। वे बड़ी बुआ की ननद यानी फूफा जी की बड़ी बहिन थीं। जब हम छोटे थे, उन्हें इस घर में आते-जाते देखते थे, फिर बरसों हुए हमने देखा तक नहीं।

मैंने बड़ी बुआ को देखा। उनके माथे पर सफ़ेद दुपट्टा था और वे सिर सीधा किए, आँखें बंद किए, उसी तरह बैठी थीं, जिस तरह वे 'राधास्वामी' के ध्यान में बैठती हैं, सत्संग करते समय। छोटी बुआ उनके गले में बाँहें डाल कुछ मिनट रोती रहीं। उनके बदन में हरकत तक न हुई। उनके चेहरे पर एक ही भाव फ़्रीज था–सघन तटस्थता का। बारी-बारी से सबके साथ रो लेने के बाद बुआ आकर मेरी बगल में बैठ गईं और मुझे इशारा किया। मैं उठकर सबके गले मिली, पर इस बार कोई नहीं रोया। वे सब जानती हैं, कहाँ रोना, कहाँ नहीं रोना। सबसे मिलने के बाद मैं अपनी जगह पर आकर बैठ गई। थोड़ी ही देर में वह ख़ामोशी फिर खुसुर-फुसुर में तब्दील हो गई। बड़ी बुआ की बहू तभी ट्रे में सबके लिए चाय लेकर आई। सबने अपना-अपना कप पकड़ा और जो जिसके समीप आना चाहती थी, खिसक आई।

उन सबके पास अपने-अपने दुःखों की गठरी थी, जिसे वे सबके सामने खोलकर टुकड़ा-टुकड़ा दुःख उठातीं और उस दूसरी को दिखातीं कि देख, तुम कहती थीं, मेरा दुःख बड़ा है। उन्होंने अपने दुःख को उलटा-पलटा और एक-दूसरी को दिखाकर तसल्ली जोड़ी थोड़ी-सी, फिर उसी तसल्ली को छाती से लगाकर इधर-उधर जहाँ जगह मिली, लेट गईं।

मैं उस कमरे में गई, जिसमें उनकी मृत-देह रखी थी। काली, नाटी, रोएँदार देह, जो जीते-जी किसी काम न आई, अब निस्पंद पड़ी थी। सारे मर्द उसके गिर्द बैठे बातें कर रहे थे। किसी आगंतुक के आने पर कुछ मिनट ख़ामोशी छा जाती, फिर उसी तरह की काना-फूसी। मैंने साश्चर्य पाया, कभी जो उनकी नालायक़ी, निठल्लेपन, कामचोरी, बार-बार घर से भाग जाने की जी-भर कर लानत-मलामत करते, वे इस वक़्त उनके सीधेपन, उनके संकोची स्वभाव की तारीफ़ कर रहे थे। उन्हें अफ़सोस था कि चार-चार बेटे होने के बावजूद उन्होंने कोई सुख नहीं देखा—न घर का, न बाहर का। दिनों भूखे-प्यासे जाने कहाँ भटकते रहते। उनके कपड़े हमेशा मैले और फटे रहते। और दिनों बाद जब वे थक-हारकर अपनी कुठरिया में लौटते, घर वाले उनके लिए एक ही टिफिन में दोनों वक़्त का खाना रखकर भेज देते नौकर के हाथ। उन्हें अपने घर में प्रवेश करने की मनाही थी। उनकी इन्हीं आदतों के चलते उनकी पत्नी यानी बड़ी बुआ ने उन्हें त्याग दिया था।

उनकी मृत-देह सफ़ेद कपड़े में लिपटी कमरे के एक कोने में रखी है। उनके सिरहाने घी का दिया जल रहा है और कुछ अगरबत्तियाँ। कुछ घंटों बाद उन्हें स्नान करवाया जाएगा। मैंने उन्हें हमेशा इतना मैला देखा है कि वो नहाकर कैसे दिखते होंगे, मैं कभी जान नहीं पाई।

सिर्फ़ एक बार जब उनके बड़े बेटे की शादी हो रही थी, उन्हें कहीं से पकड़कर लाया गया था और नहला-धुला, नए सफ़ेद कपड़े पहना, सिर पर सफ़ेद रूमाल रख वेदी के सामने बैठा दिया गया था, जहाँ वे अपने बाप होने का फ़र्ज़ अदा कर रहे थे, बड़े हास्यास्पद तरीक़े से। शादी संपन्न होने के दूसरे ही दिन वे फिर भाग गए और किसी ने तवज्जो नहीं दी।

मैं ऊपर आ गई। जब तक अंतिम संस्कार नहीं हो जाता, नहाने और खाने की मनाही है। घर की बहुएँ इस चिंता में हैं कि बच्चों का क्या किया जाए? वे बच्चों के लिए कुछ बनाकर उन्हें पड़ोसियों के घर भिजवा देती हैं कि उन्हें वहीं खिला-पिलाकर सुला दिया जाए।

जैसे-जैसे दिन चढ़ता है, कुछ बुज़ुर्ग औरतें भूख नहीं सह पातीं और वे चौके में घुसकर, छिप-छिपाकर कुछ खा लेती हैं।

आख़िर जब तय हो जाता है कि दोपहर तक सभी ट्रेनें आ चुकीं और अब किसी को नहीं आना तो अंतिम संस्कार की तैयारी होने लगती है। उन्हें नहलाने

को एक बाल्टी पानी और मुल्तानी मिट्टी नीचे ले जाई गई। उनके सिर पर ज़रा-सी मुल्तानी मिट्टी लगाकर थोड़ा-सा स्नान करवा जाने कब के रखे नए कपड़े पहना दिए गए।

जब उन्हें घर से बाहर ले जाने की तैयारी पूरी हो गई तो घर की औरतें जार-जार से रोने लगीं। हमेशा की तरह सिर्फ़ बड़ी बुआ चुप थीं। बहुओं और बेटों को संदेश आता है कि वे आकर उनके पैर छुएँ, अंतिम विदाई का वक़्त आ गया। उनके बाद बड़ी बुआ के पास संदेश आता है पति के पैर छूने का। वे कोई जवाब नहीं देतीं। कुछ औरतें हिला-डुलाकर उनसे यही कहती हैं। वे नहीं सुनतीं। छोटी बुआ उनके नज़दीक आकर उन्हें धीरे से हिलाती हैं–

"दीदी।"

उन्होंने आँखें खोलकर ठंडी निगाहों से उन्हें देखा–

"मैं नहीं छुऊँगी पैर।"

"सब लोग क्या कहेंगे?"

"लोग?" उन्होंने जलती आँखों से अपने आस-पास देखा–"क्यों आए हैं यहाँ, मेरा तमाशा देखने? किसने बुलाया इन्हें? क्यूँ छुऊँ पैर? क्या किया है उसने हमारे लिए?"

"छोड़ो ये सब। इस सबका वक़्त है ये?"

उन्होंने उपेक्षा से छोटी बुआ का हाथ झटका और वापस उसी मुद्रा में लौट गईं। दस-पंद्रह मिनट गुज़र गए। नीचे पुरुषों में हड़कंप मचने लगा। बेटों की हिम्मत नहीं थी कि माँ को कुछ कहें। आख़िर कुछ औरतें आईं। और उनके दोनों बाजुओं से उन्हें पकड़ जबरन खड़ा किया और बाहर ले जाने लगीं। तत्काल वे बेहोश हो उनकी बाँहों में झूल गईं। अब? अब कुछ नहीं हो सकता। उन्होंने निराशा से सिर हिलाया और बाहर चली गईं। फिर मृतक की देह उठा ली गई वहाँ से।

पीछे घर की औरतों ने घर धोया और उस जगह को गोबर से लीपा, जहाँ उनकी मृत-देह रखी थी। दस-पंद्रह मिनट बाद वे उठकर बैठ गईं। औरतों ने उन्हें फिर घेर लिया। अब वे ग्रुप बनाकर जाएँगी किसी नदी या कुएँ पर, घर के एकदम बाहर। और फिर वहाँ से नहाकर सफ़ेद कपड़े पहनकर लौटेंगी। सबसे पहले बड़ी बुआ को नहलाया जाएगा। देखने में यह अजीब लगता है कि किसी रोती-कलपती को दोनों बाजुओं से पकड़कर, सबके सामने सड़क पर चलाते हुए किसी कुएँ या नदी तक ले जाया जाए और फिर उसी तरह रोते हुए वापस लाया जाए। पर वहाँ तर्क की कोई गुंजाइश नहीं होती। उन्होंने सुनते ही मना कर दिया कि वे उठ भी नहीं सकतीं। उनका सिर घूम रहा है। और इसके साथ ही वे थर-थर काँपने लगीं; उनके दाँत बजने लगे और वे लेटी-लेटी दोहरी-तिहरी होने लगीं। आख़िर जैसे-तैसे उन्हें वहीं नहलाया गया और बाक़ी औरतें नदी की तरफ़ चल दीं। मैं

देख रही थी, उनकी बड़ी ननद को यह सब एक आँख नहीं भा रहा। उनकी पूरी हमदर्दी अपने भाई के साथ थी। पर वे बड़ी बुआ के तेज़ स्वभाव से डरती थीं और कुछ कह नहीं पा रही थीं।

शाम चार बजे से ही औरतों ने उसी तरह रोना शुरू कर दिया सिलसिलेवार जिस तरह वे अक्सर रोती हैं, सबके देख लिए जाने तक। तब उन्हें पूरी तसल्ली हो जाती है कि उन्हें हर आते-जाते ने देख लिया है, वे अपनी बातों का छोर ठीक वहीं से पकड़तीं, जहाँ उन्होंने व्यवधान उपस्थित होते ही छोड़ा था।

आज पगड़ी रस्म है, ठीक पाँच बजे। उनके बेटों के सिरों पर सफ़ेद पगड़ी बाँध उन्हें पानी के छींटों से शुद्ध किया जाएगा, फिर बाद में उन सारे लोगों को, जो अंतिम संस्कार के वक़्त मौजूद थे। पाँच बजे, जबकि वह ख़ास वक़्त था रोने का, कोई नहीं रोया।

पानी के छींटे दिए गए। भीड़ इतनी थी कि पैर रखने की जगह नहीं। सारा गाँव ही उमड़ा पड़ रहा था। छींटों के बाद रोने का आख़िरी दौर था, पर सब इतना थक चुके थे कि कोई नहीं रोया और बाहर के जितने भी लोग थे, उठ-उठ कर जाने लगे।

अब पुरुषों के आने की बारी थी। अंदर का बड़ा कमरा जो औरतों के रोने का कमरा था। आधा ख़ाली कर उस पर ढंग से दरियाँ बिछाई गईं। एक तरफ़ रोने वाली औरतें बैठी थीं। दूसरी तरफ़ पंद्रह-बीस मेहमान पुरुष आकर बैठ गए। उनके बैठते ही औरतों ने रोना शुरू कर दिया। दो मिनट बाद सारे पुरुष उठे और बाहर आ गए। रोती हुई औरतें चुप हो गईं। इस सारे दौरान जो नहीं रोया, वे थीं बड़ी बुआ।

रात होते-न-होते यह तय किया जाने लगा कि बारहवीं की रस्म के लिए क्या करना है, किसे बुलाना है और कितना खर्च आएगा?

"कोई ज़रूरत नहीं है बारहवाँ करने की। नहीं हैं मेरे पास इतने रुपए?" बुआ ने गुस्से से कहा।

"तुम हमेशा अपना क्यूँ सोचती हो? मेरा भाई था वह।" उनकी बड़ी ननद ने हिम्मत करके कहा।

"तुम्हारा भाई था तो तुम करो।" बुआ ने तीखी नज़रों से उनकी तरफ़ देखा।

"तुम उसकी पत्नी हो।"

"मैं नहीं हूँ उसकी पत्नी। बरसों पहले मैंने उसको छोड़ दिया था।"

"बच्चे तो हैं उसके। या वे भी नहीं। तुम कुछ मत करो, उन्हें तो करने दो, अपने बाप के लिए। इस लोक में तो जगह नहीं मिली, उस लोक में तो मिलने दो।" कहकर वे रोने लगीं।

'बाप' शब्द से बड़ी बुआ के होंठ व्यंग्य से टेढ़े हो गए। वे कोई सख़्त कहने वाली थीं, पर जब उन्होंने देखा कि सारे लोग हमदर्दी से उनकी ननद की तरफ़

देख रहे हैं, तो वे वहाँ से उठकर चली गईं। छोटी बुआ उनके पीछे-पीछे गईं, मैं भी...

''अब मान भी जाओ दीदी। देखो, कैसे रो रही हैं?''

''नाटक है यह सब। तीस साल—तीस साल कोई पूछने नहीं आया अपने भाई-भाभी को कि कैसे जी रहे हो या मर रहे हो और आज बहिन हो गई उसकी। न मिले उसे परलोक में जगह। जाने कि क्या होता है भटकना। सारी उमर बोझ था, मर कर भी बोझ हो गया।''

''मरे हुए को क्यों कोसती हो? सब अपने कर्मों का फल है।''

''कर्मों का फल।'' उन्होंने व्यंग्य से छोटी बुआ को देखा...

''ठीक है न फिर। उसे क्यूँ नहीं भोगने देते तुम सब अपने कर्मों का फल? कर्म सिर्फ़ मेरे बुरे थे?''

''तुम चुप रहो अब। मुफ्त की जग हँसाई मत करो।''

छोटी बुआ ने उन्हें डाँटकर चुप करा दिया। पर उन्होंने जैसे छोटी बुआ की बात सुनी ही नहीं। उनकी आँखें सिकुड़कर छोटी हो गई थीं। वे कुछ सोच रही हैं...

''कर्मों का फल। मैं दूँगी उसे अपने कर्मों का फल।'' वे बुदबुदाईं। फिर दूसरे कमरे में चली गईं। हम दोनों उसके पीछे नहीं गए। छोटी बुआ ने बाहर आकर सबको कहा कि जो सबको उचित लगे, करो। बारहवाँ होगा और वे कुछ नहीं कहेंगी। उनकी ननद ने अपने आँसू पोंछ लिए। उन्हें यक़ीन हो गया कि उनके भाई का यह लोक नहीं सुधरा तो क्या परलोक ज़रूर सुधर जाएगा।

न-न करते भी काफ़ी मेहमान आ गए थे। उनकी तीनों बहुओं को रोने की भी फ़ुरसत न मिलती। कभी चाय, कभी नाश्ता, कभी खाना, कभी मिठाई, कभी फल, ये-वो, लोगों की अनंत ज़रूरतों के बीच वे अपने सीमित साधनों के साथ इधर से उधर होती रहतीं। शाम को जब गाँव की औरतें आतीं और रोने का वक़्त होता तो वे चाय बना रही होतीं। कभी-कभी उनकी बड़ी बहू को रोने के लिए बुला लिया जाता। एक-आध घंटे रोकर वह फिर किचन में चली जाती। जो नहीं रोया, वे थीं बड़ी बुआ, और जो बहुत रोया, वे थीं उनकी ननद। वे कभी आजू-बाजू नहीं बैठतीं। बड़ी बुआ एक दीवार से टिककर तो वे एकदम सामने की दूसरी दीवार से टिककर। बड़ी बुआ को उनका रोना नागवार गुज़रता और उन्हें बड़ी बुआ का न रोना। पर उन्होंने कभी एक-दूसरे से कुछ नहीं कहा।

आख़िर ग्यारह दिन गुज़र गए और बारहवाँ दिन आ गया। बड़ी बुआ की ननद ने पूजा-पाठ की ख़ास-ख़ास तैयारियाँ करवा डालीं, अपनी देख-रेख में। स्पेशल खाना बनवाया गया। जो-जो मृतक को पसंद था और जो-जो वह चाहकर भी कभी खा नहीं पाया था अपने जीते-जी।

बारह बजे ब्राह्मण आएगा। उसके लिए न सिर्फ़ तगड़ी दक्षिणा का प्रबंध किया गया है, बल्कि कुछ महीनों का राशन भी, जैसे—दाल, चावल, आटा, घी,

मसाले, शक्कर व अन्य सामान। यहाँ तक कि साबुन, तेल और टूथपेस्ट भी। सब सामान बोरे में बाँधकर नीचे ही तैयार कर दिया गया, ताकि बड़ी बुआ की निगाह न पड़े। सब जानते थे, वे बोरा देखते ही भड़क उठेंगी।

ब्राह्मण आ गया तो विधिवत् सब शुरू किया गया। पूजा-वग़ैरह जिस तरह होती है, उसी तरह। हम सब उसके चारों ओर बैठे थे। और ज़रूरत पड़ने पर दौड़-दौड़ कर उनके काम करते।

सारे खाने में से थोड़ा-थोड़ा एक बड़े थाल में रखा गया—चार बड़े-बड़े लड्डू बनाने के लिए—पिंडदान। फिर ब्राह्मण के खाने का थाल अलग से बनाया गया। बड़ी बुआ का बड़ा बेटा और बहू पूजा में बैठे थे और ब्राह्मण के बताए अनुसार सब कर रहे थे।

सारा कार्यक्रम यथावत् संपन्न हो रहा था, उसी कमरे में, जिसमें मृतक की देह पड़ी थी। मृतक की बहन की आँखों में आँसू थे। वे किसी-न-किसी को कहती रहतीं—"उनके भाई का यह लोक तो नहीं सुधरा, परलोक ज़रूर सुधर जाएगा। कौन-सा सुख देखा उसने अपने जीवन में। सब थे, पर कोई नहीं था।" हज़ारवीं बार कह रही थीं वे यह बात।

तभी सभी ने वह दिल तोड़ने वाला नजारा देखा। सफ़ेद कपड़े और सफ़ेद दुपट्टा पहने बड़ी बुआ उतरीं। उनका गोरा चेहरा तमतमा रहा था। उन्होंने एक बार अपने चारों तरफ़ देखा, फिर सीधी जाकर ब्राह्मण के सिर पर खड़ी हो गईं...

"बंद करो यह सब।"

ब्राह्मण ने चौंक कर उनकी तरफ़ देखा और 'तौबा-तौबा' करते हुए अपने कान छुए। बड़ा बेटा पहली बार ज़ोर से चिल्लाया...

"अम्मा, ऊपर जाओ तुम।"

उन्होंने उसकी बात का कोई जवाब नहीं दिया। वे सिर्फ़ ब्राह्मण को देख रही थीं...

"बंद करो और घर जाओ। तुम्हारे आने की फ़ीस कल तुम्हारे घर पहुँच जाएगी। मुझे नहीं करवाना ये नाटक।"

उनकी आवाज़ इतनी ठंडी थी कि ब्राह्मण सहमकर खड़ा हो गया। उसके साथ ही सब दूसरे भी। इसके पहले कि कोई कुछ और कहकर बीच-बचाव करता, उन्होंने दोनों थाल उलट दिए...

"क्या कर रही है, पागल हो गई है?"

"समझती क्या है, अपने आपको, कोई कुछ कहने वाला नहीं है।"

"पाप-पुण्य की परवाह नहीं है कुछ।"

"इसका क्या जाता है, कर तो बेटे रहे हैं।"

"ऐसी थी, तभी तो बेचारे को घर से निकाल दिया।"

"औरतें सिर्फ़ जूतों से ठीक रहती हैं।" किसी ने गहरी नफ़रत से कहा।

उन्होंने अपनी निगाहें चारों कोनों में घुमाईं। फुसफुसाते लोग चुप हो गए...

"अब आप लोग कृपया अपने-अपने घर जाइए। जो भी हमारे मामले में पड़ेगा, उसके लिए ठीक नहीं होगा।"

तब तक ब्राह्मण गुस्से से धधकता अपनी जूती पहन होंठों-ही-होंठों में बड़बड़ाता बाहर निकल गया। लोग तितर-बितर हो गए। बड़े बेटे ने सबको हाथ जोड़कर रोकने की कोशिश की, पर कोई न रुका। सबकी त्यौरियाँ चढ़ी हुई थीं।

वे दनदनाती ऊपर चली गईं। नीचे मृतक की बहन ज़ोर-ज़ोर से विलाप कर रही हैं।

आहिस्ता-आहिस्ता घर ख़ाली हो गया। जिन्हें जाना था, वे भी चले गए। जिन्हें नहीं जाना था, वे भी। कोई कुछ न कर सका सिवाय आलोचना के। किसी ने कुछ नहीं खाया। थाल यूँ ही उलटे पड़े रहे।

उसकी ननद आख़िर बिना कुछ खाए-पीए उसी शाम ट्रेन से चली गईं। बिना किसी से मिले, किसी से कुछ कहे बिना। उनकी तरफ़ से अब सब ख़त्म हो गया था।

छोटी बुआ ने बड़ी बुआ को काफ़ी डाँटा-डपटा। पर उन्होंने चुप्पी साध ली थी। फिर कुछ न कहा। आख़िर थक-हारकर छोटी बुआ नीचे आईं और उसी थाल में वे 'पिंड' सजाने लगीं, जिसमें ब्राह्मण बनाकर गया था। उन्होंने सब-कुछ ज्यों-का-त्यों बनाया और उनके बड़े बेटे को समझाते हुए कहा कि इन्हें किसी नदी में विसर्जित कर आओ।

तभी मंदिर से एक आदमी उनकी अस्थियाँ लेकर आया, जिन्हें पगड़ी रस्म के दिन, सुबह चुन कर लाया गया था और मंदिर में रखाया गया था कि किसी उपयुक्त अवसर पर कोई हरिद्वार जाएगा और वहाँ इनका विसर्जन कर आएगा। अस्थियाँ छोटे से घड़े में थीं और घड़े का मुँह लाल कपड़े से बँधा हुआ था। विभिन्न हाथों से होती हुई वे छोटी बुआ के हाथों में पहुँचीं। वे उसे लेकर ऊपर गईं—जहाँ उस घटना के बाद बड़ी बुआ घुस गई और न बाहर निकली थीं, न किसी से कुछ कहा था, न ही कुछ खाया-पिया था। छोटी बुआ उनके सामने जाकर खड़ी हो गईं...।

वे 'राधास्वामी' की तस्वीर के सामने आँखें बंद किए बैठी थीं।

"अब इनका क्या करूँ मैं? जब सब फेंक दिया है तो फिर ये फूल क्यूँ पड़े रहें? बहा दे किसी भी नदी में, कौन ले जाएगा हरिद्वार?"

बड़ी बुआ ने चौंककर छोटी बुआ को देखा, फिर उनके हाथ के लाल घड़े को और कई पल देखती रहीं फिर...

"नहीं। इसे रहने दे। अगले साल मैं 'ब्यास' जाऊँगी तो वहीं विसर्जित कर दूँगी। तब तक मेरे कमरे में रख दे।"

मैंने चौंककर सुना किसकी है ये आवाज़? कौन बोल रहा है आज इस तरह?

स्कूल में साथ पढ़ती थीं दो सहेलियाँ। दोनों के बीच सब कुछ इतना साझा था, मानो साँस और धड़कन का रिश्ता हो। वो दौर बीत गया अब। एक सहेली अच्छे मुक़ाम पर है तो उसे याद आ रही है बचपन की वह सखी, जो आज जाने कहाँ है? उसकी की तलाश में एक पत्र...

ओए... कोई सुन रहा है

प्रिय सुलेखा,

मुझे पता नहीं, बीते वर्षों में तुमने मुझे कभी याद किया या नहीं, कभी ढूँढ़ने की कोशिश की या नहीं? यूँ तुम्हें कोशिश करने की ज़रूरत भी नहीं थी। मेरा पता, ठिकाना अक्सर किसी न किसी पत्रिका में छपता रहता है। मेरे फ़ोटो भी। पर मेरे फ़ोटो से तुम सचमुच मुझे नहीं पहचान पाओगी। अब वो लंबी-लंबी चोटियाँ रही नहीं मेरी...न आँखों की कोरों से निकली काजल की लकीरें...न हवाओं में उड़ते अदाओं के वो रंग...। धुल-धुलकर बहुत सारे रंग निकल जाते हैं जीवन में से...बचा रहता है स्वच्छ...सफ़ेद...। एक बार यूँ ही ढूँढ़ते-ढूँढ़ते मैं भारती से मिलने गई थी। वह मुझे पहचान नहीं पाई–सूनी आँखों से मुझे देखती रही। मैं हँसी तो मेरे गाल पर पड़ते गड्ढे से वो मुझे तुरंत पहचान गई। जब वह हँसने लगी, मुझे लगा, वह रो रही है। जाने तुम उससे कभी मिली हो या नहीं। अपने सारे राज़ वह तुम्हीं से शेयर करती थी। ससुराल वालों ने उसे इतना सताया कि कई बरस पागलखाने में बिताने के बाद आख़िरकार उसे अपने भाई की शरण लेनी पड़ी। जीवन जैसे-तैसे गुज़ारने के लिए। कैसे-कैसे सपने देखा करते थे हम? क्या-क्या नहीं चाहा, सोचा था? कितने सपने पूरे होते हैं एक उम्र में? कभी मिलेंगे तो ज़रूर पूछूँगी तुमसे...।

सुलेखा, लिखने के तमाम व्यक्त-अव्यक्त कारणों में से एक यह भी है कि काश! कोई तुम्हें पहचान जाए...कोई एक और तमाम उम्र हजारों-हजार ढंग से वह एक बात कहने के बाद भी जाने क्यूँ लगता है कि हम कह नहीं पाए ठीक-ठीक...हमें वह ढंग ही नहीं आया। ढंग...तुम्हें याद है न वो दिन, जब हम ढंग से रहना सीख रही थीं, ढंग से जीना...। हर वक़्त मन में यह खयाल रहता कि हम खास हैं। सिर्फ़ इसलिए, दोपहर की छुट्टी में जब सारी लड़कियाँ खेल रही होतीं...हम सीढ़ियों पर कभी एक-दूसरे का हाथ पकड़े, कभी एक-दूसरे का स्पर्श महसूस करते बैठे रहतीं कि हम उनका खेल देख रहे हैं। स्कूल में घुसते ही हम सबसे पहले एक-दूसरे को ढूँढ़तीं। कभी रास्ते में, बस ख़राब होने की वजह से जब तुम सब भालूमाड़ा

की लड़कियाँ देर से आतीं, लगभग दो पीरियड ख़त्म होने के बाद...यक़ीन मानो, उन दो पीरियड में कहा गया एक भी शब्द मुझे समझ में नहीं आता। मेरी आँखें दरवाज़े पर लगी होतीं, जहाँ से तुम्हारे आने की अनंत संभावनाएँ थीं। हम सिर्फ़ एक-दूसरे के लिए कभी स्कूल 'मिस' नहीं करती थीं। और वो मिनी बहनजी...जो किताब से देख-देखकर पढ़ाया करती थीं, उनके जवाब हमें किताबों में ही मिल जाते थे। मिल जाते हैं, बहुत से जवाब किताबों में, पर सच तो यह है, किताबों के जवाब अक्सर हमारे काम नहीं आते। अपने जवाब तो हमें अपने जीवन में ही ढूँढ़ने होते हैं। उनकी क्लास में कितनी भी मस्ती करो, वो बस मुस्कराती रहती थीं। आशा, विमला, उप्पल, अशोक...ये सब कहाँ होंगे सुलेखा? तुम कहाँ हो? लड़कियों के संसार इतने छोटे और अस्थायी क्यूँ होते हैं? उन्हें क्यूँ अपने से बाहर पैर रखने में डर लगता है? अच्छा यह बताओ, तुम्हें वे सारे गाने याद हैं, जो मैंने तुम्हारे सामने गाए थे और वो किताबें...जो मैं तुम्हें पढ़ने को देती थी...जिन्हें तुम बहुत कम पढ़ती थीं, बस बैग में रखे-रखे घूमती थीं। वे कविताएँ, जिनकी क़ीमत इतनी थी कि तुम पढ़ लो बस।

एक बार बस से आने वाली सारी लड़कियाँ आ गई थीं, केवल तुम नहीं आई थीं। बाद में मुझे बताया गया तुम्हारी माँ नहीं रही। मुझ पर जैसे पहाड़ टूट पड़ा। मैं घर जाकर बहुत रोई थी। माँ परेशान कि क्या हुआ? मैंने किसी को कुछ नहीं कहा। फिर बारह दिन बाद आई थीं तुम...बारह दिन...बारह वर्ष... । मैंने तुम्हारा चेहरा देखा था...पहले से भी ज़्यादा दुबला और उदास। पर तुम मुस्करा रही थीं मेरे सामने। हमने यही किया है सुलेखा। एक-दूसरे के सामने मुस्कराते रहे कि नहीं सब ठीक है। मैं उस वक़्त तुम्हारे गले से लगकर ज़ोर-ज़ोर से रोना चाहती थी। यह सिर्फ़ एक बार की बात नहीं है...कई बार, कई बार...और हम कभी नहीं रोए। रो लेना चाहिए था...आज लगता है...सुखों की तरह दुःखों को भी जीकर निबटा देना चाहिए...पीछे चले आते हैं नहीं तो चुपचाप... । बहुत बरस गुजर जाने के बाद जिसे हम भूल चुका समझते हैं, पलक झपकाते ही सामने आ खड़ा होता है...वही कपड़े पहने।

तीन साल का साथ...साथ पढ़े, साथ लड़े, साथ हँसे, एक-दूसरे के नोट्स बनाए।...पता नहीं कितनी सीढ़ियाँ नाप डालीं...कितने रास्ते...कितने किस्से...कितने नायक-नायिकाएँ...हम हेमामालिनी से तुम्हारी ऐसी तुलना करते कि सुनती तो वह बेचारी भी शरमा जाती। बंगाली सौन्दर्य...भावपूर्ण आँखें...कानों के पास लटकती लंबी ज़ुल्फ़ें।...बस तीन साल...तुम अपनी राह चली गईं...बिना कुछ बोले, बताए, बताना हम दोनों का स्वभाव न था, तुम्हारा तो पता नहीं सुलेखा, पर मैं वह अनकहा अभी तक कहे जा रही हूँ। कभी-कभी ज़ोर से चीख़ने का मन करता है...ओए, कोई सुन रहा है? नहीं, कोई नहीं। कोई होता तो कहता न कि हाँ! मैं हूँ। नहीं

कहा किसी ने। पता नहीं, तुमने इन सारे सालों में क्या किया होगा? घर, बच्चे, पति...। यही उपलब्धि होती है औरतों की। उपलब्धि कहो या भाग्य। वे बस दे देतीं ख़ुद को दूसरे के हाथों में। पर आज मैं तुमसे लेखकों की भाषा में बात नहीं करने जा रही हूँ। मैं बस इतना ही कहना चाहती हूँ कि चुनाव का हर अवसर अपने हाथ से नहीं जाने देना चाहिए। अगर सिर्फ़ एक बार...हम ख़ुद को चुन सकें। यूँ इस एक बार की लिस्ट बहुत लंबी है दोस्त...सिर्फ़ एक बार...तुम मुझे ढूँढ़ लो। एक बार मेरी पुकार के जवाब में कोई हुंकारा भर दो, जैसे तुम मेरी कहानियाँ सुनते वक़्त भरती थीं। सिर्फ़ उस हुंकारे का लालच मुझे पूरी कहानी सुनाने को मजबूर कर देता था। ये कहानी अधूरी है यार...तुम हुंकारा भरो तो मैं आगे बढ़ूँ...।

–जयाजादवानी

कस्तूरबा नगर, जरहाभाटा,

बिलासपुर (छत्तीसगढ़)

बर्फ़ के फूल

"ये रही हमारे घर की तस्वीर।" उसने उसके सामने टेबिल पर एक सुंदर-सा पिक्चर पोस्टकार्ड एक ख़ास अंदाज में रखते हुए कहा...

"कैसा है? छोटा है, बट नॉट बैड...। रहेंगे तो हम दो ही। देखो ज़रा, ऐसा ही चाहा था न तुमने...।"

वह स्वयं ही फ़ोटो को विभिन्न एंगल्स में देख रहा था, उसने नहीं देखा, वह किस तरह हैरत से कभी उसे, कभी पिक्चर पोस्टकार्ड को देख रही है। अनबिलीवेबल ड्रीम है यह तो। एक ख़्वाब, जो उन्होंने साथ देखा था, जिसे लिए-लिए वे इतनी दूर चले आए थे, जीवन के तमाम संघर्षों के बीच जिनकी छवि धूमिल नहीं पड़ने दी उन्होंने अपने भीतर। आस्थाएँ भी आकार ले लेती हैं कभी-कभी...। यह तो पढ़ा है सिर्फ़, देखा तो कभी नहीं...

"क्या हुआ? पसंद नहीं आया?" उसने उसे धीरे से हिलाया।

उसने मानो चौंककर उसके हाथ से तस्वीर ले ली...

"देखो, ये न ख़्वाब है, न मज़ाक़...।" उसने उसका चेहरा ध्यान से देखा।

"हाँ भई, न ख़्वाब है, न मज़ाक़...।" उसने उसके दोनों ठंडे हाथों को अपने गर्म हाथों में पकड़ते हुए कहा...

"पर तुम इतने सकते में क्यूँ बैठी हो? मैंने खुद अपने कैमरे से यह तस्वीर ली है, तुम्हें दिखाने के लिए। मैं तुमसे कहता था न...वह घर बन रहा है अभी। तो वह बन ही रहा था मेरे भीतर। तीन साल पहले मैं मसूरी गया था किसी काम के सिलसिले में...। यह छोटा-सा फ़्लैटनुमा घर कोई बाहर की पार्टी बनवा रही थी। हो सकता है, उनका इरादा हो गर्मियों में वहाँ आकर रहने का। अभी फर्नीचर बन ही रहा था कि देहरादून में रह रहे उसके मालिक की मृत्यु हो गई। उसके बेटे को अब वह घर नहीं चाहिए। किसी दलाल के ज़रिए मुझे पता चला था।

मैंने तुरंत बात करके पहली क़िस्त दे दी। मैंने तुम्हें फ़ोन पर जानबूझ कर नहीं बताया। सोचा, साल दो साल बाद जब मिलेंगे, तुम्हें सरप्राइज दूँगा। कैसा रहा मेरा सरप्राइज?''

वह सारी बातें कह गया, पर वह अभी बन रहा था, पर ही अटकी रह गई। बनते ही रहते हैं असंभव सपने भीतर सालों-साल। किसी को जल्दी नहीं होती...हम एक-एक ईंट रखते हैं...फिर कभी ईंटें ख़त्म हो जाती हैं...कभी सीमेंट...कभी रेत...कभी बनी-बनाई दीवार गिर जाती है या उसके प्लास्टर उधड़ जाते हैं। हम सारी उमर फिर-फिर बनाते हैं खुद को झुठलाते हुए...। यह तो मुकम्मल तस्वीर है...। उसने अपनी उँगलियों से छुआ तो एक अजीब सी सिहरन महसूस हुई। पहली बार हाथ पकड़ा था जब शाश्वत् ने, ऐसी तेज़ सनसनी जिस्म में कि उसे कुछ भी सुनाई देना बंद हो गया था। पर आज ऐसा नहीं हुआ था। आज उसे लगा, भूल से उसने किसी अजनबी का हाथ पकड़ लिया है। शाश्वत् अभी भी उसके जवाब के इंतज़ार में है...

''जानलेवा।'' उसने भी मुस्कराने की कोशिश की।

''क्या बात है, तुम खुश नहीं हुई?''

''मुझे अभी भी यक़ीन नहीं आ रहा। मेरे जीवन में कोई असंभव सपना आज तक सच नहीं हुआ।''

''असंभव सपना तो एक ही बार सच होता है जीवन में। थोड़ी देर बाद यक़ीन भी होने लगेगा।''

''ऐसा क्यूँ होता है शाश्वत्, जब हम बड़े हो जाते हैं, छोटे-छोटे सुखों पर यक़ीन करना भूल जाते हैं।''

''हाँ...पता नहीं...।'' उसने लापरवाही से सिर झटका...

''वैसे लगता है, बड़ा सिर्फ़ मैं हुआ हूँ। तुम तो अभी भी वैसी ही हो, छोटी बच्ची-सी...।''

वह हँसने लगी। घायल हँसी। दौड़ते-दौड़ते एक गुलाबी फ्रॉक कँटीली झाड़ियों में फँस जाती है, फँसी रह जाती है...कितने तूफ़ान, कितनी बारिशें, कितने मौसम गुज़र जाते हैं उस पर से...। गुलाबी रंग घुल-घुल कर सफ़ेद हो जाता है।

''तुम्हें पता है, सितंबर में मैं नानी बन गई हूँ।''

''अच्छा।'' वह हँस पड़ा...''कैसी है वह?''

''अच्छी है।''

''बड़ी प्यारी है तुम्हारी बच्ची।''

''अपनी माँ पर गई है।'' उसने भी इतराकर कहा।

''तुम्हें अजीब लग रहा होगा न इस नई भूमिका में। उलझन-सी महसूस

हो रही होगी।''

''मुझे लगता ही नहीं, यह मेरा जीवन है। यह मेरा बेटा है कि यह मेरी बेटी है। हाँ है, पर मैं तो वहीं खड़ी अभी भी अपना रास्ता ढूँढ़ रही हूँ। यह जो इतनी दूर निकल आई है, वह कौन है?''

वह अरसे बाद उसे इतनी भावुक देख रहा है, नहीं तो उससे बिछड़ते वक़्त भी वह रोती नहीं। वह कई बार रोया है अलबत्ता। उसने हमेशा कहा है, भीतर और बाहर की दुनिया को मिलाएँगे तो दिक़्क़त में पड़ेंगे। इन्हें अलग-अलग ही रखना-जीना होगा। वह चुपचाप उसे देख रहा है।

''मैंने सबकी इच्छा का ख़याल रखा, पति से लेकर बच्चों तक कि इन्हें क्या चाहिए? किसी ने मुझसे नहीं पूछा कि तुम्हें क्या चाहिए? बहुत बरस तो मैं खुद से ही पूछते डरती रही, फिर तुम मिल गए। यक़ीन करो, फिर दुबारा मैंने नहीं पूछा खुद से। आपकी इच्छाएँ पूरी हों, तो भी आपको डर लगने लगता है...।''

''फिर डरते-डरते ही जीने की एक नई शुरुआत हुई। इन पच्चीस सालों में हम बीस बार भी नहीं मिले। एक महीना तक नहीं। तुम्हें हैरत नहीं हो रही यह सोचकर कि हमने चलने के लिए कुछ ज़्यादा ही लंबा रास्ता चुन लिया।'' वह कहते-कहते हँस पड़ा...

''क्या-क्या सोचता था, तुम्हारे साथ ऐसे रहूँगा, वैसे जियूँगा। उन-उन जगहों पर जाएँगे, जहाँ-जहाँ तुम्हारे साथ जाना चाहता हूँ। ओ गॉड! वैसे तो मैंने कभी यक़ीन नहीं किया ईश्वर पर, पर जब-जब तुम्हारी शक्ल आँखों के सामने आती, मैं उससे तुम्हें माँगने लगता। और देखो, तुम मुझे मिल गईं। सच ही कहते हैं, दिल से कुछ माँगो तो अननोन शक्तियाँ तुम्हारी मदद करती हैं। पहले मैं यक़ीन नहीं करता था, पर सच मानो, अब सब पर यक़ीन करने को जी करता है।''

''हाँ।'' वह भी हँस पड़ी...

''बूढ़े हरेक बात पर यक़ीन करने लगते हैं।''

''ए, ख़बरदार जो खुद को बूढ़ा कहा।''

''खुद को नहीं जनाब, मैं आपको कह रही हूँ।'' उसने भी शोखी से कहा।

''मुझमें तुम नहीं हो क्या?'' उसने उसका हाथ पकड़कर अपनी तरफ़ खींचा...

''तुम्हीं तो हो।''

''अच्छा बताओ, हमने कहाँ-कहाँ जाने का सोचा था।''

वह ख़ामोश उसकी बग़ल में लेटी है। वह उसके बालों पर अपनी अँगुलियाँ फिरा रहा है...आग निकला करती थी कभी, देह सुलग जाया करती थी, अब गहरी शांति से आँखें झपक जाना चाहती हैं। देह मन की तरह हमेशा भूखी नहीं रहती...

''मैक्लॉड गंज, सिक्किम और तिब्बत। तुम्हें पहाड़ों की बारिश अच्छी लगती

है न। अब ये सब तुम्हारे आसपास होगा...तुम्हारी मुट्ठी में...। पच्चीस साल...।'' वह बोलता जा रहा है।

''कभी इस पर सोचा है तुमने, हमें जो करना होता है, इन्हीं पच्चीस सालों में करना होता है। नौकरी, शादी, बच्चे, उन्हें बड़ा करना, घर बनाना, पचासों झंझटें...अपने लिए सोचने का वक़्त ही नहीं मिलता। एक बँधी बँधाई व्यवस्था के खूँटे से बाँध दिए जाते हैं आप...। बस फिर गोल-गोल घूमना शुरू...। एक वक़्त जिन मूल्यों की हम आलोचना करते थे, बाद में उन्हीं मूल्यों की कसौटी पर कसने लगते हैं ख़ुद को।''

''चलो, एक बार फिर से शुरू करें।'' उसने उसकी उदासी को पीछे धकेलते हुए कहा।

''हाँ, पहली मुलाक़ात से। कितनी सुंदर थीं तुम, अद्भुत...। मैं तो बस पागल ही हो गया था। उस समय जी किया था, क्या यह हाथ सिर्फ़ एक बार पकड़ा जा सकता है?''

''थीं?'' उसने छेड़ा। अपने दोनों हाथों से उसका चेहरा घेरते हुए...।

''मेरा मतलब, अभी भी हो।''

''छोड़ो, अब झूठ बोलने की तुम्हारी उम्र रही नहीं।''

''अच्छा, बीच-बीच में ये साली उम्र कहाँ से आ जाती है। पहले तो ऐसा नहीं होता था।'' उसने शिकायत-भरे स्वर में कहा।

''यही मैं सोच रही हूँ शाश्वत्। ऐसा मुझे भी पहली बार महसूस हुआ है। ये क्या ऐसा फ़ैक्टर है, जिसे भुलाया नहीं जा सकता?'' वह भी उतनी ही हैरान है।

''तुम्हारे आस-पास जो है, हमेशा इसकी याद दिलाता होगा, तभी...।''

''जो आस-पास होता है, वही हमें हमारी याद दिलाता है शाश्वत्। तुम्हारा बेटा भी बड़ा हो गया है, पच्चीस बरस का तो होगा।''

''हाँ, साला अपने बाप पर गया है। एक लड़की को चाहता है। ले आया मिलवाने। उसकी आँखें देखते ही मैं समझ गया। हम दोनों ने तुरंत हाँ कर दी। कितनी अजीब बात है न सहर, पुरुष सारा जहाँ जीत ले, उसे वह खुशी नहीं मिलती जो एक स्त्री को जीत कर मिलती है। आख़िर जहाँ भी लेकर वह करे क्या? स्त्री उसका हृदय भरती है, उसकी आत्मा...। वह सब-कुछ लाकर उसे दे देना चाहता है। तुमने कभी ऐसे पुरुष की जीवनी पढ़ी है, जिसके जीवन में स्त्री न हो। उजाड़ रेगिस्तान होता है उसका जीवन...।'' बाहर की बात करते-करते वह अनायास अपने अंदर झाँकने लगा है। उसने बाधा नहीं दी। उसके कंधे के पास मुँह छिपाए सुन रही है उसे...उसके हृदय की आवाज़...उसके रक्त की छप-छप।

"वैसे भी वह मेरे ज़्यादा नज़दीक है। अपनी हर प्रॉब्लम मुझसे शेयर करता है। रात में मैं जब तक आ नहीं जाता, जागता रहता है। मुझे यह सोचकर अच्छा लगता है कि कोई मेरी प्रतीक्षा कर रहा है। मुझे उसका ख़्याल आता रहता है और मैं जल्दी लौट आता हूँ।"

"उससे क्या कहोगे शाश्वत्, यह कि हम दोनों बाप-बेटे एक साथ नया जीवन शुरू करने जा रहे हैं। वह नहीं पूछेगा कोई सवाल?"

"तुम औरतें बड़ी प्रेक्टिकल होती हो। ख़्वाबों से हक़ीक़त में आने में तुम्हें एक मिनट नहीं लगता।" उसने उसे अपने में भींचकर कहा।

वे दोनों सहसा चुप हो गए। क्या यह एक ऐसा प्रश्न था। जिस पर विचार नहीं किया गया था या अगर किया गया था तो अकेले, फिर उसे असुरक्षित भविष्य के गर्भ में फेंक दिया गया था।

"हम उसी व्यवस्था को अपने लिए फिर से चुन रहे हैं, जिससे भाग कर हम यहाँ आए थे। अगर वह सही नहीं है शाश्वत् तो यह सही क्यूँकर होगी? कोई और विकल्प नहीं हो सकता?"

"कौन-सा विकल्प यार? एक तो हमने वैसे ही देर बहुत कर दी। कितना कुछ बीत गया है। विकल्प की तलाश में तो बची-खुची उम्र भी ख़त्म हो जाएगी। अब कुछ नहीं। फ़ैसला हो चुका। हमारा एक घर होगा। मैं भी रिटायर होने वाला हूँ। हम एक साथ रहेंगे बस...।"

"थोड़ी-सी तकलीफ और कर लेते हैं शाश्वत्। सबको बुलाकर बाक़ायदा घोषणा भी कर देते हैं। घरवाले भी ज़िल्लत से बच जाएँगे।"

"घरवाले? तुम अभी भी घरवालों के लिए सोच रही हो?"

"तुम नहीं सोच रहे? बोल पाओगे अपने जवान बच्चों को। मैं बोल पाऊँगी। तीस साल एक आदमी के साथ रहने के बाद मैं उसे किस मुँह से कहूँ, मैं जा रही हूँ। वह पूछेगा नहीं, मेरा क़सूर क्या है? बेटे से ज़्यादा मुझे अपनी बहू से डर लगता है। वह समझेगी क्या? कौन समझेगा? थोड़ी दूर और जाऊँ तो लगता है, हमारे समधी क्या सोचेंगे? कहेंगे, ये दोनों सठिया गए हैं क्या?"

"अब तुम मुझे डरा रही हो क्या? इतनी मुश्किल से जब हमारा सपना सच होने जा रहा है।"

"डरा नहीं रही, डर रही हूँ वास्तव में। हम कायर थे। हमने बहुत देर कर दी। तभी अपनी मर्ज़ी का कर लिया होता तो क्या कर लेता समाज या परिवार। डाँट-डपट, चीख़-चिल्ला चुप हो बैठ जाता। बच्चे भी छोटे थे, कम अज कम सामने जवाब देने की ज़रूरत नहीं होती। अब तो ऐसा करने की कोई वजह भी पूछेगा तो हम बता नहीं पाएँगे।"

''कहेंगे, हम प्रेम करते हैं, एक-दूसरे से।''

''प्रेम।'' वह एकाएक हँसने लगी, क्या कोई सचमुच जानता है, प्रेम क्या होता है? और यह प्रेम की माँग थोड़े ही है? प्रेम माने क्या? पर उसने यह नहीं कहा...

''क्या यह काफ़ी होगा? सबसे बड़ी बात, कह पाओगे क्या?''

''हमें किसी से कुछ कहने की ज़रूरत नहीं है। हम एक दिन तय करेंगे, उस दिन एक ख़त में सब-कुछ लिखकर चुपचाप घर छोड़ देंगे, बस।'' उसने अचानक निर्णायक स्वर में कहा...

''बताने की जहमत ही क्यूँ उठाएँगे? इस तरह तो कभी कुछ नहीं होगा?''

''हाँ, इस तरह तो कभी कुछ नहीं होगा।'' उसने भी जैसे अपने-आप में डूबे-डूबे कहा।

''तुम्हारी क्या प्रॉब्लम है?''

''नहीं, कुछ नहीं।''

''कुछ तो है, साफ़-साफ़ बोलो। अब घुमाने-फिराने का वक़्त नहीं रहा।''

''मेरी प्रॉब्लम बड़ी सिली-सिली है, तुम हँसोगे।''

''तो हँस लूँगा।''

''देखो न, रमन डायबिटिक हैं, उन्हें समय पर दवाएँ देना, चेकअप के लिए कहना, वो तो अपने आप कुछ नहीं कर सकते। उनका कोई दोस्त भी नहीं है। घर में घुसते ही सबसे पहले मुझे पुकारते हैं। और मेरा बेटा—आधी-आधी रात तक हमारे पास बैठा हमसे बातें करता रहता है। जब तक हम उसे उसकी बीवी का डर दिखाकर अपने रूम में नहीं भेज देते। तुम कहोगे, ये गुलामी की जंजीरें, तोड़ दो, पर एक बात कहूँ, गुलामी की भी आदत पड़ जाती है। अब इन हथकड़ियों के निशान मेरी आत्मा में खुद गए हैं।''

''इसका मतलब मैं क्या समझूँ?''

''मैं तुम्हें किसी नतीजे पर नहीं पहुँचा रही। अपनी फ़ीलिंग्स शेयर कर रही हूँ। मुझे जाने क्यूँ शिद्दत से लग रहा है, बहुत देर हो गई है।''

''बहुत देर क्या मैंने की है? तुम्हीं कहती रहीं, बस अपने बच्चों को ज़रा बड़ा कर लूँ, फिर कहा, इनकी शादी हो जाए, बुढ़ापे में जिसकी माँ किसी के लिए घर छोड़ दे, उन बच्चों से कौन-सा परिवार रिश्ता जोड़ना पसंद करेगा। अब जब सब हो गया, तुम्हारे पास नए बहाने तैयार हो गए। अब तुम ऐसा करो, अपने पोते की शादी तक रुक जाओ। फिर तो घरवाले भी सोचेंगे, बूढ़ी जाती है तो जाए, पिंड छूटे। कहेंगे, कहाँ जाना है बताओ, हम छोड़ आते हैं।''

दोनों एक साथ हँसने लगे। दोनों को ही ऐसा क्यूँ लग रहा है कि वे हँस

नहीं रहे, रो रहे हैं।

“शाश्वत् मैं जानती हूँ, ऐसा ही कुछ या इससे थोड़ा अलग तुम्हारे साथ भी है। फ़र्क़ सिर्फ़ यह है कि तुम कह नहीं रहे। मुश्किल तुम्हारी मुझसे कम नहीं है।”

“मैं क्या करूँगा, यह तुम मुझ पर छोड़ो।”

कभी कुछ नहीं बताया उसने उसे अपनी पर्सनल लाइफ़ के बारे में। एक वर्जित क्षेत्र है वह, जिसमें दोनों में से कोई अपनी बातों के दौरान भूलकर भी प्रवेश नहीं करता। उसे भी पता है उसकी कमज़ोरी, वह ख़ुद को वहाँ अकेला छोड़ दिया जाना चाहता है। ठीक भी था, एक वक़्त के बाद आपको उस दृश्य से गायब हो जाना चाहिए, जहाँ आपकी मौजूदगी ग़ैर ज़रूरी है।

पर आने वाला यह दृश्य...जो इस तस्वीर में है, कौन तय करेगा कि इसमें उनकी मौजूदगी ज़रूरी है या नहीं।

“अच्छा, तुमने यह तो पूछा नहीं कि इसमें किचन कहाँ है, बेडरूम किधर है, बालकनी कितनी बड़ी है और लाइब्रेरी है या नहीं।” उसे लगा वह अननेससरली तनाव में पड़ रहा है तो उसने बात बदल दी।

“लाओ, मैं बताऊँ।” उसने तस्वीर टेबिल पर अपने ठीक सामने रख ली। यह अजीब था...सचमुच अजीब...जो भी उस घर का किचन रहा होगा, वह वहाँ खाना बनाए। उसे क्या ऐसा नहीं लगेगा कि वह एक अजनबी शरीर को छू रही है। घर की भी तो अपनी एक देह होती है। वह भी किसी परिचय की माँग कर सकता है। क्या करेगी वह? वैसे ही खाना बनाएगी या पढ़ेगी या वे दोनों शाम को शॉपिंग के लिए जाएँगे, कभी-कभी फ़िल्म...कभी-कभी पहाड़ों की सैर...। दिन-भर पहाड़ आँखों के सामने हों तो दिखना बंद हो जाते हैं।

“मसूरी में क्या हमेशा ठंड होती है?” अचानक उसने नॉनसेंस प्रश्न पूछ लिया।

“क्यूँ?”

“नहीं, बहुत ठंड मुझे सूट नहीं करती, मैं परेशान हो जाती हूँ।”

“ओ.के., जब ठंड बहुत बढ़ जाएगी, हम आपको किसी गर्म जगह घुमाने ले चलेंगे।”

“घुमाने?” उसके दिमाग़ में फ्लश की तरह चमका...। तो वहाँ खर्च कौन करेगा? शाश्वत्! वह ख़ुद को असहज नहीं महसूस करेगी। जैसा कि आमतौर पर करती है, जब भी वे दोनों साथ होते हैं, शाश्वत् उसे एक पैसा ख़र्च नहीं करने देता। तब भी उसे लगता है, वह अपनी आइडेंटिटी खो रही है। यही बात उसे रमन के साथ नहीं महसूस होती। शायद इसलिए कि वहाँ वह अपना आप देती

है। वहाँ घर की कमान उसके साथ में है। क्या लाना, क्या नहीं? कहाँ जाना, कहाँ नहीं...। वहाँ तो वह पति और बेटे को उनकी फ़िज़ूलखर्ची के लिए डाँट लगाती है। शाश्वत् को भी तो उसने अपना आप दिया है। वह साथ होता है तो उसे लगता है, वह अपने साथ है, पर तमाम वक़्त नहीं। वह पल गुज़र जाता है, दोनों वापस लौट जाते हैं। समंदर लौटता है जैसे अपनी ओर—उफान के बाद। शायद ये सब साथ रहने से आता है। जब शाश्वत् और वह साथ रहने लगेंगे, उसे कुछ भी महसूस नहीं होगा।

"मुझे पता है, तुम सबसे पहले कहाँ चलना पसंद करोगी। उस गेस्ट हाउस में चौबीस घंटे, जहाँ जवाहरलाल नेहरू और इंदिरा गाँधी रुके थे, है न? देखो, इतने साल हो गए, वह हमारी दूसरी मुलाक़ात थी। मुझे एक-एक क्षण याद है, यह भी कि तुमने उस दिन क्या पहना था?"

"तुम्हें याद है?" उसने हैरत से पूछा। हालाँकि ख़ुद उसे कुछ भी याद नहीं था।

"बिल्कुल। यह भी कि पहली मुलाक़ात पर क्या पहना था?" उसने एक़ पल उसका चेहरा देखा, फिर हँस पड़ा...

"ब्लैक मॉय डियर ब्लैक। मुझे यह भी याद है, मेरे साथ खाने में किस-किस वक़्त तुमने क्या-क्या खाया था?"

"तौबा।" उसने अपने कान पकड़े...

"अब बस करो।"

अच्छा लगता है, किसी दूसरे के भीतर जीना, अपना जीना नाकाफ़ी हो जैसे। कभी-कभी हम दूसरे के चिमटे से अपने आपको पकड़ते हैं, दूसरे की आँख से देखते हैं अपने-आपको...।

"तुम्हें एक मज़ेदार बात बताऊँ।"

"बताओ।"

"मैं जब सॉयकॉलोज़ी में एम.ए. कर रही थी, हमारे एक प्रोफ़ेसर होते थे, संजय। पढ़ाते तो थे वे एबनार्मल सॉयकॉलोज़ी, पर दुनिया का कोई ऐसा विषय न था, जिसकी बाबत वे गहरी से गहरी जानकारी न रखते हों। जिसे भी कुछ पूछना होता, उनके पास भागा चला आता। चलती-फिरती डिक्शनरी तो थे ही। बोलने से पहले उन्हें सामने वाले की प्रतिक्रिया भी पता होती। एक ही प्रश्न का वे हर स्टूडेंट को अलग जवाब देते...एकदम सही जवाब। जीनियस थे। प्रेम पर तो ऐसा बोलते थे वे, कहाँ-कहाँ की दार्शनिक उक्तियाँ देते हुए...अद्‌भुत...। कहते थे, प्रेम न सिर्फ़ अबोध होता है, अबोधता में ही संभव होता है। समझदारी से इसका कोई लेना-देना नहीं। हमने पूरे दो साल सुना उनको। पूरे दो सालों में मैंने उनकी शायद

ही कोई क्लास मिस की हो। हज़ारों उक्तियाँ...हजारों उद्धरण...उदाहरण...कभी कहते, तुम लोग जानते ही नहीं हो...देह कितनी ग़ैर ज़रूरी है यहाँ, कभी कहते–कितनी मीनिंगफुल है यह...यही तो द्वार है, तुम्हें खटखटाने का तरीक आना चाहिए। पर यह सब तुम तभी जानोगे, जब इसके पार जाने का रास्ता तुम जान लोगो।''

वह साँस लेने के लिए रुकी। वह बड़े ध्यान से उसे सुन रहा है। इतनी तन्मयता से वह कभी-कभी ही बोलती है। नहीं तो अक्सर छोटे-छोटे उत्तरों से उसका काम चल जाता है।

''जब हमारा रिजल्ट आया मैंने टॉप किया था। मैं उन सबसे मिलने कॉलेज गई। उन्होंने अपनी ख़ुशी प्रकट की, मुझे बधाई दी। जेब से सौ रुपए निकालकर चपरासी को दिए–जाओ, मिठाई लेकर आओ। मैंने चपरासी से उनके सौ रुपए झपटकर उनके सामने रख दिए–'सर, ऐसा किया तो मैं बग़ैर मिठाई खाए चली जाऊँगी।'' वे हँस दिए। मैंने अपने पैसे निकालकर चपरासी को दिए, छोटी-सी पार्टी हुई घंटे, भर की हँसी-मज़ाक़ के बाद जब हम उठे...मैं उनके पास जाकर खड़ी हो गई, वे समझ गए, मैं कुछ पूछना चाहती हूँ। वे उठे और साथ चलते हुए दरवाज़े तक आए...

''सर, वह कौन है, जिससे आप प्रेम...। आपको पूरे दो साल इतना सुना कि उन्हें देखने का मन करता है।'' मैंने डरते-डरते कहा कि कहीं सीमाओं का अतिक्रमण न हो जाए, साथ ही जोड़ दिया...

''सर, मैं आपकी स्टूडेंट नहीं हूँ अब। मैं आपसे कुछ भी पूछ सकती हूँ।''

वे मेरी तरफ़ देखते हुए बड़े मज़े से हँस दिए...

''सिली गर्ल, चुपचाप घर जाओ। ऐसा कोई भी नहीं है, न ही मैंने जीवन में कभी प्रेम किया है, न ही इसके अस्तित्व को स्वीकार करता हूँ। गुड बॉय, गॉड ब्लेस यू।'' वे मुड़े और अंदर चले गए।

''मैं जानती हूँ, वे कभी झूठ नहीं बोलते। उस दिन के बाद आने वाले बरसों में मैंने जाना, हम उसी के बारे में सबसे ज़्यादा बात करते हैं, जिसके बारे में सबसे कम जानते हैं।''

''तुम कहना क्या चाहती हो?''

''मैं यह कहना चाहती हूँ कि हम जिन चीज़ों के बारे में सोचते हैं–प्रेम, व्यवस्था, शादी, बच्चे, घर, जिम्मेदारियाँ वे शतरंज की एक बिसात पर अपनी-अपनी जगह घेरे खड़े हैं। हमने जब से होश सँभाला है, इन्हें ऐसे ही देखा है। इन्हें किसी और तरह से भी जमाया जा सकता है, ये बाजियाँ किसी और तरीक़े से भी खेली जा सकती हैं। जहाँ हमें अपना-आप जीतना-हारना न पड़े...। हम इसके बारे में बातें तो बहुत करते हैं, पर हमारे पास कोई ठोस आधार नहीं है, जिस पर हम

इस भवन को काग़ज़ से उठाकर ज़मीन पर रख सकें। इसे मनचाहा आकार दे सकें। बहुत सारे ख़्वाब होते हैं शाश्वत्, जो सच बनने से पहले मर जाते हैं तो मात्र इसलिए कि उन्हें सच करने का साहस मनुष्य में नहीं होता।''

वक़्त ख़ामोश पानी की तरह उनके बीच बह रहा है। अभी भी वे उन प्रश्नों के उत्तर ढूँढ़ रहे हैं, जो पच्चीस बरस से उनके भीतर पल रहे हैं।

''चलिए हुजूर, आपको घुमा लाएँ। दोपहर हो गई यहीं बैठे-बैठे। चलो, लंच पर एक शानदार जगह चलते हैं।''

दोनों तैयार होकर बाहर गाड़ी तक आए। ड्राइवर नहीं था।

''ड्राइवर नहीं लाए।'' सहर ने यूँ ही पूछा। वैसे भी उसे उन दोनों के बीच तीसरे की उपस्थिति नागवार गुज़रती थी। पीछे सतर्क होकर बैठना पड़ता। कभी-कभी वह उसकी पतली-सी हथेली अपने गर्म हाथों में भींच लेता। भीतर रुकी हुई सहमी साँस को आराम मिल जाता। वह दो हाथों की आपस में हो रही बातचीत सुनती...वर्डलेस...। कुछ धीरे-धीरे भीतर उतरता...देह में से एक नई देह सिर उठाती—

''नहीं, बच्चों को बाहर जाना था दो दिन के लिए। एक गाड़ी वे ले गए। दूसरी लेके मैं यहाँ भाग आया। मेरे पास सिर्फ़ एक दिन है।'' उसके चेहरे पर उदास मुस्कान थी।

वैसे ही डरा-डरा-सा जीवन...। दौड़ते-भागते जब जितना मिल जाए...।

''अब ये सब करना बुरा लगता है न?'' उसने प्लेयर पर एक कैसेट लगाते हुए कहा।

''बहुत। तभी तो स्थायी समाधान खोज लाया हूँ।''

''तुम्हें याद है, एक कैसेट में तुमने मेरी पसंद के गाने भरवाए थे। हम जब भी मिलते थे, तुम वही बजाते थे और जगजीत सिंह की वह ग़ज़ल हम दोनों को ही पसंद थी बहुत...''

''प्यार का पहला खत लिखने में वक़्त तो लगता है।'' वह हँस दिया...

''जगजीत सिंह सुनने की आदत मुझे तुमने ही लगाई थी। अब तो सालों हो गए, कुछ नहीं सुनता।''

''वह कैसे खो गई...।'' उसने बॉक्स खोला।

''खो गई होगी जाने कहाँ? अब तो एक गाड़ी बेटी ले जाती है, दूसरी बेटा। उनसे फ्री होती है तो बीवी।'' वह एक फीकी हँसी हँस दिया।

खो जाता है बहुत कुछ, जिसे एक वक़्त तक हम क़ीमती समझते हैं, बाद में बचकानी बातें लगने लगती हैं। सूखे फूले, लंबी-लंबी पत्तियाँ, डायरियाँ, कार्ड्स...सब...।

''तुम्हारे खत, तुम्हारे कार्ड्स कुछ भी नहीं हैं मेरे पास। मैं अपने एक दोस्त

के लॉकर में रखता हूँ। सोचता हूँ, ले लूँ। साला, ऊपर चला गया तो मेरा भी कितना कुछ ले जाएगा। कोई एक कोना नहीं बचता, जिसे सबसे छिपाकर रखा जा सके। लोगों और चूहों में कोई फ़र्क़ नहीं है। हर जगह पहुँच जाते हैं, हर चीज़ कुतर डालते हैं दूसरे का सपना तक नहीं छोड़ते।''

वह चुप बैठी सुन रही है। कैसेट में पता नहीं क्या बज रहा है। उसका दिमाग ग्रहण नहीं कर रहा।

इसके पहले भी दोनों मिलते रहे हैं। दोनों को पता होता है—सिर्फ़ एक या दो दिन बस। दोनों वापस लौट जाते हैं—अपनी गुफाओं में—बग़ैर प्रतिकार के।

सीजनल पक्षी आते हैं न एक खास मौसम में...एक ख़ास वक़्त के लिए...उसी तरह वे उड़ते रहें...इधर-उधर, कभी किसी मक़बरे के बुर्ज पर...कभी किसी आधी टूटी दीवार पर। दो-चार दाने चुग कर वे किसी तन्हा शाखा पर जा बैठते अगल-बग़ल...देखते रहते संसार की आवाज़ाही...।

आख़िर उन सीजनल पक्षियों का भी वापस जाने का वक़्त आ गया...

''तो? तुमने अपना फ़ाइनल जवाब नहीं सुनाया? कब?''

''जब तुम कहो, मैं तुम पर छोड़ती हूँ।''

वह सोच में पड़ गया, कुछ देर बाद बोला...

''ऐसा करते हैं, सिर्फ़ तीन महीने और रुक जाते हैं। बेटे की शादी या सगाई जो भी हो, निबटा देते हैं। शादी हो जाए तो और भी अच्छा। पत्नी अकेला महसूस नहीं करेगी। बेटी भी अमेरिका जाने को है। उसकी मुझे ख़ास फ़िक्र नहीं है। वह जब जैसा होगा, मैं समझा दूँगा उसे। मुझे हमेशा लगता है, लड़कों से लड़कियाँ ज़्यादा समझदार होती हैं। अपने पैरेंट्स को वे ज़्यादा अच्छी तरह समझती हैं।''

हाँ, वह जानती है। उसकी अपनी बेटी भी तो उसे समझने में एक लम्हे से भी कम वक़्त लेती है। वह उससे कह सकती है, पर क्या—कि बेटा, मैं तुम्हारे पापा और भाई को छोड़कर जा रही हूँ। उन्हें समझा देना। ऐसा कभी हुआ है, बेटी ने माँ की मदद की हो घर से भागने में। उसने दिल्लगी से सोचना चाहा पर उसका हृदय भारी हो गया।

हम आख़िरी वक़्त की अपनी ख़ुशियों के लिए सब-कुछ दाँव पर लगा रहे हैं। नहीं, हम उन्हें बताना चाहते हैं कि जब हमें सचमुच जीने नहीं दिया जाता तो हम अपना-आप तुमसे छीन लेते हैं।

''पत्नी को क्या कहोगे?''

''आई एम गोइंग और क्या? क्या इससे ज़्यादा भी कुछ कहा जा सकता है?''

''लग तो नहीं रहे इतने बहादुर?'' वह हँसी।

"तुमने बना दिया है न, मैं सचमुच था नहीं। सहर, क्या तुम यक़ीन करोगी? इस दुनिया में सिर्फ़ तुम हो, जिसके लिए मैं किसी भी हद तक जा सकता हूँ। तुम मुझे निराश तो नहीं करोगी न, आख़िरी वक़्त पर कोई एक्सक्यूज...।"

"नहीं शाश्वत्, कभी नहीं। ऐसा कभी हुआ है कि तुमने कहा हो और मैं न पहुँची हूँ। बात सिर्फ़ तुम्हारी नहीं, मेरी भी है। मरने से पहले मैं शाश्वत्, चाहे थोड़े दिन ही सही, अपने लिए जी लेना चाहती हूँ। कैसा होता होगा वह जीना, मुझे सचमुच कुछ पता नहीं है।" उसका गला भर आया।

उसने उसके आँसू चूमे। भीतर का समंदर अचानक किनारे तोड़ उन्हें अपने साथ बहा ले गया।

जब से लौटी है वहाँ से निर्णय लेकर...भीतर एक अजब सी वीरानी, एक अजीब से नएपन के अहसास के साथ भर उठी है। कुछ महीने और...घर पहले से ज़्यादा सँभाल देती है। रमन की अलमारी, काग़ज़ों से लबालब भरी दराज़ें, जिन्हें वह रमन के कहने से भी छूती नहीं थी कि इस मुसीबत से तुम्हीं निबटो, ठीक-ठाक कर रही है। उन संबंधों के सारे निशान मिटा रही है ढूँढ़-ढूँढ़कर—जो जिस-तिस कोने में छिपाकर रखे थे। रमन की आदत नहीं है कुछ भी खोल-खालकर देखने की, सो वह निश्चिंत रहती है। यह आख़िरी बार है, सब ठीक-ठाक कर दे। शाश्वत् अपनी चीज़ें खुद सँभालता है, वह जानती है। फिर उसके करने के लिए कुछ भी नहीं रह जाएगा। बहू को कुछ समझाने बैठती है तो समझाती ही चली जाती है। कभी-कभी अकेली ही कार में लांग ड्राइव पर चली जाती है। होशपूर्वक जी रही है जीवन को, जितना बचा है यहाँ, जी ले। बहुत वक़्त साथ रहो तो ज़रूरी-गैर ज़रूरी सब चीज़ें अपनी लगने लगती हैं...

"माँ, आजकल आप बहुत चुप-चुप रहते हो। दिन-भर किसी न किसी काम में लगे रहते हो। सारे घर की सफ़ाई हो गई। कुछ ढूँढ़ रहे हो क्या?"

"हाँ, अपना आप।" कहना था, पर कहा...

"क्या ढूँढूँगी इला, सोचती हूँ, महीने दो महीने के लिए कहीं हो आऊँ। बहुत ऊब गई हूँ इस सबसे।"

"जब कहो माँ, इनको बोलकर आपका रिजर्वेशन करा देते हैं। आप तो हरिद्वार और ऋषिकेश वग़ैरह जाना चाहते थे ना, अपने बेटे से और पापा से पूछ लीजिए, वे दोनों कैसे रहेंगे आपके बिना?" वह मुस्कराती रही।

"सबके बिना सब रह लेते हैं इला। मैं बात करती हूँ आज। जानते हैं, ठान लिया तो रुकूँगी नहीं।"

"ठीक है माँ। ऐसा करो, पहले हरिद्वार का रिजर्वेशन करा लो। कुछ दिन वहाँ रहने के बाद आगे चले जाना।"

हाँ, आगे ही तो जाना है। उसने सोचा, शाश्वत् से बात करके एक तारीख़ पक्की कर ले। भीतर कुछ मरता जा रहा है धीरे-धीरे...। अनाम भय के पंजे जैसे गरदन मरोड़ रहे हैं। हे ईश्वर! इस बुढ़ापे में...कितनी फजीहत होगी। लोगों और रिश्तेदारों द्वारा कहे जाने वाले संभावित अपशब्द दिन-भर उसके कानों में गूँजते रहते। कुछ अच्छा न लगता...भूख भी न लगती ठीक-ठीक, न नींद आती। रात चौंक-चौंक उठती...शाश्वत् के पास है या रमन के पास...। सोते हुए रमन का चेहरा बहुत देर तक देखती...क्या बुरा किया है इसने मेरे साथ? कुछ भी तो नहीं। बुरे को छोड़ना आसान होता है, निर्दोष का क्या करे कोई? इसका क़ुसूर सिर्फ़ इतना है कि मैंने स्वयं इसे नहीं चुना। बाक़ी रही प्रेम की बात तो तीस साल से ऊपर हो गए...बहुत ख़ूबसूरत लम्हे भी बिताए हैं हमने एक-दूसरे के साथ तो अगर वह प्रेम नहीं था तो क्या था? पर अब तो निर्णय की घड़ी आ चुकी...निर्णय तो लेना ही है। वादा कर चुकी है वह शाश्वत् से...अब सारे असमंजसों के अंत का वक़्त आ चुका...और सचमुच एक दिन सारे असमंजसों के अंत का वक़्त आ गया...

तीसरा दिन...शाश्वत् पहुँच चुका है वहाँ...पुरानी सारी लकीरें मिटाकर...आसान नहीं था, पर चुना उसने आसान रास्ता...पत्नी को बताएगा तो जानता है, उसे दौरा पड़ जाएगा, उसका जाना फिर असंभव। बेटा समझ नहीं पाएगा। वह सिर्फ़ एक हफ़्ते के लिए आया है कहकर...किसी अनहोनी की आशंका से उसका हृदय काँप रहा है...। अगर यह एक हफ़्ता ठीक-ठाक गुजर गया तो वह इसे दूसरे हफ्ते में तब्दील कर लेगा, फिर और...फिर और...। अपनी सेल तक नहीं लाया जानबूझकर, जैसे भूल आया हो उसे।

सहर नहीं पहुँची अभी तक। उनके बीच फ़ोन पर यही तय हुआ था। सहर ने बताया था, उसने बेटी को बुला लिया है, उसे सब समझा देगी। जानती है, बेटी उसी का साथ देगी। फिर क्या हुआ? बेटी नहीं आई या कोई बीमार पड़ गया? वह खुद तो कभी बीमार पड़ी नहीं। हमेशा कहती है, इतनी उम्र हो गई, एक दिन के बुख़ार के लिए तरस गई हूँ...कोई फूल लेकर आए, बार-बार पूछे, ख़ूब सारे फ़ोन बजें। बहुत बड़ा सर्कल है उसका, पर भीतर एकदम अकेली। खुशनसीब समझता है वह ख़ुद को, जब वह पास होती है...

"तुम्हारे पास कितना कुछ है, तुम्हें ख़ुद पता नहीं है।" एक दिन कहा था उसने।

"अच्छा? ज़रा विस्तार से बताइए, हमारा भी सुनने को जी चाहता है।" उसने शरारत से कहा था। जब वह गिनाने लगा, तब वह हँस पड़ी थी...

"कुछ और भी है शाश्वत्, जो कोई भी नहीं देख पाया।"

क्या करे? वह कुछ सोच नहीं पा रहा। मसूरी में है। घर से इतनी दूर...फिर

भी डरता है किसी परिचित के देख लिए जाने से। टूरिस्ट प्लेस है, सभी आते-जाते हैं। उसने भी ग़लत जगह चुन ली, लगता है। प्रेमियों के लिए इस संसार में कोई जगह सुरक्षित नहीं है।

तीन बार फ़ोन लगाया, अजनबी आवाज़ सुनता तो फ़ोन रख देता। वह तो घर में सबकी आवाज़ पहचानता है। लगता है, कुछ अनचाहे मेहमान आ गए हैं, तभी...। हो सकता है, समधी आ गए हों, बड़ोदा से...। रहा नहीं गया तो चौथी, पाँचवीं, छठवीं बार लगाया। सातवीं बार उसकी बेटी ने उठाया...

''हलो।'' आवाज़ भारी थी, पर वह पहचान गया। कह दिया होगा सब-कुछ अब तो सहर ने।

''हलो, बेटा, मैं शाश्वत् बोल रहा हूँ।'' उसकी बेटी से उसकी गहरी पहचान है, कई बार बातें हो चुकी हैं, मिल चुके हैं। वह उसे अपनी माँ के अच्छे दोस्तों में गिनती है।

''अंकल।'' वह फ़ोन पर फफककर रो पड़ी।

''क्या हो गया?' वह सकते में आ गया। कहीं रमन को तो कुछ...। डायबिटिक है, हार्ट पेशेंट भी...। सहर ने कुछ कहा हो और...हे भगवान...। उसके हाथ काँपने लगे, हार्ट बीट तेज़ हो गई। उसे लगा, वह बेहोश होकर गिर पड़ेगा—सब ख़त्म हो गया।

''अंकल, मम्मा इज नो मोर।'' वह बेतहाशा बिलख रही है।

समूची पृथ्वी एक बार ज़ोर से घूमी और घूमती चली गई...उसके साथ उस पर जमी सारी चीज़ें...फिर एकदम से रुक गई...एक स्टिल तस्वीर...उसकी अपनी देह तक...भीतर कुछ काँप तक नहीं रहा...सब-कुछ सख़्त बर्फ़-सा ठंडा...

''कब?' उसके सुन्न दिमाग़ से एक शब्द बाहर गिरा।

''आज तीसरा दिन है। उन्होंने एक हफ़्ते पहले मुझे बुलाया था। कह रही थीं, तुमसे कुछ ज़रूरी बात करनी है, अपने हरिद्वार जाने से पहले। तू समझ जाएगी, फिर सबको समझा देना। मैं आई उसी दिन उन्हें अटैक आया। चार दिन आई. सी.यू. में रहीं। मैंने बहुत पूछने की कोशिश की, क्या बात है? पर वे सूनी-सूनी निगाहों से सिर्फ़ मुझे देखती रहतीं...। आख़िरी दिन...शायद उन्हें पूर्वाभास हो गया था...। जाने कहाँ से एक छोटे-से घर का फ़ोटोग्राफ निकालकर मुझे दिया...मेरा चेहरा अपनी छाती से लगा लिया...।'' और ज़ोर से रो पड़ी वह...

''फिर मेरे कानों में बोलीं—शाश्वत् से कहना, फिर मिलेंगे। उसके बाद उन्होंने आँखें नहीं खोलीं।''

वह हिचकियाँ भर-भर कर रो रही है...।

गर्मियों के दिन हैं—अचानक मसूरी में हिमपात होने लगा है—समूची

वादियाँ...जंगल...घर...पशु-पक्षी गुम होने लगे हैं बर्फ़ में...सीजनल पक्षियों के जोड़े में एक अकेला बैठा है तनहा शाख पर...अब कोई नहीं आएगा, बर्फ़ लगातार गिर रही है—कहाँ जाना है अब उड़कर...

"आप कहाँ से बोल रहे हैं अंकल?"

"मसूरी से...।"

"अंकल, जो मैं सोच रही हूँ, सच है न!" उसने अपनी हिचकियों की बीच की ख़ाली जगह में एक लंबी साँस भरते हुए कहा।

वह कुछ नहीं कह सका। बर्फ़ इतनी तेजी से गिर रही थी कि पहले उसके शब्दों को। फिर उसके हाथ में थमे रिसीवर को भी अपनी लपेट में ले लिया। शाख़ पर बर्फ़ का एक सफ़ेद फूल खिला था।

खाल के भीतर का सच

रेवड़...भेड़ों का झुंड। हँके जा रहे हैं सब बगैर एतराज के...अंधी दौड़...। एक-दूसरे के पीछे...एक-दूसरे को धकेलते-कुचलते...किसी को कुछ नहीं पता...ज़रूरत भी नहीं समझता कोई जानने की...क्या है—गंतव्य? रास्ता क्या? कुछ ख़ास है, कुछ अप्रतिम कि सारे के सारे उसी तरह हँके जाने को आतुर...। कुछ भेड़ें जल्दी थक जातीं और बदन का पसीना पोंछने लगतीं। काला पसीना...। उसमें से उठती काली गंध। कुछ बस चलती जातीं थके बिना...रुके बिना...। कभी-कभी वे पीछे मुड़कर देखतीं...। कुछ लोगों के हाथों में रोटी के टुकड़े और आँखों में हंटर। वे हाथों के इशारों से उन्हें दिशा-निर्देश देते और वे सब उसी तरफ़ चल पड़तीं। कभी-कभी वे इशारों से इतने रास्तों को नापते कि वे परेशान हो जातीं। वे जानना चाहतीं कि कौन-सा रास्ता सही है, पर उन्हें पूछने की हिम्मत न होती। उनकी टोली कई दलों में बँट जाती और जिसे जो रास्ता दिखता, उसी पर वे चलने लगते। उन्हें यक़ीन था कि अगर ग़लत चले तो पुकार लिए जाएँगे। पर बहुत देर बाद जब वे पीछे मुड़कर देखतीं तो पातीं, उनमें से कुछ उनके पीछे आ रहे हैं और कुछ दूसरे रास्तों पर चले जा रहे हैं।

"हम कहाँ जा रहे हैं?" कुछ भेड़ें थककर उन भेड़ों से पूछतीं, जो उनसे भी पहले चल रही हैं, पर आज तक उन्हें थकते नहीं देखा गया।

"एक सपने की तलाश में।" वे समझदारी से मुस्करातीं।

"किस सपने की तलाश में?" उन्हें आश्चर्य होता...

"हमारे पास तो कोई सपना था ही नहीं।"

वे हँसने लगतीं...

"अच्छा, तो इसका अर्थ यह है कि अभी तक वह तुझे मिला नहीं।"

"कैसे मिलता है?" अनसमझी-नासमझ भेड़ें उसी तरह चलती रहीं।

"ये जो पीछे आ रहे हैं, इनके पास बहुत से टुकड़े हैं सपनों के। वे दिखाते हैं और बताते हैं कि इसकी तलाश में हमें चलना है। आह...सपना...।" वे बड़प्पन से मुस्कराने लगतीं, बड़ी भेड़ें।

"पर अभी तक तो हमें दिखाया नहीं।"

"तुम...तुच्छ प्राणी...।" उन्होंने हिकारत से उन्हें देखा और अपने बदन झटके। वैसी ही बदबू थी, जो उनके भी बदन से आ रही थी, वे बदबू का फ़र्क़ कर लेते।

चिलचिलाती धूप...प्यास...थकान...रेत...भूख...गले में उग रहे काँटे...क़दम ढहने लगे...नहीं, अब नहीं चला जाता। वे पीछे मुड़कर देखने लगीं और शोर मचाने लगीं। प्रसन्नता से खिले मालिकों के चेहरे म्लान पड़ गए, उन्होंने रोटियों के टुकड़े लिए और सबके मुँह में एक-एक टुकड़ा दिया। फिर उन्होंने उस सपने की तस्वीर के कई टुकड़े किए और उनकी आँखों में चिपका दिए। इसके बावजूद वह उसी नाकाफ़ी टुकड़े के लिए छीना-झपटी करती रहीं। दाँतों से एक-दूसरे को काट लहुलूहान कर दिया और एक-दूसरे को ज़मीन पर गिरा उनके हिस्से का छीन उन पर पाँव रख चलती रहीं। मैंने पीछे पलटकर देखा। मालिकों के चेहरों पर मुस्कान थी। हम सबने अपनी आँखों से चिपका वह सपना देखा—हरी घास, लहलहाती फ़सल, रिमझिम गिरती बारिश, आसमान से टपकती गर्म रोटियाँ...उनमें से फूटती गर्म सोंधी महक...हमारे साँसों से हर वक़्त आती-जाती...। हम भूल गए कि हमारे पेट में आधी रोटी है और आधा दूसरे का लहू...।

"तुम चुन लिए गए हो। बेहतर के लिए तुम्हें चुना गया है। चलते सभी हैं—पर पहुँचता कोई-कोई है। तुम पहुँचोगे...अगर तुम इसी तरह चलते रहे...।"

उन्होंने पीछे से कहा तो हम बाक़ी चीज़ें भी भूल गए—थकान को, काले पसीने और अंधे रास्तों को। चलते-चलते पैरों में गाँठें पड़ गईं। किसी-किसी की गाँठें पककर फूटने लगीं और मवाद उनके पैरों से बहता सड़क पर आने लगा। क़दमों के निशान...पीछे वाले इन्हीं पर चलकर आएँगे। पीछे वाले...मैं सुनकर चौंकती। मेरा ख़याल था, सबसे पीछे हमीं हैं। हमारे आगे तो मीलों लंबा रेवड़ है। कोई किसी को नहीं पहचानता पर हम जानते हैं, एक ही नस्ल है हमारी। पर जब मैंने पीछे मुड़कर देखा, आश्चर्य से पाया—भेड़ों का लंबा हुजूम जाने कहाँ से आकर हमारे पीछे चल रहा है। इतना लंबा कि मालिकों के चेहरे ठीक से दिख नहीं रहे। उनके और हमारे बीच कई चेहरे हैं। वे दिख नहीं रहे, हम चाहें तो भाग सकते हैं। कहाँ? क्या वहाँ कोई सपना और रोटी का टुकड़ा होगा? हम नहीं भागते, हम अदृष्ट आँखों से निर्देशित हैं। अदृष्ट चाह से।

जब नई भेड़ें भूख से बेहाल इधर-उधर तितर-बितर होतीं या थकान से ढहने लगतीं...पहले से चल रही भेड़ें कभी-कभी उन्हें ढाढस बँधाती। वे निर्देश देतीं, बतातीं

कि भूख को कैसे भुलाया जाता है। ''रास्ता बहुत लंबा है, जल्दी चलना होगा। ऐसा न हो तुम रोटी में ही उलझे रहो और जीते जी उस सपने तक न पहुँच पाओ।''

''जितना चल सकते हो, चलो, फिर तुम्हारे पीछे आने वाले चलेंगे—उन्हें रास्ता दिखाना तुम्हारा परम कर्त्तव्य है।'' वे जब कहतीं तो रास्ते पर बिखरा ख़ून और मवाद अपनी नई कहानी कहने लगता।

तेज़ बारिश और चिलचिलाती धूप से बचने के लिए कभी-कभी हम अपनी खाल उतारकर ओढ़ लेते और चलते रहते। खाल में से बदबू फूटती पर सभी खालों में से फूट रही है, हम आदी हो गए हैं।

पुरानी भेड़ें रास्ता काटने की ग़रज़ से नई भेड़ों को उन सभी मर चुकी भेड़ों की कहानियाँ सुनातीं, जो इसी रास्ते पर थीं और जिन्हें कभी कोई रास्ता नहीं मिला। उनमें से कुछ भेड़ें नए रास्तों की तलाश में गई थीं और फिर अभी तक वापस नहीं आईं। उनकी पुरानी खालें यहीं रह गई थीं। जिसे वे कभी-कभी ओढ़ लेतीं और ऐसी बातें करतीं, जो किसी की समझ में नहीं आती थीं। पर जब वे ऐसी बातें करतीं, नई भेड़ें उनके क़दमों में लोट-लोट जातीं...

''जब तक तुम्हारी प्यास तुम्हारी छाती पर बोझ की तरह पड़ी रहेगी, तुम नहीं चल सकते। लगातार चलने के लिए इस प्यास को छोड़ना होगा।'' वे कहतीं और भीड़ को अपने साथ हज़ारों मील चलने को राजी कर लेतीं।

मैंने देखा, वे अपने भटकाव में कितने खुश हैं? वे कभी खोजने का प्रयत्न नहीं करते कि वे किधर जा रहे हैं और क्यूँ? वे जब उन्हें हाँकना बंद कर देते। तब भी वे उसी तरह चलते रहते। वहाँ जो कुछ भी है सबका, सबके लिए, कोई किसी से अलग नहीं है।

एक दिन अपनी खाल उतारते वक़्त मैंने देखा—नीचे एक दूसरी खाल—उतनी ही काली और रोएँदार। मैंने एक पुरानी और अनुभवी भेड़ से पूछा...

''एक काली खाल निकालने के बाद दूसरी भी काली, क्या गोरी खाल किसी की नहीं होती?''

''होती है। पर सातवीं। जैसी मालिकों की है।''

''मालिकों की क्यों है?''

''क्योंकि वे पवित्र हैं। उन्होंने अपनी छह खालें निकाल ली हैं। वे उनकी सन्तानें हैं, जो पृथ्वी पर एक बार आया था।''

''आया था तो चला क्यों गया?'' मैंने पूछा।

''रास्ता दिखाने को उसने 'उन्हें' तय कर दिया। अब वे ही हमारे लिए सब तय करते हैं।'' वे हँसने लगीं।

''हम भी अपनी और खालें नहीं निकाल सकते?''

''नहीं। कदापि नहीं। तुम्हें चुना नहीं गया।''

''पर वे तो कह रहे थे, तुम्हें चुना गया है।''

''हाँ, पर चलने के लिए। उनकी बराबरी करने के लिए नहीं।''

उनकी छह खालें कहाँ गईं। मैंने सोचा। हम तो अपनी सिर्फ़ एक खाल उतारते थे, उसी से ढाँकते खुद को, वापस उसी को पहन भी लेते।

''हम तुच्छ प्राणी हैं, वे महान।'' उसने कहा और हम चलते रहे...चलते रहे।

तब मैंने सिर्फ़ इतना किया कि उस खाल को वापस नहीं पहना। जहाँ भी हम रुकते...रोटी खाते...सुस्ताते। मैं उस खाल पर सबकी कहानियाँ लिखने लगी। सुबह होते ही हम फिर उस सपने की तलाश में चलने लगते, जिसकी तस्वीर हमारी आँखों में चिपका दी गई थी। कुछ के लिए यह शग़ल था कि वे हर दृश्य का मिलान उस तस्वीर से करतीं। शायद यह हो और हम ठहर जाएँ। पर ऐसा कभी नहीं हुआ।

जब खाल समूची भर गई तो मैंने उसे पहन लिया। पुरानी भेड़ों ने उसे बाँचा...

''भीड़ से वे सबसे पहले यही कहते हैं हम सब एक हैं। और वे उन सब को अपने साथ चलने को राजी कर लेते हैं। जबकि सच तो यह है कि कोई किसी के जैसा नहीं है। वे अपने को श्रेष्ठ समझते हैं और भीड़ को हाँकने का दायित्व वे अपने अभिमान के कंधों पर रख देते हैं।''

''उनका अभिमान इसी में पुख़्ता होता है कि वे किसी के जैसे नहीं हैं और इसीलिए वे श्रेष्ठ हैं।''

''जिन्हें तुम तुच्छ समझते हो, उन्हीं के द्वारा तुम खुद को ज्ञानवान सिद्ध करवाना चाहते हो।''

''भीड़ कभी भी रपटीले और फिसलन-भरे रास्तों पर नहीं चलना चाहती। उन्हें मरने से डर लगता है। उन्हें हमेशा सीधे रास्तों की तलाश रहती है, चाहे वे उस पर उम्र-भर भटकते फिरें। सीधे रास्ते कहीं नहीं ले जाते। वे वापस हमारी अज्ञानता की तरफ़ मुड़ जाते हैं।''

और जाने कितने मुँहों से होती हुई बात फैल गई। पुरानी भेड़ों ने मुझे सलाह दी, खाल उल्टी पहन लो। ऐसा कभी कोई नहीं करता। सपने की सच्चाई पर सन्देह करना पाप है। मैंने हँसकर उन्हें देखा—पाप और पुण्य की व्याख्या उन्हें सदियों पहले समझा दी गई है। फेर-बदल करना असम्भव है। पीछे आने वालों को बार-बार समझाने की ज़रूरत नहीं पड़ती। जो पहले से चल रहे हैं, वे पीछे वालों को समझा देते हैं।

बात वहीं तक होती तो शायद दब जाती। मैंने अपनी दूसरी खाल भी उतारी, तीसरी भी। तीनों को भर दिया। एक पहनकर दोनों हाथों में उठा लीं। न सिर्फ़

इतना, मैं सबको चिल्ला-चिल्लाकर बताने लगी—"कहीं कोई सपना नहीं है। आपका सपना आपकी मुट्ठी में है। रुको, मुट्ठी खोलो, भुरभुरी मिट्टी में पानी डालो। वर्षों से सोया पड़ा बीज अंकुरित होगा। वही एकमात्र पेड़ है। रोटियों का। इसे रक्त से नहीं पसीने से सींचना होगा।" भेड़ों की मुट्ठियाँ तन गईं। उन्होंने अपने खुरों से चिथड़े-चिथड़े कर उन खालों के टुकड़े-टुकड़े कर दिए और मुझे मार-मार कर ज़मीन पर गिरा दिया। लहुलूहान मैं उठी और उसी खाल पर बार-बार मिटाकर बार-बार लिखती रही। हवा में उड़ती हुई यह ख़बर 'उन' तक पहुँच गई। वैसे भी 'उन्होंने' मेरी खाल देख ली थी और वे मेरे पिटकर ख़त्म हो जाने का इंतज़ार कर रहे थे।

मालिकों में से एक के लंबे हाथ बढ़े और उसने मेरी गर्दन पकड़कर मुझे सबके बीच से उठा लिया। अब मैं उनके ठीक सामने हूँ। मैं जानती थी, सातवीं खाल तक पहुँचना नामुमकिन बात थी, मैं उनकी सफ़ेद खाल का रहस्य जानना चाहती थी। मैंने सिर्फ़ तीन उतारी थीं और ये बहुत ज़्यादा थीं। इसके बाद के नामुमकिन को मैं मुमकिन नहीं बना सकी थी।

उन्होंने मुझे कुछ नहीं कहा, सिर्फ़ कहा—"हमारे साथ चलो।" मुझे लगा था, मुझे ख़त्म करने की कोशिश की जाएगी। मैं चिल्लाऊँगी, जो मेरे साथ थे, वे मेरे पक्ष में आवाज़ उठाएँगे और अव्यवस्था फैल जाएगी। जिसे क़ाबू में करने को उन्हें फिर ख़ून पसीना बहाना पड़ेगा।

मैं उनके साथ चलने लगी। मेरे ख़याल से उनके पास वह सब था, जिसकी झलक सपने के पोस्टरों में थी जो हमारी आँखों से चिपके थे। उन्होंने मेरी आँखों से चिपका पोस्टर उतार लिया और मैं हैरत से अधमरी हो गई। जो भी था उनके पास, अपने से बहुत ज़्यादा क़ीमती। मैंने उनकी तरफ़ फटी-फटी आँखों से देखा—

"यह सब तुम्हारा हो सकता है, चाहिए?"

मुझे यक़ीन नहीं आया मैं जानती हूँ, वे झूठे हैं।

"जिस दिन तुम भीड़ के अंश होने से इनकार कर देते हो, उस दिन भीड़ उठाकर तुम्हें बाहर फेंक देती है। अब तुम वापस वहाँ नहीं जा सकतीं। भीड़ तुम्हारा यक़ीन नहीं करेगी।...और जिस दिन तुम हमें बताते हो कि तुम भीड़ के अंश नहीं हो, उस दिन हम तुम्हें तुम्हारी क़ीमत दे देते हैं।" उन्होंने हँसते हुए मुझे समझाया...

"हम तुम्हारे साथ शक्ति के लिए सौदा करते हैं और तुम हमारे साथ रोटी के लिए।"

"मुझे क्या करना होगा?" मैंने पूछा।

"कुछ नहीं। हमारे साथ चलना होगा। हम तुम्हारा आदमीकरण कर देंगे। अंश होगी तुम, अंशी तो हम हैं ही।"

मैंने उनकी खाल की तरफ़ देखा...।

"पर मेरी ऐसी खाल नहीं, तुम पवित्रता के प्रतीक हो।"

वे ज़ोर-ज़ोर से हँसने लगे। फिर हाथ पकड़कर एक तरफ़ ले गए...

"छूकर देखो।"

मैंने उँगली से छुआ तो मेरी उँगली सफ़ेद हो गई। मुझे कुछ समझ में नहीं आया। मैं हक्की-बक्की खड़ी रही।

"तुम्हें बना दें, अपनी तरह।"

एक ने कहा और मुझे अपने सफ़ेद चोगे से ढँक लिया। चोगे से जब मैं बाहर आई, मैं भी उन्हीं की तरह थी—सफ़ेद...पवित्रता की प्रतीक। उन्होंने हँसते हुए बताया कि हमें खालें उतारने की ज़रूरत नहीं। ये इतनी मज़बूत हो गई हैं कि इन्हें चट्टानों से टकराकर भी नहीं तोड़ा जा सकता। इसे छिपाना पड़ता है। कैसे तुम सिद्ध करोगे कि तुम 'वो' नहीं हो, जो हो। और 'जो' हो, वह किसी सूरत में दिखाया नहीं जा सकता।

मैंने पलटकर भीड़ की तरफ़ देखा। कभी मैं उसी दुनिया की थी, पर अब उसमें और मुझमें कुछ भी एक जैसा नहीं रहा। मैं उन्हें तरस से भर-कर देखती हूँ, अपनी लालसा में आकंठ डूबी।

"पर इन्हें कहाँ ले जाया जा रहा है?" मैंने भीड़ की तरफ़ इशारा करते हुए पूछा...

"पोस्टरी सपनों की तरफ़। जब ये फट जाते हैं, हम दूसरे लगा देते हैं। फिर किसी को कुछ दिखाई नहीं देता।"

"पर ये सब भूखे हैं।" मैंने कहा।

"तभी चल रहे हैं। अभी तुम्हारा पेट भरवाए देते हैं, चलकर दिखाओ।"

उन्होंने मुझे अपनी रोटियाँ खिलाईं। वे नहीं थीं, जो हम आज तक खोते आए हैं। मैंने रोटियाँ खाकर उनकी तरफ़ देखा। मेरी आँखों का रंग बदल गया था। हम एक-दूसरे को देखकर हँसने लगे। मैं निरंतर बलि के इस इतिहास में शामिल नहीं होना चाहती थी और मैंने अपने बचाव का रास्ता ढूँढ़ लिया था।

मैंने उन भेड़ों को देखा, जो मुझसे भी पहले उस झुंड में शामिल थीं और चल-चलकर बूढ़ी हो गई थीं। वे मेरी तरफ़ देख रही हैं। शायद उन्हें लगता हो कोई चमत्कार घटित होगा और जगहों की अदला-बदली हो जाएगी। जब ऐसा कुछ नहीं हुआ तो उनकी आँखें जलने लगीं। उन्होंने साथ चलती भेड़ों के झुंड से कुछ कहा तो एक स्वर में रिरियाने लगीं।

मैंने उन सबकी तरफ़ देखा। वे पूर्ववत् मुस्करा रहे थे...।

"कोई बात नहीं, रोटी देना बंद कर दो।"

मैंने देखा, उनका रिरियाना रुक गया। वे सब चलने को राजी हैं–रुके बिना, कुछ पूछे बिना।

अब मैं सफ़ेद रंग में रँगी उन्हीं का हिस्सा थी। मैं वही भाषा बोलती जो वे बोलते। अब मुझे अपनी उस काली खाल की, जिस पर मैंने जाने क्या कुछ लिखा था, ज़रूरत नहीं थी। मैंने उसे उठाकर दूर फेंक दिया। खाल उन चलती भेड़ों के ऊपर जा गिरी, कुछ ने उसे उठा छाती से लगा लिया और सस्वर पाठ करने लगीं।

ये रात कितनी लंबी है

आज स्कूल का वार्षिक फ़ंक्शन है, सुबह सात बजे से मैं यहीं हूँ...सारी तैयारियाँ अपने चरम पर हैं। रिहर्सल जितनी होती थी हो चुकी। पिछले महीने तो मैंने पाँच-पाँच, छह-छह घंटे रिहर्सल करवायी है, जब तक बच्चे थककर चूर नहीं हो जाते। सुबह सात से शाम छह बजे तक...। आज तो बस बारी-बारी तैयार कर इन्हें स्टेज पर भेजना है। मैं नहीं चाहती, मेरी क्लास के बच्चे किसी से भी पीछे रहें। पीछे रहने की सज़ा मैं अभी तक भुगत रही हूँ...। हम मेकअप रूम में हैं...चारों तरफ़ बच्चों का शोर, नए कपड़ों की जगमगाहट और ढेर सारी ख़ुशबुएँ हैं। कुछ कत्थक की रिहर्सल कर रहे हैं, कुछ क्लासिकल सिंगिंग की...। क्लास सिक्स की बच्ची अजीत कौर गा रही है...'मधाणियां, हाय...ओ मेरे डाडेया रब्बा कीनाँ जम्मियां किनाँ ने ले जाणीयाँ, हाय। मेंहदी लगदी सुहागणं नु नहींयो मरदे दमां तक लहंदी।

मैं उसकी तरफ़ प्यार से देखती हूँ, यह तो ठीक-ठाक जानती ही नहीं, इन शब्दों का अर्थ...। यह गीत इसकी माँ ने तैयार करवाया है, मैंने सिर्फ़ रिहर्सल करवायी है।

'वाहे गुरु जे मेरा ए कम ठीक-ठाक हो गया, ताँ मैं तेरे दर ते मथ्था टेकणँ आवाँगी।'

मैंने मन में कहा। सब कुछ अस्त-व्यस्त...किसी को कुछ नहीं मिल रहा, किसी को कुछ...। मेरी बेटी अपर्णा भी क्लासिकल डांस में है, मात्र दस साल की है अभी, बार-बार कुछ न कुछ पूछने चली आती है। भीड़ में उसे अपने खो जाने का अहसास होता है। इतना अच्छा परफ़ार्मेंस वह पिछले तीन साल से दे रही है, जब मैं उसे अपने साथ इस स्कूल में ले आई हूँ। पुराने स्कूल की प्रिंसिपल का हर शनिवार फ़ोन आता, 'आपकी बेटी को क्या कोई मेंटल प्रॉब्लम है? सारे दिन में एक भी शब्द नहीं कहती। न हँसती है, न रोती—बस टक लगाकर एक तरफ़ देखती रहती है। कुछ पूछो तो सिर झुका लेती है। आप कृपया इसे कहीं और ले जाइए।'

मेरे भीतर कुछ सुलगने लगता...जी चाहता कहूँ...हाँ है, सभी को होती है।

आपको भी है, मुझे भी। अपनी तो कमी पता ही नहीं चलती, दूसरे की चल जाती है। 'कहीं और' से क्या मतलब है आपका?

आख़िर मैं उसे निकाल लाई। स्कूल से भी, उसके अपने भीतर से भी। आसान नहीं होता कुछ भी, करना पड़ता है आसान, मानना पड़ता है कि आसान है, इसमें क्या है?

''मम्मा...मम्मा...। मुझे देखो...।'' वह तैयार होकर आई है, विभिन्न मुद्राओं में ख़ुद को दिखा मेरी आँखों में अपना वजूद ढूँढ़ती है...। मुझे उस पर लाड़ आता है, पास खींचकर उसका माथा चूम लेती हूँ—''आज अपने आप करो। आज मम्मा को और भी बहुत काम हैं ना।'' मैंने पंजाबी में कहा।

जब सारे तैयार हो गए तो प्रोग्राम शुरू होने में बस एक घंटा बाक़ी था। मैंने बारी-बारी सबको बुलाया। सबके ड्रेसेस ठीक-ठाक किए, उन्हें उनका काम फिर से याद दिलाया, पीठ थपथपाकर हौसला बढ़ाया, सिर पर हाथ फेरा। वे मुस्कराने लगे। एक स्पर्श और आपके भीतर जाने कितने दरवाज़े खुल जाते हैं। यह मैंने बहुत देर से जाना, जब अपने सभी दरवाज़ों को बारी-बारी बंद होते देखा।

''तुसी उना नूं जादा प्यार करदे हो, मैनूं घट करदेहो।''

अपर्णा शिकायत करती है तो मुझे हँसी आ जाती है। मैं सब बच्चों को प्यार करती हूँ। सब अच्छे हैं, पर...? दुनिया उतनी अच्छी नहीं है, जितनी हम चाहते हैं कि हो। मेरी स्टूडेंट्स पर इतनी मेहनत भी सबको अच्छी नहीं लगती। उन्हें लगता है, ऐसा मैं जान-बूझकर करती हूँ, उन्हें नाक़ाबिल टीचर सिद्ध करने के लिए। बाहर से कभी कुछ नहीं आता, सब हमारे भीतर है, यह भी मैंने बहुत देर से जाना। हम सब जैसे आज हैं, उससे अच्छे और बेहतर हो सकते थे, यदि हम पर हमारे माँ-बाप और टीचर्स ने और ज़्यादा ध्यान दिया होता। किसी को हमेशा के लिए उसके हाल पर छोड़ देना, सिर्फ़ अपने काम से काम रखना, यह क्या हमारी अपनी कुंठा नहीं? हम कर सकते थे, हमने नहीं किया। मैं सेवेंथ और एर्थ के बच्चों को पढ़ाती हूँ, डांस और म्यूज़िक के लिए मेरे पास सातवीं, आठवीं, नवीं, दसवीं के बच्चे होते हैं। बच्चों से तो मैं हमेशा घिरी रहती हूँ। वे मुझे पसंद करते हैं, मैं उन्हें...। बच्चे हमसे पर्सनल प्रश्न नहीं पूछते, वे जैसे हम हैं, स्वीकार कर लेते हैं। वे भी हमसे यही चाहते हैं—अपना स्वीकार्य...।

जब सब तैयार हो गया, मैंने शांति की साँस ली—सबको बुलाया—

''देखो बच्चो, तुम लोग चाहते हो न कि हमारी मेहनत सफल हो, तो तुम्हें अपने पूरे मन से करना होगा, तुम सब मुझे खुश देखना चाहते हो, है न?''

बच्चों ने तुरंत अपने मुस्कानों भरे चेहरे हिलाए। मैं जानती हूँ, वे मुझे उदास नहीं देख सकते।

प्रोग्राम शुरू हुआ...मैं बारी-बारी सभी क्लासेस के बच्चों को भेजती। दूसरों

के पास समय नहीं होता कि वे बच्चों की तैयारी करवा सकें। मेरे पास और क्या था समय के अलावा...। "जब आपके पास जीने के लिए अपनी ज़िंदगी नहीं बचती, आप दूसरों के-लिए जीने लगते हैं।" ये सब कहते हैं—कभी घुमा-फिराकर, कभी सीधे।

बारी-बारी से सारे बच्चे गए और मेरी ख़ुशी का ठिकाना न रहा, जब लगभग सभी क्लासेस के बच्चों ने अच्छी परफ़ार्मेंस दी और वापस आकर दौड़ते हुए मुझे घेर लिया, मैंने उन सबको अपनी आँखों में भर लिया, मेरी आँखों में ख़ुशी के आँसू थे। यहीं आकर लगता है, हम हैं, हम हैं।

फिर सबने अपने-अपने हिस्से का भाषण दिया। कुछ बच्चे पुरस्कृत किए गए। मेरी हैरानी की सीमा न रही, जब प्रिंसिपल साहब ने मुझे 'बेस्ट टीचर' के अवार्ड से नवाजा और मुझसे स्टेज पर आने का आग्रह किया। वह पल अपूर्व था। मेरे भीतर कुछ काँप रहा था, शिराओं में सनसनी थी। सबसे नालायक़ घोषित हुई थी अपने घर में...सबसे निचली सीढ़ी..., जिसे ऊपर जाने के लिए इस्तेमाल किया जाता है, यह सहसा इतनी ऊँची सीढ़ी पर अपना होना, मैं स्टेज तक गयी, सिर्फ़ ज़रा-सा रास्ता पार करते-करते मैं समूची बदल गयी...आश्चर्य, अब न मेरे पैर काँप रहे हैं, न हृदय...मेरा चेहरा और मेरी कनपटियाँ गर्म थीं...हो सकता है, मैं लाल भी हो गयी होऊँ...पर फिर मैंने खुद पर पहली विजय पायी, मैंने अपने 'ना कुछ' होने के अहसास को अपनी भीतर से गिर जाने दिया और मज़बूत क़दमों से वहाँ तक पहुँच गई। तालियों की गड़गड़ाहट के बीच एक ने आगे बढ़कर मुझे फूलों का गुलदस्ता दिया, दूसरी ने मुझ पर शॉल ओढ़ायी...प्रिंसिपल साहब ने काँच का एक बड़ा-सा मैडल दिया,...तस्वीरें खींची गईं। सबका अभिवादन करने के बाद मैं माइक तक आई। मैंने अपने सामने देखा,...जहाँ तक नज़र आती लोग ही लोग,...हमारे स्कूल के बच्चों के पैरेंट्स, अन्य स्कूलों के आए डेलीगेट्स।

मुझे ठीक-ठीक याद नहीं कि मैंने क्या कहा, सार यह कि मेरे संपर्क में आने वाला कोई भी बच्चा मुझसे उपेक्षित नहीं होगा, चाहे वह किसी भी क्लास का हो। कहते हुए मेरी नज़र उस महिला पर पड़ी, जो खड़ी होकर तालियाँ बजा रही थी,...मेरी नज़रें उससे टकरायीं, उसने अपने सीने पर हाथ रख झुककर मेरा अभिवादन किया, मेरी आवाज़ भीग गई। उतनी दूर से भी मैं उन आँखों में आँसू देख सकती थी।

आँसुओं और औरत का रिश्ता बड़ा अजीब है। जैसे पानी हमेशा नीचे की तरफ़ बहता है, आँसू भी औरत की छाती के ख़ाली गड्ढे में इकट्ठे होते जाते हैं। ये गड्ढा कभी सूखता नहीं। जब भी इन्हें निकासी का कोई रास्ता मिल जाता है, भूल-चूक से,...बाहर आने शुरू हो जाते हैं। न मिले तो अपना फ़ार्म बदलते रहते हैं। कभी सख़्त बर्फ़ से भीतर जम जाएँगे, आप कितना भी सरकाओ,...न नीचे

होंगे, न ऊपर,...कभी धुएँ की मानिंद आपकी आँखों में उड़ा करेंगे, ...तब आपको कोई भी रास्ता ठीक-ठाक दिखाई नहीं देगा।

अपने छोटे से भावात्मक भाषण के बाद मैं परदे के पीछे आ गई,...मेकअप रूम में बच्चों के ड्रेसेस उतरवाने में उनकी मदद करने लगी,...पर मैं सहज नहीं थी, एकाएक मुझ पर बहुत सारी चीज़ों ने हमला कर दिया था।

प्रोग्राम ख़त्म होने के बाद वह महिला अपनी बेटी को लेने आई। उसकी बेटी दूसरे बच्चों के साथ खिलखिला रही थी—वह कुछ पल उसे देखती रही। फिर मेरे निकट आ मेरे दोनों हाथ पकड़कर चूम लिए।

''आज मैं रब अगे अरदास कर दियां कि रब तुहाडी सारी मुराद पूरी करे।''

मैं मुस्करा दी। मैंने उसके हाथ थपथपा दिए। वे अपनी बच्ची को लेकर चली गईं।

अभी तक अपर्णा का कत्थक का जुनून उतरा नहीं था, वह अपनी ड्रेस तक उतरवाने को तैयार नहीं थी।

मैं तनिक साँस लेने कुर्सी पर बैठ गई। बच्चों को हँसते-बोलते-लड़ते देखती रही।

मुझे उनका अपने हाथों पर स्नेह से चूमना देर तक याद आता रहा। मुझे याद नहीं आता, कभी मेरी माँ ने मुझे इस तरह चूमा हो। क्या करते हैं, जब आप किसी को चूमते है? अपना समूचा प्रेम, समर्पण, समूचा आह्लाद, खुशी, कुछ अप्रतिम सा, जिसे शब्द देने में आप सबसे ज़्यादा असमर्थ हों आपके थरथराते होठों से बाहर आता है,...उस दूसरे की त्वचा में समा जाता है। वह कहीं जाता नहीं,...वहीं रहता है हमेशा। गहरी काली रात के अंतहीन अकेले पलों में उस एक पलकी जगमगाहट को अपने सीने में भींच आप रात गुज़ारने की कोशिश करते हैं। वर्डबेस कम्यूनिकेशन। आज पहली बार जी किया, मैं अपनी तन्हा आत्मा को चूम लूँ।

ऐसा क्यों होता है, जब कोई तुम्हें प्यार नहीं करता, तब तुम भी खुद से नहीं कर पाते। पर जब कोई दूसरा तुम्हें प्यार करने लगता है, तुम भी करने लगते हो। क्यों?

वे सत्र के मध्य में आई थीं, अपनी आठ वर्षीय बच्ची को लेकर। उनका कहना था, उनकी बच्ची पहले जिस स्कूल में पढ़ती थी, वहाँ किसी चीज़ में अच्छी नहीं थी, न पढ़ने में, न किसी और ऐक्टिविटी में। हमेशा गुमसुम, ख़ामोश, डरी हुई, नींद में रोने व चीख़ने के अलावा। जब कोई टीचर किसी और बच्चे को डाँट रही होती, ...तो वह पीली पड़ जाती—उसके हाथ-पैर ठंडे हो जाते। उन्होंने प्रिंसिपल साहब से रिक्वेस्ट की कि उनकी बच्ची को इषिता कौर मैम की क्लास में डाला जाए। वजह पूछने पर उन्होंने बताया कि मैंने उनकी बहुत तारीफ़ सुनी है। उन्होंने बहुत से बिगड़े और डरे हुए बच्चों को ठीक किया है। उनकी क्लास में बच्चे

बहुत ख़ुश रहते हैं। मेरी क्लास में ऑलरेडी बहुत बच्चे थे। आख़िर जैसे-तैसे उन्होंने प्रिंसिपल साब से 'हाँ' करवायी और उनकी बच्ची मेरी क्लास में आ गई।

जैसा कि आमतौर पर होता है, मेरी क्लास के बच्चे बिल्कुल शांत और अनुशासित होकर नहीं बैठते। उन्हें छूट होती है कि वे बातें कर सकें, शोर भी कर सकें। मैं उन्हें उस तरह नहीं पढ़ाती जैसी दूसरी टीचर्स। मुझसे हर बच्चा अपनी प्रॉब्लम शेयर कर सकता है। कोई खाना नहीं खाता तो मैं उसे खिला देती हूँ। उनकी जेब में पड़ी हुई सारी चीज़ें बस मेरी ही क्लास में बाहर आती हैं उनके भीतर दबी बातों और आवारा इच्छाओं की तरह। कोई नाराज हो तो गुदगुदा कर हँसा देती हूँ, रूठे हुओं की दोस्ती करा देती हूँ।

पहले पहल जब मैंने उनकी क्लासेस लेनी शुरू कीं तो उन्होंने मेरे स्वभाव का बहुत फ़ायदा उठाया, ...इतना शोर, इतनी अस्त-व्यस्तता कि मैं खीझकर रो पड़ी–

"तुम्हें जो करना है, करो। अब मैं तुम्हें नहीं पढ़ाऊँगी।"

मैं उठकर बाहर जाने लगी। सारी क्लास एकदम चुप।

"सॉरी मैम, अब हम शैतानी नहीं करेंगे।"

पीछे से आवाज़ें आईं और मैं मुस्कराती हुई लौट पड़ी। इन्हें हमेशा नहीं पढ़ाया जा सकता। न ही ये हमेशा एक ही ढंग की माँग करते हैं। जब इन्हें पता नहीं होता कि इन्हें पढ़ाया या लिखाया जा रहा है, ये जल्दी सीख जाते हैं। स्पर्श इन्हें राहत देता है–सिर पर हाथ फेरना, पीठ थपथपाना, एप्रिशियेट करना महज़ आँखों से छूकर, गाल पर हल्की-सी थपकी देना इनके भीतर काफ़ी कुछ बदल देता है। स्पर्श, लगाव, स्नेह, प्यार, केयर, किसी को सुनना-समझना। इनका अपार भंडार होता है, हमारे भीतर, आप कितना भी दो, कम नहीं होता। फिर भी जाने क्यों लोग ये सब देते नहीं–घट जाएगा जैसे देने से...।

"तुसी मेरे वल तां नहीं तकदे, सारयां वल तकदे हो।"

अपर्णा ने आकर मुझे हिलाया। मैंने उसे अपने गले से लगा लिया, वह शांत हो गयी।

सत्र के अंत में जब उस महिला, परमजीत नाम है उसका, की बच्ची सेकेंड डिवीजन में पास हुई तो वह ख़ुशी के मारे रो पड़ी। मेरे आग्रह पर उसने बताया कि वह अपने फ़ादर से बहुत डरती है, मुझे कई बार मार खाते देख चुकी है। एक बार वे पीकर आए, उनसे सब्र नहीं हो रहा था, उन्होंने बच्ची को उठाकर बाहर फेंक दिया और दरवाज़ा अंदर से बंद कर दिया। घंटे-भर वह बाहर ठंड में बेहोश पड़ी रही,...मैं भीतर। बेहोशी में जीना आसान होता है, आपको पता ही नहीं चलता, आपके ऊपर से क्या-क्या गुज़र गया। होश सब याद दिला देता है। सारे दर्द होश के दर्द हैं।

आपने किसी महिला को छत पर बड़ियाँ बनाते, सुखाते, उतारते, राँधते देखा है? अपने ज़ख्मों के साथ भी वे यही करती हैं। आँसुओं के घूँट के साथ गले के नीचे उतारने का काम।

बाहर ग्राउंड में भीड़ धीरे-धीरे छँटने लगी। अपने बच्चों के साथ सब अपने-अपने घर लौट रहे हैं, उनकी उँगली पकड़े। मैं अपर्णा का हाथ पकड़े उन्हें जाते हुए देख रही हूँ।

न किसी ने मेरी उँगली पकड़ी, न कभी मेरा घर बन सका। औरतों का क्या सचमुच में कोई घर होता है या वे दिखावा करती हैं, दूसरे की चीज़ जबर्दस्ती अपनी मानने का दिखावा।

हम दोनों माँ-बेटी भी घर वापस लौटने लगे। अपनी माँ और नानी माँ के घर। मैंने माँ से इतना कहा कि वे भी आकर प्रोग्राम देखें हमारा। उनका पेटेंट जवाब था–

"मैं जाके की करांगी।"

जिन्हें अपने बच्चों को देखने की फ़ुरसत नहीं मिली, वे किन्हीं और बच्चों को देखने क्यों जाएँगी?

आज उन्हें देखती हूँ–बूढ़ा, नाटा, झुका हुआ शरीर, झुर्रियों से अटा बेजान चेहरा,...समय अपनी छाप छोड़े बिना कहीं से नहीं गुज़रता। क्या देखा है, उन्होंने अपने जीवन में? क्या वे सचमुच उतनी ही दोषी हैं, जितना उन्हें मैं समझती हूँ।

मेरे भीतर रक्तरंजित लोथड़े हैं, ऐसा विनाशकारी दृश्य जैसे किसी जंगल में तीव्र आँधी आने के पश्चात् होता है। हर वृक्ष अपनी जगह से उखड़कर ठूँठ में तब्दील हो चुका, हर घोंसला मिट्टी हो चुका,...हर तिनका राख।

मुझे अपने पापा की बहुत याद नहीं है। हम तीन बहनें। मैं सबसे छोटी, सबकी आज्ञाकारी। सब मुझ पर हुकम चला सकते हैं, मैं किसी पर नहीं,...मैं सिर्फ़ उनसे बचने के तरीक़े सोचती,...नाकामयाब तरीक़े, क्योंकि हर बार धर ली जाती। पापा मनमाड में रहते थे, हम पटियाले में अपनी नानी माँ के एक पुराने घर में, जिसे वे 'कोठी' कहती हैं। नानाजी डॉक्टर,...माँ स्कूल में टीचर। बीजी हमें मनमाड भेजने को राजी नहीं होती थी।

"तुसीं सारे उथे जाके की करोगे, उथे स्कूल वी चंगे नहीं हन।"

हम सिर्फ़ छुट्टियों में उनके पास जाते थे। मुझे याद है,...मैं छठवीं में थी, जब हम वहाँ आख़िरी बार गए थे। वे मुझे अपने स्कूटर पर सामने खड़ा कर घुमाने ले जाते, ख़ूब अच्छी-अच्छी चीज़ें खिलाते। मैं सबसे छोटी थी, शायद इसलिए सबसे ज़्यादा लाड़ आता था उन्हें मुझ पर। कभी दो, कभी डेढ़ महीने वहाँ रहकर हम लौट आते। उन दिनों भी वे एक-दूसरे से ख़ूब झगड़ते। मुझे कभी समझ में नहीं आता कि वे झगड़ा क्यों कर रहे हैं? माँ ने बताया था कि शादी के वक़्त वे फ़ौज

में थे। एट्टी फ़ोर में उन्होंने फ़ौज की सर्विस छोड़ दी, कहा, मैं बिजनेस करूँगा। अब एक बार फ़ौज में रहने के बाद कोई बिजनेस कर सकता है? कई बिजनेस बदलने के बाद भी उन्हें सफलता नहीं मिली। असफलताओं ने उन्हें बुरी तरह तोड़ दिया। वे बेतहाशा पीने लगे, उन्हें डिप्रेशन के दौरे पड़ने लगे। एक बार ऐसे ही दौरे में उन्होंने घर की काँच की खिड़कियाँ तोड़ डालीं। मनमाड में रह रही उनकी बहन ने उन्हें नासिक के एक अच्छे हॉस्पिटल में भर्ती कराया। माँ कभी इधर, कभी उधर, हम बीजी की कृपा पर...।

एक बार जब वे हॉस्पिटल में ही थे, आधी रात को उन्होंने एक नर्स को पकड़ लिया, अपनी ड्यूटी पर थी वह। उसने बहुत शोर मचाया। उसी समय आधी रात को मनमाड उनकी बहन के पास फ़ोन आया कि 'आप अपने पेशेंट को ले जाइए। हम उसे इसी वक़्त बाहर करते हैं।' बहन जाकर उन्हें ले आई वापस मनमाड...वहीं उनकी मृत्यु हो गयी।

हमारे पास जब समाचार आया, माँ स्कूल गयी हुई थी—ख़त उर्दू में था। हमें तो आता नहीं था उर्दू पढ़ना। नानाजी ने पढ़ा, फिर बीजी से कुछ कहा। वे बस उदास हो गयीं। दोपहर को मम्मीजी घर आईं...उन्हें कुछ बताया गया, वे छोटी-सी कोठरी में गईं, अपनी बिंदी उतार दी और रोने लगीं। उनकी देखा-देखी मेरी दोनों बहनें भी रोने लगीं, फिर मैं भी...।

फिर हम उन्हें भूल गए। हम धीरे-धीरे बड़े हो रहे थे—गालियाँ सुनते, मार खाते, दिन-भर क्लेश झेलते। माँ के पास हताशा थी, निराशा थी, डर था। वही हमें देती। घर में मेरी मँझली बहन का राज चलता। कभी मैं माँ के हाथों पिटती, कभी मँझली बहन के। बचपन में ही हर बात सहने की आदत ने काफ़ी लंबा साथ निभाया। मेरे पास मेरा कुछ नहीं था। हर चीज़ मुझसे छीनी जा सकती है, ये सभी जानते हैं।

बहुत से दोस्त बने, बनकर बिछड़ गए। मैंने ख़ुद को बड़ा होते हुए देखा, अपने शारीरिक परिवर्तनों को पहले आश्चर्य से फिर आदतन देखा।

घर में हम औरतें थीं। मम्मीजी कपड़े धोते मातम करतीं।

''हॉय रब्बा, सारियां फ्राकां ही धोणियां पैंदिया ने—कोई तां पैंट-कमीज धुवांदा इना हथां दे नाल'।

मैं पढ़ने में सबसे होशियार थी। कोई मुझ पर ध्यान नहीं देता था, पर मैं हर बात में आगे थी। सुंदर तो ख़ैर थी ही। सुंदरता औरत के लिए अभिशाप और वरदान दोनों ही होती है—यह मैंने बाद में जाना—बहुत कुछ अपने जीवन से, बहुत कुछ ख़ूबसूरत औरतों की ऑटोबॉयोग्राफ़ी पढ़कर।

बीजी अक्सर बीमार रहती हैं—या तो उन्हें कब्ज हो जाता है या दस्त...। या तो उनकी टट्टी साफ़ करो या उन्हें एनीमा दो। वे सारे काम जो घर में कोई

नहीं करता, मुझे करने पड़ते। वे अपना पास्ट इस तरह बड़बड़ातीं, जैसे वे किसी बार-बार देखी फ़िल्म के याद रह गए दृश्यों को दोहरा रही हों। पगड़ियों के रंगों को लेकर—घर में मौजूद सामान तक। उन्हें बाहर से कम दिखता है पर भीतर के दृश्य वे अब भी काफ़ी साफ़ देख लेती हैं। कभी-कभी गड़बड़ा जाती हैं, तारीख़ें इधर-उधर हो जाती हैं। हम अपने भीतर ठीक कर लेते हैं। उनके टुकड़े हर उस वक़्त मेरे कानों में पड़ते, जब वे किसी अजनबी को अपनी दास्तान सुनातीं पंजाबी में।

''हम तो यहाँ आकर बस फँस गए जी...बारह साल से रह रहे थे बैंकाक में,...बच्चों के साथ। वहाँ इनका प्राइवेट हॉस्पिटल था, पेशेंट का इलाज वे ठेके पर करते थे। द्वितीय विश्वयुद्ध चल रहा था। सुभाषचंद्र बोस कलकत्ता में नज़रबंद थे, वहाँ से फ़रार होकर 1941 में वे बर्लिन (जर्मनी) पहुँचे। वहाँ वो रेडियो पर भाषण देते थे। उनके भाषण की शुरुआत इस तरह होती थी—'मैं सुभाष बोल रहा हूँ।' उनके भाषण बड़े भावप्रवण हुआ करते थे।

''जर्मन पनडुब्बी और फिर जापानी पनडुब्बी पर सवार होकर 2 जुलाई 1943 को वे सिंगापुर में प्रकट हुए और आज़ाद हिंद फ़ौज का पुनर्गठन हुआ। इनमें वे भारतीय सिपाही थे, जो ब्रिटिश सेना के झंडे तले युद्ध करने जाते और जापानियों के बंदी हो जाते। इसमें मलाया, सिंगापुर, हांगकांग, रंगून, बैंकाक के भी भारतीय होते। इनका मुख्यालय दो जगहों पर था—रंगून और सिंगापुर। यहीं पर उन्होंने 'दिल्ली चलो' का विख्यात नारा दिया।

''21 अक्तूबर, 1943 में 'आजाद हिंद सरकार' की घोषणा हुई। नेताजी उसके प्रेसीडेंट थे ही। मार्च 1944 को 'आज़ाद हिंद फ़ौज' इम्फाल के नज़दीक पहुँची। जापानियों की हार और पीछे हटने के साथ ही आजाद हिंद फ़ौज भी पीछे हटी। नानाजी भी सुभाषचंद्र बोस के आह्वान पर 'आज़ाद हिंद फ़ौज' में शामिल हो गए थे अपना काम छोड़। सुभाषचंद्र बोस के हिसाब से जीत लगभग तय थी, पर वे हार गए। कहते हैं, इस दुःख की वजह से उन्होंने अपना जहाज़ खुद गिरा दिया।

''हम अपना सारा पैसा और काग़ज़-पत्तर लेकर बैंकाक से कलकत्ता आ गए...फिर ट्रेन से अपने घर अपने गाँव—घोटा, ज़िला रावलपिंडी। मार्च 47 तक पाकिस्तान बनना कांग्रेस द्वारा स्वीकृत कर लिया गया। हमें वहाँ आए दो महीने ही हुए होंगे कि मुसलमानों ने बुरी तरह हमला किया, आग लगा दी घरों में। बच्चे पानी को तरस रहे थे। हम घरों से निकल के बाहर सड़कों पर आ गए। उन्होंने फ़ोन के तार भी काट दिए। मिलिट्री वाले ट्रक लेकर घोटा आए, उन्होंने कहा—'सब ट्रक पर चढ़ जाओ तो जान बच सकती है।' हम सब ट्रक में चढ़कर रावलपिंडी के कैम्प में आ गए।

''किरपाल सिंह के कारण एक गाड़ी रावलपिंडी आई लाहौर से। हम सारे जो हिंदुस्तान जाने वाले थे, चढ़ गए। न हम बैंकाक जा सकते थे, न हमारे पास

पैसा था। मज़बूर होकर हमने पंजाब गवर्नमेंट की सर्विस ली। दोनों मामे पढ़-लिखकर वहाँ चले गए, वहीं सेटल हो गए। मौसी की शादी भी वहीं हो गई। बचे हम, क़िस्मत के मारे...।''

कभी वे एक दृश्य का वर्णन ख़ूब विस्तार से करतीं, कभी पूरी एक घटना एक वाक्य में ख़त्म कर देतीं। समझो तो ठीक, न समझो तो ठीक। जब तक हम छोटे थे, समझने की कोशिश नहीं की। बड़े हुए, समझने को कुछ रहा नहीं। अपने ही जीवन के धागों को सुलझाने में बीतता समय।

आपको पता है, आम की पपड़ी (अमावट) कैसे बनती है? बोरों पर आम का खट्टा-मीठा रस फैलाकर धूप में सुखाते हैं। जब उनकी मोटी परतें सूखकर जम जाती हैं, काटकर रख लेते हैं। इसके बाद खाइए—छोटे-छोटे खट्टे-मीठे रेशे आपकी दाँतों और जीभ के बीच फैलते रहेंगे। यह आमों का 'पास्ट' है। हमारा 'पास्ट' भी हमारे रेशों में बिल्कुल इसी तरह होता है—यह बात नानी माँ को देखने के बाद समझ में आयी। वे दिन-भर इन रेशों को चुभलाती रहीं—अपने पोपले मुँह में। न निगलने का जी करे, न फेंकने का। वे कहती हैं—''जिन्होंने एक दिन जेल काटी, वे आज तक पेंशन ले रहे हैं। हमने दो साल सेवा की, हमें कुछ न मिला।''

बहनें बड़ी हो गयी थीं। उनके लिए लड़कों की तलाश शुरू हो गयी। जो भी उन्हें देखने आता, मुझे पसंद कर लेता। बाद में माँ, किसी के भी आने पर मुझे कोठरी में बंद कर देतीं। उसके जाने के बाद निकालतीं। जो मेरे लिए ख़ुशी का भी सबब होता, दुख का भी। ख़ुशी इसलिए कि उस तमाम वक़्त मैं काम करने से बच जाती। दुख? पता नहीं क्यों? अपने 'न कुछ' होने का भाव तब तक मुझमें जागा नहीं था। यह तो तब जगता, जब पहले यह जगे कि 'कुछ' हो। मैं तो कुछ भी नहीं थी, न अपनी नज़रों में, न किसी और की नज़रों में। दुःख और डर हमारा स्थायी भाव था। माँ को उनकी परेशानियों ने कभी माँ बनने का मौक़ा ही न दिया। हम उनकी ज़िम्मेदारी थीं, उनका प्यार नहीं। हमें तो बस निभाया-निबटाया जा रहा था। हम भी चाहते थे, निबट जाएँ।

पुरुष के अभाव में हमने घर में ख़ूँखार कुत्ता पाल रखा है। बूढ़ी औरतें जब टहलने निकलती हैं, तो उनके हाथ में कुत्ते की ज़ंजीर क्यों होती है, यह अब जाके समझ में आता है। सात बजे तक हम कहीं भी हों, हमें लौटना होता ही होता। हम अपना गेट लोहें की जंजीरों, मोटे तालों से बंद करके रखते थे, ताकि चोर को खोलने में ज़्यादा वक़्त लगे, तब तक हम जग जाएँ। सारी रात बीच-बीच में नानीजी की गुहार 'वाहे गुरु'। चोर कभी नहीं आया।

एक बार हम डरे थे—सारा घर बहुत बुरी तरह,...थर-थर काँप रहा था। गुरु अर्जुनदेव सिंह जी का शहीदी पर्व था,...सारे पटियाले में सबसे बड़ा। शहादत के दूसरे दिन पंचमी होती है, दिन-भर लंगर चलता रहता है। उस दिन कर्फ्यू लग

गया सारे पंजाब में,...सारे गुरुद्वारे बंद हो गए, कोई भी आदमी बाहर नहीं निकल सकता था। हज़ारों लोग जो गाँवों से आए थे, वहीं फँसे रह गए। उसी रात हरमिंदर साहब पर अटैक हुआ,...पटियाले के 'दुख निवारण साहब' पर भी। लगभग सारे गुरुद्वारों में एक ही समय।...हम सब छत पर सोए थे। फायरिंग की आवाज़ आती रही 'बचाओ-बचाओ' की चीख़-पुकारें भी,...छत पर इतनी तेज़ रोशनी कि जैसे दिन हो। गोलियों की, ट्रकों की, लोगों की चिल्लाने की आवाज़ें। हम तुरंत नीचे भागे। हमारे दिल ऐसे धड़क रहे थे, मानो अभी छातियाँ फाड़कर बाहर आ जाएँगे। अगले दिन कोई गुरुद्वारे नहीं गया। मास्टर त्रिलोचन सिंह वहीं थे। उन्होंने सबको एक हॉल में बंद कर उनकी सुरक्षा की।

मास्टर त्रिलोचन सिंह की बड़ी इज़्ज़त है हम सबके मन में। पंजाबी टीचर, अपनी आधी तनख़्वाह ग़रीबों की सहायता में लगा देते हैं। 'दुख निवारण' में रोज़ शाम पानी पिलाते सबको, त्योहारों में चाय। वहीं 'फ़र्स्ट एड' का प्रबंध बीस साल से चल रहा था। कोढ़ी, मँगते, ग़रीब, रिक्शेवाले, सबके लिए मुफ़्त दवा। कुष्ठ रोगियों की पट्टियाँ भी बदलते अपने हाथों से। शहर में कोई भी बुलाता, मुफ़्त में कीर्तन करते। ग़रीब लड़कियों की पढ़ाई, शादी का ख़र्च उठाते,...मेडिकल कैंप लगाते,...औरतों की बीमारियों का भी इलाज करवाते। पटियाले में ऐसा कोई न था, जो उनकी इज़्ज़त न करता। उन्होंने बाद में हम सबको बताया कि मिलिट्री वालों ने पहले ही सारा खाका बना लिया था। उन्हें ये रिपोर्ट मिली थी कि सराय के अंदर आतंकवादी रहते हैं। उन्होंने टंकी पर चढ़कर सराय का नक़्शा लिया। हवाई जहाज़ पर आए थे वे। उनके पास बत्तीस आदमियों की फ़ोटो थी, जिन्हें वे आतंकवादी समझते थे, बाद में एक भी नहीं पाया गया। वे बताते हैं रात बारह एक बजे के क़रीब एक लाल गोला आसमान में चलाया, जिसने दिन जैसी रोशनी कर दी। मिलिट्री वालों ने पोजीशन ले ली। पाँच-छह ग्रुप बनाए—एक ने सराय पर हमला किया सबसे बड़ा, जहाँ लोग बंद थे। एक ने सरोवर पर, एक ने गुरु ग्रंथ साहेब पर। बाक़ी हमले पीछे से हुए। किसी ने कहा—"वाहे गुरु!" उसे गोली मार दी गई। सराय में कोई नहीं बचा। लंगर में भी बहुत से लोग मारे गए। एक हज़ार के क़रीब सरोवर के ऊपर थे,...हमने सबको लिटा दिया। हमने कहा—"हम सरेंडर करते हैं।" उन्होंने छह-सात सौ लोगों को पकड़ लिया। सात दिन उन्होंने न किसी को अंदर आने दिया, न बाहर जाने दिया। न लाशों को किसी को दिखाया। उन्होंने ट्रकों में लाशें डालीं और मॉडल टाउन क्रिमिनेशन ग्राउंड में ले जाकर फूँक दीं।

जब उनकी याद में अखंड पाठ साहब करवाया गया, तो मिलिट्री वाले उन्हें पकड़ कर ले गए। बोले—"कहो कि जो मारे गए ग़लत आदमी थे। इन्होंने हिंदुओं को मारा है।" मास्टरजी ने साफ़ इनकार कर दिया। उन्हें बहुत मारा-पीटा कि पाठ मत करो। पाठ फिर भी चलता रहा। बाद में उन्हें छोड़ दिया गया। इसके पाँच

महीने बाद इंदिरा गाँधी की हत्या हो गयी। इसके बाद जो हुआ, सब जानते हैं। जिस-जिस ने भी हमला किया, एक सौ साठ दिन से ज़्यादा कोई ज़िंदा नहीं था ये उनका मानना है। वे वही मानते हैं, जो मानना चाहते हैं। हम उनसे बहस नहीं करते।

मैं अभी भी उनसे मिलती हूँ,...गुरुद्वारे में अक्सर। एक ऐसे बुजुर्ग, जो सिर पर हाथ रख दें तो लगे नहीं, सब ठीक है, सब ठीक हो जाएगा। आदमी को सहना आना चाहिए। पर क्या सचमुच? ये सब इसलिए तो नहीं हो रहा कि हमें सहना आ गया है।

हम अच्छी तरह जानते हैं कि हमारी शादी ही माँ की समस्याओं का समाधान है। जब वे किसी बात पर हमें मारतीं, हिटलर की आत्मा उनमें प्रवेश कर जाती। हमारे बाल पकड़कर कभी वे हमें दीवार से टकरा देतीं, कभी लोहे के पलंग की पाटी से।...हम ज़ख़्मी थे, अंदर से भी, बाहर से भी। इन सारे दुखों की हमें आदत थी। जिस दिन हँस लेते, जो कि स्कूल में ही संभव था, अपना आप नया-नया-सा लगने लगता। हैरत होती कि ये छोटी-सी चीज़ अभी भी हमारे पास बची हुई है।

आख़िर जैसे-तैसे बड़ी बहन की शादी हो गई। बैंकाक में रह रहे हमारे मामा लोग आए, उन्होंने काफ़ी आर्थिक मदद की। नानाजी बेचारे तो इतने बूढ़े और दयनीय हो गए थे, इतनी सारी स्त्रियों की ज़िम्मेदारी उठाते-उठाते कि अक्सर वे हममें से ही एक लगते। मामा लोग अच्छे हैं। उनके आने से घर में काफ़ी नयी चीज़ें और रौनकें एक साथ आतीं।

माँ ने चैन की साँस ली कि चलो एक कहानी ख़त्म हुई पर कहानी, वह चाहे किसी की भी हो, कभी ख़त्म होते मैंने तो देखी नहीं। मामे चले गए, हमारी कहानी आगे बढ़ती रही।

दीदी और जीजाजी पहली बार आए थे घर पर। मुझे अपना छोटा-सा कमरा उन्हें देना पड़ा। कोई भी मेहमान आता, मैं बेकमरा हो जाती। मैंने बरामदे में फोल्डिंग पलंग डाल दिया और सो गई। गर्मियों की रातें—छत पर मरियल-सा पंखा घूम रहा था। किसी तरह मुझे नींद आई ही थी कि लगा मुझ पर कोई बोझ है। चिल्लाने के लिए मैंने जैसे ही मुँह खोला, किसी ने मेरे मुँह पर हाथ रख दिया। मैंने बड़ी मुश्किल से अपने आपको सीधा करते हुए उन्हें दूर फेंक दिया। नाइट लैंप की रोशनी में देखा,...जीजाजी थे। मैं थर-थर काँपती उठकर खड़ी हो गई।

"जीजाजी, आप, आप यहाँ क्या कर रहे हैं?"

उनके मुँह से आवाज़ नहीं निकली, उन्होंने अपने दोनों हाथ आगे बढ़ाए,...शायद मुझे पकड़ने के लिए।

"आप अंदर जाइए, नहीं तो मैं शोर मचा दूँगी।" गुस्से में मेरी आवाज़ ज़हरीली हो गयी थी।

"जाता हूँ, ...जाता हूँ, ...लेकिन छोड़ूँगा नहीं।" लड़खड़ाते हुए भीतर चले गए। मैंने काँपते हाथों से अपना तकिया उठाया और जिस कमरे में माँ और मँझली दीदी सो रही थीं, उसी कमरे में फ़र्श पर जाकर लेट गई, अंदर से कुंडी लगाकर। वह रात भयावह सपनों वाली रात थी। सारी रात मुझे नींद नहीं आई। सारी रात मैं मारे डर के रोती रही।

अगली सुबह मैंने किसी से कुछ नहीं कहा। घर में पहले ही क्या कम क्लेश थे? अगले दिन जीजाजी चले गए, मैं सारा दिन उनके सामने पड़ी ही नहीं।

अभी मैंने 10वीं पास की थी कि हम कुल्लू गए थे घूमने।...बहुत सारी सहेलियाँ थीं। एक लड़का जाने कहाँ से चला आया पीछे-पीछे,...हमारे ही शहर का। अकेला पाया, घेरा, कहा—"प्यार करता हूँ तुमसे, शादी करनी है।" उस वक़्त तो डर के मारे मैं भाग खड़ी हुई, फिर घर आकर ख़ुशी-ख़ुशी सबको बताया तो माँ का एक करारा झापड़ पड़ा गाल पर,...सिर घूम गया। गालियाँ अलग पड़ीं। अगले दिन लड़के को घर बुलवाया गया, ख़ूब सुनाया गया, भेज दिया गया।

हिम्मत नहीं हारी उसने फिर भी। मेरी दोस्त से दोस्ती कर ली। उसने मुझे समझाना शुरू किया—बहुत अच्छा लड़का है, तुझे बहुत प्यार करता है, तू सिर्फ़ फ़्रेंडशिप के लिए 'हाँ' कर दे। मैंने सोचा, फ़्रेंडशिप में क्या है, 'हाँ' कर दी पर डरते-डरते। फ़ोन पर बातें होती रहीं। फिर कहा, मिलना है। मिलने लगे छुप-छुपकर। तब तक भी मुझे नहीं लगा, कुछ प्रेम-व्रेम जैसा है मेरे भीतर...।

कुछ ख़ास क़िस्म की चिड़ियाएँ होती हैं न, जो हर शाख़ पर नहीं बैठतीं। वे कैसे चुनती हैं, मुझे नहीं मालूम। मुझे तो कभी चुनने का मौक़ा मिला ही नहीं। मेरे दिल पर लगी खरोंचों में इधर यह एक नयी खरोंच और शामिल हो गयी है—"हाय, मैंने कुछ नहीं चुना, न हँसी, न ख़ुशी, न अपने जीवन में आया कोई आदमी, न बाज़ार में बिकने वाली कोई चीज़। जो भी मिला, स्वीकार कर लिया। जो किया, वक़्त की ज़रूरतों, उसकी माँग और अपनी बेवकूफ़ियों के चलते। जिनका ख़मियाज़ा आज तक भुगत रही हूँ।" तो प्रेम की यह चिड़िया भी कभी मेरी शाख़ पर नहीं बैठी। दूसरों की शाख़ों पर इसे बैठा देखती,...अपने रंगीन पंख फड़फड़ाते,...तो मन ही मन दुआ करती,..."वाहे गुरु, ये ऐसे ही बैठी रहे। कम-अज-कम देखती ही रहूँ इसे।"

माँ को मुझसे बहुत उम्मीदें थीं। उन्हें लगता था, मैं बहुत ख़ूबसूरत हूँ, टेलेंटेड हूँ, किसी बड़े घर के रिश्ते के लायक़। आ भी रहे थे काफ़ी अच्छे-अच्छे रिश्ते। अपना ग्रेजुएशन मैं कर चुकी थी। एम.ए. करना था अब,...हो कुछ और गया।

मेरा बर्थ-डे आने वाला था और वह, दर्शन सिंह नाम है उसका, मुझे कोई अच्छी-सी चीज़ गिफ़्ट करना चाहता था कुछ सूट वग़ैरह,...चिलचिलाती गर्मियों के दिन थे, शाम का वक़्त और हम एक सूट ढूँढ़ रहे थे। तभी किसी काम से आई मम्मी

ने हम दोनों को एक साथ देख लिया। वे जैसे सकते में आ गईं, फिर उनका चेहरा लाल पड़ गया। हमने एक-दूसरे को देखा और सड़क पर तेज़ी से दौड़ते हुए जाने कितनी गलियाँ फलाँगते दूर निकल गए। थक के चूर हो गए, हाँफ रहे थे।

"अब?" दर्शन ने कहा।

"मैं वापस घर नहीं जाऊँगी।" मैंने अंतिम फ़ैसला सुना दिया। जानती थी, अब माँ पूरा मारकर ही दम लेंगी।

"तो क्या करेंगे?" उसने पूछा।

"शादी करेंगे और क्या करेंगे?"

मालूम ही नहीं था, क्या करने जा रही हूँ। भीतर सिर्फ़ डर था, भयावह डर।

मेरे पास माँ ने फ़ीस जमा करने के लिए दो सौ पच्चीस रुपए दिए थे, वह थे। मैं अपने दोस्त के घर गई, उसे सारी बात बतायी। उसने अपने माता-पिता को राजी कर लिया। वे राजी हो गए, जबकि उनकी अपनी पाँच लड़कियाँ थीं। काश, उस दिन कुछ और हुआ होता। मैंने मार खाने लायक़ हिम्मत जुटा ली होती, खाती भी तो रही न आने वाले दिनों में, किसी ने समझा-बुझाकर घर भेज दिया होता। कुछ भी होता, पर वह न होता, जो हुआ...।

मुझे कई बार लगता है, नियति आपको नियत पथ पर ले जाती है। बस चलने से पहले हम उन निशानों को पहचान नहीं पाते, जो पहले ही लगाए जा चुके हैं, तभी हर रास्ता हमें नया लगता है, जो होता नहीं है। आप अपने अनजाने वहाँ-वहाँ पैर रखते हैं, जहाँ-जहाँ की ज़मीन आपको चुंबक की तरह अपनी तरफ़ खींच लेती है।

उसके माँ-बाप मेरे लिए किराए का लहँगा ले आए। जल्दी-जल्दी थोड़ा-सा सजा दिया...। फिर जैसे गुड्डे-गुड़िया का खेल होता है, गुरुद्वारे में फेरे ले लिए, हो गई शादी।

घर में सब परेशान हमें ढूँढ़ रहे हैं। मुझे अंदाज़ा ही नहीं था कि मैंने क्या किया है?

हम दर्शन के दोस्त के घर चले गए। रात भर डरते रहे कि अब क्या होगा? फिजिकल रिलेशनशिप? जो हुआ, उसे यही नाम दिया जाना चाहिए,...एक बेस्वाद, बेमज़ा अनुभव, पेनफुल। हर सेकेंड यह चाह कि ख़त्म हो तो चैन की साँस लूँ। इसकी सुंदरता तो मैंने कभी जानी ही नहीं। हाँ पढ़ी ज़रूर है। पर क्या पढ़ी हुई सारी बातें सच ही होती हैं?

सुबह मेरे पति की बहन हमें अपने घर ले गईं। उसने मेरी माँ को फ़ोन करके सारी बात बतायी। माँ ने धमकी दी। हम पुलिस की मदद लेंगे। बहन ने कहा—"पर शादी तो हो गई है।" उन्होंने कहा—"हमारी लड़की अगर हमारे सामने आकर कह दे तो हम मान लेंगे।"

मुझे वहाँ ले जाया गया—आह, इषिता कौर, बड़े नरक से छोटा नरक चुनना फिर भी बेहतर होता है, तुमसे उतना भी न हुआ। वहाँ मेरे नानाजी, मँझली दीदी, माँ और नानी माँ बैठे हुए थे। तब तक मँझली दीदी की भी शादी हो चुकी और वो गर्मियों की छुट्टियों में वहाँ आई हुई थी। मैंने सबके सामने दिलेरी से कह दिया—"हाँ, शादी मैंने अपनी मर्ज़ी से की है।" माँ ने हमें वैसे का वैसा घर के बाहर जाने को कह दिया। हम उठकर बाहर आ गए।

दर्शन मुझे अपने घर ले गए। उसके मम्मी पापा ने मुझे बहुत प्यार से स्वीकार किया। शादी के दो-तीन दिन बाद ही दर्शन ने मुझसे मेरे गले में पड़ी सोने की चेन माँगी, जो मेरी माँ ने मुझे स्कॉलरशिप मिलने पर बनवाकर दी थी। मैंने एक बार भी नहीं पूछा कि वो चेन उन्हें क्यों चाहिए? चुपचाप उतारकर दे दी।

तीन महीने लगभग ठीक-ठाक गुज़रे। कभी-कभी हम लड़े भी, पर कोई बहुत बड़ी घटना नहीं हुई। एक महीने के बाद ही मैं प्रेगनेंट हो गयी। मुझे नहीं मालूम था, प्रेगनेंसी इतनी जल्दी हो जाती है।

उन्हीं दिनों दर्शन के तायाजी आए हुए थे। वे एक कमरे में मेरे ससुर और दर्शन के साथ बैठे बातें कर रहे थे कि मैं बिन दुपट्टे के उधर से गुजर गई। उनके जाने के बाद दर्शन ने कमरे में आकर थप्पड़, घूँसों, जूतों से मुझे मारा। यह उसका फर्स्ट अटैक था मुझ पर, जो मेरी समझ में नहीं आया। उस वक़्त मैं बुरी तरह रो रही थी, चिल्ला रही थी। मैंने चीख़ते हुए कहा—"तुम्हें शर्म नहीं आती। मैं प्रेगनेंट हूँ, तुम मुझ पर चढ़कर सिर्फ़ इसलिए मुझे मार रहे हो कि दुपट्टा मेरे सिर पर नहीं था।" वह गालियाँ बकता हुआ बाहर चला गया।

जब मैं रो-रो कर थक गई, तो कमरे से बाहर निकली। मेरे ससुरजी ने मुझे देख लिया—"क्या बात है बेटा?"

"कुछ नहीं पिताजी, मेरे पेट में दर्द हो रहा है।" मैंने झूठा बहाना किया।

"तुझे डॉ. के पास ले चलूँ?" उन्हें शायद विश्वास नहीं हो रहा था।

"नहीं पिताजी, अब ठीक है, ठीक हो जाऊँगी।"

फिर भी वे तुरंत बाज़ार गए और मुझे दवा लाकर दी। यह मेरे मार खाने के दिनों की शुरुआत थी।

इधर माँ ने मुझे माफ़ कर दिया था, वापस बुला लिया। गई कि चलो, कुछ दिन चैन की साँस लूँ। चैन? नानी माँ ने सबसे पहले पूछा—"तुझे वहाँ तीनों वक़्त खाना मिल जाता है?"

"ये तूने क्या किया? अपने आपको देख, उसको देख। क्या है उस घर में?"

एक बार, दो बार, तीन बार, हर बार यही सुनना पड़ता। ठीक है उसमें बहुत कमियाँ हैं, लेकिन फिर भी वह मेरा पति है। मुझे लगता था, एक दिन सब ठीक हो जाएगा यह जाने बिना कि ठीक माने क्या?

हर त्योहार पर हम तीनों को कुछ न कुछ मिलता था, दोनों बहनों को उनकी वजह से मिलता था। मुझे इसलिए कि मेरे पास नहीं है। मेरा पति नहीं कमाता। मैं बेचारी हूँ।

फिर मेरे ससुर की मौत हो गयी, शादी के तीन महीने बाद मेरी सास ने उनकी चादर का एक धागा निकालकर मेरे अँगूठे पर बाँध दिया। मुझे नहीं मालूम था, क्यों बाँधा है? बाद में पता चला, प्रेगनेंट लेडी को बाँधना ज़रूरी होता है, माँ ने पूछा—"क्या तू प्रेगनेंट है?"

मैंने धागा उतार दिया, कहा—"नहीं।"

"देख, प्रेगनेंट मत होना। अभी तुझे और पढ़ना है।" शायद वे ठीक कहती थीं, पर तब तक बहुत देर हो चुकी थी। मैंने सात महीने अपने पेट को दुपट्टे से बाँधकर रखा—सास भी इस बीच मुझे बेसहारा छोड़ चल बसी थीं। बच्चा कभी मेरी दायीं तरफ़ चला जाता, कभी बायीं तरफ़। मुझे डर लगने लगा, कहीं बच्चे को कुछ हो न जाए। सात महीने बाद मुझे अपनी बड़ी बहन को बताना पड़ा। उन्होंने माँ को बताया। वे बहुत गुस्सा हुई थीं।

जब मैं घर वापस आई—अपना घर, जिसे कहते हैं—दर्शन के साथ उसकी कजिन रह रही थी—उसकी ज़रूरतों को पूरा करने के लिए। वह दिल्ली में रहती थी, तलाक़ हो चुका था, उसी वक़्त मुझे जब तब दर्शन का दिल्ली जाने का राज समझ में आया।

वह मेरे आने की पहली रात थी, जब मेरे सामने दर्शन ने उसे अपने साथ बिस्तर पर आने को कहा। वह हँसती हुई मेरे सामने मेरे ही बिस्तर पर लेट गई।

विवाद का मतलब था, एक और मार और वह भी लड़की के सामने। मैं दुख और गुस्से से विक्षिप्त होकर कमरे से बाहर भागी। उस रात मेरे सहने की सभी सीमाओं का अतिक्रमण हो गया।

मैंने ख़ुद को सामान रखने की कोठरी में बंद किया और दीवारों से सिर टकरा-टकराकर दहाड़ें मार-मारकर रोती रही—मैं ज़ख्मी थी, अंदर से भी, बाहर से भी। घरों में सामान रखने की भी एक ठीक-ठाक जगह होती है, औरत की उतनी भी नहीं।

पेट धीरे-धीरे बड़ा हो रहा था। सातवें महीने के बाद मैंने पेट पर दुपट्टा बाँधना छोड़ दिया था। मेरी डिलेवरी में दो महीने बाक़ी थे, मुझे पैसों का प्रबंध करना था। वैसे भी मैं धीरे-धीरे अपनी ज्वेलरी बेच रही थी, वह भी जो मुझे मेरी सास ने दी थी। दर्शन के पास कोई काम तो था नहीं। वह सारा दिन सोया रहता, रात नौ बजे से दारू के साथ जो टी.वी. के सामने बैठता तो ढाई-तीन तक बैठा रहता। उसे अपनी शराब के लिए पैसे न मिलते तो वह कभी घर की चीज़ें तोड़नी शुरू कर देता, कभी मेरे हाथ-पैर। उस वक़्त मैं कोई रिस्क नहीं ले सकती थी। जो

माँगता, चुपचाप दे देती।

मेरे पास मेरे आख़िरी इयर रिंग्स बचे थे। सत्रह सौ में बेचकर मैंने अपनी डिलेवरी के पैसों का इंतज़ाम किया।

आख़िर वह दिन आ गया—लेबर पेन का वह वक़्त। दर्शन शराब के नशे में धुत्त सो रहा था। मैंने अपनी पड़ोसिन की मदद ली, जिसके बच्चे को मैं पढ़ाया करती थी। पिछले कुछ महीनों से मैं छोटे-छोटे बच्चों को ट्यूशन पढ़ाया करती थी। एक बार इसी के हसबैंड से बात करने पर दर्शन ने मुझे मारा था। मैं किसी भी पुरुष से बात करती तो वह पूछता, "तेरा उससे क्या रिश्ता है?" जबकि वह सब मेरे काम का ही हिस्सा था। कोई अपने बच्चे की बाबत पूछने आता तो मैं क्या कहती—"मुझे आपसे बात नहीं करनी।"

हम सरकारी अस्पताल पहुँचे। वह मुझे एडमिट कराकर अपने घर लौट गयी, उसने मेरी माँ को फ़ोन करके बता दिया। माँ दो घंटों के बाद पहुँची, जबकि मैं वहाँ सदियों से छटपटा रही थी, नर्सों और दाइयों की उपेक्षा का शिकार हो रही थी। उन्हें यह अच्छी तरह मालूम होता है कि कहाँ से क्या मिलेगा, वे उसी तरह व्यवहार करती हैं। यह बात मुझे कभी समझ नहीं आई कि औरतें अपने दर्द को साझा क्यों नहीं समझतीं? जबकि हम सब कमोबेश एक जैसा दर्द जीते हैं, फिर भी ऐसा दिखाते हैं, जैसे दूसरे से बेहतर हैं। अपनी किसी काबिलियत की वजह से नहीं, सिर्फ़ इसलिए कि इत्तफ़ाक़न उनके पति अच्छा कमाते हैं, उनके पास पैसा और दूसरी सुविधाएँ होती हैं।

जब वे आईं, मैंने आँसुओं और कराहों से भीगा चेहरा उनकी तरफ़ किया—उन्हें थामने को अपना एक हाथ आगे बढ़ाया। वे मेरे सामने रखे स्टूल पर बैठ गईं—"देखा, कैसे होता है दर्द? ऐसा ही दर्द मुझे भी हुआ था, जब मैंने तुझे पैदा किया था और तूने मुझे क्या दिया?"

यह उनके आने के बाद का पहला वाक्य था। मैंने बाहर आती अपनी हिचकियों को अपने अंदर खींच लिया। हवा में झूलते हाथ से लोहे के पलंग की पाटी पकड़ ली—मैं अपने मन में 'पाठ' करने की कोशिश करने लगी। शब्द मेरे होंठों तक आते-आते बिखर जाते। या तो उन पर हिचकियों की मार पड़ती या वे आँसुओं में बह जाते। मेरे पास सिर्फ़ ज़ख़्म थे—मेरे नंगे शरीर पर, नंगी आत्मा पर, नए-पुराने, ताज़े, उधड़े, सिए, हर क़िस्म के ज़ख़्म, ...क़िस्म-क़िस्म के ज़ख़्म।

वही पूरी रात,...क़यामत की रात गुजर जाने के बाद सुबह मैंने एक बच्ची को जन्म दिया—माँ ने उपेक्षा से उस मांस के जीवित लोथड़े को देखा—"वाहे गुरु, फिर लड़की? किन पापों का दंड दे रहा है तू?"

उन्होंने उसे मेरी बग़ल में लिटा दिया, उपेक्षा से। मैंने उसके सिर पर अपना हाथ रखा, "वाहे गुरु, इसे ऐसा एक भी दिन मत दिखाना, जैसे मैंने देखे हैं।"

मैंने उसके माथे पर अपने होंठ रखे और उसे चूम लिया। वह मेरे 'मैं' का हिस्सा थी। अभी तक मैं अकेली थी, उसने आकर मेरा हाथ थाम लिया।

तीन दिन रहे हम वहाँ। कोई मेरे लिए न अच्छा खाना लाया, न कोई मिलने आया। मैं उधार की रोटी खा रही थी।

मैं लौट आयी फिर उसी दुनिया में, फिर उसी तरह जीने के लिए।

कभी-कभी ज़हर के आख़िरी प्याले की तरह मैं इस दुनिया को पीती। मुझे लगता, अब यह ख़त्म हो जाएगा और मुझे इस यातना से मुक्ति मिलेगी। पर ऐसा होता नहीं और मुझे हर बार यही प्याला पीना पड़ता। मनुष्य को कोई भी यातना नहीं मार सकती, वह हर बार लौट आता है,...फिर नयी तरह से शुरू करने की चाह में,...जानते हुए भी कि कुछ भी नई तरह नहीं होगा, हम अभिशप्त हैं बार-बार वही जीने के लिए।

घर लौटे तो क्या था वहाँ? मैंने तीन महीनों के लिए पढ़ाना बंद कर रखा था। ख़र्च कैसे चले? मेरी छातियों में दूध नहीं उतर रहा था। बच्ची जितनी देर जागती।...रोती रहती,...उसके होंठ नीले पड़ जाते। तब मैं पानी में चीनी डालकर उसे पिलाती—"ले दूध पी ले, दूध पी ले"। कहना पड़ता है बार-बार, अगर वह चीज़ जो आप दे रहे हैं, न हो आपके पास। कुछ भी तो नहीं था मेरे पास। वे दिन,...जब समय भूखे ख़ूँख़ार कुत्ते की तरह आप पर टूट पड़ता है, आपकी बोटियाँ चबाने लगता है। आप सोचते हैं, आधे में न फेंक दे, पूरा ही खा ले एकबारगी तो मुक्ति मिले। मुक्ति?

दर्शन अपनी हरकतों की वजह से इतना बदनाम था कि कम ही लोग आते हमसे मिलने। जो भी आता, मेरी वजह से। मैं बच्चों को प्रिय थी। उनकी माँएँ कभी-कभी आकर कहतीं—"जो हम सालों में न कर पाये, आपने महीनों में कर दिया। हमारा बच्चा आपको छोड़कर कहीं जाना ही नहीं चाहता।" सोचती, क्या किया है मैंने? अपने लिए तो कभी कुछ नहीं कर पायी, इतने सालों बाद भी। कोई पाँच रुपए दे जाती तो सोचती, चलो दो वक़्त की दाल का प्रबंध तो हो ही गया। सारे डब्बे ख़ाली पड़े थे—दाल के, चावल-आटे के।

ग्यारह दिन बाद माँ ने बुला लिया, गई। घर में पंजीरी बनी जो डिलेवरी के बाद औरत को खिलाते हैं। खुशी हुई कि कोई पहली बार मेरे लिए कुछ कर रहा है। पर वह मेरे लिए नहीं थे, डिब्बा भर के मँझली दीदी को भेज दिया गया। उसने कहलवाया था, माँ सर्दी बहुत है और मेरा मन पंजीरी खाने का कर रहा है।

घर में बच्ची को कोई नहीं उठाता था। कहते, ये रोती बहुत है, हम नहीं उठाएँगे। मुझमें ताक़त नहीं थी। फिर भी सबेरे जल्दी उठकर मैं घर के सारे काम करती, वहाँ रहने की क़ीमत जो चुकानी थी। आख़िर एक महीने के बाद मैं वापस आ गयी। जैसे गई थी, वैसी। नहीं, कुछ खरोंचें और लगवाकर।

दर्शन बड़े मज़े से उस लड़की के साथ घर पर रह रहा था कभी उसने मुझे बुलवाने की कोई कोशिश नहीं की। पता नहीं वे क्या बनाते-खाते होंगे, घर में तो कुछ है नहीं। मुझमें न विद्रोह की ताकत बची थी उस समय, न इच्छा। मैं चुपचाप बच्ची को लेकर अपनी कोठरी में चली गई। जितने दिन वह रहती, मैं उनकी नज़रों में अदृश्य रहने की कोशिश करती।

अगले ही दिन से मैंने ट्यूशन शुरू कर दिए। जो पहला एडवांस मिला, घर का राशन और बच्ची के लिए दूध ले आयी। मैंने डांस और क्लासिकल म्यूज़िक में भी डिप्लोमा किया था। मेरी आवाज़ में कुछ था जिसे मैं दुःख कहती थी, दूसरे कशिश। डांस तो मैं इतनी जल्दी कर नहीं सकती थी, काफ़ी कमजोर थी। म्यूजिक सिखाना शुरू कर दिया। जब मैं गाती सारे बच्चे मंत्रमुग्ध हो जाते। मेरा पसंदीदा गीत था शिवकुमार बटालवी का जिसे जाने कितनी रातों मैंने रो-रोकर गाया था, सिर्फ़ अपने लिए–

"गमाँ दी रात लम्मी ऐ जां मेरे गीत लम्मे ऐं। ना भैडी रात मुकदी ऐ, ना मेरे गीत मुकदे ने।"

(गमों की रात लंबी या मेरे गीत लंबे हैं। न यह ख़ौफ़नाक रात ख़त्म होती है, न मेरे गीत ख़त्म होते हैं।)

ख़ैर, इस तरह से मैं तीनों वक़्त खाने का और बच्ची के दूध का इंतजाम करने में सफल रही।

धीरे-धीरे मेरे पास उन लोगों की क़तार आनी शुरू हो गई, जिनसे मेरे प्रसव के दौरान दर्शन ने अपनी शराब और रोटी के लिए क़र्ज़ लिया था। लोगों ने भी सोचा होगा, कहाँ जाएँगे, मैडम पढ़ाती है। अब वे भी चुकाने शुरू किए, महीने के अंत में हाथ फिर ख़ाली का ख़ाली। तीन ही महीनों बाद मैंने स्कूल में नौकरी कर ली। मैं सुबह चार बजे उठती, दोनों वक़्त का खाना बनाती, छह बजे घर से निकल जाती, बारह बजे मुझे एक हॉस्टल में ड्यूटी देनी होती, जिसका मुझे हज़ार रुपए अतिरिक्त मिलता था। शाम छह बजे घर आती तो ट्यूशन के बच्चे इंतज़ार करते मिलते। आठ बजे तक उन्हें पढ़ाती। फिर रात का खाना, बच्ची को सँभालना और दूसरे कई काम। दिन में बच्ची को सँभालने के लिए मैंने दस-ग्यारह साल की एक ग़रीब लड़की को रखा हुआ था जिसके खाने-पीने, कपड़ों और घरेलू पढ़ाई का प्रबंध मैं करती।

दर्शन दिन-भर घर पर रहता। रात नौ बजे से उसकी टी.वी. और दारू चालू हो जाते, जो ढाई बजे तक चलते। टी.वी. के शोर में मैं सो न पाती। डेढ़-दो बजे रात उसे अपनी बेटी के लिए प्यार जागता, वह सोई हुए बच्ची को अपनी गोद में उठा जगा देता–मेरी पुत्तर, मेरी जान! वह डिस्टर्ब होकर रोने लगती। अब मुझे फिर सुलाना होगा। रात दो बजे वह मुझसे कहता–"उठो, मुझसे बात करो।" मेरे

लिए सोने का समय ही कितना होगा? सुबह चार बजे मैं अपना टूटा बदन लेकर फिर उठती, एक नई जंग के लिए।

हम दोनों के बीच बहुत लड़ाइयाँ होती थीं। जाने कितनी बार डिप्रेशन में मैंने अपने कपड़ों को फाड़ा होगा, जाने कितनी बार अपना सिर दीवार से टकरा-टकराकर ख़ुद को घायल किया होगा। ज़मीन पर बैठकर, चिल्ला-चिल्लाकर रोती थी मैं–

"मैंने ग़लती की है,...हाँ, मैंने ग़लती की है, पर मुझे अभी और कितनी सज़ा मिलेगी...कितनी?"

तकिए में मुँह गड़ाकर मैं चिल्लाती थी, रोती थी। वह सब असहनीय था। एक बार मैंने अपने कपड़ों तक को आग लगा दी थी, फिर भी बच गयी, सज़ाएँ बाकी थीं न, इसलिए। धीरे-धीरे मेरा डिप्रेशन और बढ़ने लगा, मुझे दौरे पड़ने लगे गुस्से के, रोने के, चिल्लाने के। मुझे हर चीज़ से नफरत होने लगी, दर्शन से सबसे ज़्यादा। अपने आपसे और भी ज़्यादा।

उसे बिजली का बिल भरने को पैसे देती या कुछ लाने को या राशन वाले को देने को, वह अपने पास रख लेता। उसके क़र्ज़ तो मैं तलाक के दो साल बाद तक भी उतारती रही। एक बार कहा–"जीप ख़रीद दो, किराए पर चलाएँगे तो कुछ मेरा भी बोझ हल्का होगा। फ़ायनेंस करा लेते हैं...।"

उसने पता नहीं क्या किया? मुझसे रुपए लेता रहा, जीप कभी आई नहीं। चार साल, ...पूरे चार साल मैंने सहा वह सब फिर जैसे हर चीज़ का अंत आ जाता है, मेरे धैर्य का भी अंत आ गया।

मैं छुट्टियों में माँ के घर आई हुई थी और उनसे अपनी बात कहने के सही वक़्त का इंतज़ार करने लगी। नानीजी की लगातार बीमारी, इस बीच नानाजी भी नहीं रहे थे, उनको हॉस्पिटल में एडमिट कराया जाना, भागा-दौड़ी, बाज़ार से सौदा सुलफ लाना,...रोज़मर्रा के काम,...माँ कबकी रिटायर हो चुकी थीं। उन्हें पाँच हज़ार रुपया महीना पेंशन मिलती। हम नानाजी के ही बनाए हुए घर में रह रहे थे और उनकी मृत्यु के बाद उनकी ही जमा पूँजी खा रहे थे, जो धीरे-धीरे ख़त्म होती जा रही थी और दूसरी चीज़ों की तरह। मैं यहाँ रहती तो हमेशा की तरह सारे घर का बोझ मुझ पर आ पड़ता। अपर्णा अब पढ़ने लगी थी,...अपनी परेशानियों में मैं इतनी उलझी थी कि उस पर ठीक से ध्यान नहीं दे पा रही थी। वह मुझे कई बार अजीबोग़रीब हालत में देखकर डर जाती होगी।

आख़िर एक दिन मैंने माँ से कह दिया, मैं वापस नहीं जाऊँगी वहाँ, मुझे तलाक़ चाहिए। जाने उन्हें मेरी ज़रूरत थी इसलिए या दर्शन शुरू से ही उन्हें नापसंद था, उन्होंने ज़रा भी विरोध नहीं किया। मैं अपनी रोटी तो ख़ुद कमा-खा ही रही थी, अक्सर उनकी भी मदद करने लगी। उन्होंने अमेरिका फ़ोन करके अपने भाइयों

को सारी बातें बतायीं...। उनका जवाब था, "अगर इषिता नहीं चाहती तो वहाँ मत भेजो उसे। इंडिया में यह बड़ी बात होगी यहाँ आम बात है। लोगों की मत सोचो, उन्हें धीरे-धीरे आदत पड़ जाती है।" जैसे हमें पड़ जाती है, कैसे भी जीते चले जाने की, उम्मीद न छोड़ने की।

और तलाक़ के लिए पेपर तैयार कर लिए गए। मैं एक साल से यहीं थी, माँ के घर। मेरे आने से उन्हें काफ़ी आराम हो गया था। रुटीन तो अब भी वही था, अपर्णा अब भी उपेक्षित,...जितनी देर घर में रहती, नानी माँ की डाँट खाती रहती, जितनी देर स्कूल में रहती, अपनी टीचर की। मैं घर में इतना कम वक़्त रहती कि उस पर ध्यान ही न दे पाती। इन सारी चीज़ों के अलावा मुझे एम.ए. भी करना था, आख़िर कब तक उस छोटे से स्कूल में टिकी रहती?

वे गर्मियों के दिन थे। बहनें आई हुई थीं। नया सत्र 15 जुलाई से था, मुझे अपना एम.ए. का फ़ार्म भी भरना था, फिर बी.एड. भी करना था। मैं आधी-आधी रात तक सारे काम निबटाने के बाद पढ़ती, जबकि वे सब आराम से बैठी बतिया रही होतीं।

ऐसी ही कोई रात होगी पढ़ते-पढ़ते मेरी आँख लग गयी कि नींद में मुझे लगा, मेरी कमर पर कुछ रेंग रहा है। मैंने करवट बदलनी चाही, बदल न सकी तो नींद खुल गयी। झटके से उठकर बैठ गयी,...मँझले जीजाजी थे। हैरत से मेरी आँखें फटी की फटी रह गयीं। मुझे उनसे यह उम्मीद नहीं थी। बग़ल में मेरी बच्ची सो रही थी।

"जीजाजी, आपको शर्म नहीं आयी यहाँ तक आते हुए।" मेरे मुँह से सिर्फ़ इतना निकला। हमेशा की तरह मैं बुरी तरह डर गयी थी।

"तुझे एक साल हो गया यहाँ रहते, तुझे भी लगता होगा न, इसलिए सोचा...जब मैं हूँ ही तो।"

बस, मैं गुस्से से पागल हो गयी। इधर-उधर देखा—पीतल का फूलदान था पीछे बहुत पुराना,...उठा लिया।

"आप बाहर जाइए, नहीं तो दोनों में से एक ही बचेगा।"

वे एक ही छलाँग में बिस्तर से नीचे गए, फिर बाहर। मैंने कमरा अंदर से बंद कर लिया। सारी रात रोती रही। मैं कुछ भी नहीं,...कुछ भी नहीं। कोई भी आकर मुझे रौंद सकता है। मेरी क़ीमत किसी भी चीज़ से कम है।

सुबह मैंने पिछली बार की तरह किसी से कुछ नहीं कहा। दोपहर को मँझली दीदी मेरे पास आई।

"चल, अपने जीजाजी से ज़रा-सी बात कर ले। तू बात करेगी तो उनका मूड ठीक हो जाएगा।"

मैं क्या कहकर मना करती? मैं उनके साथ गई। उनके सामने बैठ गई।

मुझे देखते ही वे खुश हो गए। बस इतनी ही उपयोगिता थी मेरी।

मुझे अपनी बहन बड़ी निरीह-सी जान पड़ती। क्या है हमारे पास? आधे कटे चेहरे, आधे कटे लिबास, कटा-कटा डर, दाग़दार जीवन और इसी को बचाने में हम अपने आपको लुटा देते हैं।

क्या है हमारे जीने की अर्थवत्ता? क्यों हैं हम? मात्र किसी न किसी की ज़रूरत को पूरा करने के लिए। ओ संसार की स्त्रियो, कभी तुमसे कोई प्यार के दो बोल बोले तो सबसे पहले सोचना, कहीं उसे तुम्हारी ज़रूरत तो नहीं?

जब अतीत की गठरी उठाना मेरे लिए असहनीय हो गया, मैंने उसे क़ागज़ों पर परत-दर-परत जमाना शुरू किया। आसान नहीं थी यह प्रक्रिया। हाथ ज़ख़्मी होते, पोर निरंतर रिसते रहते। ख़ून स्याही की जगह ले लेता,...खुद को विस्तार देता जाता। कभी-कभी कोई यातना शब्दों से उठकर मेरा मुँह तकती,...ज़ख़्मी, निरीह,...नंगी यातना। जिसे फिर अपनी हथेली से मैं उसी हिस्से पर दाब देती, जिसके लिए वह चुनी गयी है। हाँ, हम यातनाएँ चुनते हैं, लिखने के लिए भी, जीने के लिए भी। न लिख पाते ठीक-ठीक, न जी पाते। रात के अँधेरे में वे ख़ूँख़ार बिल्ली-सी हम पर जंप लगा देतीं और मरियल चूहे-सा मुँह में दाब अँधेरे में ग़ायब हो जातीं।

बहुत वक़्त लगा उसके मुँह से खुद को छुड़ाने में। अब वह जंप लगाने की हिम्मत नहीं करती, अँधेरे कोने में बैठी टक लगाकर घूरा करती है अपनी चमकती आँखों से। मैं भी ढीठ,...उसकी तरफ़ उस तरह देखती ही नहीं!

मैंने यह बहुत देर से जाना कि मैं हूँ, कि मैं सुंदर हूँ, कि मेरे भीतर कुछ ऐसा है, जो दूसरों के पास नहीं है कि मेरे पास अपने पैर हैं, जिन पर मैं खड़ी हूँ,...मैं चल सकती हूँ,...मैं चल रही हूँ।

मैंने एम.ए. भी कर लिया, बी.एड. भी। दूसरे बड़े स्कूल में आ गई। वेतन भी बढ़ गया। अपर्णा को भी अतीत के उन काले भयानक पंजों से निकाल लाई। खुद को भी,...पर पूरा नहीं। जो मेरे लहू-मांस में खुद चुका, उससे किस तरह अलग हुआ जा सकता है।

मैं बच्चों के बीच जीती हूँ उन्हें खुश देखना चाहती हूँ, उनके लिए एक ऐसी दुनिया रचना चाहती हूँ, जहाँ वे सब चीज़ें न हों, जो मैंने देखी हैं, ख़ासतौर पर लड़कियों के लिए।

हर रोज़ खुद को लिखना, खुद को मिटाना, खुद को ठीक करना,...खुद को पाने का यह कैसा बीहड़ रास्ता है,...जहाँ छूटती है अपनी ही उँगली बार-बार,...उसी आकांक्षा की टिमटिमाती लौ में चलना लगातार।

मेरे सामने एक काली अँधेरी रात है, मेरे हाथ में मेरी बच्ची का हाथ और हम उस सुबह तक चलना चाहते हैं, जो मेरे ख़्वाबों में है।

आख़िरी बार से पहले

मेरे उरोजों की विलक्षण उठान में से तुमने आहिस्ता-आहिस्ता सिर ऊपर किया और ये सृष्टि देखी पहली बार...। इतने अधिक विचलित और उद्विग्न आश्चर्य से भर गए कि दौड़-दौड़ कर उसे ही देखते रहे...हर बार, बार-बार...मैं देखे जाने से छूटती रही अब जबकि तुम्हारा सूर्य इन्हीं उरोजों की गहराइयों में अस्त होने वाला है, मैं जानती हूँ, तुम घबराकर इन अँधेरों में छलाँग लगा दोगे...मैं एक बार फिर छूट जाऊँगी...नहीं, अंतिम बार...अंतिम बार से पहले...।

मैं तुम्हारे इतने पास थी कि तुम्हें दिखी ही नहीं और तुम उन कौंधती विलक्षणताओं को जानने से चूक गए, जो होतीं हर स्त्री में हैं, पर उन्हें देख पाने की क्षमता करोड़ों में सिर्फ़ एक में होती है। स्त्री यह हक़ीक़त जानती है कि तुम 'वह' नहीं हो, इसीलिए सामीप्य के गहनतम क्षणों में वह आँखें बंद कर लेती है। अपने सपने को बचाए रखने की एक और कामयाब कोशिश...। रेस्तरां का नीम अँधेरा अपने आपको छुपाने में मेरी मदद नहीं कर रहा। जब हम अपने-आपसे नहीं छुप सकते तो फिर शायद किसी से भी छुपने का ख़्याल छोड़ देते हैं। सिर के ठीक ऊपर लटका लैंप सिर्फ़ टेबिल तक ही पहुँच पा रहा है, भीतर नहीं...अंदर की फिसलन में पाँव जमाती मैं धीरे-धीरे खड़े होने की कोशिश कर रही हूँ। बीच-बीच में आते-जाते वेटर्स...काली पैंट पर सफ़ेद शर्ट, नीला जैकेट। जैकेट के कोने में रेस्तरां का नाम...। पता नहीं इन्हें नंबर्स से पुकारा जाता है या नाम से। जीने में जितनी ज़्यादा आसानी हो, उतने आसान होना चाहते हैं हम। अपने से काफ़ी नीचे।

मैं पानी का एक घूँट पीती हूँ...लंबा घूँट। गिलास थोड़ा-सा ख़ाली हो जाता है। मैं दूर खड़े वेटर को देखती हूँ...फिर गिलास को। वह आए, इसे भर दे। मैं एक-एक घूँट पियूँ, वह बार-बार भर दे। मेरा गिलास पूरा भरा हो, हमेशा। ऐसा

कैसे हो सकता है? लोग आते हैं, एक-एक घूँट पीकर चले जाते हैं, गिलास पूरा ख़ाली...। कोई नहीं भरता...सबके पास अपने-अपने ख़ाली गिलास। क्या वह आएगा?

अगर कोई मुझे उठाकर समंदर में फेंक दे तो मैं पूरी भर जाऊँगी। इतनी कि डूबूँगी नहीं अपने भार से...तैरती ऊपर आ जाऊँगी। पूरा भरा कभी डूबता नहीं...। मैं एक समंदर की तलाश में हूँ।

बार-बार कोई आता है, काँच के दरवाज़े से जहाँ 'पुश' और पुल लिखा है। खुलता-बंद होता दरवाज़ा। उसके दूसरी तरफ़ वेटिंग हॉल है, जहाँ प्रतीक्षा की जाती है, मेज़ें ख़ाली होने की। हो सकता है, वह प्रतीक्षा कर रहा हो। हम दोनों प्रतीक्षा कर रहे हैं, इस तरह यह दिन गुज़ारा जा सकता है। प्रतीक्षा के अनंत बरस.... अनंत बरसों की प्रतीक्षा...।

जब तक तुम आओ, मुझे उलझे रहना है, इस सबमें। यह सब है भी इसीलिए कि उलझी रहूँ, इंतज़ार में आसानी हो। अगर मैं अपने आपसे पूछूँ कि मैं क्या कर रही हूँ तो मैं कहूँगी—इंतज़ार।

यही, यही एक ऐसी चीज़ है, जो तुम्हें अन्य सभी वजहों से रिक्त और मुक्त कर देती है। तुम यह भी नहीं पूछ सकते कि क्यूँ? क्यूँकि मेरा उत्तर तुम्हारे किसी काम नहीं आने वाला।

वह कब आया...मैं देख नहीं पाई। अपने गिलास को मैंने बियर से भर लिया। आधी बियर...आधी झाग...। झाग बैठने से पहले मैंने उसे ख़त्म करने की ठानी और मुँह से लगा लिया। गिलास के उस पार मुझे उसका चेहरा दिखाई दिया। धुँधली रोशनी में धुँधलाया-सा। मैंने ख़ाली गिलास नीचे रख दिया। झाग अब भी है—अपने अंत की ओर।

वह मुझे देख मुस्कराया...

"मुझे आने में देर तो नहीं हुई?"

"नहीं, मैं समय से पहले आ गई हूँ।"

वह हँसा...

"जानती हो, समय से पहले होने का अर्थ?"

"सिर्फ़ इतना कि समय से पहले होना इतना ख़तरनाक है कि कोई तुम्हें उठाकर समय से बाहर फेंक सकता है। कौन पहचानेगा तुम्हें? क्यूँ?"

वह एक बार फिर हँसा। कहा उसने कुछ नहीं।

"दरअसल हम सिर्फ़ दूसरों की कृपा पर जीवित हैं, इसके लिए हमें उनका आभार मानना चाहिए, उन पर नाराज़ नहीं होना चाहिए।" मैं कहती गई।

"इस तरह तो तुम्हें सबसे पहले मेरा आभारी होना चाहिए।"

"हाँ, थैंक्स... ।" मैंने उसका हाथ पकड़कर कहने की कोशिश की, पर उसका हाथ दिखाई नहीं दिया। उसका हाथ उसी के पास है।

उसे देखते ही वेटर हमारे नज़दीक आ गया। मैं उसकी तरफ़ देखती रही। उसने दो बियर और कुछ खाने का आर्डर दे दिया।

"आज मेरी याद कैसे?" वह ज़रा-सा आगे झुका।

"तुम्हारी याद... ।" मैं अटक गई।

"हाँ, फ़ोन किया था न तुमने।"

"फ़ोन...मैंने...सचमुच।"

मैंने उसकी आँखों में देखा, वहाँ कोई चीज़ नहीं थी, जब हम 'हाँ' की तलाश में अलस्सुबह से घूमते हैं, दिन भर 'न-न' के पत्थरों से टकराते हैं... ।

"तुम्हें याद नहीं।" वह नाराज़ हो आया।

"नहीं नहीं, आज दरअसल मुझे एक खूँटी चाहिए थी, जिससे मैं अटक सकूँ, और... ।"

"और... ।"

"खूँटी में ख़ुद अटकना फिर ख़ुद को खींचना... । हम सोच सकते हैं, हम खूँटी की वजह से हैं, पर... ।"

"पर बात इसके उलट भी उतनी ही सच है।" वह फिर हँसनें लगा...

"पर अगर मैं न आता तो... ।"

"बात इसके भी उलट उतनी ही सच है। रागी, तुम्हें नहीं लगता, हम किसी और की तलाश में कहीं और जा मिलते हैं, और... ।"

"क्या मिलता है? कुछ भी नहीं। हम सिर्फ़ किनारों पर खड़े होते हैं... ।"

"क़ब्र के अँधेरे किनारों पर...रोशनी की एक भटकी लकीर के लिए। तुम तो कब से सिर्फ़ उसी का इंतजार कर रही हो मन... । रोशनी की उस लकीर का... ।"

"रागी, बहुत सारी चाहतों में से एक है, उस दूसरे की चाह, जो असहनीय तरीक़े से अकेला कर जाती है।"

हम दोनों सहसा चुप हो गए। हमारे बीच रेस्तरां का शोर उभर आया। मुर्दा आवाज़ें...जहाँ सिर्फ़ शब्द होते हैं, अर्थ नहीं, वे मुर्दा शब्द बेतरतीब शोर की तरह हमारे ऊपर गिरते हैं।

वेटर नज़दीक आ गया। टेबिल पर प्लेट्स लगाने लगा। ठंडी बियर की बोतलें। पानी की बूँद बाहर टपकती हुई। सब जान जाते हैं। ऐसा मौन कि कुछ न जाना जा सके...जानने को है क्या? फिर हम कुछ करें न करें, धागे उतने ही उलझते हैं हर बार... । हर बार काटने को आते हैं हम...फिर उलझ जाते हैं हर बार... ।

"बाहर अँधेरा है क्या?" मैंने पूछा।

"अँधेरा? अभी तो दोपहर है।"

"दोपहर...।" मैं उदास हो गई।

"क्यूँ?"

"दोपहर और अँधेरा...कितनी अजीब बात है? जब अँधेरा होता है, परछाइयाँ भी सिमट आती हैं, सुकून देता है इसीलिए अँधेरा। साये के साथ तमाम उम्र नहीं भागा जा सकता हम उसे गिरा देना चाहते हैं। जैसे खुद को, खुदी से....।"

"तुम अपने होश खो रही हो मन।"

"रागी, इंसान अपनी सारी क्षमताओं और सारी संभावनाओं के बावजूद क्यूँ एक गलीज कीड़े की तरह जीना स्वीकार कर लेता है? क्या ग़ज़ब की आकर्षण शक्ति है इस धरती में कि वह पैरों को अपनी छाती से चिपकाकर रखती है, ऊपर नहीं उठने देती। रागी, क्या इस गुरुत्वाकर्षण से निकलना इतना मुश्किल है?"

"मनु, प्लीज़।"

"सब कुछ वही है। वही हवा, वही बर्फ़, वही अँधेरा, वही तलाश, वही कोहरा। हम एक से निकलकर दूसरे में जा पड़ते हैं। रागी, क्या हमारे बचने की कोई संभावना नहीं?"

"मनु, चुप रहो।"

"मैं बोलते रहना चाहती हूँ। मैं भूल जाना चाहती हूँ, वक़्त एक तीव्र शोर की तरह हमारे ऊपर से गुज़र रहा है, मैं कुछ भी नहीं कर पा रही। अभी कुछ घंटों के बाद रात हो जाएगी। ऐसी रात, जिसकी सुबह जाने हो कि न हो। और रागी, सिर्फ़ होना। उसके निस्बत होना, यह छोटी बात तो नहीं?"

मैंने थककर कुर्सी की पीठ से पीठ टिका दी। दो पीठें टिकें तो सहारा मिलता है।

"कब तक? कब तक करोगी प्रतीक्षा?"

उस धुँधली रोशनी में उसका चेहरा मैं साफ़ नहीं देख पा रही। क्या होगा उस चेहरे पर उस वक़्त मेरे लिए? पर मैं क्यूँ सोचूँ उसके लिए?

"तुम्हें लगता है।" उसने पूछा।

"क्या?"

"वह आएगा?"

"वह आएगा रागी। उसे भी मेरी उतनी ही ज़रूरत है, जितनी मुझे। बताओ, कौन इंतज़ार करेगा उसका इस तरह? प्रतीक्षा कभी भी अकेली नहीं होती। उसके होने का अर्थ ही है, दूसरा भी है।"

“ज़रूरत...उम्मीद...अँधेरा इसके बाद...।”

“कभी-कभी किसी गर्भ के अँधेरे में मैं खुद को छटपटाता महसूस करती हूँ। मुझे लगता है, मुझे बाहर आने की जल्दी है, पर कोई मुझे कुछ देर रोककर रखना चाहता है। क्यूँ? क्या मैं उस चकाचौंध-भरी रोशनी के लिए तैयार नहीं? कभी किसी सुरंग से रोशनी की एक हल्की लकीर-सी आती लगती है। धुँधली-सी लकीर का आभास...। मैं उसे पकड़ने की कोशिश करती हूँ तो खो जाती है। पानी में पड़ती परछाइयों को जिस तरह पकड़ने की चाह में कुछ भी छुआ नहीं जा सकता।”

“मन।” उसने मेरे हाथ पर हाथ रखा। मुझे कुछ महसूस नहीं हो रहा। हवा का दबाव है सिर्फ़, मैं कभी आगे होती हूँ, कभी पीछे...

“रागी, हम बाँटना नहीं, बँटना चाहते हैं। अपना अकेलापन, अपनी उदासी...हम इतनी तंग जगह पर क्यूँ खड़े रहते हैं हमेशा? क्यूँ खुद हमारे भार से हमारे कंधे झुके रहते हैं?”

“निर्धारण तो हम खुद करते हैं अपना, फिर?”

“हाँ अपना खुद! पर इसके पीछे क्या है? इस वक़्त मैं यहाँ हूँ। अगर मैं यहाँ नहीं होती, कुछ और कर रही होती। कम-अज-कम प्रतीक्षा नहीं। रागी, यह सोच कितनी यातनादायी है कि हम भुला दिए गए और...और...भूल नहीं सकते हम...न खुद को, न उसे, न जी सकते...।”

मैं दरवाज़े की तरफ़ देखती हूँ। उसके उस पार धूप की तरह फैली उम्मीद...पर कितनी देर...और आख़िरकार...और फिर...?

उस दुनिया से इस दुनिया के बीच एक लंबी पतली तार बँधी है, जिस पर चल रही हूँ सँभल-सँभल कर। तार टूटने या लड़खड़ाने का डर पसलियों में इकट्ठा होने लगता है।

आहिस्ता-आहिस्ता सब ख़त्म होने लगा। बियर, डर, शोर, उतावलापन, बस एक सजग प्रतीक्षा कि अब...शायद अब...अब या कभी नहीं। क्यूँ नहीं?

“मैं तुम्हें कहीं छोड़ दूँ?” उसने पूछा।

“कहाँ? एक रास्ते से दूसरे रास्ते पर?”

“वह जानता है, तुम यहाँ हो।”

“हाँ। नहीं! पता नहीं।”

‘तो?”

“तो क्या, कुछ नहीं। मैं तो फिर भी हूँ।”

“मैं चलूँ अब?”

“नहीं, रुको, रुको रागी। कोई ऐसी बात करो कि समय कट जाए। रागी,

तुम महज़ इसलिए हो यहाँ कि मैं बात आगे बढ़ा सकूँ। जहाँ पर मैं खड़ी हूँ, वह ज़मीन इतनी दलदली है कि कुछ देर और अगर ठहरी रहूँगी तो अंदर धँसती चली जाऊँगी। इसलिए मैं तुम्हारा हाथ पकड़कर तुम्हारी ज़मीन पर आ गई। यहाँ अँधेरा है, पर दलदल नहीं। यहाँ आख़िरी बार से पहले एक और उम्मीद की जा सकती है। मैं बस आख़िरी बार से ज़रा पहले हूँ यहाँ। आख़िरी बार...।''

मैं हँसने लगती हूँ...

''क्या तुम बता सकते हो, आख़िरी बार के एकदम पहले क्या होता है? नहीं बता सकते। सुनो, एकदम थोड़ी-सी रोशनी, आख़िरी संवाद, एकदम भभककर फिर मद्धिम होती पसलियों का शोर, ऊपर आसमान में अस्त हो चुके सूर्य की आख़िरी लालिमा, अजगर की तरह हमें लीलता अँधेरा...।

अजगर का पेट...ख़ून, लिसलिसापन, दुर्गंध, मवाद में तैरता हुआ जिस्म...।''

''......।''

''आख़िरी बार से पहले की चाहत कि अगर यह सब भी चल रहा है, तो चलता रहे। क्या है ऐसा इसमें?''

''......।''

''हिंसक बनैले पशु की आँखें, अपनी ओर खींचती हुई...।''

''......।''

''हम खिंचते हैं अपनी ओर, अपने लिए, अपना ग्रास खुद बनने के लिए।''

''......।''

''तभी जी सकता है वह जानवर, आख़िरी बोटी की लालच में।''

''......।''

''रागी, मैं अपनी अंतिम जगह पर हूँ। अपनी मिट्टी के नीचे, अँधेरा इतना बढ़ गया है कि मुझे आख़िरी उम्मीद भी छोड़नी पड़ेगी।''

''......।''

''पर मैं हूँ। मैं हूँ तभी वह है। इस सृष्टि में मेरी उपस्थिति कहीं न कहीं क्या उसकी अनिवार्यता सिद्ध नहीं करती? फिर वह आता क्यूँ नहीं?''

''......।''

''हाँ, मैं बार-बार आऊँगी वापस, बार-बार तुम्हें खोजने के लिए...जब तक तुम अंतिम बार मिल ही नहीं जाते। हाँ, अंतिम बार के पहले मैं तुम्हें देखना चाहती हूँ।''

''......''

''रागी, प्रतीक्षा का वृक्ष झड़ने लगा है। देखो न, सिर्फ़ कुछ पत्ते बाक़ी हैं

और हवा कितनी तेज़?"

मैं सिर ऊपर करती हूँ–कोई नहीं। सिवाय बियर की ख़ाली बोतलों के...। मैं किससे बातें कर रही थी...रागी कहाँ गया? रागी? कौन रागी?

मैंने घबराकर चारों तरफ़ देखा, वेटर आ-जा रहे थे। कोई मेरी तरफ़ देख तक नहीं रहा। मैंने किसी को पुकारने के लिए हाथ ऊपर उठाया। मेरे मुँह से आवाज़ नहीं निकली और हाथ नीचे टेबिल पर आ गिरा...।

आय लव यू टू

बाहर बारिश हो रही है...तेज़ हवा के झोंकों के साथ...यह दिसंबर की बारिश है...बेमौसम...पर अच्छी लग रही है...इसका एकाएक आना...जब कोई उम्मीद न हो...हम सो रहे हों कि कोई नहीं आएगा ठीक उसी वक़्त आहट हो किसी के आने की...। चौंक पड़ें हम...

बाहर लगे पेड़ों की शाख़ें असह्य बेताबी से काँच की खिड़की से आ टकराती हैं...बौछार अंदर आती है तेज़ क़दमों से चलता हुआ चपरासी जल्दी से सारी खिड़कियाँ बंद करता है। मैं उसे रोकना चाहते हुए भी नहीं रोकती...। बारिश जो मेरे लिए है, उसके लिए नहीं हो सकती...। जो हम हैं, तदनुरूप ही बाहर खोजते हैं, हमारी 'खोज' हमारे 'होने' के रहस्य बताती है...। कैसे करते हैं हम अपने 'होने' को अभिव्यक्त...। बारिश कैसे करती है, धूप या ठंड या वसंत...। वे फैल जाते हैं...विस्तार कर लेते हैं अपना...सब कुछ अपने आप झलकने लगता है...।

उसके मेरे जीवन में होने ने मेरी अतिसंवेदनशीलता को जगा दिया है...। एक महक उठती है कहीं तो एक खिड़की खुल जाती है भीतर...। ज़रा-सी आहट होती है तो सदियों सोई पड़ी प्रतीक्षा एकाएक समूचे आवेग के साथ बाहर लपकती है। जो दुनिया मुझे कुछेक रंगों का झमेला लगती थी...हज़ार-हज़ार रंगों में नृत्य करती-सी लगती है। कभी ज़रा-सी बात पे ठहके लगाती हूँ—कभी एक शब्द इस क़दर रुला देता है कि नदियाँ बहने लगती हैं...।

हम ढूँढ़ते हैं तमाम वक़्त...। कोई एक चेहरा, कोई एक हाथ, कोई एक स्पर्श...। जिसकी माँग हमारे भीतर है, पर जिसका ख़ुद हमें ही पता नहीं होता। एक दिन वह मिल जाता है और हम पहचान जाते हैं—हाँ, यह वही है। बात स्त्री या पुरुष की नहीं होती, बात उस स्पर्श की होती है।

उसने ज़्यादा कुछ नहीं किया...रंग मेरे सामने पड़े थे, बिखेर दिए आकर...। बंद खिड़की दरवाज़े खोल दिए...तेज़ बारिश में खींचती हुई बाहर हो आई...हम घुलने लगे...जैसे पत्ते घुलते हैं...मिट्टी घुलती है, हवा ...परिंदे की चोंच...आधी बनी दीवारें...ईंटें...बहुत ध्यान से देखो तो पता चलता है, अब वही नहीं रहे वे, कुछ

और हो गए हैं...पर कितनी देर...धूप, धुंध और गर्द उन्हें फिर वहीं धकेल देते हैं...दूसरे मौसमों की मार तले...।

वह जिस वक़्त मेरे जीवन में आई, मध्यकाल था, किताब बीच में खुली हुई...आधी इस तरफ़ आधी उस तरफ़...किस तरफ़ क्या लिखा है, मुझे परवाह नहीं थी जानने की...। न अगला जानने की उत्सुकता...न पिछला नज़रें गाड़-गाड़ कर धुँधलाया क़िस्सा पढ़ने की बेचैनी...वहाँ धूल थी, गर्द थी, अनिच्छा थी, हताशा थी, चिढ़-नफ़रत। वहाँ ऐसा कुछ नहीं था जो 'ख़ास' हो, मुझे 'आम' से नफ़रत थी, तो इसलिए कि मैं वह न हुई, जो होना चाहती थी। मुझे नहीं समझ में आता था कि मैं क्यूँ चलूँ, जबकि मुझे कहीं पहुँचना ही नहीं है। लक्ष्य ही नहीं है कोई।

'पत्थर के ख़ुदा, पत्थर के सनम, पत्थर के भी इंसाँ पाए हैं।
तुम अहले-मोहब्बत कहते हो, हम जान बचाकर आए हैं।'

यह ग़ज़ल एक लंबी हुई रात में सुनाई थी उसने...मेरी बग़ल में लेटे हुए...आँसू उसकी कनपटियों तक बह आए थे...मेरे भीतर का जाने क्या-क्या तब पिघलने लगा था और उन पानियों के नीचे की सारी चीज़ें मुझे दिखने लगी थीं—मुझे पता ही नहीं चला कि वह बारिश मेरे भीतर हो रही है या मैं उसकी बारिश में भीग रही हूँ—तब आँसुओं की उस बारिश को पहली बार चूमा था मैंने...। वह एक गर्म रात थी, उसके पहले की सर्द रातों का बयान मैं अब करने जा रही हूँ—

जब आपके आसपास सब आम हो, वहाँ आपका ख़ास होना आपके लिए कितनी बड़ी मुसीबत है, यह सिर्फ़ जीकर ही समझा जा सकता है। आपको हर वह जगह ग़लत लगती है, जहाँ आप खड़े हैं, जहाँ आप खड़े होना चाहते हैं, वह जगह तो निहायत ग़लत है। तमाम वक़्त यही कोशिशें की जाती हैं कि किसी तरह, किसी भी तरह आपको वहाँ से हटा दिया जाए या कम अज कम यह सार्वजनिक तौर पर सिद्ध कर दिया जाए कि आपका चुनाव सिरे से ही ग़लत है कि आपको चुनाव करना आया ही नहीं, आ ही नहीं सकता।

बुर्क़े का चलन अब उतना नहीं रहा, पर अब भी हम क्या करते हैं? तरीक़े बदल के यही तो...। कभी किसी ने ऐसा सुखी आदमी देखा है, जिसे जीने के लिए सिर्फ़ एक ही चेहरे की ज़रूरत पड़ी हो...। आप किसी से क्या चाहते हैं कि वह आपका 'होना' स्वीकार कर ले। वह यही नहीं करेगा, बाक़ी सब कर लेगा...।

जब पहले-पहल मैंने यह कॉलेज ज्वाइन किया था, उसके भी पहले जब मैं अपनी फ़ाइल में अपने तमाम सर्टिफ़िकेट्स के साथ प्रिंसिपल साहब के ऑफ़िस के बाहर पहुँची बिल्कुल नफ़ासत से तो मुझे देखते ही दूसरे कैंडीडेट्स के चेहरे उतर गए। मुझे समझ नहीं आया, क्यूँ? मैं बाहर की गर्मी से आई थी, अंदर मुझे भला-भला लग रहा था। मैं उनकी बग़ल में बैठ गई...। उन्होंने सरकते हुए मेरे

लिए इतनी सारी जगह बना दी...जितने की मुझे दरकार नहीं थी। ख़ैर, जैसे सबकी बारी आई, मेरी भी, मैंने अपनी फ़ाइल उनके सामने रखी और उनके सारे सवालों के जवाब बाक़ायदा इंग्लिश में दिए...यह भी बताया कि मेरा लक्ष्य क्या है? लक्ष्य? आज सोचो तो हँसी आती है। कौन कमबख़्त जानना चाहता है कि आपका लक्ष्य क्या है? ये जो हम अपने आसपास हर पार्टी को अपना झंडा फहराते, अपना लक्ष्य बताते देखते हैं जिनके लक्ष्य ही हर मिनट बदल जाते हैं...तो उन्हें भी क्या लगता होगा कि कोई उन्हें सुन या समझ रहा है? लोग ये देखते हैं कि हमें क्या चाहिए और यदि दोनों के बीच कोई मेल बैठता है तो ठीक, नहीं तो बाहर चले जाइए, दरवाज़ा खुला है, भीड़ अंदर आने को बेताब है...।

उन्होंने सरसरी नज़रों से मेरी फ़ाइल देखी—जबकि यक़ीन मानिए, वह इस लायक़ बिल्कुल भी नहीं थी। उन्हें न मेरे लक्ष्य ने प्रभावित किया, न मेरे नॉलेज ने...। वे जिससे प्रभावित थे, वह था मेरा ख़ूबसूरत चेहरा और मारक पर्सनालिटी। हाँ, मैंने तत्क्षण जान लिया। कुछ चीज़ें आप न भी जानना चाहो तो कोई फ़र्क़ नहीं पड़ता। दूसरे आपको बता देते हैं। मैं इस तरह से नहीं जानी जाना चाहती थी, पर मैं इसी तरह से जानी गई।

ख़ैर, उस वक़्त मुझे नहीं मालूम—उन्होंने आँखों ही आँखों में क्या इशारे किए, मैं काफ़ी घबराई हुई थी। मुझे लग रहा था, मेरी पी-एच.डी. तो अभी तक कंपलीट ही नहीं हुई है। एम. ए. और एम. फ़िल. के बेसेस पर वे सोचें तो सोचें। दूसरे कैंडीडेट्स तो बाक़ायदा पी-एच.डी. थे। मैं दो साल से मगज़मारी कर रही थी। बाद में किसी ने बताया, अरे, हमें पता नहीं था, तुम इतनी बेवकूफ़ हो। जो डिग्री पाँच हज़ार रुपए में मिल जाती है, उस पर पाँच साल ख़र्च करने का फ़ायदा?

"ब्यूटी एंड ब्रेन डोंट गो टुगेदर।" किसी ने मुझे सुनाते हुए कहा था।

ख़ैर, जब अगले ही हफ़्ते ज्वाइनिंग लेटर आया, मैं ख़ुशी से फूली नहीं समाई। कौन कहता है, आजकल सच और टेलेंट की क़दर नहीं होती? बाद में बहुतों ने कहा, हम कहते हैं, मैंने भी।

कॉलेज जाने का पहला दिन...गए...सादगी से तैयार होकर...। एकदम सफ़ेद कपड़ों में...इससे ज़्यादा सादगी और क्या होगी? एक खटारा मारुति 800 है, उसी को चलाते हुए।

पार्किंग में पहुँचे तो कार लॉक करते हुए लगा बहुत-सी आँखें मुझ पर टिकी हैं। आँखों पर काला चश्मा चढ़ा लिया...सबके चेहरे पढ़ते हुए अपने रास्ते चलने लगी। मेरे पिताजी कहा करते थे..."हीरा ख़ुद चमकता है, उसे किसी दूसरी चीज़ की दरकार नहीं होती।"

यह याद आते ही मैं मुस्कराई ज़रा से गर्व से...। पर भीतर-ही-भीतर। अब आदत पड़ गई है। अब कोई न देखे तो हैरत होती है, 'अरे इसे तो 'सेंस ऑफ

ब्यूटी' है ही नहीं।' जैसे यह कोई मनुष्य होने का अनिवार्य लक्षण हो।

सबसे पहले अपने डिपार्टमेंट पहुँची...मुझे कौन-से सब्जेक्ट दिए जाने हैं, कब से क्लासेस शुरू होंगी वग़ैरह...वग़ैरह...।

हेड ऑफ़ दि डिपार्टमेंट डॉ. सूरी से अभिवादन के बाद आपसी बातचीत शुरू हुई...। उन्होंने मेरी पर्सनल लाइफ़ के बारे में कोई प्रश्न नहीं पूछा, सिर्फ़ यह कि आपने यह कॉलेज क्यूँ चुना?

"इत्तफ़ाक़न। मुझे जल्दी ही कोई काम चाहिए था।" पहली ही बातचीत में वे मुझे काफ़ी गंभीर और समझदार लगे। उन्हें मेरे चेहरे-मोहरे में ज़रा भी दिलचस्पी नहीं थी, बल्कि बातों के दौरान उन्होंने मेरी सारी क्वालिफ़िकेशन्स जान लीं। उनकी आँखों में मेरे लिए कुछ भी नहीं था। मुझे हैरानी भी हुई, तसल्ली भी। मैंने अपने आपको ढीला छोड़ दिया। मुझे उनसे सावधान रहने की कोई ज़रूरत नहीं थी।

दूसरे लोग आते रहे, परिचय होता रहा। मुझे लगा, ज़रूरत से ज़्यादा लोग आ-जा रहे हैं। काफ़ी लड़के, जिन्हें डॉ. सूरी से कुछ काम नहीं था, आ-आकर कुछ-न-कुछ पूछते रहे। उन्होंने अपनी गंभीर मुद्रा में ऐसे-ऐसे जवाब दिए कि आधे ही घंटे बाद लड़के आने लगभग बंद हो गए।

मुझे पता ही नहीं चला कि मैं उस दिन कॉलेज में चर्चा का मुख्य विषय थी। कुछेक ने समझा, मैं एम. ए. करने आई हूँ। जब पता चला कि पढ़ाने आई है तो आधे से ज़्यादा लोग हँसने लगे।

"अच्छा, तो इस बरस एडमीशन बहुत ज़्यादा होंगे।" किसी ने कमेंट किया।

"ऐसी ही प्रोफ़ेसर्स से लड़के पढ़ना चाहते हैं, तुम जैसे बूढ़े-खूसटों से नहीं, जो इक्कीसवीं सदी में भी जायसी और बिहारी पढ़ाते हों। तुम्हारी नज़रों में प्रेमचंद से बड़ा लेखक पैदा ही नहीं हुआ, ये कहो, समझ ही नहीं आया कुछ...।"

"अरे, कोई पढ़े तो समझ में आए न। हिंदी वाले अभी तक प्रेमचंद और प्रसाद ही समझ रहे हैं।"

हिंदी पढ़ना-पढ़ाना अच्छी बात नहीं मानी जाती थी। जो कुछ और नहीं कर सकते, हिंदी पढ़ाते, जिन छात्रों को कहीं और एडमीशन न मिलता, हिंदी में ले लेते।

इसके लिए कोई दूसरा नहीं प्रोफ़ेसर्स खुद ज़िम्मेदार थे। भुतहा खँडहरों की तरह वे अभी भी वहीं खड़े थे...कभी कोई पक्षी भटकता हुआ उसमें दाख़िल होता, निकलने का रास्ता न पाता और थककर उनकी आधी गिरती दीवार पर बैठ जाता...मारे प्यास के उसकी चोंच हर वक़्त आधी खुली रहती...। ऐसे कई पक्षी थे...बाहर निकलने का रास्ता ढूँढ़ते हुए।

कई अजब से पिलपिले दिखाई देते। उनके पास अपना कुछ न होता। उनके कंधे पर एक झोला लटका होता मोटे कपड़े का, जिस पर घर की बनी कोई एम्ब्रायडरी

होती—जो शायद उनकी औरतों ने अपना कोई ख़ाली वक़्त भरने उन्हें गरियाते हुए की हो...यह उन्हें देखकर लगता था। उसमें उनके तमाम मुड़े-तुड़े कभी न काम आने वाले काग़ज़ पत्तर होते, संभवतः कुछ चेहरे भी, जो महज़ उनके चाहने भर से उनके चेहरों पर चस्पां हो जाते...यह हाल तो सिर्फ़ उनका नहीं, कुछ अपवाद छोड़कर सबका था...जब वे किसी ख़ूबसूरत लड़की या कुँआरी असिस्टेंट प्रोफ़ेसर को देखते। हिंदी का लगभग हर अध्यापक कवि था...। कुछ तो स्टाफ़ रूम में समोसे खाते वक़्त पूरी कविता ही सुना डालते...सब वाह-वाह करते, मुझे भी मुस्कराना पड़ता। क्लास में वे बिहारी के दोहे ऐसे बाँचते कि लड़के-लड़कियाँ एक-दूसरे को देखकर अर्थपूर्ण ढंग से मुस्कराते। वे आधे मिनट का वाक्य आधे घंटे में पूरा करते। उनके पास अनंत समय था। वे समय की जिस गली में रहते थे, वहाँ न रात होती थी, न दिन, न तारीख़ें ही बदलतीं। कभी-कभी वे सन् बदल जाने पर बेतरह चौंक पड़ते थे। कुछेक अच्छे भी हैं, पर मैंने उन सबसे पर्याप्त दूरी रखी।

ख़ैर, मैं जिस आवेग और तेज़ी से आई थी, वह बहुत वक़्त चली नहीं। उसी सत्र में सायकोलॉजी के छात्र डबल हो गए, जबकि इसके पहले मात्र बीस या पच्चीस होते थे, प्राइवेट को मिलाकर। जिसमें भी आधे ही क्लास अटेंड करते। मेरे आने के बाद सभी उपस्थित रहने लगे। एक क्लास से दूसरी क्लास में जाते वक़्त लगता, जाने कितनी आँखें आपको देख रही हैं। लाइब्रेरी में बैठो तो स्टूडेंट्स झाँक-झाँक कर चले जाते। प्रोफ़ेसर्स की संख्या भी बढ़ने लगी, जिन्हें कुछ पढ़ना-पढ़ाना था नहीं। बस बताना था कि पढ़ते भी हैं। वे और दूसरे सब्जेक्ट्स के होते पर सायकोलॉजी के कभी नहीं। सायकोलॉजी में हम पाँच प्रोफ़ेसर्स थे। मेरे अलावा एक और प्रोफ़ेसर थीं, जिन्होंने मुझसे एक ख़ास क़िस्म की दूरी बनाए रखी, यहाँ तक कि मैं जब भी डिपार्टमेंट में बैठी होती, वे कोशिश करके न आतीं। उनके बैठने के वक़्त अगर मैं आ जाती तो वे तुरंत उठकर चली जातीं। सब समझते थे, पर किसी ने कुछ नहीं कहा। बाद में मुझे किसी ने बताया—लड़कियाँ आपको बिल्कुल पसंद नहीं करतीं तो मुझे ध्यान आया, मैं कहीं से गुज़र रही होऊँ, वे झट रास्ता बदल लेती हैं। जानबूझकर अभिवादन नहीं करतीं या ऐसा दिखातीं मानो उन्होंने मुझे देखा ही नहीं। मेरी गाड़ी पर भी अश्लील पोस्टर चिपकाए गए। मुझे एकाएक समझ में नहीं आया कि मैं किनके बीच आ गई हूँ और क्यूँ?

स्टाफ़ रूम में किसी से दस मिनट बात कर लेती तो उससे जान छुड़ाना मुश्किल हो जाता। किसी से कुछ दिन न करती तो ग़लत प्रचार करता...

"क्या समझती है अपने आपको कल की लड़की, हम जानते हैं, कैसे आई है, इतनी बड़ी भीड़ को पछाड़कर...हम न भी कहें...कुछ चेहरे अपनी कहानी आप कहते हैं।" मैंने स्टाफ़ रूम में जाना बंद कर दिया।

डॉ. प्रणव से मेरी अच्छी बात होती थी, वे इंग्लिश पोएट्री पढ़ाते हैं। उनकी

आदत है, हर बात में पोएट्री की कोई-न-कोई लाइन कोट करने की, बड़े ख़ूबसूरत ढंग से...वह एक लाइन सारी बात कह जाती, जिसे कहने को एक पुराण भी कम होता...। मुझे अच्छा लगता था, उनके पास बैठना, उनको सुनना...कुछ ही महीनों में हमारा नाम इस तरह प्रचारित हो गया कि मैं स्तब्ध रह गई। वह सब काफ़ी ख़ौफ़नाक और शर्मनाक था। उस दिन पहली बार टूटी मैं...समझ नहीं पाई, हर रिश्ते का कोई नाम ही हो, यह अनिवार्यता क्यूँ मानी जाती है? मनुष्य के अलावा और कोई नहीं है, जो हर चीज़ को नाम देने की कोशिश करता है, हर भावना को...। हम इस तरह उन्हें सीमाओं में बाँधने की कोशिश करते हैं। जबकि वे स्वतंत्र हैं, उनका अपना विस्तार है। एक ही वृक्ष पर कहीं-कहीं से उड़-उड़कर आए पंछी रिश्तों की बात नहीं करते, अगली सुबह उन्हें उड़ जाना होता है। मनुष्य-जीवन इससे भिन्न किस तरह का है? क्या सिर्फ़ समय-बोध के अपने सनातन अहसास से? माँग यहीं से उठती है जबकि मूलभूत माँग यही है कि मुझे समझो। क्या बने-बनाए रिश्तों के अलावा कुछ भी ऐसा नहीं हो सकता, जिसे हम कोई नाम न दें...। मानवीय रिश्तों के बहुत से आयाम हो सकते हैं जो अभी खोजे नहीं गए। अगर मेरा ऐसा कहना अपने आपको छलना है तो फिर सारी तलाश छलना है, क्योंकि कहीं कुछ है ही नहीं।

मैंने अपने आपको वापस खींचा...मैं जहाँ से अपनी जान छुड़ाकर आई थी, मुझे लगा, एक नई दुनिया मेरी प्रतीक्षा में है। मुझे सिर्फ़ हाथ बढ़ाने की ज़रूरत है और वह मेरी मुट्ठी में होगी। नहीं, कोई दुनिया नहीं होती। कहीं कुछ भी नया नहीं है। इस सड़ी गली व्यवस्था की फटी पुरानी गठरी तुम्हारे सिर पर है। चलो तो इसी तरह--नहीं तो ख़त्म हो जाओ। ज़ाहिर है, ख़त्म होना आसान नहीं होता, चलना तो पड़ता ही है।

वे बेहद गर्म, नीरस और उबाऊ दिन थे। सारा दिन इन दिनों के चेहरों पर धूप पड़ा करती, धूल उड़ा करती, झर-झर पत्ते झड़ते, टप-टप आँसू बहते...किसी बारिश की प्रतीक्षा में इनके चेहरों की सलवटें और गहरी हो जातीं। मेरे भीतर किसी प्रतीक्षा का दीया बुझ रहा है आहिस्ता-आहिस्ता—अब कुछ भी नहीं होगा, कुछ भी नहीं। एक नामहीन समय में नामहीन गति से नामहीन जीवन का चुपचाप झड़कर खो जाना। मेरे भीतर कुछ निरंतर मद्धिम होता जा रहा है। वक़्त की साफ झील में अपना चेहरा देखने की कोशिश में सारी उम्र उसकी हलचल शांत होने की प्रतीक्षा में खड़े रहे। न पागल हवाओं ने रुकना ठीक समझा न झूम रहे वृक्षों के पत्तों ने ठहरना—हम भी गिर जाएँगे एक दिन चुपचाप, बग़ैर अपना चेहरा देखे...। इस तरह एक और साल बीत गया...। दो साल बहुत होते हैं टूटने के लिए...। मैं अपनी ख़ूबसूरती के दम पर नहीं, टेलेंट के दम पर पहचानी जाना चाहती थी। शायद मेरी ख़ूबसूरती कोई अभेद्य दीवार है, जिसके पार जाना एकदम ही मुमकिन

न हो। यह नहीं कि मुझे पढ़ाना आता हो सिर्फ़, मैंने अपनी प्रतिभा को कई आयामों में विकसित किया था। यहाँ वे सब बेकार थे, दिखावे के सर्टिफ़िकेट्स, जो मेरे भीतर की फ़ाइल में दबे पड़े रहते।

आख़िर धीरे-धीरे मैंने खुद को सबसे काट लिया—प्रोफ़ेसर्स से भी, थोड़ा बहुत स्टूडेंट्स से भी। सोचा था, पी-एच. डी. करने के बाद कहीं और चली जाऊँगी। पर वह तो ख़त्म होने का नाम ही नहीं ले रही थी। जाती भी कहाँ—दूसरी जगहें क्या यहाँ से बेहतर हैं?

तीसरा साल भी इसी तरह गुज़रा...मैं इतनी फ्रिजिड हो गई कि मैं अब जीने की नहीं, महज़ देखने की वस्तु हूँ। हर सरोकार से कटी हुई, यहाँ तक कि अपने-आपसे भी। मैं सबकी ज़िंदगी में सबसे कम-से-कम होना चाहने लगी, अपनी भी। अपने काम से काम रखना, क्लास में बने हुए नोट्स पढ़ाना और किताब बंद करते ही सारे दरवाज़े बंद हो जाना, जो थोड़ी देर के लिए ही सही दूसरे के लिए खुलते थे। जहाँ से शब्द इतनी तेज़ी से बाहर आते, मानो स्टूडेंट्स के सिरों पर बरस रहे हों। मैं बहुत ज़्यादा पढ़ने लगी थी...ख़ासतौर पर फ़िलासफ़ी । अपने आपमें सिमटे रहने, चुप रहने के लिए यह एक मज़बूत क़िला था। बोलते वक़्त फिर भीतर बहुत सारे ठुंसे शब्दों को एकाएक बाहर आने का रास्ता मिल जाता था। किसी को कुछ पूछने का अवसर ही न मिलता और मैं सभी को सभी कुछ समझा देती... । कभी इंग्लिश डिपार्टमेंट में, कभी हिंदी डिपार्टमेंट में मेरा लेक्चर रखा जाता, लगता भी था कि स्टूडेंट्स मंत्रमुग्ध होकर सुन रहे हैं। जो जिस तरह चाहता, मैं उसी तरह समझा देती।

कहने को यह मेरी उपलब्धि मानी जा सकती थी, पर दरअसल मैं इस सबके पीछे खड़ी होती, तेज़ बारिश में जैसे हम किसी घने वृक्ष के नीचे जा खड़े होते हैं। यह घना वृक्ष कौन-सा था?

कॉलेज की राजनीति में मेरा न के बराबर हिस्सा होता। डिपार्टमेंट्स में वे गर्मागर्म बहसें करते—मैं चुपचाप अपने किसी रजिस्टर या लाइब्रेरी की किसी किताब में उलझी रहती। बीच-बीच में हाँ-हूँ करती जाती। उन्हें भी आसानी होती, मुझे भी। मैं जैसे वहाँ नहीं थी, न उनके लिए न अपने लिए। वे जीत गए थे, उन्होंने मुझे अपने इलाक़े से खदेड़ दिया था, मैं हारी हुई उसी एक रास्ते से आती-जाती...चुपचाप अपने में डूबी।

मेरे पास कुछ नहीं था—रास्ता, न किनारा, न सुख न दुख, न सपना, न समंदर में उतरने का रोमांच, न डूबने का डर, न बाहर आने की खुशी। न कुछ होने की प्रतीक्षा थी, न कुछ न होने की निराशा। न मैं कुछ थी न मुझे कुछ होना था।

यह बहुत बाद में जाना कि चाही जानेवाली चीज़ें अगर उस तरह नहीं चाही जातीं, जिस तरह चाही जानी चाहिए, तो वे मुरझा जाती हैं...वक़्त से पहले और,

किसी भी सुंदरता का नष्ट होना अकेला नहीं होता।

वे अगस्त के शुरुआती दिन थे। हमने अभी क्लासेस लेनी शुरू नहीं की थीं, इसके बावजूद हम व्यस्त रहा करते, कई फ़ालतू कामों का बोझ होता हम पर, बाज वक़्त हमें लगता, हम के.जी. वन और टू के उन बच्चों से बहुत बेहतर नहीं हैं, जिनके नाज़ुक कंधों पर पच्चीस किताबों से भरे बैग टँगे रहते। पर जिन्हें कुछ नहीं करना होता था, वे सचमुच कुछ नहीं करते थे। एक भी क्लास लिए बिना वे अच्छी-खासी जै-जैकार के साथ रिटायर हो जाते थे। यह त्रासद था, पर कोई चुनाव भी न था।

अभी पिछले महीने एक प्रोफेसर रिटायर हुए हैं—'फेयर-वेल' में जो कहा जा रहा था, सब झूठ था। मुझे पता है, कि उन्होंने अपनी थीसिस तक किसी और से लिखवाई थी। उसका नाम ही वे महीने-भर में रट पाए थे। पर ख़ैर...ऐसे लोग भी अपने टिके रहने के रास्ते तलाश कर ही लेते हैं...। कभी वे मैनेजमेंट का दामन पकड़े होते, कभी प्रिंसिपल साहब का...।

वह किस वक़्त आई, मुझे पता ही नहीं चला वह मेरा फ़्री पीरियड था और मैं अपना काम कर रही थी, जब डॉ. सूरी ने मुझे आवाज़ दी...

"एक्सक्यूज़ मी मैम।"

मैंने सिर उठाया, दोनों को एक साथ ही देखा...

"आप हैं प्रोफ़ेसर सेन, ये आपको सायकोलॉजी के दो पेपर पढ़ाएँगी और मैडम, ये हैं आपकी नई स्टूडेंट...काया बाधवानी...बाहर से आई हैं...कहाँ से...।"

उन्होंने उससे पूछा। वह मुझे अदब से नमस्कार करने के बाद उनकी तरफ़ मुड़ गई, उनके सवालों के जवाब देने। मैंने उसे ग़ौर से देखा, गौर से देखने लायक वह थी भी...भरा-भरा बदन, चमकते गोरे गाल...बहुत उदास आँखें...कन्धे तक कटे हुए बाल...जो पंखे की हवा में बार-बार उसके चेहरे पर आ आते...एक हाथ बराबर उन्हें हटाने में लगा रहा। उसके जिस्म का अंग-अंग जैसे एक अजीब गुफ़्तगू में मशगूल था—जैसे बहुत-सी चिड़ियाएँ एक ही पेड़ पर शोर कर रही हों। सिर्फ़ पेड़ चुप हो। उसकी आवाज़ में एक अजीब-सी कशिश थी...बहुत तराशी हुई इंग्लिश में बात कर रही थी वह...। इतनी साफ़ ज़बान इधर सुनने को नहीं मिलती। थी तो वह सिंधी ही, पर न अपने पहनावे, न किसी और बात में प्रतीत हो रही थी। ब्लू जींस पर लंबा-सा व्हाइट टॉप पहने थी...जो उसके सफ़ेद चेहरे को और भी सफ़ेद बना रहा था। इतने सालों में पहली बार मुझे किसी आवाज़ ने छुआ, यहाँ तो सभी आवाज़ें एक जैसी ही लगती हैं। आवजों के जितने शेड्स से मैं वाकिफ़ थी, किसी आवाज़ में मुझे नहीं मिले। यहाँ तक कि मुझे सुब्रत की आवाज़ भी आम ही लगती। उसमें बंगाली टच था—ख़ुद उसमें भी। वह आम था, मैंने जितनी ही बार उसमें कुछ ख़ास तलाशने की कोशिश की, निराशा हुई। अरे, अब इसमें

सुब्रत कैसे आ गया? मैंने खुद को झटका।

सिर घुमाकर डॉ. सूरी को देखा। वे हमेशा की तरह इस सबसे निस्पृह थे। उनकी यह निस्पृहता मुझे अच्छी लगती है। वे सारा कुछ ऐसे देखते हैं, मानों किसी ने उन्हें ज़बरदस्ती कोई नाटक देखने बिठा दिया हो, जिसके खत्म होते ही वे उठकर चले जाएँगे पर इसमें भी उन्हें अपना रोल बेख़ूबी याद रहता। उनसे हमारा पूरा डिपार्टमेंट डरता है, सिर्फ़ मैं नहीं। हमारे बीच आदर की एक पर्याप्त दूरी है। मैंने अपना ध्यान वहाँ से हटा वापस अपनी ओर लाने की कोशिश की।

यह शुरुआत थी।

घर आते बक़्त मैंने रास्ते में कुछ डिब्बा-बंद खाने की चीज़ें खरीदीं—पनीर-मशरूम वग़ैरह जिन्हें झटपट खोलकर बनाया जा सके—ख़ूब सारे फल और ताज़े फूल भी...जो उतने ताज़े नहीं थे। जिन पर पानी के छींटे मार-मार कर उन्हें ताज़ा रखने की कोशिश की जाती है, वे भी ताजा दिखने का पूरा प्रयत्न करते हैं। पर प्रयत्नों से क्या सचमुच बात बनती है, जो भीतर ही न हो।

आज सुब्रत आने वाला है, मुझे सारी चीज़ें ठीक-ठाक करनी हैं, ताकि वह उन्हें फिर बिगाड़ सके। उसके जाने के बाद मैं कुछ दिन चीज़ों को वैसा ही रहने देती हूँ। मुझमें फिर इतनी ताकत नहीं होती कि उन्हें जल्दी-जल्दी ठीक-ठाक कर सकूँ। बिल्कुल उसी तरह, जिस तरह मैं आँख खुलते ही नहीं उठ खड़ी होती या आँखें बंद करते ही सो नहीं जाती।

घर आकर मैंने सोफ़ों पर कवर ठीक से लगाए, बिखरे कुशन इकट्ठा कर उन्हें सजाया—वे ख़ूब सारे थे—उपेक्षित...। डायनिंग टेबिल पर फूल लगाए, किताबों की शेल्फ जमाई-झाड़ी हालाँकि वह मेरा संसार है, जो उसकी छुअन से परे है...

झाड़ते वक़्त जाने किस किताब से एक छोटी-सी अखबार की कटिंग मेरे क़दमों के सामने आ गिरी—उठाई मेरी ही ग़ज़ल थी—पाँच साल पुरानी...

'उम्र आसमानी कर गया कोई
प्यास दीवानी कर गया कोई।'

उस छोटे-से क़स्बे के लोकल पेपर में छपी मेरी पहली ग़ज़ल...। जाने उन्होंने जानबूझकर या अनजाने कुमारी मृणाल सेन छाप दिया...। अब घर में जो हँगामा मचा कि तौबा...। मेरी शादी को कुछ ही महीने हुए थे। यह बात पूरे मोहल्ले में महीनों चर्चा का विषय रही—जो भी मेरे घर आता, मेरी सास से यही बात कहता। उन्होंने भी मेरी खिंचाई का कोई मौक़ा नहीं छोड़ा।

उसी दिन तय कर लिया था, यहाँ नहीं रहना और उस फंदे से मैं पूरे पाँच साल बाद निकल पाई, अपनी सास को एक अदद पोते के लिए निराश वहीं गाँव में छोड़कर।

यह बाद में पता चलता है कि आप कहीं भी जाओ, दुनिया वही है। वैसे भी औरत की पीठ एक दीवार है, कोई भी आकर कुछ भी लिख सकता है, मिटाकर फिर कुछ और लिख सकता है वह बेचारी आगे देखे कि पीछे। अपने आपको बचाने की कोशिशों में ही उम्र निकल जाती है। इसके बाद मैंने अपनी कविताएँ अपने भीतर छिपा लीं। लिखती भी हूँ तो कहीं भेजती नहीं।

इन सारे कामों से फ़ारिग होकर मैंने खाना बनाया। वह बीस दिन के बाद आ रहा है...। जब मन प्रतीक्षा करने को तैयार न हो तो देह को करनी चाहिए...देह न हो तो मन को...। मैंने बीस दिन लंबी ख़ाली सड़क पर नज़र दौड़ाई, कुछ भी नहीं था वहाँ...न आतुरता, न इंतजार, न इच्छा...। ये क्या हो गया है मुझे? मैं बेमौसम ही बालकनी में रखे पौधों को पानी देने लगी, जब तक गमले के नीचें बने सूराखों में से पानी निकल-निकलकर बहने नहीं लगा।

शादी के शुरू के पाँच बरस मुझे बेहद अवास्तविक से जान पड़ते हैं...पाँच बरस...बहुत नहीं होते किसी बंगाली परिवार से बाहर निकलने के लिए...ऐसी भी औरतों को जानती हूँ मैं जो पच्चीस साल से एक ही रुटीन जी रही हैं। मैंने तो सिर्फ़ पाँच साल जिया–सुबह पाँच बजे उठना–नहाना–फिर चौके में घुसना–चाय–पानी-पाँच-सात सब्ज़ियाँ काटना, छीलना, बनाना, सबके पैर छूना, सबके बिस्तर उठाना–दूसरे कामों के अलावा हर रोज़ दरवाज़े-खिड़कियाँ–ग्रिल पोंछना...सबको खिलाने के बाद आख़िरी में खाना...तब तक दरवाज़े की ओट में खड़े रहना...क्या पता किस चीज़ की ज़रूरत पड़ जाए...दिन-भर सिर ढँके रहना। सबसे छोटी बहू मतलब सबके काम करना दोपहर को घंटे-भर का चैन मिलता, उस पर भी कोई-न-कोई कुछ-न-कुछ काम पकड़ा जाता–कभी ये कढ़ाई, कभी वो कढ़ाई...शाम पाँच बजे चाय-नाश्ता...काटना-छीलना-राँधना, खिलाना, बरतन-चौका करना, सबके बिस्तर लगाना फिर अपने कमरे में जाना। तब तक देह से, मन से इतने थक चुके होते कि बाद में कुछ पता ही नहीं चलता इस देह के साथ क्या हो रहा है? सिर्फ़ उसकी भूख का पता होता–कभी-कभी शिद्दत से–शायद मन की भूख भी उससे आ जुड़ती हो...। मुझे लगता है, बीवियाँ तब मर्दों से यही कहती होंगी–अब तुम्हारी बारी है, तुम भी अपना हिस्सा ले लो। सब अपना-अपना हिस्सा ले चुकते तो बच जाती ख़ाली देह–ख़ाली मन...। सुब्रत करवट बदलकर लेट जाता–मैं उसकी नंगी पीठ देखती रहती।

छुआछूत इतनी कि महावारी के दिनों में न छूने वाली चीज़ों की लिस्ट इतनी लंबी कि याद ही न रहती। रात चटाई डाल ज़मीन पर सोना होता...बिस्तर पर नहीं। वैसे भी वह...वह बिस्तर नहीं था जिसकी मुझे तलाश थी...। सुब्रत मुझसे बारह साल बड़ा...काफ़ी मैच्योर है...उसके हिसाब से मैं बच्ची हूँ...। वह मुझे घर की कभी न समझ में आने वाली ज़िम्मेदारियों से जोड़ना चाहता था जबकि मैं

सबसे कटती जा रही थी...। पहले मुझे लगता था, लड़कियों को पैदा होते ही जवान हो जाना चाहिए, उन्हें ठीक से उनका बचपन जीने ही नहीं दिया जाता, बचपन माइनस होना चाहिए। जवान होने पर लगा, इस धधकती इच्छाओं की आग में जलने-दबाने से अच्छा है, वे बूढ़ी हो जाएँ। अब बूढ़ी होऊँ तो पता चले कि हाय पैदा ही क्यूँ हुए? न कहीं से चले, न कहीं पहुँचे—शून्य-से-शून्य तक का सफ़र...।

आख़िर सुब्रत का इंजीनियर होना मेरे काम आया। वह एक-एक महीने बाद आता। मैंने कह दिया, "मैं यहाँ इस तरह नहीं रहूँगी।"

"बाहर रहने से ज़्यादा ख़र्च होगा।"

"वह सब मैं करूँगी, आप मुझे कुछ मत दीजिएगा। बल्कि हम आपकी भी मदद करेंगे।" मैंने अपनी सास से कहा। यह चारा था, वे फँस गए। पर हमें मुक्ति मिल गई। सुब्रत देर से ही सही आख़िर मेरी बात मान लेता है। मैं मानने का अभिनय ज़रूर करती हूँ, पर मानती नहीं।

इन पाँच सालों में मुझे हर उस चीज़ से नफ़रत हो गई, जिसे बंगाली पसंद करते हैं, कोई मुझे रशोगुल्ला या फिश खिलाकर तो दिखाए। मैंने ख़ुद को पूरा बदल डाला—बात करने का लहज़ा तक...। मेरे नाम के अलावा मुझमें ऐसा कुछ नहीं था...जो मेरे बंगाली होने की याद दिलाए...। नहीं, एक और चीज़ भी थी, मेरी ख़ूबसुरती। यह मुझे अपनी याद दिलाए रखती है।

अगले कई दिनों बाद जब मैं अपनी क्लास लेने पहुँची—मुझे देखते ही वह तुरंत खड़ी हो गई। इस कॉलेज के हिसाब से वह अपने पहनावे, अपने रूप से सबसे अलग जान पड़ती थी। वह ज़रूर अच्छी डांसर होगी, उसकी बॉडी लैंग्वेज देखकर मैंने जाना...। वह पहली सीट पर थी—वैसा ही मुस्कराता चेहरा—अपनी ओर खींचती चमकीली उदास आँखें...चेरी रंग के शार्ट सलवार कुर्ते में उसका रंग दहक रहा था—उसके पीछे के बच्चे फिर उस चमक के सामने धुँधला से गए।

मैं हमेशा ब्लैक बोर्ड पर रेखाएँ बनाती हुई पढ़ाया करती हूँ, इससे न सिर्फ़ स्टूडेंट को आसानी होती, मुझे भी दोहराना न पड़ता। इस वर्ष मुझे नया सब्जेक्ट दिया गया था 'फ़िलॉसफ़ी ऑफ सायकोलॉजी।' इसकी कोई भी किताब अभी तक न मार्केट में उपलब्ध थी, न लाइब्रेरी में। मुझे इसे इस तरह तैयार करना पड़ता कि सबकी समझ में आ जाए। क्योंकि वे सभी लेक्चर्स पर निर्भर थे...।

मेरी पीठ उसकी तरफ़ थी, पर मुझे हर क्षण लगता रहा, वह ब्लैक बोर्ड को नहीं, मुझे देख रही है और मैं ग़लत नहीं हो सकती थी। उस दिन मैं कई बार, कई बातें भूली। मैं ख़ुद पर हैरान थी। ऐसा पहले कभी नहीं हुआ था।

क्लास से निकलते वक़्त मेरी नज़र उसकी खुली कॉपी पर पड़ी। उसने हूबहू वैसी ही रेखाएँ खींची थीं—जैसे ब्लैक बोर्ड पर मैंने। सोचा, पूछूँ—"इस तरह याद रह जाएगा।" पर नहीं पूछा। बाहर निकल गई। हाथों में हुनर है, रेखाओं पर नज़र

पड़ते ही मैं समझ गई।

फिर बहुत सारे दिन उसी तरह गुजर गए, जैसे बारिश में बहते सूखे पते—हमेशा एक से...

उस दिन मैं अपने लिए लाइब्रेरी से किताबें छाँट रही थी कि वह मेरे ठीक पीछे आकर खड़ी हो गई...

''हलो मैम।'' उसकी नाजुक-सी आवाज़ एकदम मेरे पास आ गई। कभी-कभी वह इतनी नाजुक जान पड़ती कि लगता, मात्र छूने से वह बिखर जाएगी।

''हलो। हाउ आर यू?'' मैंने बिना मुड़े कह दिया।

''मैम, मैं कम-अज-कम एक बार तो देखे जाने लायक़ हूँ ही।'' उसकी आवाज़ में शरारत थी, मैं मुस्करा दी। उसने कुछ तो पढ़ ही लिया होगा मेरी आँखों में, नहीं तो इतनी हिम्मत किसी स्टूडेंट ने आज तक नहीं की। किताबों का ढेर जब मैं उठाने लगी, उसने मेरी मदद की। हम टेबिल तक आए—वह दूसरी तरफ़ खड़ी रही, मैंने उसे बैठने का इशारा किया।

''क्या ढूँढ़ रही हो?'' मैंने यूँ ही पूछा।

''आपको कैसे पता, मैं कुछ ढूँढ़ रही हूँ।'' उसने सीधे मेरी आँखों में देखा।

''तुम्हें देखकर लगा...अगर मैं ग़लत नहीं हूँ।''

''नहीं, मैं अपना दोस्त ढूँढ़ रही हूँ।''

''पैरेंट्स कहाँ हैं?'' मैं उसका उत्तर गोल कर गई।

''वहीं, भोपाल में...।''

''यहाँ, किसके पास?''

''बुआ है, विधवा। उनका बेटा बाहर पढ़ता है, मुझे भेज दिया गया ख़ाली जगह भरने।'' वह उसी तरह मुस्कराती रही। मैंने देखा, उसकी आँखें नहीं मुस्करा रहीं।

''मन लगता है यहाँ।''

''लगाना पड़ता है। जैसे दूसरे काम करने पड़ते हैं। हँसना पड़ता है, सोना पड़ता है, चाहे नींद न आए। हमारे जीवन में 'लगना' शब्द का ज़रा कम रोल है, 'पड़ता है' का ज़्यादा। नहीं?''

''काफ़ी मैच्योर हो। तुम्हारी उम्र की लड़कियों को यह सब सोचने की फ़ुरसत ही नहीं मिलती।''

''कौन कमबख़्त होना चाहता था।'' उसने खोयी-खोयी आवाज़ में कहा, ''सॉरी। पर जीवन सब सिखा देता है। एक लम्हा—और आप क्या-से-क्या हो जाते हैं।''

''आगे क्या करना है?''

''मुझे नहीं पता। मैंने थोड़े ही निर्धारित किया है। दूसरे बता देते हैं—ये रास्ता है, चलो, मैं चलने लगती हूँ।''

"दूसरो के दिखाए रास्ते पर चलो, ऐसी तो नहीं हो तुम।" मैंने दृढ़ आवाज़ में कहा।

"आपको क्या पता, मैं कैसी हूँ और इतना यक़ीन क्यूँ है मुझ पर?"

"यक़ीन—पता नहीं, पर...मुझे लगा... ।" मैं ज़रा-सी हड़बड़ा गई। फिर कहा...

"अपने नए दोस्त बनाओ।"

"यह क्या इतना आसान है?"

"तुम्हें क्या सब-कुछ आसान ही चाहिए।" मैंने किताब बंद कर उसकी आँखों में देखा।

"नहीं, पर इतना मुश्किल भी नहीं कि सारी उम्र कोशिशों में ही निकल जाए।"

"बहुत कोशिशें की हैं शायद... ।" मैंने निहायत नर्म आवाज़ में कहा... ।

"हाँ...बहुत...बट, एनीवे... ।"

एक सवाल पूछना था—"आप अपने स्टूडेंट्स से इतनी दूर-दूर क्यूँ रहती हैं?"

मैं मुस्कराई नहीं, कहा भी कुछ नहीं। शब्द मेरे भीतर उलझ गए।

"आय एम सॉरी, मैं शायद आपको डिस्टर्ब कर रही हूँ।" उसकी आँखों में सोच उतर आई। कुछ क्षण मुझे देखने के बाद उसने अपनी पलकें झुका लीं, उठकर खड़ी हो गई...

"मैं चलूँ?" उसके चेहरे पर घने बादल थे। जी चाहा, हाथ पकड़कर बैठा लूँ सामने, पर यह मेरे बनाए गए स्वभाव के विपरीत था। वह मुड़ी और तेज़ी से बाहर निकल गई।

उस दिन फिर किताबों के सारे अक्षर धुँधला गए। मुझसे किसी किताब का शीर्षक तक नहीं पढ़ा जा रहा था। मैंने यूँ ही दो किबाबें उठाईं और बाहर आ गई।

आख़िर उसे लेकर मैं इतनी असहज क्यूँ हो रही हूँ? क्या है उसमें? वह मुझे ऐसे क्यूँ देखती है, जैसे एक ही छलाँग में मेरे भीतर दाख़िल हो जाएगी। अपने दरो-दीवार मैंने सख़्ती से बंद कर दिए।

वह मेरी बग़ल में बैठी है। यह सब अनायास हुआ है। कॉलेज से अपनी खटारा कार से मैं घर वापस आ रही थी, जो लगभग अपनी समूची ख़ूबसूरती खो चुकी है। मैंने उसे रास्ते में पसीने से तरबतर अपनी स्कूटी को बार-बार किक लगाते देखा—उसका चेहरा धूप में लाल हो रहा था। हालाँकि ये बारिश के दिन हैं...जिन दिनों बारिश न होती तो धूप और उमस से बुरा हाल हो जाता... । मेरी गाड़ी ख़ुद-ब-ख़ुद उसके सामने रुकी। हम दोनों ने एक-दूसरे को देखा। उसकी आँखें मुझसे रूठी हुई थीं...

"अपनी गाड़ी सामने वाले मैकेनिक को दो और मेरे साथ चलो। कल कॉलेज

आते समय ले लेना।" वह मुस्कराई नहीं, पर उसने वही किया।

"आप मुझसे नाराज हैं?" उसने बैठते ही पूछा, सामने मेरी बग़ल में।

"नहीं।" मैं सामने ही देखती रही गाड़ी चलाती हुई।

"पर मैं हूँ। आप मुझसे बहुत सारी बातें क्यूँ नहीं करतीं?"

"तुम किसी को कुछ बोलने ही कहाँ देती हो?"

"मैं आपको सुनाई देती हूँ क्या?" शरारत से कहते हुए वह हँस पड़ी, मैंने बहुत दिन बाद उसे इस तरह हँसते देखा था। उसके दाएँ गाल पर पड़ता गड्ढा उस पर फब रहा था...

"कहाँ छोड़ दूँ?"

"अपने घर नहीं ले जाएँगी।"

"नहीं...।" मैंने मुस्कराते हुए कहा।

"मैं आपसे बस थोड़ी देर बातें करूँगी। फिर यक़ीन मानिए, लौट जाऊँगी। सब लौट जाते हैं, कोई थोड़ी देर बाद–कोई बहुत देर बाद...।"

उसका आख़िरी वाक्य मुझे छू गया। बिना कुछ कहे मैंने गाड़ी अपने घर की तरफ़ मोड़ ली।

"अरे, आपका फ़्लैट तो बहुत अस्त-व्यस्त है। आय एम सॉरी, पर क्या आपको नहीं लगता, इसे मेरा ही इतंज़ार था।"

उसने घर में घुसते ही इधर-उधर बिखरी चीज़ें उठानी शुरू कर दीं...

"अकेले रहने का यही फ़ायदा है, आप कैसे भी रह सकते हैं। पर कैसे भी रहना तो कोई रहना न हुआ न।"

उसे बातें करने का बहुत शौक़ है। वह लगातार कुछ-न-कुछ कहती जा रही है। मैं अपने कमरे में घुस गई चेंज के लिए।

बाहर आई तो खाना टेबिल पर लगा था...

"मैंने सोचा, अब आई ही हूँ तो आपको खाना खिलाकर ही जाऊँ। अच्छा बताइए, आपको क्या-क्या पसंद है? एक दिन मैं आपकी पसंद की सारी चीज़ें बनाने वाली हूँ।"

उसने थाली मेरे सामने लगा दी। खाना गर्म था। किसी एतराज़ की कोई गुंजाइश नहीं थी। गर्म रोटियाँ उसने ख़ुद बनाई थीं...।

"बैठो!" मैंने अपनी प्लेट उसके सामने रख दी।

"ओह, थैंक्स...। सोच लीजिए, आप मुझे यहाँ ज़्यादा रुकने का मौका दे रही हैं।" उसने शरारत से मेरे सामने दूसरी प्लेट रखते हुए कहा तो मुझे हँसी आ गई।

"आपमें और मुझमें कितनी समानताएँ हैं, कभी आपने नोटिस किया, नहीं किया न। मैं बताती हूँ, देखिए...आपके भी दाएँ गाल पर गड्ढा पड़ता है, मेरे भी।

आप भी बहुत बोलती हैं, मैं भी। तरीक़ा अलग-अलग है बस। आप भी सुंदर हैं, मैं भी। आपकी आवाज़ मुझे अच्छी लगती है, जैसे कि आपको मेरी लगती है, लगती है न! अभी तो आपने मेरा गाना भी नहीं सुना। जब मैं गाती हूँ तो पंछी उड़ना भूल जाते हैं...। आपको पता है, यह सब हम नहीं करते, कोई और होता है हमारे भीतर। जो बस कुछ ख़ास लम्हों में ही जागता है, फिर सो जाता है चुपचाप...।''

उसकी आवाज़ खो-सी गई।

''मैं आपको बोर तो नहीं कर रही हूँ न। आपको लगता होगा, मैं हमेशा इतनी ही बातें करती हूँ। पर ऐसा नहीं है। कोई आपके बारे में न जानना चाहे और आपको लगे कि उसे जानना चाहिए क्योंकि...आप उसे प्यारे लगने लगे हैं...तो फिर तो ख़ुद ही बताना पड़ेगा न...।''

कौर मेरे गले में अटक गया, मैंने पानी पिया एक घूँट। उसकी तरफ़ देखा, उसने अपनी गीली आँखें परे कर लीं।

''मैं नहीं जानती, क्यूँ? मैं ये भी नहीं जानती कि मुझे कहना चाहिए या नहीं? पर ज़्यादा से ज़्यादा क्या होगा? मैं लौट जाऊँगी...। मैं अपने हर अंजाम के लिए तैयार हूँ।''

मुझसे कुछ कहते नहीं बना, वह भी चुप हो गई। हमारे बीच ख़ामोशी थी...जो हमसे अलग जान पड़ती थी—हमारे ही वजूद के एक हिस्से से बिल्कुल अलग...। ज़बरदस्ती लाई हुई...।

उसने सारे बर्तन उठाकर किचन में रख दिए। मेरे पास आई...मैं सोफ़े पर बैठी थी...

''अब मैं जाऊँ।?''

''ओ.के.। थैंक्स...।''

वह घुटनों के बल मेरे सामने बैठ गई...

''क्या यह ज़रूरी है कि आप मुझमें हर वक़्त एक स्टूडेंट ही खोजें अगर ऐसा हुआ तो मैं यहाँ से चली जाऊँगी।''

मैंने उसे देखा। हम दोनों बहुत देर एक-दूसरे को देखते रहे...

''क्या मैं आपकी दोस्ती के क़ाबिल हूँ?''

उसकी आँखें भर आईं। उसने अपना चेहरा मेरे घुटने तक झुका लिया...असह्य वेग था वह...। अब और नहीं रुका जा सकता था। मैंने दोनों हाथों से उसका चेहरा थाम लिया...। उसने जब मेरे हाथों पर अपने हाथ रखे, मेरे भीतर कुछ थर-थर काँपने लगा। मैं कुछ भी नहीं सोच पाई सिवाय इसके कि मेरे हाथों को उसने कस के पकड़ा हुआ है। कई पल मैं वह लम्हा जीती रही। थोड़ी देर बाद वह उठी...

''थैंक्स...!'' उसने बहुत धीमे स्वर में कहा, फिर बाहर निकल गई।

काश! वह अकेली गई होती। काश! वह न आई होती तो मैं बच जाती।

मैंने जिस वक़्त सोचा मेरे बचने के तमाम रास्ते बंद हो चुके थे।

रात मैंने अपनी डायरी में लिखा...

"काया! तुम्हें नहीं पता...मेरे हाथों पर तुम्हारे हाथों का स्पर्श मेरे भीतर सोई पीड़ा जगा रहे थे, जिन समंदरों को बड़ी मुश्किल से मैंने किनारों से बाँधा था–अचानक ही वे पूरे वेग से अपनी दीवारें तोड़ने, समूचा शहर नष्ट करने पर आमादा थे। मुझे शहर से प्यार नहीं है काया, मैं चाहती हूँ समंदर इसे अपने में डुबा दे, पर कुछ चीज़ों का अपने भीतर सोए रहना अच्छा होता है। जैसे–पत्तों के भीतर मौन, फूल के भीतर उदासी...वृक्ष के भीतर सूनापन...। जैसे-जैसे वह बड़ा होता जाता है, सूना होता जाता है...तन्हा...। पता है क्यूँ? वह अकेला हो जाता है...घास से उसका कोई रिश्ता जो नहीं....। तुम्हें पता है, परफ़ैक्शन हमेशा इम्परफ़ैक्शन की तरफ़ लौटता है–उतनी ऊँचाई पर तो वह जम जाएगा न...। तुम्हारी उँगलियाँ...तराशे हुए नाख़ून...उन पर चमकती नेल पालिश...रंग मुझे याद नहीं, सिर्फ़ उनका चमकीलापन मुझे याद है–जैसे, तुम्हारी भूरी त्वचा का धूप में खिलकर मुस्कराना...गालों में पड़ते गढ़े...गीली आँखें...काजल की रेखाओं को बचाते हुए उन आँसुओं को पोंछना...। वह पल लगा–तुम्हारा चेहरा अपनी हथेलियों में लेकर मैं चूम लूँ...जिन इच्छाओं को तुमने जगाया था, उनमें एक यह भी थी...। पता नहीं, तुमने मेरे भीतर का बंद दरवाज़ा खोला था या उढ़के हुए से ही अंदर चली आई थीं। बाज वक़्त हम सख़्ती से बंद करना भूल जाते हैं जानबूझकर। बाज वक़्त हम अपनी सदैव की प्रतीक्षा का मोह छोड़ नहीं पाते।"

बहार किसी ख़ास फूल को चुनती नहीं, वह सब पर आती है–वह सबको हिला-डुलाकर उनको नींद से जगाती है। उस दिन फिर मुझे हर चीज़ अच्छी लगने लगी...कूलर की ठंडी हवा, ढलती हुई शाम...घरों को लौटते हुए लोग...उनकी हड़बड़ाहट...गंतव्य तक पहुँचने की जल्दबाज़ी...जो मुझसे बाहर थी...पर मुझे अपने ही वजूद का एक हिस्सा जान पड़ती थी जिसके आलोक में मुझे भीतर रखी समूची चीज़ें, साफ़-साफ़ दिखाई दे रही थीं।

बरसों बाद वह पल मैंने ऐसे जिया–जब मुझे कुछ नहीं चाहिए। मैं खुद से नाराज़ नहीं थी। कहीं नहीं जाना, कुछ नहीं करना, वहाँ कोई माँग नहीं थी–था बस स्वीकार्य। एक-दूसरे के भीतर अपनी मौजूदगी का...। मैंने अपने भीतर आहिस्ता-आहिस्ता तुम्हें उतरते देखा। खुद को तुम्हारे लिए जगह बनाते...।

दूसरे दिन की सुबह...

चर्च के बजते घंटों से मेरी नींद खुली तो कुछ देर यूँ ही सुनती रही। फिर उठकर खिड़की के सामने आ खड़ी हुई। मेरे घर के ठीक सामने चर्च है। न जाने कितने रविवार यूँ ही घंटे बजे होंगे। मैं कभी नहीं जागी...मैं लोगों को आते-जाते देखती रही...बच्चों-बड़ों को...गुब्बारे वाले, गैस के गुब्बारे वाले...प्लास्टिक के छोटे-छोटे

खिलौनों की पूरी एक दुकान—एक ही डंडे पर...। कितना दिलचस्प? कहाँ देखा मैंने कुछ भी—कितनी जल्दी घबराकर, अपने भीतर छिप गई। आज मेरे भीतर राहत थी—चैन था—शांति थी।

अगले दिन कॉलेज जाते हुए रास्ते की हर चीज़ मुझे दिखी—खुली-अधखुली दुकानें, ठेलेवाले, भीड़, ट्रैफ़िक—ट्रैफ़िक लाइट्स...सड़क के किनारे बैठे मोची...भीख माँगती गरीब औरतें...बच्चे...साइन बोर्ड...'आपका ध्यान किधर है मीनाक्षी सेल इधर है' नुमा पोस्टर....। सबको सस्ता चाहिए और आसान...। जो आसानी से उपलब्ध हो सके....।

आने वाले दिनों में उसने मेरे घर की सज्जा बदल दी। मैंने खुद सोबर कपड़े पहनने बंद कर दिए। मैं पहले से ज़्यादा ख़ुश थी, मेरी चुप्पी किसी सूखे कड़े छिलके की तरह टूटकर बिखर चुकी थी। भीतर से 'मैं' निकल आई थी—नई, कोरी, साबित। कॉलेज में वह अनुशासित रहती, पर मेरे पास आते ही उसकी बकवास शुरू। फिर भी हमारे चर्चे कॉलेज में कपास के फूलों से डिपार्टमेंट्स से निकलकर पहले पार्किंग, फिर बाहर सड़क तक आने लगे। हमारी कार उन्हें कुचलते हुए आगे बढ़ जाती। बहुत बार हम साथ खाना खाते, साथ घूमने जाते...कार में अपनी पसंद का म्यूज़िक बजाते...।

एक शाम हम लांग-ड्राइव पर जा रहे थे कि वह अपने अनजाने गुनगुनाने लगी...''माही वे...।''

''जोर से गाओ न, अच्छा लग रहा है।''

''कार चला लेंगी न आप...।'' उसने शरारत से पूछा, मैं हँस दी...।

''अच्छा सुनिए...आप भी क्या याद रखेंगी?''

''माही वे, मोहब्बतां सचियां वे, मंगता नसीबां कुछ और है। किस्मत दे मारे, असीं की करिए किस्मत पे किसका ज़ोर है। माही वे...।''

उसकी आवाज़ की कशिश...मैंने धीरे-धीरे अपने लहू में उतरती महसूस की। मैं सुन्न-सी बैठी रह गई अपनी जगह पर...। ये जो स्टेयरिंग घुमा रही है, ये कोई और है...।

गाना खत्म हो चुका था। कुछ देर हममें से किसी ने कुछ नहीं कहा, मैंने जैसे ही कुछ कहने को उसकी तरफ़ चेहरा किया...

''कुछ मत कहिए, आपकी आँखों ने पहले ही कह दिया है।'' उसने सामने देखते हुए उदास स्वर में कहा।

''कुछ कहो न...।'' थोड़ी देर बाद मैंने कहा, उस उदासी से घबराकर।

''क्या...?'' उसकी आवाज़ खो-सी गई।

''कुछ भी। तुम चुप रहती अच्छी नहीं लगतीं।''

''सुनना है तो सुनिए क्योंकि सिर्फ़ आपसे ही कह सकती हूँ...तीन साल

पहले उन्होंने मेरी इंगेजमेंट कर दी थी।...कुछ लोग आए थे मुझे देखने...एक गोरा-सा, लंबा, मज़बूत कद-काठी वाला लड़का था साथ—विमल नाम था उसका। काफ़ी मैच्योर लगता था...बाहर से देखने में और घंटे-भर की बातचीत के बाद भी मुझे बुरा नहीं लगा। यहाँ एक बात मैं आपको बता दूँ—जाने क्यूँ इंसिक्योरिटी की फ़ीलिंग मुझमें शुरू से रही। मुझे लगता है, मैं अकेली नहीं चल सकती, कोई-न-कोई साथ चाहिए मुझे पकड़ने के लिए, साथ चाहिए चलने के लिए। यहाँ तक कि अकेले मार्निंग वॉक पर जाने से भी मुझे डर लगता है। हो सकता है, मैं अपनी माँ पर गई हूँ या कोई और वजह हो, मुझे ठीक-ठीक नहीं मालूम... ।''

वह एक क्षण रुकी...उसकी आँखें सड़क पर थीं, पर वह अपने भीतर झाँक रही थी...

''पर उस वक़्त मैं सगाई नहीं करना चाहती थी। मैं जिस लड़के से प्यार करती थी, बकौल मेरे पिताजी वह हमारे ख़ानदान से मेल नहीं खाता था...मेल में पिताजी इतनी सारी चीज़ों को मिलाते कि मेल ही असंभव जान पड़ता... ।'' वह धीमे से हँसी, उसकी यह हँसी मुझे अक्सर चीरकर रख देती है...

''वैसे पिताजी हम चारों भाई-बहिनों से बहुत प्यार करते हैं पर अपने से छोटे लोगों को मुँह लगाना उन्हें पसंद नहीं। घर पर भी ऐसे ही लोग आते थे, जो हमारे पद-प्रतिष्ठा के अनुरूप हों। हो सकता है, इसके पीछे उनके अपने कुछ कड़वे अनुभव रहे हों—पर यह बात उन्होंने अपने हर बच्चे को सिखाई। पता नहीं मुझमें वो कैसे वह बीज नहीं डाल पाए। मुझमें और मम्मी में, हम दोनों को वही अच्छा लगता, जिसे हम दिल का भला मानते, दूसरी चीज़ें, हम कभी नहीं ढूँढ़ते। ख़ैर, इसके पीछे मैंने पिताजी की बहुत मार खाई। वे मुझे बेहद पतली छड़ी से पीटा करते थे, कमरे में बंद कर—माँ बाहर से खटखटाती रहतीं, पर दरवाज़ा नहीं खुलता।''

उसने कुछ लंबी-लंबी साँसें लीं...अपना गला साफ़ किया...बॉक्स में कुछ ढूँढ़ने की कोशिश की, कुछ नहीं मिला...मैं उसे वक़्त देती रही...

''मार खाने के बाद कुछ दिनों बिस्तर से उठने के क़ाबिल नहीं रहती थी...तब माँ न सिर्फ़ मेरी देखभाल करती थीं, मुझे समझाया भी करतीं कि ज़िद छोड़ दे... ।''

''मैंने नहीं पर उसने ज़िद छोड़ दी। जब उसे पता चला, मेरे पिताजी उसे पसंद नहीं करते, मुझे मारते हैं तो दो ही महीनों के अंदर उसने बिना मुझे कुछ कहे शादी कर ली। फिर सुना, वह हनीमून के लिए चला गया, मैं बीमार पड़ गई। वह पता नहीं कब वापस आया, पर मेरे ठीक होते ही पिताजी ने जोर-शोर से लड़के की तलाश शुरू कर दी...।

''मैं एक बार उससे मिलकर पूछना चाहती थी कि उसने यह एकतरफ़ा फ़ैसला क्यूँ किया? पर उसने मुझे कोई मौक़ा नहीं दिया... । फिर मैंने भी अपने आपको

छोड़ दिया हालात के हाथों में। मैं उन्हें और दुख नहीं देना चाहती थी। वे मुझसे हमेशा कहते–तूने जितना हमें तंग किया है, किसी बच्चे ने नहीं किया, आख़िर क्यूँ? तुझे पालने में हमसे कौन-सी ग़लती हुई है। वे तीनों भी तो हैं। ख़ैर...

"वे आए, वैसे भी मेरी 'हाँ' या 'ना' कोई मायने नहीं रखती थी। उन्होंने मुझे जाँचा-परखा, हाँ कर दी। बहुत बड़ी पार्टी हुई। एक लड़की जिसे मैंने अपने भीतर ज़िंदा दफ़न कर दिया था, रो रही थी। एक लड़की जो उसे पार्टी में आए मेहमानों के साथ ऊपर थी, हँस रही थी। मुझे कुछ पता नहीं चलता, कभी उसकी आवाज़ तेज़ हो जाती कभी इसकी।

"वे चले गए। इन सारे झंझटों में मेरा एक साल बर्बाद हो गया था। वैसे भी ये सारा सिलसिला चूँकि कॉलेज की ही देन था, पिताजी को कॉलेज के नाम से नफ़रत थी। दुबारा भेजना ही नहीं चाहते थे। पिताजी के हिसाब से अच्छी इंग्लिश बोलना आना चाहिए बस। दूसरी डिग्रीज़ की वैल्यू होती ही नहीं। ग्रेजुएशन के बाद इस तरह मेरी पढ़ाई अधर में लटक गई। मैं भीतर से ख़ुद इतनी टूट चुकी थी कि किसी भी किताब का कोई भी वाक्य मेरी समझ में नहीं आता था।

"दो साल शादी की प्रतीक्षा करते बीत गए। पिताजी जब भी उन्हें कहते, उनका जवाब होता, हाँ, हम सोच रहे हैं। माँ-पिताजी की आँखों में नींद नहीं थी। उन्हें लगा कुछ गड़बड़ है। उन्होंने कहा...मैं विमल से पूछूँ। हम फ़ोन पर बात करते थे, जैसे सब करते हैं। बस अपनी नहीं, बाकी दुनिया, जहान की बातें। मैंने ख़ुद को राजी कर लिया था उस तरह की ज़िंदगी जीने के लिए। विमल ने मुझे बताया–कि मुझसे शादी नहीं कर सकता। जिस लड़की को वह चाहता था, वह अपनी सगाई तोड़कर वापस आ गई है उसी के लिए।

"पिताजी बिल्कुल टूट गए। पहली बार मैंने उन्हें फूट-फूटकर रोते देखा। माँएँ तो ख़ैर बनी ही रोने के लिए होती हैं। पिताजी के रुदन ने मुझे भी डरा दिया। मैं उनसे बहुत प्यार करती हूँ। वे बहुत मेहनती हैं, अपनी फैमिली को बचाने के लिए वे किसी भी हद तक जा सकते हैं। प्रोटेक्टिव भी हैं बहुत। उनके ख़िलाफ़ जाने का साहस मुझमें अभी भी नहीं है, मैं जानती हूँ...।"

वह खिड़की से बाहर देख रही है। बहुत देर तक हममें से किसी ने कुछ नहीं कहा। नज़ारे दोनों तरफ़ थे, गुज़र कौन किससे रहा था? ये हममें से कोई नहीं बता सकता...।

"इसके पहले कि सारे शहर में हवा फैले, उन्होंने मुझे यहाँ भेज दिया, बुआ के पास। हम लोग पता है, सबसे ज़्यादा किससे डरते हैं, बदनामी से। हमें सबसे ज़्यादा पता है, क्या चाहिए, पैसा।...ख़ैर, मैं यहाँ पढ़ने नहीं आई थी, बुआ ने कहा, प्राइवेट फ़ार्म भर लो, इंग्लिश में एम.ए. कर लो, तुम्हारे डैडी भी ख़ुश हो जाएँगे, तुम्हारा टाइम भी पास हो जाएगा। जब चाहे कॉलेज जाना, न चाहो मत जाना।

उस दिन कॉलेज में अंदर घुसते ही अच्छा लगा...इधर-उधर घूमते लड़के-लड़कियाँ—अपने टू-व्हीलर की सीट पर सिर-से-सिर जोड़े बैठे...बाहर ग्राउंड पर...किनारे की बेंचों पर...मुझे लगा, यहाँ आने के बाद वह उधर वाली दुनिया उधर ही छोड़ आते होंगे... । फिर आपको देखा...पता नहीं, क्या है आपमें...आपने जब मुझे देखा था...एकाएक आपकी सूनी आँखों में रंग आ गया...सालों बाद मुझे लगा, आप ज़रा-सी मुझ-सी हैं...मैंने रेगुलर स्टूडेंट का फ़ार्म भर दिया... । वो भी सायकोलॉजी में।'' वह हँसी, उसकी आँखों में आँसू थे। मैंने उसका हाथ थपथपाया—मेरे गले में कोई चीज़ अटक गई है, नीचे सरकाना चाहती हूँ, सरकती नहीं।

''धीरे-धीरे अपने अनजाने में आपके निकट आती गई। लगता भी था, आपको क्या कहूँगी कि आपको प्यार करती हूँ। कितना नॉनसेंस लगेगा। कुछ और सोचा जा सकता है। हमारे यहाँ तो हर रिश्ते को एक नाम ही देने की कोशिश की जाती है यह जाने बग़ैर कि नाम कम है, अहसास ज़्यादा। फिर लगा, क्या मैं अपना जीवन इसी तरह स्थगित करती जाऊँगी क्योंकि दूसरे नहीं चाहते। क्योंकि दूसरे क्या सोचेंगे? मैं बुआ से अक्सर आपकी बातें करती हूँ। वे कहती हैं—मैं उनकी एहसानमंद हूँ, उन्होंने तुझे तेरे भीतर से निकाल लिया, जो काम हम सब मिलकर नहीं कर सकते थे। मैंने कहा, 'ये ऐसे ही हो सकता था, किसी और तरीक़े से नहीं।''

उसने मेरे समीप आते हुए मेरे गले के पास चूम लिया। मैंने स्टेयरिंग ज़ोर से लहराया—उसकी चीख निकल गई, हम हँसने लगे। वह हँस रही है। हाँ, वह हँस रही है। मैंने अपने भीतर आँसू और ख़ुशी एक साथ थरथराते देखे।

जाना कि मनुष्य को कोई चीज़ इतना नहीं बदल सकती, जितना एक दूसरा मनुष्य... ।

सिर्फ़ वह ही नहीं, मैं भी बदली थी—मेरी खोल में से कोई और निकल आया हो, जिसे मैं पहचानने से डरती थी। उसने मेरे उन-उन अँधेरे कोनों को उजरा दिया था—जिन्हें मैंने कभी देखना नहीं चाहा। हम बहुत-सी चाहतों के प्रति सिर्फ़ इसलिए उदासीन रहते हैं कि उन्हें पूरा करने का कोई तर्क हमारे गले नहीं उतरता। ख़ुद का विश्लेषण करने में मैं असमर्थ थी। आख़िर मुझे ऐसा क्या दे दिया था उस अनजान-सी लड़की ने कि मैं एकाएक दीवानावार उसकी तरफ़ दौड़ पड़ी थी... । जितने रिश्तों को हम जानते हैं, उनसे अलग यह कौन-सा रिश्ता है—जिसमें बँधकर मैं आह्लादित हूँ।

थीसिस जैसे उबाऊ काम को भी करने में मैं अब तत्परता से जुट गई थी—रात दो-दो बजे तक अपना काम करती। सुब्रत ने भी मेरा बदलाव लक्ष्य किया पर उसने जानने की कोशिश नहीं की। पूरी-की-पूरी जगह कोई एक आदमी नहीं भर सकता। यह मैं जान गई थी। स्टूडेंट्स के लिए भी बदल गई मैं, प्रोफ़ेसर्स के लिए

भी। अब कार चलाती हुई मैं कॉलेज आती तो मेरी कार के पहियों की गति ही कुछ और होती—मेरे क़दम उठते-गिरते कुछ और ही बयाँ कर रहे होते। मेरा खोया विश्वास मुझमें लौट आया।

ये सर्दियों के दिन हैं, जब हमारा मार्निंग वॉक करने का इरादा बना। उसके अनुसार वह मोटी हो रही है, उसकी जींस उसे टाइट होने लगी है। मैं तो जैसी थी वैसी ही हूँ। वह अलस्सुबह छह बजे घंटी बजाती। मैं साढ़े पाँच बजे उठकर तैयार हो जाती—हम चर्च के लंबे-चौड़े ग्राउंड में घूमते...। ऐसे मौक़ों पर हम अक्सर चुप रहते। सात बजे हम घर आते। वह चाय बनाती—साथ पीते—वह चली जाती। ग्यारह से चार फिर कॉलेज होता। एक शनिवार मैंने उसे मना किया—मत आना, कल ख़ूब सोने का मन है। छह बजे घंटी बजी...दरवाज़ा खोला। मैरून स्वेटर पहने वह खड़ी थी...बाहर ठंडी सर्द हवाएँ...नाक लाल थी, आँखें ठंडी हवाओं की वजह से गीली। मैंने उसे भीतर खींच दरवाज़ा बंद कर लिया। वह एक ही छलांग में मेरे बिस्तर में घुस गई...

''तो आज सोने नहीं दोगी।'' मैंने वापस बिस्तर में घुसते हुए कहा।

''सो जाइए न, कौन मना करता है?''

उसने अपने ठंडे हाथ मेरे गालों पर रख दिए। मैंने उसे परे हटा दिया और रजाई मुँह तक खींच ली। उसने मेरी कमर में हाथ डाल मुझे अपनी तरफ़ खींच लिया। मैंने उसकी तरफ़ मुड़ते हुए उसकी ठंडी गर्दन को आहिस्ते से चूम लिया...

''थैंक्स!'' उसने जवाब में मेरा माथा चूमा। और मेरे बालों में उसकी उँगलियाँ चलने लगीं...असीम आह्लाद से मेरी आँखें मुँद गईं। मैं जागती रहना चाहती थी—मैं यह सुख देर तक जीना चाहती थी, पर मुझे नींद आ गई।

जब मेरी आँख खुली, मैंने देखा, आठ बज रहे हैं। वह उसी तरह अपनी बाँहें मेरे गिर्द लपेटे सो रही है। मैंने उसे ठीक से ओढ़ाया—फिर आहिस्ता-आहिस्ता बिस्तर से बाहर आ गई...।

चाय का कप लेकर मैं बालकनी की गुनगुनी धूप में आ बैठी...जाने कब तक बैठी रही...कि उसका सिर मेरी गोद में आ टिका...प्यार से सहलाया...

''बुआ को फ़ोन तो कर दो, परेशान हो रही होंगी।''

''नहीं, उन्हें पता है, मैं आपके अलावा और किसी के पास नहीं जाऊँगी, वे निश्चिंत रहती हैं।'' वह धीरे से हँसी, फिर उसने कहा...

''छह महीने हो गए न, पता ही नहीं चला...। कल पापा का फ़ोन आया था, बुला रहे थे...।''

उसका सिर मेरी गोद में है, उसने बाँह से अपना मुँह ढँका हुआ है, मुझे उसका चेहरा दिखाई नहीं दे रहा...उसके सिर पर घूमता मेरा हाथ ठहर गया...

''बुला रहे हैं मतलब, तुम्हारी पढ़ाई...।'' मेरे मुँह से निकला।

“वो उन्हें थोड़े ही मालूम है। कुछ लोग आ रहे हैं देखने...फिर वही सब...एक बार और...। क्या करूँ?” उसने वैसे ही मुँह छिपाए-छिपाए पूछा। कुछ देर मैं सोचती रह गई...

“जाना तो पड़ेगा ना।”

“क्यूँ?”

“क्यूँ क्या? शादी नहीं करनी? उम्र भी हो रही है, तुम्हारे पापा की चिंता जायज़ है।”

“अगर नहीं करनी हो तो...।”

“ये तुम्हारे लिए सही क़दम नहीं होगा। तुम्हारे लिए ज़रूरी है।”

“मेरे लिए क्यों?”

“ये मत पूछो, जाओ।”

“आप आएँगी, जब मैं बुलाऊँगी वहाँ...।” उसने सिर ऊपर करके मुझे देखा...।

“आऊँगी काया, तुम जब-जब बुलाओगी तब-तब आऊँगी...।”

वह चली गई है...। बारिश बंद हो चुकी। लाइब्रेरी बंद करने का वक़्त हो गया है। लाइब्रेरियन जाने कितनी बार आकर मुझे देख चुके हैं कि मैं पढ़ रही हूँ या सोच रही हूँ। वैसे वे काफ़ी समझदार हैं, मुझे डिस्टर्ब नहीं करते।

बाहर आई तो पानी ही पानी...। पार्किंग में भी पानी....। मुझे देखते ही एक लड़का आगे आया...

“मैम, मैं आपकी गाड़ी निकाल देता हूँ, आप बाहर चलिए।”

मैंने चाबी उसे दे दी।

रात उसका फ़ोन आता है, अक्सर करती है–

“आप इस संडे आ जाइए न। वे आ रहे हैं, मुझे डर लग रहा है, बहुत...। पापा ने बहुत लोगों को नहीं बताया है, वे सब चुपचाप कर देना चाहते है। आप आएँगी ना?”

एकाएक मुझसे कोई जवाब देते नहीं बन पड़ा...

“प्लीज़! आ जाइए। यहाँ सब आपको जानते हैं। मैंने सबको बता दिया है।”

“ओ.के। मैं आ रही हूँ।”

“थैंक्स, आय लव यू...।”

मैंने कुछ नहीं कहा, धीमे से हँस दी।

“आपको इतना नहीं मालूम कि जब कोई आय लव यू कहता है, तो जवाब में क्या कहते हैं।”

“नहीं...।” मैंने कहा।

"आप आइए, मैं आपको बताती हूँ।" उसने हँसकर कहा और फ़ोन काट दिया।

मैं गई...वे आए...

वे आकर ड्राइंग रूम में पधार चुके थे, जब मैंने उन्हें देखा...अपने चेहरों पर सफल फ़िल्म स्टार की-सी भव्यता लिए, पूरी-की-पूरी रँगी-पुती वे एक शालीन हँसी हँस रहे थे। ऐसी हँसी, जो निश्चित तौर पर अपने बस में होती है—होंठ कितने फैलाना, आँखें कितनी सिकोड़ना, जिस्म को कहाँ से झुकाना, कहाँ से नहीं...लगभग पैंतीस-चालीस हज़ार की साड़ी...हीरे के जगमगाते गहनों से लदी-फँदी वे कमोबेश बीस-तीस लाख का माल तो थीं ही। जो दूसरे के भीतर एक सधी हुई दूरी और डर पैदा करने में समर्थ थीं...। उनके आस-पास खिंची अदृश्य लक्ष्मण रेखा को लाँघने का दुःसाहस कौन करता? उस लक्ष्मण रेखा के भीतर था क्या? उन्हें भी नहीं पता था—वे भीतर से ख़ाली गोदाम थीं—जिसमें उनके पतियों ने अपना-अपना सामान भरा हुआ था—जिसे वे क़ीमती समझे इतरा रही थीं। वे अंदर-बाहर हाउसफुल थीं।

मैंने उनके मुक़ाबले काया को देखा, जिसने मुश्किल से दो-तीन हज़ार रुपए का ब्लैक रंग का सूट पहना था—उसका गोरा रंग फूटा पड़ रहा था...। उसके पास बहुत सारी जगहें थीं—ख़ाली...आमंत्रित करती-सी...मसलन कानों की नाज़ुक लवों में बेहद छोटे-छोटे बुंदे...। गले में हीरे का एक छोटा-सा लॉकेट...बाँहों में एक-एक कड़ा...उँगलियों में एक-एक अँगूठी बस। वहाँ मोहब्बत को प्रतिष्ठित करने की काफ़ी खुली जगह थी—जहाँ-जहाँ भी नज़र जाती—चूमने को एक बेताबी पिंजरे में बंद पंछी-सी फड़फड़ाती। वे उसे अपनी आँखों से तोल रहे थे, बिना एक भी शब्द कहे। जिन्हें जिस्म की एक-एक ख़ाली जगह भरने की बेताबी हो, वे क्या जानेंगे ख़ाली जगहों में एक अजीब-सी सुंदरता होती है...जैसे ख़ाली आँखें—उनके ख़ाली आसमान में झाँककर देखें ज़रा—कितने रंग, कितने बादल, कितनी धूपों में नहाया पानी। तुमने उन ख़ाली आँखों से मुझे देखा—मैं मुस्कराई। मुझे इनमें लंबी डाइव लेने की आदत है। पर आज नहीं, आज मैं धूप की पीठ से पीठ टिकाकर खड़ी हूँ। उसकी माँ बेचैन है—प्यारी—कसके मेरा हाथ पकड़ लेती है। मैं उनके हाथों को प्यार से अपनी मुट्ठियों में भर लेती हूँ।

उनके पास बहुत अमीर दिखते शब्द थे—उसी तरह लदे-फँदे, अपनी हसीन हक़ीक़तों, सफल हो चुके सपनों की खनक से भरे—पर काया के शब्दों ने भी हार नहीं मानी। वे दृढ़ता से अपने सच की सलीब पर टिके रहे।

चार औरतें थीं—आधा दिन गुज़र जाने के बाद वे इस नतीजे पर पहुँचीं कि अब लड़के और लड़की को अकेले में बात करने का मौक़ा दिया जाए। वे उन्हें एक कमरे में छोड़ बाहर आ गए। हम तो बाहर थे ही। वह वहाँ अकेली थी...अपने

अस्तित्व की लड़ाई आप लड़ती...।

उसके पापा आधे ही दिन में और बूढ़े लगने लगे थे। उसकी माँ ने मुझे चुपके से बताया था—बहुत बड़ा घर है, बड़ी मुश्किलों से मिला है। तुम्हारे अंकल तो किसी बात पर समझौता करने को राजी नहीं होते। इन्हें काया की पिछली सगाई के बारे में नहीं मालूम। मैंने कहा भी, बता दो। बाद में वे जान गए तो हम झूठे हो जाएँगे। उन्होंने कहा—ये सुनते ही वे वापस चले जाएँगे। हमारे यहाँ यह अच्छी बात नहीं मानी जाती। ग़लती किसी की भी हो, सब यही समझते हैं, लड़की में कोई खोट होगा।

"आपको बता देना चाहिए।" वे जब अंदर चले गए, मौक़ा देखकर मैंने उसकी माँ से कहा...

"बाद में कोई तकलीफ़ हो सकती है। एक बार फिर काया को वह सब न देखना पड़े, जिससे वह निकलकर आई है।"

"तुम ठीक कहती हो, लेकिन...।" वे अपने पति से डर रही थीं। मैं समझ गई, वे नहीं कह पाएँगी।

वे 'हाँ' करने के मूड में दिखने लगे। एक सजी-धजी औरत अंदर गई, फिर बाहर आई हँसती हुई। उसने औरों के कान में कुछ कहा, वे ख़ुश दिखने लगे।

आंटी-अंकल ने एक-दूसरे को देखा, उनके चेहरे प्रसन्नता से चमकने लगे। मैं जैसे बोझ-मुक्त हुई। आंटी ने कसकर मेरा हाथ पकड़ लिया...मैंने मुस्कराकर उनका हाथ थपथपाया। उनकी आँखें भर आई थीं। अंकल ने एक शानदार पार्टी आयोजन करने के लिए फ़ोन अपने समीप खींचा...वे अभी तक अंदर थे। दो घंटे हो रहे थे। उन औरतों ने अपने हाव-भाव से समझा दिया था कि सब ठीक है, आप अपना काम जारी रखें।

काम जारी ही था कि काया अंदर से निकलकर आई। उसकी आँखें आत्मविश्वास से चमक रही हैं। उसके होंठों पर एक मीठी-सी मुस्कान है। हमने एक-दूसरे को देखा...। उसके चेहरे पर शांति है, कमरे में जाने के पहले का ऊहापोह नहीं...। उसे बाहर आते ही आंटी ने उसे गले से लगा लिया...।

"क्या हुआ?" उसने फुसफुसाकर उसके कान में पूछा।

उसने पता नहीं के अंदाज़ में कंधे उचका दिए। काया बाहर आई तो वे चारों औरतें अंदर चली गईं। अब सब प्रतीक्षा कर रहे हैं कि ये बाहर आएँ, अपनी 'हाँ' करें, तो पूरी तसल्ली हो।

आधे घंटे बाद वे पाँचों बाहर निकले। उनके चेहरे उतरे हुए थे...। उन्होंने पहले एक-दूसरे को देखा, फिर सबको...।

लड़के की माँ आगे बढ़ी—उसने हाथ जोड़े, "अब हमें आज्ञा दें जी। हम वहाँ जाकर आपको बताएँगे...हमें सोचने का समय चाहिए।"

सभी स्तब्ध... । किसी से कुछ कहते न बना। अंकल मोबाइल पर कोई नंबर दबा रहे थे, उनकी उँगली वहीं ठहर गई...बुत बन गए हों जैसे... । सिर्फ़ उनके जाने के क़दमों की आहट आ रही है।

वे चले गए। सबसे पहले आंटी के गले से हिचकी निकलती ...? वे धीरे-धीरे रो रही हैं... । काया ने उन्हें बाँहों में भर लिया और उनकी पीठ पर हाथ फेरने लगी।

''क्या हुआ?'' अंकल ने निकट आकर काया से पूछा—उनका चेहरा बर्फ़ की तरह सख़्त और सफ़ेद था... ।

काया ने सिर झुका लिया। उसके होंठ काँप कर रह गए।

''क्या हुआ?'' वे ज़ोर से चिल्लाए। आंटी की हिचकियाँ रुक गईं। उन्होंने गीले चेहरे से एक बार पति को देखा, फिर बेटी को... । कुछ कहना चाहा पर बीच में पड़ते की हिम्मत न हुई।

''मैंने सब बता दिया।'' काया ने शांत स्वर में कहा।

''सब बताया...मतलब... ।'' उनका चेहरा क्रोध से तमतमा आया।

''मतलब सब कुछ—पिछले रिश्ते के बारे में... ।''

''बेवकूफ़ लड़की।'' अंकल का हाथ उठा और पूरी ताक़त से काया के गाल पर जा पड़ा...

''तुझे मना किया था न... । कितनी मुश्किल से ऐसा रिश्ता मिला था, तू क्या चाहती है? तू क्या हमें मार देना चाहती है?''

उनकी आँखों से चिनगारियाँ निकल रही हैं।

''नहीं। मैं चाहती हूँ, आप भी जिएँ, मुझे भी जीने दें। पर झूठ के साथ नहीं, सच के साथ... ।'' उसकी दृढ़ आवाज़ कमरे में गूँजी। मैं उसे देखतीं रह गई। ऐसी काया मैंने इसके पहले कभी नहीं देखी थी।

अंकल ने गुस्से से अपना मोबाइल दूर फेंक दिया, उसके ज़मीन पर गिरने-टूटकर बिखरने की आवाज़ सबने सुनी। आंटी इस बार रोई नहीं, उन्होंने काया को अपने गले से लगा उसकी पीठ थपथपाई। सब उठ-उठकर जाने लगे, जैसे किसी नाटक का अंतिम दृश्य खत्म हो चुका हो, पर्दा गिर चुका हो। दोनों भाभियाँ...भाई... बहिन-जीजाजी, उनके बच्चे सबके जाने के बाद वह मेरे पास आई। हम दोनों ने एक-दूसरे को देखा उसकी आँखें भरी हुई थीं—मैंने उसका चेहरा अपने हाथों में लिया—उसका माथा चूमा—

''आय लव यू टू!'' मेरे काँपते होंठों से निकला और मैं उसे गले से लगा बेआवाज़ रोने लगी। मुझे उसकी हँसी अपनी बाँहों में महसूस हो रही है।

❑❑❑